Janine Meester
Im Dunkeln ein Licht
Lucys 3. Fall

AF191278

Buch

Lucys Liebesleben gestaltet sich schwierig, daher freut sie sich umso mehr auf die Hochzeit ihrer besten Freundin Amelie. Doch die Freude ist nur von kurzer Dauer. Ausgerechnet bei den letzten Vorbereitungen für die Feier werden die Freundinnen entführt. Während die Polizei im Dunkeln tappt, findet Ben heraus, dass Amelies Verlobter erpresst wird. Alles deutet darauf hin, dass die Kidnapper bestens ausgebildete Profis sind, also nimmt er die Warnung, keine Polizei einzuschalten, sehr ernst. Obwohl es ihm widerstrebt, sieht Ben ein, dass er das Rennen gegen die Zeit nur gewinnen kann, wenn er in diesem Fall außerhalb der Regeln spielt – und das beherrscht ausgerechnet der Mann perfekt, den er eigentlich verachtet: Vadim.

Autorin

Seit sie acht Jahre alt ist, schreibt Janine Meester Geschichten und liebt unterhaltsame Literatur. Auch die Musik hat sie immer fasziniert, daher nahm sie neben dem Studium Gesangsunterricht. Zurzeit arbeitet sie in der Weiterbildungsbranche und bildet sich zur Therapeutin weiter. Privat hat sie sich dem Schreiben von Romanen gewidmet, lebt mit ihrem Mann im Bergischen Land und reist gerne – am liebsten ans Meer.

Bisher von Janine Meester erschienen

»Bergische Nacht«, Kriminalroman, Emons Verlag (2022)
»Ein Wispern in der Nacht – Lucys 1. Fall«, Cosy Crime, BoD (2023)
»Ein Hauch von Täuschung – Lucys 2. Fall«, Cosy Crime, BoD (2023)
»Todesfluch« 2. Auflage, als Kaya Meester, Fantasyroman, BoD (2023)
»A Song for Love«, Liebesroman, BoD (2024)

JANINE MEESTER
Im Dunkeln ein Licht
Lucys 3. Fall

Cosy Crime

Bibliografische Information der Deutschen Nationalbibliothek: Die Deutsche Nationalbibliothek verzeichnet diese Publikation in der Deutschen Nationalbibliografie; detaillierte bibliografische Daten sind im Internet über http://dnb.dnb.de abrufbar.

© 2024 Janine Meester
Coverdesign und Umschlaggestaltung: Florin Sayer-Gabor, www.100covers4you.com – unter Verwendung von Grafiken von Adobe Stock: Michalsanca, VctAn, adidesigner23
Verlag: BoD · Books on Demand GmbH, In de Tarpen 42, 22848 Norderstedt
Druck: Libri Plureos GmbH, Friedensallee 273, 22763 Hamburg
ISBN: 978-3-7597-8430-8

https://www.meester.digital
autorin@meester.digital

Dieses Buch ist ein fiktiver Roman. Sämtliche Handlungen und Personen sind frei erfunden.

Für André.
Ich bin froh, dass Du seit 25 Jahren
Teil unserer Familie bist.

Die wichtigsten Personen der Reihe

Lucy Maiwald: Lucy ist 28 Jahre alt und kann als Medium die Stimmen verstorbener Menschen hören. Sie ist gelernte Maßschneiderin und fühlt sich zu Vadim hingezogen. Doch auch Ben schätzt sie sehr, seit er als Personenschützer für sie gearbeitet hat.

Vadim Petrov: Vadim war als Geist vier Jahre lang an Lucys Seite und eng mit ihr befreundet, bevor er plötzlich verschwand. Eines Tages ist er äußerst lebendig wieder bei ihr aufgetaucht (mehr dazu in Band 2 der Reihe). In seinem früheren Leben war er als Auftragskiller tätig.

Ben Stevens: Ehemaliger SEK-Beamter, der inzwischen bei einem privaten Security-Unternehmen arbeitet. Obwohl er mit spirituellen Dingen nichts am Hut hat, gewöhnt er sich zunehmend daran, dass Lucy eine besondere Fähigkeit hat. Er kennt Vadims Vergangenheit und traut ihm kein bisschen über den Weg.

Mascha: Ein Geist, der Lucy schon seit mehreren Jahren begleitet und eine sehr gute Freundin für sie ist. Außerdem möchte sie ihre drei Kinder und die Enkel im Blick behalten.

Niklas Eibisch: Ein ehemaliger Polizeihauptkommissar, der inzwischen halbherzig eine Detektei führt, da seine eigentliche Leidenschaft dem Schreiben von Kriminalromanen gilt.

Leandra Maiwald: Lucys Mum, die mit ihrem Freund **Dan** in San Diego lebt und ebenfalls ein Medium ist.

Amelie Schultz: Lucys beste Freundin aus Schulzeiten, die wegen **Jack Mclean** mit Anfang zwanzig nach Australien ausgewandert ist.

Carla Damico: Polizeihauptkommissarin mit italienischen Wurzeln, die Niklas schmerzlich als Kollegen vermisst.

17 Jahre zuvor ...

Lucy ließ ihre Beine von dem Picknicktisch baumeln, der in dem kleinen Wäldchen hinter dem Landschulheim stand. Endlich war etwas Ruhe eingekehrt und sie genoss die Geräusche der Natur um sich herum. Nur noch entfernt hörte sie die Stimmen der anderen Kinder, die ein Tischtennisturnier veranstalteten, auf das sie aber keine Lust gehabt hatte. Sie war gespannt, ob Colin sie bereits verpetzt hatte und es Ärger geben würde, sobald einer der Lehrer sie fand. Andererseits würde es auch auf ihn kein gutes Licht werfen, wenn er mit einem der Erwachsenen sprach. Vielleicht hatte sie also Glück und Colin hielt die Klappe.

»Hey, Lucy!«

Lucy blickte auf und schaute zu, wie Amelie sich ihr hüpfend näherte. Ihre dunklen, geflochtenen Zöpfe baumelten dabei um ihr strahlendes Gesicht.

»Danke!«, sagte Amelie, als sie vor Lucy stehen blieb, dann kletterte sie zu ihr auf den Tisch. »Schau mal!« Sie hielt eine Tüte mit Schokolinsen hoch, die sie aus der Tasche ihrer Latzhose gezogen hatte. »Colin hat sich bei mir entschuldigt und mir die geschenkt.«

Misstrauisch beäugte Lucy die Tüte.

»Keine Sorge, da ist kein Käfer drin.« Amelie schüttelte sie heftig. »Siehst du, die ist noch zu. Aber ich glaube, er hat es nicht ganz freiwillig getan.« Sie stupste Lucy an. »Da steckst du doch dahinter, oder?«

Lucy bemühte sich, ein zufriedenes Grinsen zu unterdrücken, was ihr aber nicht gelang.

»Ich wusste es!«, triumphierte Amelie. »Was hast du zu ihm gesagt? Ich hätte bei ihm nie erwartet, dass er es zugibt, wenn er Mist gebaut hat.« Sie öffnete die Packung mit der Schokolade und hielt sie ihr hin. Dankbar griff Lucy hinein, denn das verschaffte ihr ein wenig Zeit darüber nachzudenken, was sie Amelie antworten sollte.

Es war bereits der dritte Tag auf der Klassenfahrt und Colin hatte sich die ganze Zeit schon wie ein Idiot aufgeführt. Doch nach dem Ausflug mit der Klasse in den Wald hatte er es übertrieben. Kaum dass die Lehrer die Schüler alleine gelassen hatten, tat er so, als wolle er Amelie eine Überraschung geben. Dann hatte er plötzlich am Kragen von ihrem T-Shirt gezogen und ihr unter lautem Gejohle etwas in den Ausschnitt geworfen. Amelie, die panische Angst vor allen Tieren mit mehr als vier Beinen hatte, fing sofort an zu kreischen. Lucy und Aylin waren ihr zu Hilfe geeilt und die angebliche Überraschung entpuppte sich als großer Käfer. Colin und zwei der anderen Jungs hatten sich kaputt gelacht, während Amelie weinend weggelaufen war. Lucy war ihr gefolgt und hatte sie schluchzend auf dem Bett in ihrem gemeinsamen Zimmer entdeckt.

Es war nicht nur der Schreck, der Amelie so traurig gemacht hatte, sondern auch die Scham, weil sie vor den Klassenkameraden in Panik geraten war. Und wie immer hatten die Lehrer wieder nichts von alldem mitbekommen. Egal, was für einen Mist Colin auch anstellte – jedes Mal kam er mit seinen fiesen Streichen davon. Während Lucy ihre beste Freundin tröstend in den Armen hielt, hatte sich plötzlich eine ihr unvertraute Stimme gemeldet.

»Dieser schreckliche Rotzbengel.« Es war ein Mann gewesen, der schon etwas älter geklungen hatte. *»Ich habe hier schon viele schlimme Kinder erlebt, aber dieser Junge ist ganz besonders furchtbar. Und dabei ist er selber so ein kleiner Feigling.«*

»Er ist ein Feigling?«, hatte Lucy überrascht gefragt – völlig vergessend, dass Amelie neben ihr auf dem Bett saß, die den Geist nicht hatte hören können.

»Was?«, hatte sie verwirrt gefragt.

»Oh! Ich meine ... äh ... Colin ist wirklich ein Feigling. Meine Mama sagt, dass Jungs sich manchmal komisch aufführen, wenn sie ein Mädchen gut finden.«

Amelie hatte die Nase gerümpft und Lucy vollkommen entsetzt angesehen. »Du meinst, er findet mich gut?«

»Könnte doch sein, oder?«

»Nein! Colin ist ein Idiot! Ich will nicht, dass ein Idiot mich gut findet!«

»Und anscheinend ist er feige noch dazu«, hatte Lucy gemurmelt und versucht, den aufgeregt plappernden Geist auszublenden. Mit ihm hatte sie sich erst später in Ruhe unterhalten können, als sie alleine auf der Toilette gewesen war. Der Geist stellte sich als Ludwig vor, der einst Lehrer gewesen war und schon seit mehr als zehn Jahren in diesem Landschulheim herumspukte. Interessant war gewesen, was er über Colin zu berichten wusste. Dieses Wissen hatte Lucy gegen ihren Klassenkameraden verwendet, um ihn dazu zu bringen, sich bei Amelie zu entschuldigen. Ihr war bewusst, dass ihre Mum das nicht gutheißen würde, sollte sie je davon erfahren. Lenny sagte immer, dass Lucy ihre Gabe einsetzen solle, um Gutes zu tun. Demnach war es nicht richtig gewesen, Colin Angst einzujagen. Andererseits hatte ihre Mum nicht mitbekommen, wie verzweifelt Amelie geschrien hatte. Je nachdem, aus welcher Sicht man es betrachtete, hatte sie also etwas Gutes getan: Colin hatte sich entschuldigt und Amelie hatte sogar Schokolinsen von ihm bekommen, die sie in diesem Moment gemeinsam verspeisten.

Lucy fasste in die Tüte. »Ich habe ihn einfach nur gebeten, dass er sich bei dir entschuldigen soll.«

Amelie guckte sie zweifelnd an. »Hm.« Es war offensichtlich, dass sie ihr nicht glaubte. Dennoch legte sie versöhnlich einen Arm um Lucys Schultern. »Schon okay, wenn du es mir nicht verraten willst. Aber er wirkte ein bisschen verängstigt auf mich. Und er hat gesagt, ich solle Lucifer von ihm grüßen. Ich bin mir ziemlich sicher, er meinte dich.«

»Lucifer?« Lucy spürte einen Kloß im Hals.

»Mach dir nix draus. Wir haben doch schon festgestellt, dass er ein Idiot ist.«

»Vielleicht hat er ja recht.« Mit einem Mal war ihr der Appetit vergangen. Als Amelie ihr erneut die Schokolade anbot, schüttelte sie den Kopf.

»Was ist los?«

»Ich glaube, ich war gemein zu ihm.«

»Zu Colin kann man gar nicht gemein genug sein.« Amelies Augenbrauen zogen sich zusammen. Sicherlich war sie noch immer sauer wegen des Käfers unter ihrem Shirt.

»Dann findest du nicht, dass ich ein gemeiner Mensch bin?«

»Nein! Du, deine Mama und deine Oma, ihr seid die gutherzigsten Menschen, die ich kenne. Was immer du zu Colin gesagt hast, du hattest sicher recht.«

»Colin fürchtet sich vor Eichhörnchen«, platzte es aus Lucy heraus.

»Was?« Amelie prustete los. »Du machst Witze!«

»Nein, das ist kein Witz. Er hat wirklich panische Angst vor diesen Tieren.«

»Aber niemand hat Angst vor Eichhörnchen. Die sind doch total putzig.«

»Nicht für Colin. Ich habe ihm gesagt, wenn er sich nicht bei dir entschuldigt oder so was noch einmal macht, dann könnte es passieren, dass irgendwann morgens ein Eichhörnchen bei ihnen im Zimmer sitzt. Weil jemand es mit Nüsschen dorthin gelockt hat.«

Amelie setzte ein diabolisches Grinsen auf. »Wie raffiniert!«

»Vielleicht. Aber es war schon fies von mir. Ich war halt so sauer auf ihn. Wie dreckig er gelacht hat, als du vor Angst geschrien hast.«

Amelie blickte betrübt zu Boden. »Das war wirklich mies von ihm.«

»Dabei lässt du ihn sogar immer die Mathehausaufgaben von dir abschreiben.«

»Pah! Die Zeiten sind vorbei!« Amelie schnaubte, dann sah sie Lucy mit großen Augen an. »Aber woher weißt du eigentlich, dass Colin Angst vor Eichhörnchen hat? Kannst du Gedanken lesen?«

»Nein, das nicht.« Ihr Wunsch war groß, Amelie zu erzählen, woher sie ihr Wissen hatte. Sie hatte noch nie außerhalb ihrer Familie jemandem anvertraut, dass sie mit Geistern sprechen konnte. Lucy war damit aufgewachsen, dass sie ein Medium war. Für sie war es ganz normal. Doch für Amelie würde es verwirrend sein, auch wenn sie beste Freundinnen waren.

»Wenn ich dir verrate, woher ich das weiß, versprichst du mir, dass du niemals irgendjemandem etwas davon erzählst? Nicht mal deinen Eltern.«

Amelie staunte und brauchte einen Moment, bis sie ihre Sprache wiederfand. »Man soll doch keine Geheimnisse vor Erwachsenen haben. Und schon gar nicht vor den eigenen Eltern.«

»In dem Fall ist das aber wichtig. Du darfst nur mit mir, meiner Mama oder meiner Oma darüber sprechen.«

»Wenn ich mit deiner Mama und deiner Oma darüber reden kann, dann ist es sicherlich okay«, vermutete Amelie.

»Also gut ... Ich kann mit Geistern reden.«

Amelies braune Augen wurden groß. »Echt?«

»Ja.«

»Du meinst so Schlossgespenster?«

»Nein. Ich meine die Geister von Menschen, die gestorben sind und nach ihrem Tod nicht ins Licht gehen.«

Ihre beste Freundin blickte sie mit offenem Mund an, sodass ihr eine Schokolinse von der Zunge ins Gras fiel. »So was gibt es?«

Lucy nickte.

»Krass! Sind sie böse?«

»Nein, die meisten nicht. Sie bleiben bloß hier, weil sie noch nicht bereit sind, unsere Welt zu verlassen.«

»Das ist ein bisschen traurig.« Amelie wirkte betrübt.

»Das stimmt.«

»Und hier gibt es also auch Geister?«

»Bisher habe ich nur Ludwig kennengelernt. Er hat mir Colins kleines Geheimnis mit seiner Angst vor Eichhörnchen verraten.«

»Voll genial!«, meinte Amelie und schwieg eine Weile, bevor sie Lucy ein weiteres Mal die Schokolinsentüte vor die Nase hielt. »Du bist echt die coolste Freundin, die ich je hatte.«

1.

Es war interessant, dass Ilian sich mit seiner Familie noch immer in Berlin aufhielt. Interessant und unvorsichtig. Doch offenbar fühlte er sich in dieser Stadt sicher. Vadim konnte sich denken, warum. Mit Sicherheit erledigte Ilian weiterhin Aufträge, ohne Fragen zu stellen. Dennoch sollte er nicht darauf wetten, deswegen unantastbar zu sein. Man konnte schnell in der Gunst fallen in dieser Branche und in diesem Fall riskierte Ilian nicht allein seine Sicherheit, sondern ebenso die von Frau und Kind. Das war nicht nur unvorsichtig, sondern auch fahrlässig und dumm.

Vadim war es nach seinem Tod nicht schwergefallen, ihn aufzuspüren. Allerdings war es ein Vorteil gewesen, dass er als Geist überall unbemerkt Beobachtungen hatte anstellen können. Dadurch hatte er es besonders leicht gehabt herauszufinden, was Ilian trieb, nachdem dieser ihn verraten hatte.

Er schloss den Reißverschluss seiner gefütterten Winterjacke. Es war ungewöhnlich kalt für diese Jahreszeit. Vielleicht würde sich der Wunsch so vieler erfüllen und es standen weiße Weihnachten bevor. Seine Gedanken wanderten zu Lucy, die in den letzten Tagen damit beschäftigt gewesen war, das Wohnzimmer und die Küche weihnachtlich zu schmücken. Bei dieser Aufgabe war er keine große Hilfe gewesen. Vor allem, da er keinerlei Weihnachtsstimmung gehabt hatte, nachdem er gerade erst aus Griechenland zurückgekehrt war.

In seiner Kindheit war es seine Mutter gewesen, die jedes Jahr aufs Neue bemüht darum gewesen war, das perfekte

Fest auszurichten. Er dagegen kam in dieser Hinsicht mehr nach seinem Vater. Doch dieser würde kein weiteres Weihnachten mehr erleben. Vor ein paar Wochen hatte sein Bruder Milan ihn darüber informiert, dass ihr alter Herr im Pflegeheim verstorben war. Daher hatte Vadim eine Weile in Bulgarien und Griechenland verbracht, um den Nachlass zu regeln. Trotz des Testaments seines Vaters war das nicht so einfach gewesen, wie er es sich gewünscht hätte.

Andererseits hatte ihm die Zeit mit seinem jüngeren Bruder gutgetan.

Noch immer tat er so, als würde er das Schaufenster betrachten, in dem sich die Personen spiegelten, die er beobachtete. Möglicherweise war es nicht seine beste Idee gewesen, hierher zu kommen. Vielleicht sollte er den nächsten Flieger zurück nach Düsseldorf nehmen und in das Gästezimmer in Lucys Haus zurückkehren, das ihm schnell zu einem Zuhause geworden war. Doch genau das machte ihm zu schaffen. Er war eigentlich kein häuslicher Mensch. Außerdem war die ständige Nähe zu Lucy keine Hilfe dabei, seinen Vorsatz einzuhalten, dass eine rein platonische Beziehung das Beste für sie war.

Die beiden Erwachsenen auf der anderen Straßenseite beendeten ihr Gespräch, das Kind wirkte quengelig. Dann entfernten sie sich. Vadim wartete noch einen Moment, bevor er ihnen folgte.

2.

»Die Stoffe hier sind alle so wunderschön.« Beinahe ehrfürchtig strich Amelie über die weiße Spitze, dann ging sie weiter zum nächsten Stoffballen. »Lucy, bist du dir wirklich sicher, dass du mir noch schnell ein Kleid nähen willst? Wir könnten doch einfach nach Düsseldorf fahren. Da finde ich bestimmt einen Ersatz und du hättest nicht so viel Arbeit.«

»Nix da! Es ist mir eine Ehre, dir das Hochzeitskleid zu nähen. Ich hatte sowieso überlegt, ob ich dir ein Kleid zur Hochzeit schenken soll. Aber ich hatte keine Möglichkeit, dich vorher auszumessen.«

»Aber wie willst du es denn anstellen, so was Ähnliches nachzunähen? Und das bis Samstag?«

»Es ist Dienstagfrüh und ich habe noch ein paar Tage Zeit. Außerdem hast du mir doch bestimmt einhundert Fotos von deinem Traumkleid geschickt. Den Schnitt kenne ich in- und auswendig. Und das Kleid war eher schlicht, es hatte keine Stickereien oder so was. Vermessen habe ich dich gestern auch schon, also ist alles paletti!«

»Aber du wirst so viele Stunden an dem Kleid sitzen! Was ist mit deinen anderen Aufträgen?«

Mit einem lauten Seufzer griff Lucy nach Amelies Händen. »Amelie, ich habe das alles geregelt. Ich bekomme das hin, okay?«

In Amelies Augen glänzten Tränen, dann fiel sie Lucy um den Hals. »Das ist so lieb von dir! Ich kann einfach nicht glauben, dass ausgerechnet mein Hochzeitskleid im Flieger geklaut wurde.« Sie rieb sich über die Augen. »O Mann! Seit Kurzem bin ich so nah am Wasser gebaut.«

Lenny musterte sie aufmerksam. »Bist du schwanger, meine Liebe?«

»Nein, das bin ich nicht! Ich glaube, es ist einfach die Aufregung so kurz vor der Hochzeit. Die letzten Tage und Wochen vor unserem Flug nach Deutschland waren echt anstrengend. Überhaupt war die letzte Zeit ... schwierig. Meine Nerven sind ein bisschen durch, fürchte ich.«

»Das glaube ich dir gern.« Leandra, die lieber Lenny genannt wurde, nahm einen der Stoffe in die Hand und betrachtete diesen prüfend. »Ich war damals auch schrecklich aufgeregt vor meiner Hochzeit.«

»Es gibt so wahnsinnig viel zu organisieren.« Amelie seufzte. »Aber ich dachte, wenn wir endlich in Düsseldorf gelandet sind, dann ist das Schlimmste geschafft. Und zack, hat mir jemand mein Brautkleid geklaut.«

»Das ist wirklich ärgerlich. Gut, dass ihr am Flughafen sofort Anzeige erstattet habt«, sagte Lenny.

»Allerdings glaube ich nicht, dass es viel bringt. Auch wenn nur einer der anderen Passagiere infrage kommt.«

»Vielleicht hat jemand einfach die Tasche verwechselt beim Aussteigen«, überlegte Lucy.

»Das kann ich mir auch vorstellen«, meinte Lenny. »So hektisch, wie manche das Flugzeug verlassen wollen, gucken sie manchmal gar nicht richtig hin, welches Handgepäck sie sich greifen.«

»Aber wir sind schon gestern früh hier gelandet. Inzwischen hätte derjenige dann doch merken müssen, dass er sich die falsche Tasche geschnappt hat. Aber es hat sich deswegen noch niemand gemeldet. Hätte ich es bloß in den Koffer gepackt.« Amelie stieß einen genervten Laut aus. »Aber ich hatte Sorge, dass der Koffer verloren geht und war so naiv zu glauben, dass das Kleid im Handgepäck sicherer verstaut ist.« Sie verzog traurig das Gesicht und Lenny tätschelte ihr die Schulter.

»Ich bin mir sicher, das neue Kleid wird ebenfalls wunderschön.«

»Das wird es«, versprach Lucy sofort.

Amelie räusperte sich. »Es ist so lieb, dass du das für mich machst.«

»So eine Hochzeit ist immer eine aufregende Sache«, schwelgte Lenny in Erinnerungen. »Auch ohne dass etwas geklaut wird. Sollte ich noch einmal in meinem Leben heiraten, dann ...«

Lucy wurde sofort hellhörig. »Reden du und Dan schon über eine Hochzeit?«

»Nein! Keine Sorge, mein Schatz. Du kennst ihn ja noch nicht mal richtig.«

»Und jetzt lerne ich ihn vielleicht wieder nicht kennen.«

»Dan hat versprochen, dass er so bald wie möglich hinterherfliegt. Bis zur kirchlichen Trauung am Samstag ist er auf jeden Fall hier, sagt er.«

»Ich finde es toll, dass er Arzt ist«, meinte Amelie und klang ein wenig schwärmerisch. »Er rettet Menschen das Leben.«

»Er ist eine Koryphäe auf seinem Gebiet, aber deswegen kam nun kurzfristig die OP dazwischen.«

»Und das ist dann ja auch wichtiger als unsere Hochzeit.« Amelie strich über einen cremefarbenen Stoff. »Lucy, der würde mir gefallen.«

»Der wäre prima für das Kleid.«

»Wirklich?« Amelies Augen leuchteten begeistert.

»Ja. Ich gebe mal Frau Heinle Bescheid.« Während Lucy ihren langen, hellblonden Zopf neu band, ging sie auf die Eigentümerin des Ladens zu. Eigentlich war das Geschäft in Mettmann, das im Industriegebiet am Rande der Stadt lag, auf Online-Handel spezialisiert. Kunden hatten jedoch die Möglichkeit, ihre Ware selber in dem riesigen Lager abzuholen. Da Lucy das immer tat, um sich von der Qualität der Stoffe zu überzeugen, kannte sie Frau Heinle seit vielen Jahren persönlich. Als sie von Amelies Desaster mit dem Kleid erfahren hatte, hatte sie diese sofort angerufen. Die freundliche Dame in den Fünfzigern war damit einverstanden gewesen, Lucy und ihre Freundin für einen Spontankauf zu empfangen, sodass Lucy schleunigst an einen passenden Stoff für das Brautkleid kam. Lenny hatte sich ihnen angeschlossen, obwohl sie erst vor eineinhalb Stunden in Düsseldorf gelandet war und ziemlich müde von dem langen Flug aus San Diego wirkte. Allerdings behauptete sie, dass sie im Flieger etwas hatte schlafen können.

»Gleich haben wir alles, was wir brauchen«, verkündete Lucy wenige Minuten später, als sie sich wieder zu Amelie gesellte, während ihre Mum etwas entfernt stand, um ein paar weihnachtliche Stoffe zu bewundern, die im Ausverkauf waren.

»Sobald ich zu Hause bin, kann ich direkt mit dem Nähen starten.«

»Ich will keinen Ärger mit Vadim bekommen, weil ich dich die Nächte durcharbeiten lasse.«

»Er bekommt das gar nicht mit, solange er unterwegs ist.«

»Seit eurem Küchengespräch ist er ständig auf Reisen.«

Lucy wusste sofort, welches Gespräch sie meinte, denn sie hatte ihrer besten Freundin natürlich ausführlich davon erzählt. Sie würde den Moment nie vergessen, in dem Vadim ihr in der Küche gestanden hatte, dass er ebenso empfand wie sie. Doch dann hatte er regelrecht Reißaus genommen und sie mit dieser Information zurückgelassen.

»Es ist fast so, als wäre er auf der Flucht vor mir.«

»Hey, das wollte ich damit nicht andeuten«, stellte Amelie schnell klar. »Ich meinte das nur, weil er doch erst letzte Woche von dem Urlaub mit seinem Bruder zurückgekommen ist, oder?«

»Es war ja kein richtiger Urlaub. Sie mussten einiges regeln nach dem Tod ihres Vaters. Und die Beerdigung war auch noch.«

»Das tut mir so leid, dass Vadim seinen Vater verloren hat.«

»Mir auch. Ich hätte ihm echt gewünscht, dass er mal zur Ruhe kommt. Aber Vadim sagte, dass es gut war, so viel Zeit mit Milan zu verbringen. Sein Bruder will das Haus in Griechenland übrigens zukünftig als Ferienhaus vermieten. Es liegt direkt am Meer.«

»Ein Urlaub am Meer würde mir auch gefallen.«

»Zu blöd, dass ihr die Flitterwochen erst nächsten Sommer nachholen könnt.«

»Ach was. Besser spät als nie. Wann kommt Vadim zurück?«

»Übermorgen ist er wieder in Mettmann, also rechtzeitig zu eurer Trauung. So wie Dan hoffentlich auch.«

Amelie verschränkte die Arme vor der Brust. »Auch wenn er viel unterwegs war ... Ich finde es unglaublich, dass ihr noch immer kein Paar seid.«

Lucy spürte, dass sie rot wurde.

»Ich meine«, Amelie senkte ihre Stimme, »der Mann war ein Auftragskiller, aber er hat Angst vor seinen Gefühlen für dich? Echt jetzt? So was kann auch nur einem Kerl passieren. Andererseits ... Du hast doch auch Schiss davor, dass es wirklich ernst werden könnte zwischen euch.«

Lucy fühlte sich ertappt. »Es ist halt kompliziert.«

»Weil ihr es kompliziert macht«, meinte Amelie überzeugt und schien noch mehr dazu sagen zu wollen, doch da kam Frau Heinle mit zwei großen Tüten auf sie zu. Da Lucy einige hübsche Frühlingsstoffe entdeckt hatte, hatte sie nicht widerstehen können und etwas mehr eingekauft als nur den Stoff für das Brautkleid. Ab Januar würde sie in ihrem Online-Shop wieder ein paar vorgefertigte Dekoartikel anbieten. Da war der Frühlingsstoff perfekt, wenn sich ihre Kunden frische Farben nach den Feiertagen wünschten.

»So, das wäre dann alles«, sagte Frau Heinle und stellte die Tüten ab.

»Danke, dass wir so spontan vorbeikommen durften.«

»Ach, das war doch selbstverständlich!«

Amelie beugte sich nahe zu Lucy, sodass sie ihr ins Ohr flüstern konnte. »Denke bloß nicht, ich würde das Thema mit Vadim vergessen. Ich komme später darauf zurück.«

Frau Heinle, die von der Bemerkung nichts mitbekommen hatte, lächelte Amelie an. »Ich wünsche Ihnen und Ihrem Mann einen wunderschönen Tag. So eine Winterhochzeit ist ja auch mal was ganz Besonderes.«

»Vielen Dank. Ich bin schon wahnsinnig aufgeregt.« Amelie öffnete ihre Handtasche. »Dann sollte ich wohl mal die Rechnung begleichen.«

»Sicher nicht!«, widersprach Lucy sofort. »Ich schenke dir das Kleid.«

»Das werde ich auf gar keinen Fall annehmen!«

»Das musst du!«

Frau Heinle lächelte. »Wie Frau Maiwald schon sagte, ich habe gar keine Rechnung vorbereitet.« Sie zwinkerte Amelie zu. »Tut mir leid, aber ich kann nicht eine meiner besten Kundinnen verärgern.«

»Das war so nicht abgemacht«, maulte Amelie, doch Lenny warf ein Dankeschön in den Raum, schnappte sich eine der beiden Taschen, und schob die protestierende Braut in Richtung des Ausgangs.

»Ich kann es kaum erwarten, dich in dem Kleid zu sehen, meine Liebe. Schon beim Gedanken daran kommen mir die Tränen«, meinte sie.

»Eine Freundin hat mir eine ganz tolle, wasserfeste Wimperntusche empfohlen«, berichtete Amelie, die sich zu

Lucys Erleichterung endlich von dem Rechnungsthema ablenken ließ. »Ich habe sie schon getestet.« Sie klimperte mit ihren braunen, getuschten Augen. »Ich habe mich damit geschminkt und einen traurigen Film geguckt und sah danach immer noch perfekt aus.«

»Dann muss ich unbedingt wissen, welche das ist.«

»Ich auch«, mischte Lucy sich ein, die schon bei manch einer romantischen Komödie in Tränen ausbrach. Mit einer Diskussion darüber, ob es auch einen Lippenstift gab, der kussecht war und nicht am Bräutigam kleben blieb, verließen sie den Laden. Lucy trug die Tasche mit dem cremefarbenen Stoff, während Lenny den Kofferraum des Mietwagens öffnete, in dem sie die andere Tüte verstaute.

»Dann setze ich also zuerst dich zu Hause ab, mein Schatz, damit du dich sofort an die Nähmaschine setzen kannst, und dann fahre ich Amelie nach Hause. Richtig?«

»Exakt«, bestätigte Lucy, die es ein wenig bedauerte, dass ihre Mum in ein Hotelzimmer ziehen musste. Früher hatte Lenny bei ihren Besuchen in Deutschland bei ihr übernachtet, doch das Gästezimmer wurde inzwischen von Vadim bewohnt. Außerdem war Lenny davon ausgegangen, bereits heute mit ihrem Freund Dan anzureisen, sodass ein Hotelzimmer sowieso die bessere Wahl war. Lucy hoffte, dass Dan zeitnah nachkommen konnte. Sie wollte den Mann, der ihrer Mutter schon vor Monaten den Kopf verdreht hatte, endlich live kennenlernen, statt nur per Video-Call mit ihm zu reden. In diesen Gesprächen hatte er allerdings einen sehr sympathischen Eindruck gemacht.

Amelie hatte gerade eine der hinteren Türen von Lennys Mietwagen geöffnet, als ein tiefes Motorgeräusch ertönte. Lucy drehte sich um, denn vermutlich suchte der nächste Kunde, der Ware abholen wollte, nach einem Parkplatz. Es war ein weißer Kleintransporter, der wendete.

Schlimmstenfalls mussten sie kurz warten, bis sie den

Hinterhof verlassen konnten, da der große Wagen ihnen die Ausfahrt versperrte.

Lucy stellte ihre Tasche in den Kofferraum, dann drehte sie sich wieder zu dem Transporter um, der inzwischen mit dem Heck zu ihnen stand und ihnen Abgase entgegenblies. Lenny schien das ebenfalls zu stören, denn sie rümpfte die Nase, dann deutete sie auf die Taschen.

»Du hast jetzt alles und nichts vergessen?«

»Ich hab alles.«

»Na dann«, sagte ihre Mum und machte Anstalten, den Kofferraum zu schließen, als Amelie ein erschrockenes »O Gott!« ausstieß. Lucy drehte sich um und sah drei maskierte Männer aus dem Fahrzeug springen. Ihre Knie wurden weich und ehe sie einen klaren Gedanken fassen konnte, hatte einer der Kerle sie schon gepackt.

»Nein! Hilfe!«, kreischte Amelie, als einer der Maskierten sie packte. Lucy konnte nicht schreien, denn eine Hand hatte sich auf ihren Mund gepresst. Sie schmeckte Leder und versuchte sich aus dem Griff zu befreien, während sie im Augenwinkel wahrnahm, wie ihre Mum mit ihrer Handtasche um sich schlug. Lucy trat nach dem Angreifer, in der Hoffnung, sich befreien zu können, doch sie hatte keine Chance gegen den größeren und stärkeren Mann. Er schleifte sie zum Lieferwagen, in den Amelie gerade unsanft befördert wurde. Nachdem sie auch Lucy auf die Ladefläche gezerrt hatten, sprang der dritte Mann zu ihnen ins Auto und schlug die Türen zu. Irgendjemand klopfte an die Wand der Fahrerkabine und sofort fuhr der Transporter ruckartig an.

Panisch blickte Lucy sich um. Wo war ihre Mum? War es ihr gelungen, in das Stofflager zu fliehen? Sie konnte nur beten, dass es so war. Vielleicht hatte Frau Heinle etwas mitbekommen und bereits die Polizei alarmiert. Sie hörte ein unterdrücktes Schreien von Amelie, schaffte es aber nicht, sich zu ihr umzudrehen, dann war es plötzlich still. Einer der Männer sagte etwas. Sie drehte sich zu der Stimme um und bäumte sich auf, als sie eine Spritze erkannte, mit der ihr einer der Maskierten gefährlich nahekam. Sie schluchzte auf, doch inzwischen wurde sie von zwei Männern festgehalten und bekam kaum Luft.

»Lucy! Du lieber Himmel«, nahm sie plötzlich Maschas aufgeregte Stimme wahr, während sie einen Piks im Oberarm spürte.

»Was passiert denn nur hier?«

Doch Lucy hatte keine Möglichkeit mehr, darauf zu reagieren, weil alles um sie herum in einer Art Nebel versank.

3.

Als Lucy aufwachte, fühlte sie sich benommen.

»Bist du wach?« Es war Amelies leise Stimme, die sie hörte.

»Hm.« Sie hatte ein flaues Gefühl im Magen und ihr war ein bisschen schwindelig, daher brauchte sie einen Moment, um sich aufzusetzen. »Amelie?«, fragte sie dann und blinzelte in ein gelbliches, künstliches Licht.

»Ich bin hier.« Eine Hand berührte sie und strich ihr über den Rücken.

Es dauerte noch etwas, bis sie scharf sehen konnte, dann blickte sie in Amelies gerötete Augen. Es war also nicht nur ein schlechter Traum gewesen. Aufgewühlt blickte sie sich um. Das Zimmer, in dem sie sich befanden, sah aus wie ein fensterloser Kellerraum mit einem betonartigen Fußboden. Eine große Glühbirne baumelte an einem Kabel von der Decke und spendete Licht. Sie und Amelie saßen auf zwei dicken Matratzen, die nebeneinanderlagen und auf denen einige Decken und zwei Kissen gestapelt waren.

Amelie hielt ihr eine Flasche Wasser entgegen. »Hast du Durst?«

»Sie haben uns betäubt!«

»Ja, aber die vier Flaschen hier waren alle versiegelt. Ich glaube nicht, dass da irgendwas drin ist.«

Lucys Blick schweifte zu einem dunkelgrünen, schäbigen Vorhang, der zu einem weiteren Raum zu führen schien.

»Dahinter sind eine Toilette und ein Waschbecken«, erklärte Amelie. »Ich war vor dir wach und habe mich schon umgesehen.« Sie räusperte sich. »Ist dir auch übel?«

»Ja.« Lucy fuhr sich durchs Haar, dann zupfte sie sich das Haargummi heraus, aus dem schon zahlreiche Haarsträhnen heraushingen. »Warum sind wir hier?« Sie griff nach der Flasche, betrachtete prüfend den Verschluss, und nahm schließlich einen vorsichtigen Schluck. Mehr wollte sie ihrem Magen nicht zumuten, obwohl ihr Mund noch immer furchtbar trocken war. Sie fragte sich, ob ihnen von dem Betäubungsmittel übel war, das man ihnen gespritzt hatte oder von der Aufregung.

»Ich habe keine Ahnung, was hier los ist«, sagte Amelie und zog die Nase hoch. »Und ich habe keine Ahnung, wo Lenny ist.«

»Sie war nicht bei uns im Wagen, das habe ich noch gesehen. Ich hoffe, Mum hat fliehen können.«

»Das hoffe ich auch! Vielleicht konnte sie sofort die Polizei verständigen und sie suchen schon nach uns.«

Lucy schielte zu der einzigen Tür in dem Keller.

»Die ist abgeschlossen. Wir sind hier eingesperrt und auch sonst gibt es keinen Weg hier raus. Ich habe schon alles abgesucht. Es gibt nur noch die Kammer mit der Toilette, aber kein verstecktes Fenster oder so was. Vermutlich sind wir hier irgendwo am Arsch der Welt und könnten uns die Seele aus dem Leib brüllen, aber niemand würde uns hören. Und alles abgenommen haben sie uns auch. Die Uhren, die Taschen, die Handys.«

»Vielleicht sollten wir es dennoch versuchen?«

»Was?«

»Schreien oder so. Vielleicht sind wir doch nicht am Arsch der Welt und jemand wird auf uns aufmerksam.«

»Ich glaube nicht, dass die Entführer so dumm sind. Und ich will nicht, dass sie uns wieder betäuben, weil wir Schwierigkeiten machen.« Amelie schüttelte sich. »Ich bin lieber bei klarem Verstand. Ich finde es unheimlich genug, dass wir zwischendurch bewusstlos waren.«

Lucy stimmte ihr zu, wollte aber nicht weiter darüber nachdenken. »Ich vermute, Mascha ist bei Mum. Sie hat mitbekommen, was passiert ist, aber dann haben sie mir die Spritze gegeben und ich konnte nicht mehr mit ihr reden.«

»Mascha weiß, was passiert ist? Dann weiß sie auch, wo wir sind, oder? Dem Himmel sei Dank!«, flüsterte Amelie und rückte näher an Lucy heran. »Wir sollten leiser sprechen, wenn wir über Mascha reden. Da oben hängt eine Kamera in der Zimmerecke. Ich weiß nicht, ob die Typen uns auch abhören können.«

Ein beklemmendes Gefühl breitete sich in Lucys Körper aus. Es war schlimm genug, in diesem Raum gefangen zu sein, ohne zu wissen, was die Täter mit ihnen vorhatten. Dass die Männer ihnen dabei zusehen konnten, wie sie eingeschüchtert auf den Matratzen saßen, machte die Situation noch unangenehmer.

»Du meinst, weil die Entführer dann denken, sie haben zwei Verrückte gefangen, weil ich mit unsichtbaren Wesen kommuniziere?«

»Oder weil sie schlimmstenfalls glauben, dass du eine nützliche Fähigkeit hast.«

Lucy blickte sie erstaunt an.

»Deine Oma hat dich doch nicht nur vor der Polizei gewarnt, weil sie Sorge hatte, dass sie dich in eine psychiatrische Klinik einweisen.«

»Aber wer sollte mir das schon glauben? Die Entführer würden einfach denken, ich wäre durchgeknallt.«

»Und wenn nicht? Für solche Leute wärst du Gold wert. An was für Informationen du herankommen könntest, das schafft der beste Spion der Welt nicht.«

Lucy spürte eine Gänsehaut. »Du meinst, wir sind deswegen hier? Wegen dem, was ich kann?«

Amelie nahm ihre Hand und drückte sie. »Nein, das glaube ich nicht.«

»Aber vielleicht doch. Vielleicht hat es mit den Gefallenen Engeln zu tun.«

»Du meinst diese kriminelle Organisation, die deine Nachbarin im Sommer umgebracht hat?«

Lucy fühlte sich schrecklich. Die Schuldgefühle trafen sie mit voller Wucht. »Genau. Deswegen brauchte ich Ben als Personenschützer. Das waren gefährliche Leute. Was, wenn die Polizei nicht alle erwischt hat? Vielleicht wollen sie sich noch immer an mir rächen.«

»Aber das hätten sie doch längst tun können, oder? Ich meine, warum dann jetzt? Ausgerechnet dann, wenn du nicht alleine unterwegs bist, sondern mit mir.«

Amelies Worte ergaben durchaus Sinn. Der Vorfall mit den Gefallenen Engeln lag ein halbes Jahr zurück. Es hätte genügend Gelegenheiten gegeben, um sich an Lucy zu rächen, ohne andere Personen in die Sache mit hineinzuziehen.

»Ich wünschte wirklich, Mascha wäre hier«, murmelte Lucy.

»Vielleicht ist sie bald zurück und muss nur erst mal mit deiner Mum reden. Wir haben ja keine Ahnung, wie lange wir bewusstlos waren. Vielleicht sind wir erst seit Kurzem hier.«

»Sobald Mum weiß, wo wir sind, sind wir hoffentlich schnell wieder hier raus.«

»Ich war noch nie so froh wie jetzt, dass du mit Geistern sprechen kannst.« Amelie blickte traurig drein. »Es ist bestimmt meine Schuld.«

»Was? Dass wir hier sind? Ich weiß, dass deine Eltern nicht arm sind, aber doch nicht reich genug für eine Lösegelderpressung.«

Amelie zog ihre Knie an den Körper und legte den Kopf darauf ab. »Aber warum sollten sie ausgerechnet jetzt zuschlagen, wenn es eigentlich um dich geht? Das ist doch unwahrscheinlich. Ich meine, ich bin zurück in Deutschland und dann entführt man uns. Ich glaube, ich habe dich in irgendwas mit reingezogen.«

»Oder das ist alles nur eine Verwechslung.«

»Das macht es nicht besser.«

»Nicht?«

»Nein. Dann hätten die Täter doch für uns keine Verwendung mehr.«

»O Gott, das hatte ich überhaupt nicht bedacht.«

»Ich schon. Ich gucke gerne Actionfilme und Thriller.«

Die schaute Lucy auch gerne, aber dann saß sie in ihrem Wohnzimmer oder im Kino, wo sie sich sicher fühlte und es die Schauspieler waren, denen was Schlimmes passierte. Allein der Gedanke an die Männer in Skimasken bescherte ihr schon leichte Atemnot. Mindestens vier von ihnen hatte sie in dem Wagen gesehen. Sie waren alle komplett schwarz gekleidet gewesen. Da sie ein Betäubungsmittel vorbereitet hatten, war klar, dass es keine spontane Aktion gewesen war, sondern ein geplanter Überfall. Wieder musste sie an die Gefallenen Engel denken.

»Sicherlich kommt Mascha bald zu uns«, flüsterte Lucy, auch um sich selber Mut zuzusprechen. »Dann kann Mum die Polizei alarmieren und dafür sorgen, dass man uns hier findet.«

»Das hoffe ich auch«, sagte Amelie und lehnte ihren Kopf an Lucys Schulter.

4.

»Ben Stevens«, meldete sich Ben, der die Nummer auf dem Display seines Smartphones nicht zuordnen konnte.

»Guten Tag. Hier ist Polizeihauptkommissarin Carla Damico. Gut, dass ich Sie erreiche. Von dem Fall im Juni weiß ich, dass Sie Lucinda Maiwald recht nahegestanden haben. Haben Sie mit ihr noch Kontakt?«

Ein ungutes Gefühl breitete sich in ihm aus. »Ab und zu. Warum fragen Sie?«

»Kennen Sie eventuell noch weitere Angehörige von ihr, außer Ihrer Mutter? Wir haben von niemandem sonst Kontaktdaten.«

»Was ist passiert?«

»Wenn Sie einfach meine Frage beantworten würden, bitte.«

»Sehr gerne, wenn ich auch eine Antwort bekomme.«

Es klang, als würde sie einen Fluch unterdrücken, dann vernahm Ben ein lautes Seufzen. »Die Zeit drängt gerade ein wenig, Herr Stevens. Wenn Sie mir wenigstens kurz die Frage nach anderen Verwandten beantworten würden?«

»Lucys Vater hat die Familie vor vielen Jahren verlassen, da war sie noch ein Kind. Vermutlich lebt er noch, aber es besteht kein Kontakt mehr.«

»Und enge Freunde?«

»Ich denke, das ist ein guter Zeitpunkt, um mir meine Frage zu beantworten. Was ist passiert?« Denn dass etwas vorgefallen sein musste, war ihm inzwischen klar.

»Frau Maiwald wird vermisst.«

»Was heißt das, sie wird vermisst?«

»Wir suchen Personen, die etwas über ihr Verschwinden wissen könnten«, fuhr Damico fort, ohne auf seine Frage einzugehen. »Leider ist ihre Mutter im Krankenhaus und diesbezüglich derzeit keine Hilfe, also fielen Sie mir als möglicher Kontakt ein.«

»Was ist mit ihrer Mutter?«

»Sie wurde verletzt.«

»Schwer?«

»Nicht lebensgefährlich, aber derzeit ist sie nicht vernehmungsfähig.«

Ben sog die Luft ein. »Worum genau geht es hier?«

»Wie ich bereits sagte, wird Frau Maiwald vermisst.«

»Da Lucy eine erwachsene Frau ist, nehme ich an, dass das eine Umschreibung für eine Entführung ist?«

Die Kommissarin schwieg.

»Liege ich richtig?«

»Also gut. Vielleicht macht es Sinn, Sie einzuweihen. Allerdings muss ich mich darauf verlassen können, dass sie mit keiner weiteren Person über unser Telefonat reden.«

»Okay.«

»Das werte ich als Zusage. Es kam heute um etwa zehn Uhr fünfundvierzig tatsächlich zu einer Entführung. Die Opfer sind Lucinda Maiwald und Amelie Schultz. Leandra Maiwald war ebenfalls zugegen und wurde bei dem Angriff verletzt. Daher liegt sie im Krankenhaus.«

Diesmal war er derjenige, der ein Fluchen unterdrückte. Sein Herz klopfte ein wenig schneller und er zwang sich, ruhig zu atmen. »Gibt es irgendwelche Zeugen?«

»Ja. Ich kann jetzt aber nicht so ausführlich sprechen. Ich habe während unseres Gesprächs schon zwei Anrufe wegdrücken müssen. Wir gehen davon aus, dass die Täter bald eine Forderung stellen an eine der Familien. Daher meine Frage nach Kontaktpersonen. Wissen Sie, ob Frau Maiwald in letzter Zeit irgendwelche Probleme hatte?«

»Davon ist mir nichts bekannt. Was sagt Niklas dazu?«

»Niklas ist bis kurz vor Heiligabend mit seiner Frau auf einer längeren Kreuzfahrt und sehr schlecht erreichbar auf hoher See. Deswegen habe ich mein Glück bei Ihnen versucht.«

»Haben Sie schon Lucys Mitbewohner befragt?«

»Sie hat einen Mitbewohner? Ein Kollege war bei ihrem Haus und hat geklingelt, da wir nicht wussten, ob sie einen Partner hat, den wir dort antreffen können. Es hat allerdings niemand geöffnet.«

»Vielleicht war er unterwegs. Doch soweit ich informiert bin, wohnt er noch dort.«

»Haben Sie die Kontaktdaten von ihm?«

»Ich könnte dort vorbeifahren.«

»Eine Telefonnummer würde mir reichen.«

»Habe ich nicht zur Hand«, log Ben. »Ich versuche gleich auch mal mein Glück vor Ort und melde mich dann. Vielleicht ist er jetzt wieder zurück« Er lauschte einen Moment in die Stille. »Sind Sie noch dran?«

»Bin ich. Entschuldigen Sie. Es geht hier gerade drunter und drüber. Ich muss jemanden zurückrufen. Wenn Sie Ihr Glück versuchen wollen, dann gerne. Wissen Sie jemanden, der die Nummer des Mitbewohners haben könnte?«

»Ich denke, ich kann die Nummer organisieren.«

»Das würde uns sehr helfen. Danke, Herr Stevens. Und wie ich schon sagte, behandeln Sie den Fall äußerst vertraulich. Wir versuchen mit allen Mitteln zu verhindern, dass die Presse Wind von der Sache bekommt. Solange wir nicht wissen, was los ist, könnte das sonst ein erhebliches Risiko für Frau Schultz und Frau Maiwald darstellen.«

»Sie können sich auf mich verlassen«, versprach Ben und legte auf. Er konnte kaum fassen, was er soeben von der Kommissarin gehört hatte. Es war ein halbes Jahr her, seit Lucy als Zeugin in einen Kriminalfall geraten war und sie ihn als Personenschützer engagiert hatte. Die Wahrscheinlichkeit, dass jemand kurz nacheinander in zwei Kriminalfälle verwickelt wurde, war ausgesprochen gering.

Andererseits war Lucy kein gewöhnlicher Mensch und Ben fragte sich, ob ihre Entführung damit zusammenhing. Das war auch der Grund, weshalb er derjenige sein wollte, der Vadim über die Tat informierte. Vadims Vergangenheit war ihm ein Dorn im Auge, dennoch musste er darüber Bescheid wissen, was vorgefallen war. Es sei denn, der ehemalige Profikiller hing in der Sache mit drin. Doch bei aller Skepsis ihm gegenüber konnte Ben sich das nicht vorstellen, denn ihm fehlte das Motiv.

Dennoch steckte er sein Smartphone in die Hosentasche, da er darauf hoffte, Vadim persönlich anzutreffen. Anrufen konnte er ihn danach immer noch, sollte er, genau wie Damicos Kollege, vor Ort kein Glück haben. Doch zunächst musste er Steffen darüber informieren, dass er nicht an dem anstehenden Bewerbungsgespräch teilnehmen würde. Also klopfte er an die Bürotür seines besten Freundes, der zugleich sein Chef war und ihn damals beim SEK abgeworben hatte.

»Hi, Ben. Ist der Bewerber schon da?«, fragte Steffen, der in Unterlagen vertieft war und nicht allzu glücklich darüber schien, gestört zu werden.

»Nein. Aber ich kann an dem Interview gleich nicht teilnehmen.«

»Was? Wieso?«

»Hat Elyas Zeit?«, stellte Ben eine Gegenfrage, der nichts von der Entführung erzählen wollte. Er hatte Damico ein Versprechen gegeben und nicht vor, es zu brechen.

»Der ist im Einsatz heute.«

»Dann frag bitte Miriam. Ich muss dringend weg.«

»Ist alles in Ordnung?« Steffen klang nicht vorwurfsvoll, sondern besorgt.

»Genau das würde ich gerne klären.«

Steffens Augenbrauen zogen sich zusammen. »Kann ich dir irgendwie helfen?«

»Könnte ich deinen Wagen haben?«

»Du meinst den Kombi?«

»Ja. Der wäre perfekt.« Ben zog den Autoschlüssel seines Firmenwagens aus der Tasche. »Du kannst so lange meinen SUV haben.«

»Okay. Hauptsache, ich habe ein Auto.«

»Danke, Steffen.«

»Keine Ursache. Allerdings neigst du in letzter Zeit zur Geheimniskrämerei. Wenn ich irgendetwas für dich tun kann, dann ...«

Ben winkte ab. »Danke. Es ist super, dass ich deinen Wagen nehmen kann.«

»Na gut. Ich bin gespannt, ob ich später zu hören bekomme, was los war.«

Ben nickte ihm zu. »Wir reden später.«

»Aber melde dich, wenn ich doch noch irgendwie helfen kann.«

Als die Tür zu dem Kellerraum geöffnet wurde, schnappte Amelie erschrocken nach Luft und wich ein Stück zurück. Lucy spürte, wie sich ihre Muskeln im gesamten Körper anspannten und ihr Herz spürbar klopfte. Ein schwarz gekleideter Mann betrat den Raum. Er trug eine Sturmhaube, sodass nur seine Augen zu sehen waren. Hinter ihm stand ein weiterer Entführer, der ebenfalls komplett dunkel gekleidet war und sein Gesicht mit einer Maske verdeckte. Er blieb im Türrahmen stehen und Lucy war nicht sicher, ob es ein Mann oder doch eine Frau war. Die Person im Hintergrund war ein ganzes Stück kleiner und schmaler als der andere Typ, der auf sie zukam, ein Smartphone zückte, und es mit der Kamera auf sie richtete.

»Sagt eure Namen, sobald ich euch einen Daumen hoch zeige«, befahl er mit leiser, rauchiger Stimme und klang mit dem Stoff über seinem Mund etwas undeutlich. »Erst du«, er deutete auf Amelie, »dann du.«

»Was?«, fragte Amelie. Lucy und sie sahen sich verblüfft an.

Der Mann kam noch einen Schritt näher. »Auf mein Zeichen hin«, wiederholte er ungeduldig und zeigte den Daumen nach oben.

»Amelie Schultz.«

»Lucy Maiwald.«

Er nickte, tippte auf sein Telefon, steckte es zurück in die Hosentasche, drehte sich um und schlug die Tür hinter sich zu.

»Das gibt es doch nicht«, meinte Amelie verzweifelt. »Was sollte das denn?« Verängstigt riss sie die Augen auf. »O Mann! Ob Sie mit dem Video beweisen wollen, dass wir noch leben?«

»Ich weiß es nicht«, sagte Lucy und bemühte sich, ruhiger zu atmen. Die Typen hatten ihr Angst gemacht. Es war schlimm, sich derart hilflos zu fühlen. Auch wenn der zweite Entführer einen schmächtigeren Eindruck machte, wussten sie, dass es noch weitere Täter gab und sie keinerlei Probleme damit hätten, Amelie und sie zu überwältigen. Vermutlich hatte ein weiterer Kidnapper alles über die Kamera beobachtet, um notfalls zur Unterstützung in den Keller zu kommen. Und sicherlich hatten sie auch noch mehr von dem Betäubungsmittel parat. Sie war froh, dass die beiden nach der kurzen Videoaufnahme sofort wieder verschwunden waren.

»Ich dachte erst, die sind hier, um dein oder mein Smartphone zu entsperren, weil sie irgendwelche Informationen haben wollen«, sagte Amelie und rieb sich die Schläfen.

»Weil er mit dem Handy auf uns zukam.«

»Unsere Telefone werden sie nicht benutzen.«

Amelie runzelte die Stirn. »Nicht?«

»Nein. Darüber könnten wir geortet werden. Falls sie unsere Taschen mitgenommen haben, haben sie die Handys entweder entsorgt oder den Akku rausgenommen, um das zu verhindern.«

»Da Mascha hoffentlich weiß, wo wir sind«, flüsterte Amelie, »ist mir das auch lieber so. Es wäre schrecklich, wenn sie mein Handy durchsuchen würden mit all den persönlichen Daten.«

»Ich wünschte nur, Mascha wäre endlich hier und könnte uns ein paar Antworten liefern.« Lucy machte sich große Sorgen um ihre Mum. Bevor man sie in den Transporter verfrachtet hatte, hatte sie noch gesehen, wie Lenny mit ihrer Handtasche auf einen der Männer eingeschlagen hatte. Was, wenn der Kerl ihrer Mum etwas angetan hatte, weil sie sich so heftig gewehrt hatte? Immerhin hatte sie keinen Schuss gehört, doch man brauchte nicht immer eine Waffe, um jemanden schwer zu verletzen oder gar zu töten. Das Atmen fiel ihr plötzlich schwer und sie versuchte, sich auf andere Gedanken zu konzentrieren. Wie zum Beispiel auf ihre Blase, die sich meldete.

»Hängt in dem Waschraum auch eine Kamera?«

»Darauf habe ich nicht geachtet«, sagte Amelie und verzog das Gesicht. »Hoffentlich nicht!«

Lucy stand auf und streckte sich. Die Muskeln taten ihr weh und alles war verspannt. Auch hatte sie keinerlei Zeitgefühl, weil kein Tageslicht in den Raum drang.

»Dann werde ich das mal prüfen.« Und falls ja, würde sie sich das Pipi machen erst mal verkneifen und den Toilettenbesuch noch etwas aufschieben. Amelie nickte ihr unsicher zu. Sie sah genauso fertig und verängstigt aus, wie Lucy sich fühlte. So langsam wunderte sie sich darüber, dass Mascha nichts von sich hören ließ. Ob sie Angst davor hatte, sie mit einer schlechten Nachricht zu konfrontieren?

Er fand direkt vor Lucys Haus einen Parkplatz am Straßenrand und war dankbar für Steffens Familienkutsche. Solange die Polizei im Dunkeln tappte, was es mit der Entführung auf sich hatte, hielt er es nicht für klug, mit seinem SUV mit der Aufschrift »Safetec Security« vor ihrem Haus vorzufahren. Ihm war zwar kein Fahrzeug in der Straße verdächtig vorgekommen, doch das musste nichts bedeuten. Vielleicht wurde Lucys Haus dennoch überwacht. Doch selbst wenn – er war in Jeans und Winterjacke gekleidet und konnte einfach irgendein Bekannter sein, der Lucy oder Vadim besuchen wollte. Aber auch nachdem er dreimal an der Haustür geklingelt hatte, öffnete ihm niemand. Vadim war also noch immer nicht im Haus. Nachdenklich ging er zurück zum Auto.

Ab und zu schrieb er mit Lucy, denn er bemühte sich inzwischen darum, sich regelmäßig bei ihr zu melden. Doch das Thema Vadim mieden sie. Er hoffte dennoch, dass er den Mann wenigstens telefonisch erreichte, denn er machte sich Sorgen. Eine Entführung barg für die Opfer immer ein enormes Risiko. Bestenfalls verfügte Vadim über irgendwelche hilfreichen Informationen, die Damico bei den Ermittlungen nutzen würden.

Er schlug die Fahrertür zu, dann nahm er sein Smartphone zur Hand und rief Vadims Kontakt auf.

»Was ist passiert?«, fragte dieser sofort, nachdem er den Anruf angenommen hatte. Da sie sonst keinen Kontakt pflegten, war es nicht überraschend, dass er ahnte, dass etwas nicht in Ordnung war.

»Lucy und Amelie wurden entführt.« Ben nahm trotz der schlechten Nachricht keinerlei Lautäußerung wahr, was zu dem abgebrühten Auftragskiller passte, als den er seinen Gesprächspartner betrachtete.

»Wann?«

»Heute früh, um Viertel vor elf. Mehr weiß ich bisher nicht. Kommissarin Damico hat mich angerufen. Sie ist aktuell für den Fall verantwortlich. Es gibt wohl Zeugen für die Tat, aber sie tappen im Dunkeln wegen des Motivs. Damico hoffte, ich hätte Kontaktdaten von Lucys Familie.«

»Was ist mit Lenny, Lucys Mutter?«

»Sie liegt im Krankenhaus. Sie wurde verletzt bei dem Überfall. Es ist wohl nicht lebensbedrohlich, aber sie kann zurzeit nicht vernommen werden. Damico hat mich gefragt, ob ich von irgendwelchen Schwierigkeiten in Lucys Leben wüsste. Ist dir da was bekannt?«

»Abgesehen von den Gefallenen Engeln wüsste ich niemanden, der einen Grund hätte, Lucy zu entführen. Und die sind hoffentlich alle in Untersuchungshaft.«

»Sind Amelies Eltern reich?«

»Nein, reich nicht. Wohlhabend ja, aber für Entführer kaum lukrativ genug.«

»Was ist mit der Familie von Amelies Verlobtem?«

»Jack kenne ich nicht so gut. Er war ein paar Mal mit Amelie in Deutschland, aber er hat mich nie sonderlich interessiert. Soweit ich weiß, verdient er sehr gut. Aber niemand in Amelies Umfeld ist meines Wissens nach reich genug, sodass sich eine Entführung aus finanziellen Gründen lohnen würde.«

Ben war frustriert, weil ihn das Gespräch kein bisschen weiter brachte. »Danke. Ich werde es der Kommissarin ausrichten. Sie hat nach deiner Nummer gefragt.«

»Die kannst du ihr geben, wenn sie danach fragt.«

»Welchen Namen soll ich ihr nennen?«

»Vadim sollte reichen. Wo ist es passiert?«

»Wie gesagt, Damico hatte nicht viel Zeit für ein Gespräch. Ich versuche, gleich mehr Informationen von ihr zu bekommen.«

»Danke. Ich mache mich auf den Weg zum Flughafen und komme so schnell wie möglich nach Mettmann.«

»Du bist nicht in der Stadt?«

»Nein. Aber ich bin nur etwa eine Stunde Flugzeit entfernt. Würdest du versuchen herauszubekommen, wie es Lenny geht und in welchem Krankenhaus sie ist?«

»Mache ich.«

»Ich melde mich, wenn ich in Düsseldorf gelandet bin.«

Ben sagte nichts mehr, sondern legte auf, um Damico zurückzurufen. Zu seinem Bedauern konnte er ihr nicht viel Neues berichten, außer dass auch Lucys Mitbewohner keine Idee hatte, was es mit der Entführung auf sich haben könnte, abgesehen davon, dass er die Gefallenen Engel erwähnt hatte.

»Danke Ihnen, Herr Stevens«, sagte Damico und klang enttäuscht.

»Ich weiß, Sie dürfen mir nicht viel sagen, aber Sie erwähnten, dass Lucys Mutter im Krankenhaus ist. Soweit ich weiß, lebt sie in den USA.«

»Ja, das ist richtig. Sie ist zu Besuch hier, weil Frau Schultz am Samstag heiraten will.«

Ihm fiel ein, dass Lucy die Hochzeit vor Kurzem erwähnt hatte. »Ist Lucys Mutter in der Klinik in Mettmann?«

»Ja«, sagte Damico nach einer kurzen Pause.

»Wenn ich in dem Fall irgendwie helfen kann, dann ...«

»Ich gebe es nur äußerst ungern zu, aber vielleicht können Sie das wirklich. Kennen Sie den Eichenweg?«

»In Mettmann? Sicher.«

»Ich stehe in Höhe von Hausnummer zweiundzwanzig und warte dort auf Sie.«

»Ich bin in zehn Minuten da«, sagte Ben sofort, ehe sich die Kommissarin ihr Angebot anders überlegen konnte. Dann schrieb er Steffen, dass er den Wagen noch eine Weile brauchen würde und startete den Motor.

Der Eichenweg war nur wenige Minuten von Lucys Adresse entfernt und als er in die Straße einbog, sah er Damico telefonierend auf- und ablaufen, also suchte er nach einer Parklücke. Als er ausgestiegen war und auf sie zuging, machte sie ihm ein Zeichen, dass sie gleich mit dem Gespräch fertig wäre.

»Natürlich nicht, wenn sie nicht vernehmungsfähig ist«, hörte er sie aufgebracht ins Telefon sagen. »Ich bin gleich wieder drinnen bei den Schultzes. Ihr Verlobter ist auch da, mit dem Trauzeugen und seinen Eltern. Was? Ja, ganz genau. Ist die Kriminaltechnik schon fertig? Hm ... Okay. Fahr gerne dorthin. Bis später.« Sie legte auf und verdrehte die Augen. »Das war mein Kollege, weil Niklas ja unbedingt der Meinung war, seine Polizeikarriere an den Nagel hängen zu müssen.« Sie klang verärgert und Ben vermute-te, dass sie mit ihrem neuen Kollegen nicht allzu glücklich war.

»Danke, dass Sie hergekommen sind«, sagte sie dann in einem freundlicheren Tonfall zu ihm.

»Mir wurde in Aussicht gestellt, Informationen zu bekommen.«

Damico nickte und zog den Reißverschluss ihrer Winter-jacke hoch, sodass diese bis zum Kinn dicht war. »Diese schreckliche Kälte in den letzten Tagen.« Sie schüttelte sich. »Ich weiß, dass Sie uns in dem Fall mit den Gefallenen Engeln geholfen haben, und auch im September bei dem Fall mit den Drogenhändlern. Außerdem hat Niklas Ihnen vertraut. Das ist der Hauptgrund, aus dem ich mit Ihnen spreche.« Sie atmete laut aus und hinterließ eine kleine Atemwolke in der kalten Luft. »Es wird zwar nun jederzeit ein Vermittler hier eintreffen, der auf solche Fälle spezialisiert ist, aber ich fürchte leider, das wird nicht viel nutzen.«

»Wie meinen Sie das?«

»Ich schließe aktuell aus, dass die Entführung etwas mit Frau Maiwald zu tun hat.«

»Wie kommen Sie darauf?«

»Frau Maiwald hat keine reiche Familie, ihre Mutter wurde verletzt liegengelassen und stattdessen Frau Schultz mitgenommen.«

»Also gehen Sie davon aus, dass eigentlich Amelie das Ziel war?«

»Tja, das ist eine gute Frage. Was wir bisher haben, ist Folgendes: Frau Maiwald, ihre Mutter Leandra Maiwald und Amelie Schultz waren einkaufen in dem Stofflager in Mettmann. Das ist im Industriegebiet, also nur ein paarhundert Meter Luftlinie von unserer Dienststelle entfernt. Ich freue mich schon darauf, was die Presse daraus macht, sobald sie davon erfährt.« Sie verzog missbilligend den Mund. »Die drei Frauen kaufen dort recht spontan Stoffe, soweit ich von Frau Schultz' Verlobtem erfahren habe. Es sei denn, ich habe sein australisches Englisch falsch interpretiert. Ich betone das mit dem Spontankauf übrigens, weil ich es für wichtig halte. Frau Schultz' Hochzeitskleid wurde nämlich auf dem Flug gestohlen und Frau Maiwald wollte Stoff besorgen, um ein neues Kleid für die Trauung zu nähen. Jedenfalls verlassen die drei Frauen den Laden und werden überfallen und in einem Kleintransporter mitgenommen. Laut der zwei Zeugen, die beide in dem Stoffladen arbeiten, haben sie Geschrei gehört und schließlich gesehen, wie ein weißer Transporter der Marke Mercedes vom Hof gefahren ist. Leandra Maiwald lag verletzt auf dem Parkplatz, also haben die Zeugen sofort einen Krankenwagen gerufen und die Polizei alarmiert.«

»Wenn der Einkauf spontan war, hatten die Entführer

also keine Zeit, sich auf den Zugriffsort vorzubereiten?«, fasste Ben seine wesentliche Erkenntnis zusammen.

»Richtig. Die Eigentümerin des Ladens, Verena Heinle, hat zwei Täter gesehen, allerdings waren sie beide maskiert. Ihr Mitarbeiter hat nur noch mitbekommen, wie die Türen des Transporters zugeschlagen wurden, bevor der Wagen davonfuhr. Er war auf der Toilette und wurde erst von Frau Heinle dazu gerufen. Wir gehen also von mindestens drei Tätern aus, denn einer muss gefahren sein.«

»Gibt es Kameras in der Gegend?«

»In der Gegend schon. Direkt an dem Stoffladen und dem Hinterhof, wo es passiert ist, aber leider nicht. Wir haben daher keine Aufnahmen davon, was auf dem Parkplatz genau geschehen ist, sondern nur die Zeugenaussagen.«

Die, wie Ben nur allzu gut wusste, oftmals nicht allzu verlässlich waren.

»Auf den Aufnahmen einer Tankstelle waren mehrere passende Kleintransporter zu sehen, die über die B7 gefahren sind. Die Fahrzeuge werden nun überprüft. Alle. Also auch die von anderen Marken, für den Fall, dass die Zeugen sich irren. Aber ich denke, das wird nicht viel bringen. Ich bin mir sehr sicher, dass die Täter nicht an der Tankstelle vorbeigefahren sind, sondern in die andere Richtung.«

»Richtung Autobahn«, vermutete Ben.

»Exakt. Das macht mehr Sinn, denn so wären sie zügig zur Autobahn gekommen. Ich denke also nicht, dass sich aus den Aufnahmen der Kameras etwas ergibt. Die Polizeistreifen sind natürlich informiert, aber ich bin nicht sehr optimistisch, dass wir den Wagen der Täter noch abfangen können. Bis wir reagieren konnten, waren die Entführer sicherlich längst auf der A3 und haben vermutlich schleunigst das Auto gewechselt. Zumindest wenn sie schlau sind.«

Ben nickte, denn diese Einschätzung teilte er. »Was genau ist Lucys Mutter zugestoßen?«

»Frau Heinle hat sie bewusstlos auf dem Parkplatz gefunden. Sie hatte zwei Platzwunden am Kopf. So wie es bisher aussieht, ist sie erst mit dem Schädel gegen den geöffneten Kofferraumdeckel gefallen und dann bewusstlos zu Boden gestürzt. So zumindest können wir uns ihre Verletzungen erklären.«

»Wie gefährlich ist es?«

»Die Ärzte sagen, sie wird sich wieder erholen, aber sie hat eine schwere Gehirnerschütterung. Zudem musste sie genäht werden und hat Medikamente bekommen. Als ich zuletzt nachgefragt habe, war sie noch nicht aufgewacht. Wir werden informiert, sobald sich das ändert. Ich habe deutlich gemacht, dass wir dringend mit Frau Maiwald sprechen müssen, aber von der Entführung wissen die Mitarbeiter im Krankenhaus nichts. Bisher haben wir von einem Überfall gesprochen.«

»Sie versuchen also weiterhin, es geheim zu halten.«

»Ja. In der Regel fordern die Entführer, dass die Polizei sich raushält. Da wäre es ein Problem, wenn die Presse über den Fall berichtet.«

»Haben die Ärzte eine Einschätzung gegeben, wann Lucys Mutter mit Ihnen sprechen kann?«

»Vielleicht in zwei Stunden, vielleicht erst abends oder sogar morgen. Die Ärztin wollte sich nicht festlegen, weil Kopfverletzungen immer etwas heikel sind.«

»Warum waren Sie interessiert daran, dass ich herkomme? Sonst haben Sie nichts davon gehalten, wenn ich mich in Ihre Polizeiarbeit eingemischt habe.«

»Da bin ich nach wie vor kein Fan von. Aber ich schätze, ich stecke in der Klemme.«

»Inwiefern?«

»Mein neuer Kollege ist nicht vertraut mit solchen Fällen.

Niklas schippert im Atlantischen Ozean herum, und der Verlobte von Frau Schultz will nicht mit mir reden. Es kann eine Unterstellung sein, aber mein Eindruck ist, dass er mehr weiß, als er mir sagen will.«

»Wie kommen Sie darauf?«

»Er weicht meinen Fragen aus, kann mir nicht in die Augen schauen.« Sie nickte zu dem Haus zu ihrer Rechten. »Dort ist Amelie Schultz aufgewachsen. Ihre Eltern leben noch hier und sie und ihr Verlobter, Jack Mclean, wohnen dort bis zur Hochzeit. Auch die Eltern von Jack sind im Wohnzimmer, die ganze Familie ist also beisammen. Was im Übrigen bedeutet, dass fast die ganze Kommunikation auf Englisch stattfindet.«

»Das ist kein Problem. Englisch ist meine zweite Muttersprache.«

»Seien Sie froh! Es ist wirklich nicht so leicht, Australier zu verstehen, vor allem, wenn sie aufgeregt sind. Aber davon können Sie sich gleich selbst ein Bild machen.«

»Sie wollen mich also mit ins Haus nehmen.«

»Ja. Sie kennen Lucy und Lucy kennt Amelie und ihren Verlobten. Vielleicht hilft es, wenn Sie als ... ein Freund von ihr dabei sind, sodass der Verlobte etwas auftaut und mit uns redet. Ich habe den Eindruck, uns von der Polizei vertraut er nicht. Da hilft es auch nicht, wenn gleich ein Polizeiexperte für solche Fälle hier aufkreuzt.«

»Sie denken also, dass es in dem Fall eigentlich um ihn geht?«

»Korrekt. Ich bin mir sicher, der Verlobte verschweigt uns etwas. Ich werde Sie gleich als einen guten Freund von Lucy vorstellen.«

Ben nickte zustimmend. Vielleicht hatte Jack sogar schon von ihm gehört, falls Lucy ihrer besten Freundin von seiner Rolle als Personenschützer erzählt hatte.

»Als guter Freund macht es durchaus Sinn, dass Sie dabei

sind, da es keine weiteren Familienangehörigen gibt, die wir verständigen können. Schließlich gehen wir davon aus, dass sich die Täter früher oder später bei einer Person melden, die Lucy oder Amelie nahesteht. Da es bei Lucy nicht viele Optionen gibt, gehen wir eher von Amelies Familie aus.«

»Verstehe«, sagte Ben und folgte der durchgefrorenen Kommissarin in das Reihenhaus. Dort schlug ihm nicht nur Wärme entgegen, sondern vor allem eine äußerst bedrückte Stimmung. Sie passte zu seiner eigenen.

5.

Während Vadim am Gate des Berliner Flughafens wartete, ließ er die letzten Gespräche mit Lucy Revue passieren. Es hatte keinerlei Hinweise darauf gegeben, dass sie in irgendwelchen Schwierigkeiten steckte. Auch wenn sie sich zuletzt wenig gesehen hatten, war er überzeugt davon, dass sie sich ihm anvertraut hätte, falls es irgendetwas gab, das sie belastete. Obwohl die Situation zwischen ihnen nicht mehr so locker war, seit er ihr gestanden hatte, dass er von ihren Gefühlen für ihn wusste und ihr zugleich offenbart hatte, dass er ebenso für sie empfand. Durch den Trubel in den letzten Wochen hatten sie das Thema gemieden, was ihm entgegenkam.

Das Haus am Mittelmeer, das ihr Vater bereits gekauft hatte, als ihre Mutter noch lebte, gehörte nun Milan und ihm. Sein Bruder dachte darüber nach, es als Ferienhaus zu vermieten und Vadim hielt sich aus dem Thema heraus. Wenn Milan das Haus als zusätzliche Einnahmequelle zu seinem gut bezahlten Job nutzen wollte, konnte er das Geld haben. Er selbst war in Griechenland damit beschäftigt gewesen, alte Gewohnheiten abzulegen, um die Zeit mit seinem Bruder, trotz des traurigen Anlasses, bestmöglich genießen zu können. Doch das war ihm schwergefallen. Seinen letzten richtigen Urlaub hatte er als Teenager verbracht. So etwas wie Ferien machen, war ihm inzwischen fremd. In seinem früheren Job war er zwar viel gereist, aber mit Erholung hatte das nie etwas zu tun gehabt.

Um die Erbangelegenheiten regeln zu können, war ihm nichts anderes übrig geblieben, als die Identität seines verstorbenen Bruders Vanja zu nutzen, in dessen Körper er steckte. Es hatte sich seltsam angefühlt, in seine Rolle zu schlüpfen. Doch er würde sich wohl daran gewöhnen müssen, denn das würde einiges in seinem neuen Leben vereinfachen. Nur die Sache mit Lucy nicht. Solche tiefen Gefühle für einen anderen Menschen waren neu und das verwirrte ihn. Und nun hatten irgendwelche Kriminellen sie in ihrer Gewalt. Es war ihm unerklärlich, wie Ilian seine Familie tagtäglich solch einem Risiko aussetzen konnte. Falls er sich jemals einen Fehltritt erlaubte, drohte seiner Frau und der Tochter Schlimmeres als eine Entführung.

Es war dennoch beunruhigend, nicht zu wissen, wie es Lucy und Amelie gerade erging und was sie durchmachen mussten. Rasch fokussierte er sich auf seine Atmung und blendete die düsteren Gedanken aus. Es war wichtig, die Nerven zu behalten. So wie er es in seiner Ausbildung beim Militär gelernt hatte.

War es Lucy in seiner Abwesenheit vielleicht doch gelungen, etwas vor ihm zu verbergen, das ihr Sorgen bereitete? Oder hatte es mit Amelie zu tun? Lucy hatte irgendwann mal angedeutet, dass ihre beste Freundin zuletzt etwas unglücklich auf sie wirkte, hatte aber vermutet, dass der ganze Stress vor der Hochzeit dahinter steckte. Oder gab es andere Probleme in Amelies und Jacks Leben, die mit der Hochzeit nichts zu tun hatten? Probleme, die so schwerwiegend waren, dass sie mit einer Entführung endeten ...

Zusätzlich zu Amelies Familie war eine junge Polizeibeamtin in dem modern eingerichteten Wohnzimmer anwesend. Sie stand an der Terrassentür, während die Familienmitglieder auf einer Wohnlandschaft in U-Form saßen, die sich in der Mitte des geräumigen Zimmers befand. Neben zwei älteren Ehepaaren hielten sich zwei Männer dort auf. Ben schätzte diese auf Anfang dreißig. Während er sich fragte, welcher der beiden Jack war, begann Damico damit, die Runde einander vorzustellen. Amelies Verlobter war der etwas größere der beiden Männer, mit kurz geschnittenen blonden Haaren und ängstlich dreinblickenden Augen. Den anderen Mann stellte Damico als Callum Toohey vor. Er war als Jacks Trauzeuge mit nach Deutschland gereist und schien ebenso angespannt zu sein wie die Angehörigen.

Wie abgesprochen stellte Damico Ben als guten Freund von Lucy vor, der als ehemaliger SEK-Beamter Erfahrung in der Polizeiarbeit hatte, inzwischen aber im privaten Sektor arbeitete. Sie behauptete zudem, dass Ben als Person infrage kam, bei der sich die Täter eventuell melden könnten.

»Amelie hat mir von Ihnen erzählt«, erwähnte Jack auf Englisch mit dem typischen australischen Akzent. »Im Sommer, als Lucy Zeugin in diesem Mordfall war.«

»Zum Glück wurde dieser Fall erfolgreich abgeschlossen«, erklärte Damico schnell auf Englisch.

»Schön, dass Sie hier sind«, mischte sich die Frau ein, die Damico als Constanze Schultz vorgestellt hatte. Ben schätzte Amelies Mutter auf etwa sechzig. Sie trug eine lockere Hochsteckfrisur und einen dicken Wollpulli, dennoch rieb sie sich die Hände, als ob ihr kühl in dem völlig überheizten Wohnzimmer wäre.

»Sie möchten sicherlich etwas trinken«, vermutete sie.

»Danke, nei ...«

»Das wusste ich doch«, unterbrach sie ihn. »Kommen Sie am besten mit in die Küche, dann können Sie sich etwas aussuchen.«

Ben folgte ihr, denn offensichtlich wollte Frau Schultz ihm etwas mitteilen, das nicht für alle Ohren in diesem

Raum bestimmt war. Er betrat die Küche und Amelies Mutter schloss die Tür und lehnte sich dagegen.

»Amelie erwähnte Sie einige Male. Den Bodyguard von Lucy, von dem sie kein Foto bekommen hat.«

Ben fragte sich, was Lucy ihrer Freundin über ihn berichtet hatte. Warum um alles in der Welt hatte Amelie ein Foto von ihm haben wollen?

»Sie hält viel von Ihnen, meine Tochter.«

»Danke«, meinte Ben, weil er nicht wusste, was er sonst sagen sollte, zumal er Amelie nie persönlich kennengelernt hatte.

»Möchten Sie wirklich nichts trinken?«

»Wenn wir schon mal hier sind ... Einen Espresso nehme ich gern.«

»Gut«, sagte sie und schien froh, ihre Hände beschäftigen zu können. »Ich bin fast ein bisschen dankbar dafür, dass Marvin nicht hier ist. Er ist auf Rucksacktour in Südamerika und kommt erst übermorgen hier an. Marvin ist Amelies jüngerer Bruder«, fügte sie erklärend hinzu, als sie Bens fragenden Blick auffing. »Deswegen habe ich ihm noch nichts gesagt. Er kann ja doch nicht helfen, richtig? Ich würde ihn nur unnötig beunruhigen.«

»Frau Schultz, warum ...«

»Sagen Sie einfach Constanze.«

»Warum wollen Sie mich unter vier Augen sprechen?«

»Es ist wegen Jack.«

»Was ist mit ihm?«

»Amelie hat manchmal Späße darüber gemacht, dass sie zuweilen glaubt, er würde in Wirklichkeit beim australischen Geheimdienst arbeiten. Es waren nur dumme Scherze, behauptete sie. Aber in letzter Zeit ...« Nachdenklich blickte sie aus dem Fenster. »Ich glaube, Amelie war sich manchmal nicht sicher, ob Jack ihr wirklich die Wahrheit über seinen Job erzählt.«

»Wie kam Amelie darauf?«

»Jack ist Ingenieur in einem Unternehmen in Australien, das für die Rüstungsindustrie arbeitet. Zuletzt hat er an einem Projekt gearbeitet, über das er nicht mal mit Amelie gesprochen hat. Er hat wirklich viel gearbeitet und ich weiß, dass Amelie und er wegen seiner Arbeit in den letzten Monaten häufiger Streit hatten. Jack ist ein netter junger Mann. Aber seit der Entführung glaube ich, er hat Amelie wirklich etwas verheimlicht. Und uns auch.« Sie hielt Ben die kleine Espressotasse hin.

»Danke«, sagte Ben und nahm das Getränk entgegen.

»Und die ganze Zeit hat er sein Telefon in der Hand«, fuhr Constanze fort. »Die Kommissarin hat das nicht so mitbekommen, sie war selbst fast die ganze Zeit am Handy. Ich frage mich, ob sich die Entführer vielleicht schon bei ihm gemeldet haben und er uns nichts davon sagen will.«

»Wieso denken Sie das?«

Sie hob ratlos die Schultern. »Es ist nur so ein Gefühl. Vielleicht bilde ich mir das alles nur ein. Es ist schrecklich, nicht zu wissen, was mit meiner Tochter und Lucy ist.« Sie blinzelte einige Male und musste gegen die Tränen ankämpfen. »Bei der Polizei blockt er ab, aber vielleicht redet er mit Ihnen.«

Ben leerte die Tasse und versuchte, sich nicht anmerken zu lassen, dass er sich die Zunge verbrannt hatte. »Ich werde mein Glück versuchen«, versprach er und Constanze schenkte ihm ein dankbares Lächeln.

»Wir machen uns furchtbare Sorgen um die beiden. Lucy ist wie eine zweite Tochter für uns. Die beiden sind schon so lange gute Freundinnen. Ich hoffe, Lenny geht es bald besser. Vielleicht hilft ihre Aussage der Polizei weiter. Ich wüsste gar nicht, wie es weitergehen soll, wenn ...« Sie sprach den Satz nicht zu Ende, doch ihre Schultern sanken nach unten.

»Die Entführung liegt erst wenige Stunden zurück. Noch haben wir eine gute Chance, sie zu finden.«

Constanze lächelte ihn dankbar an, dann verließen sie die Küche und kehrten zurück zu den anderen. Damico warf ihnen einen neugierigen Blick zu und Ben überlegte kurz, sich wegen Jack mit ihr abzustimmen, entschied sich aber dagegen. Stattdessen sprach er direkt Jack an, der ihn verdutzt ansah. Zuvor hatte Ben außer einem »Hello« nichts auf Englisch gesagt. Vermutlich hatte Amelies Verlobter nicht damit gerechnet, dass er diese Sprache fließend beherrschte.

»Sie wollen sich mit mir unterhalten?«, fragte Jack und wirkte nicht, als wäre ihm wohl bei dem Gedanken.

»Ja. Wo können wir uns in Ruhe unterhalten?«

»Oben. In Amelies altem Zimmer«, schlug Jack vor und verließ die Couch. Ben folgte ihm in den Flur und drehte sich zu Callum um, der ihnen nachlief.

»Ich werde mit Jack unter vier Augen reden«, stellte er klar und Callum runzelte missmutig die Stirn.

Unsicher fuhr sich der Trauzeuge durch das braune, kurz geschnittene Haar. »Aber Jack braucht meine Unterstützung.«

»Schon in Ordnung, Callum. Ich komme klar«, meinte Jack und der andere Mann verschwand achselzuckend im Wohnzimmer. Schweigend stiegen sie die restlichen Stufen in die erste Etage hinauf und betraten Amelies früheres Kinderzimmer. Der Raum war knapp achtzehn Quadratmeter groß und beherbergte einen Kleiderschrank aus Eichenholz, auf dem einige Kuscheltiere saßen. Daneben befand sich ein Bücherregal, doch das Auffälligste war das ein Meter sechzig breite Doppelbett, dem ein aufgeräumter Schreibtisch gegenüber stand.

»Wir machen uns alle schreckliche Sorgen«, ergriff Jack das Wort. »Callum kennt Amelie auch fast ebenso lange wie ich.« Er setzte sich auf das Doppelbett. »Was wollen Sie denn wissen?«

»Amelie hat gegenüber Lucy Andeutungen zu Ihrem Job gemacht«, log Ben, der diese Info nicht von Lucy hatte, sondern von Amelies Mutter. Mehr sagte er nicht, denn er wollte abwarten, wie sein Gesprächspartner auf diese Aussage reagierte.

»Was hat sie erzählt?«

»Dass Sie an einem Projekt für die Rüstungsindustrie arbeiten.«

Jack blinzelte. »Hm, ja. Das ist richtig.«

»Es soll Streit deswegen gegeben haben.«

Jack starrte ihn wütend an. »Was soll das jetzt bedeuten?«

»Ich versuche, Informationen zu bekommen, die wichtig sein könnten.«

»Es gab zwischendurch Streit, weil wir wegen meines Jobs die Hochzeit verschieben mussten. Das war nicht gut für die Stimmung zwischen uns. Zum Glück hat Constanze es geschafft, hier alles in wenigen Wochen zu organisieren, sodass wir die Feier vorziehen konnten.«

»Was denken Sie, warum die beiden entführt wurden?«

»Sie glauben, ich wüsste irgendetwas darüber?«

Ben schwieg, weil das manchmal die beste Methode war, um jemanden zum Reden zu bringen.

»Ich liebe Amelie, auch wenn wir zuletzt ab und zu Meinungsverschiedenheiten hatten. Aber das heißt nicht, dass ich irgendetwas über die Entführung weiß.« Er schien verstimmt aufgrund der Fragen.

»Ich bin hier, um zu helfen, aber ich gehe nicht davon aus, dass sich irgendjemand bei mir melden wird. Mir fällt kein Grund ein, aus dem jemand Lucy entführen sollte. Noch dazu ausgerechnet dann, wenn ihre beste Freundin aus Australien zu Besuch ist. Daher gehe ich davon aus, dass es um Amelie geht. Oder um Sie.« Und sein Bauchgefühl sagte ihm Letzteres, vor allem seit er wusste, in welcher Branche Jack tätig war.

Amelies Verlobter starrte auf den Boden und wich seinem Blick aus.

»Haben Sie bereits eine Nachricht von den Entführern bekommen?«, hakte Ben nach.

»Natürlich nicht«, sagte Jack, wirkte aber plötzlich noch fahriger als zuvor. »Warum stellen Sie mir so viele Fragen. Ist das hier ein Verhör?«

»Ja.«

Jack blickte ihn erschrocken an.

»Ich kenne Amelie nicht persönlich, aber Lucy kenne ich ziemlich gut. Ich werde alles tun, was nötig ist, um die beiden Frauen zu finden. Sie können mir dabei helfen oder mir im Weg stehen. Das ist Ihre Entscheidung.«

Jack klappte seinen Mund auf, sagte aber nichts, sondern starrte auf sein Smartphone.

Ben wandte sich zur Tür. »Schade.«

»Wa … warten Sie!« Der andere Mann stand vom Bett auf und kratzte sich am Nacken. »Ich kann nicht mit der Polizei sprechen, verstehen Sie?«

»Ich bin nicht mehr bei der Polizei.«

»Die Kommissarin hat Sie hergebracht.«

»Dennoch arbeite ich nicht für sie. Meine Zeit bei der Polizei ist vorbei.«

Jack schnaufte. »Ach kommen Sie! Wenn ich jetzt mit Ihnen rede, gehen Sie danach zu dieser Damico und erzählen ihr alles.«

»Nicht wenn ich dadurch das Leben von Lucy und Amelie gefährde.«

»Würden Sie das schwören?«

»Ich werde nichts tun, was Ihre Verlobte oder Lucy in Gefahr bringt«, wich Ben der Frage aus. Er plante nicht, der

Kommissarin zu sagen, was Jack ihm anvertraute. Es sei denn, er war der Ansicht, dass es der bessere Weg wäre, sie einzuweihen. Doch das musste Jack nicht unbedingt wissen.

»Shit! Ich will Sie da nicht mit reinziehen. Die Sache ist schon schlimm genug.«

»Ich schätze, ich stecke schon mittendrin.« Ben fragte sich, ob Jack über Lucys Gabe Bescheid wusste. Er war Amelies Verlobter und sie war eine der wenigen Eingeweihten. Konnte es sein, dass sie ihm nie etwas erzählt hatte? Oder mied Jack das Thema, weil er nicht wusste, ob Ben darüber informiert war?

»Also gut.« Jack schluckte einige Male angestrengt und guckte an Ben vorbei aus dem Fenster. »Was wissen Sie bisher über meinen Job?«

»Ich weiß, dass Sie als Ingenieur in der Rüstungsindustrie arbeiten.«

»Das ist richtig. Sagt Ihnen der Begriff Hyperschallwaffe etwas?«

Die Frage verblüffte Ben. Er hatte mit vielem gerechnet, aber damit sicherlich nicht. »Ich habe mal was darüber gelesen, aber mein Wissen dazu ist eher begrenzt.«

»Australien, die USA und England arbeiten zusammen an der Entwicklung von Hyperschallwaffen, aber auch an der Abwehr solcher Raketen. Bereits die Abwehr von Interkontinentalraketen ist eine große Herausforderung. Bei Hyperschallwaffen ist es derzeit nahezu unmöglich. Das dachten wir zumindest bis vor Kurzem. Dann ist uns ein Durchbruch in der Forschung gelungen.«

»Wer ist *uns*?«

»Das Team, mit dem ich in Canberra an diesem Projekt arbeite.«

Die Wendung, die das Gespräch genommen hatte, verursachte Ben ein noch schlechteres Bauchgefühl, als er es sowieso schon gehabt hatte. Er setzte sich auf den Stuhl, der vor dem Schreibtisch stand.

Jack seufzte schwer. »Sie können sich nicht vorstellen, wie viele Passagen in meiner Geheimhaltungsvereinbarung ich soeben gebrochen habe, weil ich Ihnen davon erzähle.«

»Ihre militärischen Entwicklungen interessieren mich nicht. Es geht mir um das Leben von Lucy und Amelie.«

»Mir auch! Aber aufgrund dessen, was passiert ist …« Er fuhr sich mit der Hand über die Augen. »Ich vermute, inzwischen interessiert sich irgendjemand für unsere Entwicklung. Für einige Kreise wäre das Wissen verdammt viel wert. Ich bin mir ziemlich sicher, dass es darum geht.«

»Sie denken, die Entführer wollen Informationen erpressen?«

»Ja.«

»Sie sprachen eben von einer Geheimhaltungsvereinbarung. Das klingt nach einem Projekt, das nicht nach außen kommuniziert wurde.«

»Richtig. Es ist ein sehr kleiner Kreis an Personen, die mit allen Details vertraut sind. Selbst im Unternehmen wissen nicht alle Bescheid, sondern nur diejenigen, die in irgendeiner Form mit dem Projekt zu tun haben. Da haben wir extrem strenge Regeln. Und sogar unter den Projektmitarbeitern gibt es verschiedene Geheimhaltungsstufen.«

»Geheimhaltung hin oder her – irgendetwas muss durchgesickert sein, sodass die Täter auf Sie aufmerksam geworden sind.«

Jack atmete laut aus. »So sieht es wohl aus.«

»Warum gerade Sie und Amelie? Welche Rolle haben Sie in dem Projekt?«

»Ich bin federführend für die komplette Entwicklung zuständig. Neben meinem direkten Vorgesetzten und dessen Chef bin ich der Einzige, der Einblick in alle Details hat.« Jack senkte den Kopf. »Sie haben recht gehabt. Die Entführer haben sich bereits bei mir gemeldet.«

Ben war erleichtert, dass Jack endlich mit der Sprache herausrückte. »Was haben die Täter gefordert? Wollen sie Informationen?«

»Bisher nicht. Sie haben mir einen Beweis geschickt, dass sie die Frauen haben und mich davor gewarnt, mit der Polizei irgendwelche Informationen zu teilen. Denn wenn ich das tue, sind die beiden tot. Und deswegen fühlt es sich gerade wirklich sehr schlecht an, mit Ihnen zu sprechen.«

Vadim nippte an der Cola, die der junge Flugbegleiter ihm gereicht hatte, nachdem sie vor einigen Minuten ihre Flughöhe erreicht hatten. Bis zur Landung konnte er die Zeit nutzen, um sich per WLAN über Amelies Verlobten zu informieren, doch online waren bisher keinerlei Infos über ihn zu finden. Er kannte Jack nicht besonders gut, denn der Mann hatte nie eine große Rolle in Lucys Leben gespielt. Das hatte sich nun schlagartig geändert.

Amelie war Personalberaterin in einem mittelgroßen Unternehmen in der Reisebranche. Es wollte ihm absolut kein Grund dafür einfallen, weshalb man sie entführen sollte. Lucy hatte zwischendurch mal erwähnt, dass Amelie ein wenig bedrückt wirkte, weil Jack so viel arbeitete, zugleich aber kaum etwas über seinen Job preisgab. Hatte die Entführung also mit seiner Tätigkeit zu tun? Und falls das so war, warum entführte man dann Amelie *und* Lucy?

Er rief die letzten Nachrichten auf, die Lucy ihm geschickt hatte. Am Abend zuvor hatte sie ihn darüber informiert, dass Amelie und Jack ihre Pläne für heute hatten umschmeißen müssen, weil Amelies Hochzeitskleid verschwunden war. Sie hatte angeboten, ihr ein neues Kleid zu nähen und sich darauf gefreut, mit Amelie und ihrer Mum den passenden Stoff auszusuchen. Er hatte ihnen viel Erfolg für den Einkauf gewünscht und Lucy hatte sich bedankt. Seitdem hatte er nichts mehr von ihr gehört.

Die Entführer hatten es ursprünglich mit Sicherheit auf das Brautpaar abgesehen. Wahrscheinlich hatten sie improvisieren müssen, weil Amelie und Jack ihre Tagesplanung hatten ändern müssen. Und nun hing Lucy in einer Geschichte mit drin, mit der sie eigentlich nichts zu schaffen hatte. Verdammt! Er konnte nur hoffen, dass Ben etwas Neues zu berichten wusste, wenn der Flieger endlich landete.

6.

Amelie betrachtete die Kamera, die an der Zimmerecke an der Decke hing. »Das ist so ein unangenehmes Gefühl. Ob die ganze Zeit irgendwo jemand sitzt und uns beobachtet?«

Lucy schüttelte sich. »Ich hoffe nicht, aber ich fürchte es schon.«

»Der Mann eben hatte einen Akzent, oder? Der mit dem Video. Er klang für mich nicht, als wäre Deutsch seine Muttersprache, sondern eher irgendwas Osteuropäisches«, flüsterte sie.

»Bist du sicher? Ich tue mich immer schwer damit, so was herauszuhören. Bei Vadim höre ich gar keinen Akzent. Er klingt für mich wie ein Muttersprachler.«

»Es wäre so schön gewesen, ihn auf der Hochzeit kennen-zulernen.«

Lucy entging nicht die Vergangenheitsform, die Amelie nutzte. Andererseits war es bereits Dienstag und für Samstag war die Hochzeit geplant. Statt einer großen Feier würden sie dann vielleicht immer noch hier festsitzen – oder Schlimmeres. Doch diesen düsteren Gedanken schob sie schnell beiseite. Es brachte niemandem etwas, wenn sie in Panik verfielen.

»Es tut mir so leid für dich ... für euch. Das sollte eigentlich eine der schönsten Wochen eures Lebens werden.«

»*Lucy! Ich bin so froh, dass ihr nun beide wach seid!*«

»Mascha, du bist hier!« Lucy schluchzte erleichtert auf, dann schlug sie sich die Hand vor den Mund, weil sie die Worte laut ausgesprochen hatte.

Amelie riss die Augen auf. »Sie ist hier?«, fragte sie leise.

Lucy nickte. »Geht es Mum gut? Wo ist sie? Wir wissen nicht, was mit ihr passiert ist«, flüsterte sie und bemühte sich, nicht in Richtung der Kamera zu sehen. »Mascha, wir werden mit einer Kamera beobachtet. Wir wissen nicht, ob die Entführer auch mithören können. Deswegen mag ich nicht so laut reden.«

»Oh! Ich verstehe. Wie unangenehm! Liebes, Lenny ist im Krankenhaus, aber ...«

»Was?« Es fühlte sich an, als würde ihr Herz plötzlich stehen bleiben.

»Keine Sorge, sie ist nicht in Lebensgefahr und wird wieder gesund.«

»Gott sei Dank!« Erleichterung durchflutete sie.

»Was ist los?«, wollte Amelie beunruhigt wissen.

»Mum ist im Krankenhaus, aber Mascha sagt, sie ist nicht in Lebensgefahr.« Es war anstrengend, die ganze Zeit so leise zu reden. »Warum ist sie in der Klinik?«

»Sie hat eine Platzwunde am Kopf und eine Gehirn-erschütterung. Deswegen hat man sie zur Beobachtung im Krankenhaus behalten. Sie muss über Nacht dortbleiben.«

»Hoffentlich geht es ihr bald besser«, murmelte Lucy und informierte Amelie darüber, was sie von Mascha erfahren hatte.

»Ich bin so froh, dass nichts Schlimmeres passiert ist.« Amelie standen Tränen in den Augen.

»Mascha, weißt du, wo wir sind? Dann kannst du Mum Bescheid geben, und ...«

»Es tut mir leid, Liebes. Es ist mir zurzeit nicht möglich, mit ihr zu sprechen. Sie hat Medikamente bekommen. Unter anderem eine Betäubung, weil sie genäht werden musste. Ich war bis eben bei ihr, aber sie schläft noch immer.« Mascha klang enttäuscht. »Deswegen wollte ich endlich nachsehen, wie es euch geht.«

»Das heißt also, die Polizei weiß bisher nicht, wo wir sind?«

»*Leider nicht. Ich habe die Entführer verfolgt, damit ich weiß, wo ihr seid. Dann habe ich Lenny im Krankenhaus aufgespürt. Natürlich hatte ich gehofft, dass ich ihr sofort alles erzählen kann, aber nun müssen wir warten. Aber ich werde gleich wieder nach ihr schauen. Irgendwann wird sie ansprechbar sein.*«

»Wo sind wir eigentlich?«, fragte Lucy, während Amelie sie erwartungsvoll ansah.

»*In Duisburg. In der Nähe des Hafens. Es ist ein still gelegter Bauernhof. Er ist nicht mehr besonders gut in Schuss. Fast wirkt es, als hätte man einfach vergessen, das Gebäude abzureißen.*«

»Also haben wir keine Chance, hier jemanden auf uns aufmerksam zu machen?«

»*Ich fürchte nicht. Der Hof liegt sehr abgeschieden. Es gibt keine direkt angrenzenden Häuser. Vermutlich verirrt sich kaum mal jemand hierher. Eben ist zwar ein Auto vorbeigefahren, aber von dem Feldweg aus hat keiner eine Chance, etwas mitzubekommen. Die Entführer haben ihre beiden Fahrzeuge so auf dem Hof geparkt, dass man sie vom Weg aus nicht sehen kann.*«

»Ich bin überrascht, dass wir noch in der Nähe von Mettmann sind.« Andererseits war ein einsames Häuschen vermutlich sicherer, als mit zwei entführten Frauen quer durch Deutschland zu fahren.

»*Die Polizei sucht sicherlich immer noch nach einem weißen Van, aber die Entführer haben zwischendurch zweimal das Auto gewechselt. Zunächst auf einem abge- legenen Parkplatz, dort haben sie sich dann auf zwei Autos verteilt. Ich bin dem Auto gefolgt, in dem ihr wart. Den Wagen haben sie dann in einem Parkhaus abgestellt und noch mal das Fahrzeug getauscht.*«

»Also wird es für die Polizei fast unmöglich sein, unserer Spur zu folgen.«

»*Ja, das dürfte schwierig werden. Aber vielleicht haben sie bereits eine Spur und ich weiß es nur nicht. Ich war nicht auf dem Revier. Ich wollte lieber bei Lenny bleiben, falls sie wach wird, damit ich ihr verraten kann, wo ihr seid. Dann kann sie die Polizei informieren.*«

»Hoffentlich glaubt die Polizei ihr das. Wenn sie eine Kopfverletzung hat, denken sie vielleicht, sie halluziniert.«

»*Deine Mum kann behaupten, sie hätte was aufgeschnappt von den Kidnappern während der Entführung*«, beruhigte Mascha sie.

»Das stimmt. Danke, Mascha. Du weißt gar nicht, wie wertvoll es für uns ist, dass du hier bist.« Ihr fiel Amelies Aussage ein, wie unheimlich es war, dass sie zwischendurch bewusstlos gewesen waren. »Mascha, während wir weggetreten waren, ist da irgendwas passiert?«

»*Was meinst du, Liebes?*«

»Es ist ein ungutes Gefühl, dass wir nicht wissen, wie wir hergekommen sind und was in der Zeit mit uns geschehen ist.«

»*Sie haben euch von einem Auto zum anderen getragen und euch beide Male im Kofferraum versteckt. Sobald sie hier waren, haben sie euch sofort in den Keller gebracht und euch auf die Matratzen gelegt. Dann haben sie die Tür abgeschlossen. Ich habe die Zeit genutzt, um mich unter den Tätern umzuhören, aber es hat nicht lange gedauert, bis Amelie wach wurde. Du warst noch wie im Tiefschlaf, also bin ich zurück nach Mettmann. Mach dir also keine Sorgen, Liebes.*«

Lucy leitete die Informationen leise an Amelie weiter, die ebenso erleichtert darüber war, dass Mascha sie nicht aus den Augen gelassen hatte, solange sie beide bewusstlos gewesen waren.

»Wie viele Täter sind es eigentlich?«, fragte Amelie. Da Mascha sie hören konnte, musste Lucy wenigstens nicht alle Informationen zwischen den beiden weiterleiten.

»Ich weiß von sechs Männern, aber es kann sein, dass ich nicht alle gesehen habe. Aktuell sind nur vier in eurer Nähe. Zwei sind vermutlich mit einem der Autos weg.«

»Das heißt, wir werden jetzt gerade von vier Männern bewacht?«, hakte Lucy nach.

»Richtig.«

»Nur vier von ihnen sind hier?«, wiederholte Amelie überrascht, doch dann stieß sie einen frustrierten Seufzer aus. »Andererseits hilft uns das auch nicht. Das sind immer noch zu viele für uns beide. Und außerdem bekommen wir die Tür nicht auf.«

»Wir könnten die Täter irgendwie herlocken.« Lucy schielte zur Kamera.

»Aber wir können es nicht mit ihnen aufnehmen«, warf Amelie ein.

»Das stimmt leider.«

»Die Männer sind alle bewaffnet«, gab auch Mascha zu bedenken.

»Da ist es wirklich besser, sie bleiben raus aus dem Keller.« Doch es war niederschmetternd, so hilflos zu sein. »Mascha, hast du etwas aufgeschnappt, warum wir entführt worden sind, als du die Männer beobachtet hast?«

»Ich bin nicht sicher«, antwortete sie zögerlich.

»Hat es was mit den Gefallenen Engeln zu tun?«

»Nein, das glaube ich nicht.«

»Was glaubst du denn?«

»Zwei der Männer sprechen russisch, zwei eine andere Sprache, daher wechseln sie oft ins Englische. Das macht es schwierig für mich, alles zu verstehen.«

»Russisch verstehst du doch«, meinte Lucy leise. »Ist es so schlimm, dass du es mir nicht sagen willst?«

»*Ich war sehr aufgeregt. Und wenn sie auf Englisch gesprochen haben, konnte ich sie nur sehr schlecht verstehen. Aber es fiel einige Male der Name Jack.*«

»Vielleicht weil sie ihn kontaktieren wollen«, mutmaßte Lucy. »Wenn du noch mehr aufschnappst, sag uns Bescheid, ja? Wir würden wirklich gerne wissen, warum wir hier festsitzen und wie gefährlich die Männer sind.«

»*Mir gefällt das auch alles gar nicht, Liebes. Ich sehe noch mal nach Lenny. Sobald sie wach ist, ist der Spuk hoffentlich schnell wieder vorbei.*«

»Danke.«

»*Das ist doch selbstverständlich!*«

»Ist sie wieder weg?«, erkundigte sich Amelie.

»Ja.«

»Und? Was hat sie von den Tätern erfahren?«

»Mascha sagt, sie hat die Männer nicht immer verstanden, weil sie viel auf Englisch gesprochen haben.«

»Aber?«

»Sie sagte, der Name Jack fiel einige Male.«

Amelie schluckte. »Ich wusste es! Ich wusste einfach, dass da irgendwas nicht stimmt!«

»Hey, das weißt du doch gar nicht. Sie müssen doch irgendwen kontaktieren. Meine Mum ist im Krankenhaus und das hat sie den Entführern zu verdanken. Da ist es doch naheliegend, dass sie sich an ihn wenden.« Sie dachte an ihren Vater, den sie zuletzt als Kindergartenkind gesehen hatte. Er war nun Mitte fünfzig, also lebte er wahrscheinlich noch, doch sie hatte seit mehr als zwei Jahrzehnten keinen Kontakt zu ihm gehabt. Daher schloss sie es aus, dass sich die Entführer bei ihrem Vater melden würden. Nicht mal sie hatte seine Kontaktdaten.

Amelie räusperte sich und wischte sich eine Träne aus dem Augenwinkel. »Jack hat sich so seltsam benommen in der letzten Zeit. Er war nur noch gestresst, immer kurz angebunden. Alles drehte sich nur um seinen Job. Du sagtest, Mascha hat mehrfach seinen Namen gehört. Also ist da irgendwas im Busch und ich wette, das hat mit seiner Arbeit zu tun.« Sie schüttelte den Kopf. »Unglaublich, dass er uns das hier eingebrockt hat.«

»Wenn die Entführer eine Forderung stellen, werde ich natürlich alles tun, was sie verlangen«, versicherte Jack.

»Genau das könnte ein Problem sein«, bremste Ben seinen Enthusiasmus.

Jack sah ihn erschüttert an. »Was?«

»Dazu später mehr. Wie genau haben die Täter Kontakt aufgenommen?«

»Über mein Smartphone.«

»Und die Entführer haben bewiesen, dass sie die Frauen haben?«

Jack nickte.

»Wie haben sie das gemacht?«

»Sie haben ein Video geschickt. Amelie und Lucy sagen darauf ihre Namen.« Jack entsperrte sein Telefon und hielt es Ben hin, dann spielte er das Video ab. »Zusätzlich zu dem Video kam eine Textnachricht, dass ich die Polizei heraushalten soll, wenn ich will, dass die Frauen am Leben bleiben.«

Ben betrachtete das Video. Lucy und Amelie wirkten verängstigt, doch immerhin bemerkte er auch beim zweiten Abspielen keine sichtbaren Verletzungen. Natürlich hatten die Täter keine Nummer hinterlassen, sondern anonym agiert. Es gab kostenpflichtige Möglichkeiten, seine Rufnummer per SMS zu unterdrücken, und er hatte nicht mehr die nötigen Mittel zur Verfügung, um mehr dazu herauszufinden. Sollte Mascha keine Ahnung haben, wo die Frauen

sich befanden, oder falls Lenny länger nicht vernehmungsfähig war, würde er wohl doch die Kommissarin einweihen
müssen. Doch der Gedanke missfiel ihm angesichts der
Drohung der Entführer, die er sehr ernst nahm.

»Ich habe das Video an mein Telefon weitergeleitet«,
erklärte Ben. »So haben Sie direkt meine Nummer, unter
der Sie mich jederzeit erreichen können.«

»Aber was soll ich denn tun, wenn die Entführer sich
erneut melden und ich nicht auf Ihre Forderung eingehen
darf? Das ist doch viel zu gefährlich für Lucy und Amelie!«
Jack sah aus, als müsse er sich jeden Moment übergeben.
»O Gott, ich hätte niemals gedacht, dass ich Amelie durch
meinen Job in Gefahr bringe. Sonst hätte ich mich doch
darum gekümmert, dass jemand für unsere Sicherheit
sorgt.«

»Können Sie ausschließen, dass die Entführung einen
anderen Hintergrund hat?«

»Ein anderer Hintergrund? Es geht uns finanziell gut,
aber wir sind nicht reich. Falls es den Tätern um Geld geht,
dann ... Na ja, sicherlich kann ich etwas auftreiben, aber
kaum genug, als dass sich dafür eine Entführung lohnt.«

»Dann müssen wir also davon ausgehen, dass die Täter
Wissen zu dieser Waffentechnologie erpressen wollen.«

»Das ist der einzige Grund, der mir einfällt.«

»Und das heißt, wir haben es hier nicht mit irgend-
welchen Kleinkriminellen zu tun, die für ein paartausend
Euro riskieren, im Knast zu landen, sondern mit Profis.
Und deswegen ist es gefährlich für Amelie und Lucy, wenn
Sie sofort auf jede Forderung eingehen.«

»Warum?« Jack schien verwirrt. »Die drohen mir
sicherlich, den Frauen etwas anzutun, wenn ich nichts verrate.« Verzweifelt rieb er sich über das Gesicht. »Eigentlich
müsste ich meinen Arbeitgeber informieren in solch einem
Fall, aber angesichts der Situation ...«

»Sie können Ihren Arbeitgeber nicht informieren, denn das könnte schlimme Folgen haben.«

»Ja, das dachte ich mir.« Jack klang resigniert.

»Ein weiteres Problem ist, dass Profis keine Zeugen riskieren.«

»Wie meinen Sie das?«

»In dem Moment, in dem die Entführer die Informationen haben, die sie haben wollen, sind die Frauen für sie wertlos.«

Jack wurde blass und sprang vom Bett auf. »Das ... Nein, nein, nein! Das meinen Sie nicht ernst.«

»Das meine ich sehr ernst. Es gefällt mir auch nicht, aber deswegen ist es wichtig, dass Sie mir nichts mehr verheimlichen. Lucy und Amelie müssen so schnell wie möglich gefunden und befreit werden.«

»Also sprechen Sie doch mit der Kommissarin?«

»Nein, vorerst nicht. Es gibt vielleicht eine bessere Möglichkeit. Ich habe Ihnen versprochen, dass ich nichts tun werde, was Lucy und Amelie gefährdet. Darauf haben Sie weiterhin mein Wort.«

Jack ließ sich zurück auf das Bett sinken und fasste sich an den Magen. »Was soll ich also tun? Was mache ich, wenn die Täter sich melden und eine Forderung stellen?«

»Halten Sie sie hin. Legen Sie nicht gleich alle Asse auf den Tisch, sobald die Entführer Informationen fordern. Kommen Sie an die Informationen von hier aus überhaupt dran?«

»An einige schon. Ich habe meinen Laptop von der Arbeit mitgenommen. Und viele Details habe ich auch hier.« Er tippte sich an die Stirn. »Eigentlich sogar die meisten. Ich habe ein sehr gutes Gedächtnis.«

»Lassen Sie das die Täter nicht so schnell wissen. Immerhin sind Sie weit von Ihrer Arbeitsstelle entfernt, das können Sie vorschieben, um Zeit zu gewinnen. Wir werden abwarten müssen, was die Entführer genau wollen. Melden Sie sich sofort bei mir, wenn die Täter sich wieder melden.«

»Dann bleiben Sie nicht hier?«

»Nein, das geht nicht. Ich muss mich um ein paar Dinge kümmern.«

»Sie haben also wirklich vor, Amelie und Lucy auf eigene Faust zu finden?«

Ben nickte. »Vielleicht finde ich Hinweise auf dem Video«, sagte er und nahm sich vor, dieses später auf seinem Rechner erneut anzusehen. Doch seine größte Hoffnung, in dem Fall voranzukommen, beruhte auf Lucys Mutter. »Stellen Sie sich darauf ein, dass die Täter beim nächsten Mal anrufen, statt eine Nachricht zu schicken. Aber es kann sein, dass sie Sie etwas schmoren lassen, bis das passiert. Und lassen Sie sich dann auf jeden Fall einen neuen Beweis dafür geben, dass die Frauen noch leben – beide!«

»Gut, das mache ich. Was soll ich der Kommissarin sagen?«

»Vorerst nichts.«

Jack holte tief Luft. »Okay.«

»Damico wird sich irgendwann denken können, dass die Täter sich gemeldet haben und Sie die Polizei da raushalten sollen.«

»Und sie wird mich davon überzeugen wollen, dass es besser ist, wenn ich mit der Polizei kooperiere.«

»Das wird sie.«

»Aber Sie halten das für falsch?«

»Aktuell ja. Wenn die Täter das mitbekommen, könnte es üble Folgen für die Frauen haben.«

»Aber die Entführer brauchen sie doch als Druckmittel.«

»Amelie derzeit schon. Lucy nicht unbedingt.«

»Fuck!«

»Jack, Sie müssen jetzt die Nerven behalten.«

Jack nickte, wirkte aber verunsichert und Ben konnte es ihm nicht verdenken. Der Mann stand unter erheblichem Druck und Damico würde ihn sicherlich in die Mangel nehmen. Und wenn nicht sie, dann der Experte, der jederzeit hier anrücken würde. Doch Ben wollte nicht riskieren, dass die Entführer an Lucy ein Exempel statuierten. Daher war ihm wichtig, dass Jack sich an die Regeln der Entführer hielt, die Polizei aus der Sache herauszuhalten.

»Meine Nummer haben Sie nun. Und reden Sie mit niemandem außer mir über das, was wir hier besprochen haben.«

»Auch nicht mit Amelies Eltern? Sie machen sich solche Sorgen.«

»Nein. Nicht mit den Eltern, auch nicht mit dem Trauzeugen oder irgendwem sonst.«

»Also gut«, versprach Jack und Ben konnte keinen Hinweis darauf erkennen, dass der Mann ihn belog. Daher wandte er sich zur Tür und ging ins Erdgeschoss, wo Damico ihn im Flur abfing.

»Haben Sie etwas erreicht?«, fragte sie leise und warf einen Blick auf die Treppe, auf der Jack erschien, der ziemlich mitgenommen aussah.

»Lassen Sie uns draußen reden«, schlug Ben vor und sie schnappte sich ihre Jacke von der Garderobe. Ihm fiel auf, dass sie auf dem Weg nach draußen etwas in den Taschen suchte.

»An solchen Tagen wünschte ich mir, ich hätte mir das Rauchen nicht abgewöhnt«, erklärte sie und zog eine Packung Kaugummi aus der Innentasche. »Möchten Sie auch?«

»Danke, nein.«

Damico steckte sich gleich zwei Kaugummis in den Mund und begann hektisch zu kauen. »Haben Sie etwas aus ihm herausbekommen, das uns weiterhilft?«, wollte sie wissen.

»Ich kann Ihnen regelrecht ansehen, dass Sie irgendetwas vorhaben.«

Ben schwieg. Natürlich hatte er etwas vor. Er konnte nicht herumsitzen und nichts tun, während Lucy und Amelie in Lebensgefahr schwebten.

»Ach, kommen Sie schon!«, drängelte Damico. »So wie ich Sie kennengelernt habe, werden Sie sich doch nicht aus dieser Sache heraushalten. Egal worum es geht, ich werde alle Informationen streng vertraulich behandeln.«

»Das ist als Polizeibeamtin ein starkes Versprechen«, erwiderte Ben. »Können Sie das wirklich einhalten, egal, was passiert? Müssen Sie niemanden informieren? Niemanden fragen, bevor Sie eine Entscheidung treffen? Ihren Vorgesetzten zum Beispiel? Und der wiederum eine weitere Chefetage? Und bald rückt doch auch der Vermittler an.«

»Okay, gut. Sie wissen, wie der Hase läuft. Der Verhandlungsführer ist schon unterwegs hierher, das hatte ich ja bereits gesagt. Was hat Ihnen Jack erzählt?«

»Nichts, was ich gerne hören wollte.«

»Und was genau? Denn ehrlich gesagt, hatte ich andere Erwartungen, als ich Sie in diesen Fall eingebunden habe.«

»Auch wenn es vielleicht gerade nicht so wirkt, ich helfe Ihnen.«

»Inwiefern?«

»Wenn ich Ihnen irgendwas von dem erzähle, was Jack mir gesagt hat, dann können Sie dieses Wissen nicht ignorieren, oder?«

Damico machte ein unzufriedenes Gesicht.

»Sie müssen das melden, das ist Ihre Pflicht. Deswegen ist es besser, wenn Sie nichts wissen.«

»Ich glaube nicht, dass mir dieser Deal gefällt.«

»Sollte sich meine Einschätzung der Situation ändern, gebe ich Ihnen Bescheid.«

Sie zog ihre Augenbrauen nach oben. »Wie großzügig!«

»Ich verstehe, dass Sie das schwer nachvollziehen können, aber Sie können sicher sein, dass ich nichts tue, was die Frauen gefährdet.«

»Die Entführer haben sich gemeldet und Jack soll die Polizei raushalten, richtig?«

Ben sagte nichts.

»Okay, das ist wohl Antwort genug«, stellte Damico fest und wirkte frustriert. »Und so wie ich Sie einschätze, bekomme ich nichts weiter aus Ihnen heraus. Bei Jack ist das vielleicht was anderes.«

Einen Moment blickte sie nachdenklich in die Luft und Ben vermutete, dass sie dabei war, sich eine Strategie zurechtzulegen, wie sie Jack von einer Kooperation mit der Polizei überzeugen konnte. Er musste also darauf hoffen, dass der Verlobte sein Wort hielt.

»Kann ich mich darauf verlassen, dass Sie sich melden, sobald die Dinge anders stehen?«

»Darauf haben Sie mein Wort«, versprach Ben, ohne zu zögern. »Wir haben dasselbe Ziel.«

»Gut«, sagte Damico und trat einen Schritt zurück. »Ich weiß, dass Niklas Ihnen vertraut hätte. Daher tue ich das jetzt auch.« Doch Ben konnte ihr ansehen, wie schwer ihr diese Entscheidung fiel. Er überhörte auch nicht ihr leises »Was bleibt mir auch anderes übrig«, das sie noch vor sich hin murmelte.

»Das weiß ich sehr zu schätzen, danke«, sagte er dennoch.

»Ich wünsche Ihnen viel Glück. Mein Instinkt sagt mir, dass wir das alle gebrauchen können.«

Es fühlte sich an wie ein dichter schwarzer Nebel in ihrem Kopf. Zugleich war ihr schwindelig und ein wenig übel. Noch nie zuvor in ihrem Leben hatten sich ihre Augenlider derart schwer angefühlt. Als wären sie aus Beton, sodass es kaum möglich war, sie zu öffnen.

Lenny wollte sich gerne auf die Seite drehen, aber irgendetwas hinderte sie daran, also versuchte sie, weiter auf dem Rücken liegend eine bessere Position zu finden. Sie war so entsetzlich müde. Vermutlich träumte sie, denn sie hatte das Gefühl, jemand würde nach ihr rufen, aber es war viel zu anstrengend, darauf zu reagieren. Es war viel angenehmer, sich wieder in die Dunkelheit fallen zu lassen und den rumorenden Magen sowie die Schmerzen in ihrem Kopf zu vergessen.

Ben hatte von Steffens Wagen aus beobachtet, wie Damico das Haus der Familie Schultz betrat. Nun sah er dabei zu, wie die Windschutzscheibe des Kombis beschlug, während er über die Situation nachdachte. Was er Jack gesagt hatte, war die Wahrheit. Er hatte dem Mann nicht bloß Angst einjagen wollen. Viele Entführer hatten vor allem eines im Sinn: Sie wollten schnell viel Geld erpressen. Es waren oftmals Kriminelle, für die eine Entführung nicht die erste Straftat war, dennoch war für die meisten eine Entführung ein ganz anderes Kaliber als Mord. Die meisten Kidnapper überschritten diese Grenze nicht. Doch er war überzeugt davon, dass sie es in diesem Fall mit Profis zu tun hatten und nicht mit irgendwelchen Kleinkriminellen. Die Täter waren in der Lage gewesen, kurzzeitig umzudisponieren. Das sprach für eine hohe Flexibilität, eine gute Ausrüstung und vermutlich viel Geld, das zur Verfügung stand. Dazu kam, dass es aller Wahrscheinlichkeit nach um Militärgeheimnisse ging. Vielleicht hatten die Täter selbst mal beim Militär gedient oder taten es immer noch.

Er blickte auf seine Uhr. Er rechnete jederzeit damit, dass

Vadim sich meldete. Es hatte ihn nicht überrascht, dass er sofort bereit gewesen war, nach Mettmann zu kommen. Und sicherlich tat er das nicht, um irgendwo herumzusitzen und Däumchen zu drehen. Das war auch nicht Bens Plan.

Jack hatte Anweisung, die Polizei herauszuhalten und Ben hielt es vorerst für sicherer, diese zu befolgen. Es waren zwar frühere Kollegen von ihm, doch im Fall der Gefallenen Engel hatte sich herausgestellt, dass es einen Spitzel auf der Dienststelle gegeben hatte. Solange er nicht hundertprozentig sicher sein konnte, dass alle Beamten, die mit der Ermittlung zu tun hatten, absolut vertrauenswürdig waren, erschien ihm das Risiko zu groß, Damico einzuweihen. Wenn die Täter Profis waren, würden sie kein Problem damit haben, die Frauen zu töten, sobald sie hatten, was sie haben wollten – oder wenn Jack sich nicht an ihre Vorgaben hielt. Das machte die Situation äußerst gefährlich. Amelie mochte zurzeit sicher sein, denn die Männer brauchten sie noch, um an Informationen zu kommen. Doch für Lucy sah die Sache anders aus.

Es nervte ihn, dass er kaum Möglichkeiten hatte, in dem Fall zu ermitteln. Er war nicht mehr bei der Polizei und das schränkte ihn ein. Er hatte zwar noch immer gute Kontakte zu einigen Kollegen, aber die konnte er schlecht einweihen. Aufgrund der Infos, die er brauchte, würden sie ihm unbequeme Fragen stellen. Seine Hoffnung ruhte daher auf Lucys Mutter. Im besten Fall wussten Mascha oder ein anderer Geist, wo Amelie und Lucy sich befanden. Dann gab es eine Chance, die beiden zu befreien, ohne die Polizei zu informieren. Doch je nachdem, um wie viele Täter es sich handelte, würde er es allein nicht schaffen, die beiden da herauszuholen. Ohne ein Team war solch eine Aktion sowieso viel zu gefährlich. Steffen würde er ganz sicher nicht um Hilfe bitten, denn er hatte eine Frau und zwei Kinder. Außerdem war er im September angeschossen worden und hatte genug durchgemacht. Sein Kollege Elyas würde ihm jederzeit zur Seite stehen, doch auch wenn dieser eine Ausbildung zum Personenschützer hatte, war er nicht mit solchen Fällen vertraut. Niklas würde ihm vielleicht den Rücken decken, wenn er nicht im Urlaub wäre. Doch vermutlich würde der ehemalige Kommissar ihm dazu raten, Damico einzuweihen.

Ansonsten gab es nur noch einen Menschen in seinem Umfeld, der nicht bei der Polizei arbeitete, aber bestens für solch eine Situation ausgebildet war. Nur dass er diese Person normalerweise nicht um Hilfe bitten würde. Er traute Vadim nicht, der Lucy einst als Geist begleitet hatte, um dann in irgendeinem lebendigen Körper wieder bei ihr aufzutauchen. Doch ob es ihm passte oder nicht – ausgerechnet Vadim war die beste Option, um ihn in diesem Fall zu unterstützen.

Von den Zollbeamten interessierte sich keiner für ihn, denn Vadim reiste mit leichtem Gepäck. Er war kein Typ dafür, einen Koffer oder eine Reisetasche aufzugeben, um dann in einer Schlange von Touristen oder Business-Leuten auf seine Sachen zu warten. Also verließ er zügig das Flughafengebäude und fischte sein Smartphone aus der Jackentasche.

»Ich bin gelandet und auf dem Weg zum Parkhaus«, informierte er Ben. »Gibt es was Neues?«

»Ja. Ich habe mit Jack gesprochen.«

»Du klingst angespannt.«

»Das bin ich.«

»Kannst du am Telefon darüber reden?«

»Besser nicht«, sagte Ben nach einer kurzen Pause. »Bist du mit deinem Wagen am Flughafen?«

»Ja. Ich bin gleich bei meinem Auto. Bist du in deiner Wohnung?«

»Nein, ich bin noch unterwegs. Aber wir können uns dort treffen, dann fahre ich jetzt dorthin.«

»Dann komme ich vom Flughafen direkt zu dir.«

»Okay.«

»Bis gleich.« Es gefiel Vadim nicht, dass Ben so angespannt geklungen hatte. Der ehemalige SEK-Beamte war ganz sicher kein Typ, der schnell die Nerven verlor. Wenn das, was er erfahren hatte, ihn aus der Ruhe brachte, war das ein schlechtes Zeichen.

Draußen war es kalt. Minus zwei Grad zeigte sein Smartphone an. Es passte zu der Kälte, die er plötzlich in seinem Inneren spürte.

7.

Ben blickte noch ernster drein als sonst, als er Vadim die Wohnungstür öffnete. Dann führte er ihn durch den Flur in das geräumige Wohnzimmer, an das eine offene Küche grenzte. Vadim kannte die Wohnung noch aus seiner Zeit als Geist, denn hier hatte Lucy sich im Sommer versteckt, weil sie als Zeugin in die Schusslinie einer dubiosen Organisation geraten war.

Er nahm Platz auf dem Sofa, das an der Wand stand, während Ben sich ihm gegenüber auf die Couch setzte und berichtete, was er erfahren hatte. Während Bens Schilderung versuchte Vadim auszublenden, dass es bei den Opfern um Lucy und ihre beste Freundin ging. Er wollte den Fall professionell betrachten, doch es fiel ihm unerwartet schwer. Offenbar ging es Ben ähnlich: Er wirkte mitgenommen von den Informationen, die er mit ihm teilte.

»Wie schätzt du die Situation ein?«, erkundigte sich Vadim, nachdem Ben seine Erzählung beendet hatte. Dieser schien überrascht, dass er ihn nach seiner Meinung fragte.

»Wenn es wirklich um diese Waffentechnologie geht, von der Jack mir erzählt hat, dann sind die Täter mit Sicherheit gut ausgerüstete Profis, die nichts dem Zufall überlassen. Das macht es für Lucy und Amelie gefährlich. Meiner Meinung nach riskieren Profis keine Zeugen, auch nicht, wenn sie bekommen haben, was sie wollten. Und da Jack keine Idee hat, worum es sich sonst drehen könnte, nehme ich an, dass es genau darum geht.«

»Danach sieht es zumindest aus.«

Ben stand auf und wandte sich in Richtung der Küche. »Möchtest du was trinken?«

»Gerne. Ich nehme ein Wasser.«

Ben öffnete einen der Hängeschränke und nahm ein Glas heraus. »Ich nehme die Warnung sehr ernst, die Polizei nicht einzuschalten. Umso wichtiger wäre es, mit Lucys Mutter zu sprechen, aber sie ist noch nicht vernehmungsfähig.«

»Wie aktuell ist die Information zu Lenny?«

»Zwanzig Minuten alt. Während du unterwegs warst, habe ich noch mal mit Damico telefoniert. Ich wollte eigentlich ins Krankenhaus fahren, aber solange sie nicht bei Bewusstsein ist, macht es keinen Sinn.« Ben stellte das Wasserglas vor Vadim auf dem Couchtisch ab. »Was ist, wenn Mascha die Tat nicht beobachtet hat? Ist es ihr dann möglich, Lucy aufzuspüren?«

»Ich denke schon. Die beiden haben eine sehr starke Bindung. Sogar Lucy konnte Mascha und mich spüren, wenn wir in ihrer Nähe waren. Und für Geister ist es leichter, auch wenn die Person weiter entfernt ist.«

»Gut.« Ben schien beruhigt. »Das Video liefert überhaupt keine Hinweise darauf, wo die beiden festgehalten werden. Es sieht nach einem Kellerraum aus, aber der kann überall sein. Aufgrund des Zeitpunkts der Entführung, sowie der Uhrzeit des aufgenommenen Videos, lässt sich ein gewisser Radius ausmachen, in dem sie sich von Mettmann aus befinden können. Mal davon ausgehend, dass die Täter sich mit dem Auto fortbewegt haben, was ich stark annehme.«

»Und vorausgesetzt, sie haben nach der Aufnahme des Videos den Standort nicht gewechselt.«

»Korrekt.«

»Kann ich das Video mal sehen?« Vadim hatte wenig Hoffnung, auf dem Video etwas zu entdecken, wenn Ben nichts aufgefallen war. Aber er wollte nichts unversucht lassen. Ben ging zu einem Sideboard, nahm einen Laptop zur Hand, und nach kurzem Zögern setzte er sich neben Vadim auf das Sofa. Er entsperrte das Gerät per Fingerabdruck und stellte es auf dem niedrigen Tisch ab.

»Ich habe es mir mehrfach angesehen und angehört. Ich konnte keine verdächtigen Umgebungsgeräusche ausmachen und man sieht nur den Raum sowie Amelie und Lucy, die ihre Namen sagen.«

»Die Täter sind nicht zu hören?«

»Nein.«

»Hast du auf die Körpersprache und Mimik der beiden geachtet?«

»Sicher. Aber ich konnte keine versteckten Botschaften entdecken, die uns weiterhelfen. Sie wirken verängstigt, aber wenigstens scheinen sie unverletzt zu sein. Aber du kennst Lucy und Amelie besser als ich, vielleicht fällt dir etwas auf.« Ben drückte auf den Play-Button und Vadim betrachtete den Bildschirm. Er konzentrierte sich zunächst auf Lucy. Beim zweiten Mal fasste er Amelie ins Auge, doch auch bei ihr fielen ihm keine versteckten Zeichen auf, obwohl er sich das Video noch weitere viermal ansah. Als er genug gesehen hatte, wandte er sich vom Laptop ab.

»Ich bemerke auch keinerlei Hinweise«, musste er ernüchtert feststellen.

Ben klappte den Rechner zu, dann nahm er wieder auf dem anderen Sofa Platz.

»Einen Vorteil hat es immerhin, dass es Profis sind.«

»Ach ja?«, fragte Ben skeptisch. »Ich wüsste nicht, was gut daran ist, wenn die Täter mal beim Militär waren oder anderswo entsprechend ausgebildet wurden.«

»Sie werden nicht unüberlegt handeln und nicht sofort die Nerven verlieren, wenn es irgendwelche Schwierigkeiten geben sollte. Sie waren sogar in der Lage zu improvisieren, nachdem Amelie und Jack ihren geplanten Tagesablauf kurzfristig ändern mussten. Es ist gut, dass du Jack dazu angehalten hast, nicht direkt alles preiszugeben, wenn die Täter sich erneut melden und Forderungen stellen.«

»Es verschafft uns Zeit. Hoffentlich. Andererseits könnte es sein, dass es ein Risiko für Lucy ist.«

Seiner Einschätzung musste Vadim leider zustimmen. »Sie ist für die Entführer verzichtbar, Amelie derzeit nicht. Und du hast Damico bisher nicht eingeweiht?«

»Nein. Die Täter werden sich zwar denken können, dass die Polizei von der Entführung erfahren hat, aber sie wollen nicht, dass Jack mit den Beamten kooperiert. Und wie schon erwähnt, halte ich das nicht für eine leere Drohung. Wenn sie haben, was sie wollen, werden sie Lucy und Amelie vermutlich töten.« Es war Ben anzusehen, wie sehr ihm dieser Gedanke zu schaffen machte, auch wenn er versuchte, seine Gefühle unter Kontrolle zu halten.

Vadim nickte stumm. Er war überzeugt davon, dass der ehemalige SEK-Beamte in dieser Hinsicht leider richtig tippte. Und das bedeutete, dass schnell gehandelt werden musste. Aber das war nur möglich, wenn Lenny mit Informationen von Mascha helfen konnte. Wenn es wirklich um Jack ging, hatten die Entführer wahrscheinlich keine Ahnung davon, dass sie mit Lucy ein Medium in ihrer Gewalt hatten. Also würden die Täter davon ausgehen, mit der Beseitigung der Zeuginnen auch die meisten Hinweise zu eliminieren. Je weniger Spuren, desto besser. Zeugen waren immer ein Risiko.

»Das sehe ich leider auch so«, sagte er schließlich an Ben gerichtet. »Die Wahrscheinlichkeit ist hoch, dass sie das tun werden.« Er musterte ihn. »Ich bin dennoch überrascht, dass du deinen früheren Kollegen nicht zutraust, die Sache zu regeln.«

»Grundsätzlich würde ich das tun. Aber vor einem halben Jahr haben wir einen Spitzel bei der Polizei enttarnt – ein

Kollege von Niklas. Und niemand auf der Dienststelle hat etwas geahnt. Es besteht das Risiko, dass wir nicht allen dort trauen können. Zudem könnte der Fall politisch heikel werden. Jack ist kein Deutscher und es geht um Militärgeheimnisse. Ich lasse nicht zu, dass Lucy und Amelie leiden müssen, weil irgendjemand Probleme damit hat, Entscheidungen zu treffen, die beim Militär oder in der Politik Leute verärgern könnten.«

»Und genau deswegen werde ich die beiden da herausholen«, versprach Vadim. Denn nach dieser Aussage war er davon überzeugt, dass Ben seine Pläne nicht an Damico verraten würde. »Ich setze darauf, dass Lenny im Laufe des Tages ansprechbar sein wird. Dann kann sie mich bestenfalls mit Informationen versorgen. Danke, dass du mir Bescheid gegeben hast.« Er leerte das Wasserglas in einem Zug und stand auf.

Ben schaute ihn völlig perplex an. »Du willst sie da alleine herausholen?«

»Ja.«

»Es sind mindestens drei Täter an der Entführung beteiligt. Vielleicht mehr.«

»Ich weiß. Das hat Damico aufgrund der Zeugenaussagen vermutet, wie du sagtest. Ich würde es nicht tun, wenn es für Amelie und Lucy zu gefährlich wäre«, versicherte Vadim ihm. »Aber ich bin es gewohnt, alleine zu arbeiten. Ich bin sicher, Mascha wird mir helfen können, damit ich mich auf die Gegebenheiten vor Ort vorbereiten kann.«

»Und wenn es ungünstige Gegebenheiten sind?«

»Ich bin sehr flexibel.«

»Was, wenn es mehr als drei Täter sind?«, ließ Ben nicht locker.

»Dann wäre es nicht das erste Mal, dass meine Gegner in der Überzahl sind.«

Ben verschränkte die Arme vor der Brust und betrachtete

ihn argwöhnisch. »Aber du müsstest sie dann töten, richtig?«

Das war eventuell der Nachteil an seinem Plan, daher antwortete er nicht auf die Frage.

»Dir ist klar, dass irgendeine Befreiungsaktion auf mich zurückfallen wird, oder?«, fragte Ben.

»Vermutlich. Also solltest du dich besser in der Nähe der Kommissarin aufhalten, wenn ich unterwegs bin.«

»Nein. Wir machen das zusammen.«

»Ich denke besser nicht.«

»Du kannst sie nicht alleine befreien, das ist viel zu unsicher«, entgegnete Ben. »Wenn dir was passiert, sind Lucy und Amelie tot.«

»Das sind sie auch, wenn die Polizei übernimmt und irgendjemand im Revier quatscht oder die Presse davon Wind bekommt. Ich habe mit solchen Situationen Erfahrung.«

»Die habe ich auch.«

»Heißt das, du willst mich in der Sache unterstützen?«

»Korrekt.«

»Ich weiß deinen Einsatz zu schätzen, aber ich arbeite lieber allein.«

Ben kniff die Augen zusammen. »Du weißt nicht mal, mit wem du es bei den Tätern genau zu tun hast.«

»Ich weiß es *noch* nicht. Das dürfte sich ändern, sobald Lenny wach ist.«

»Als Team ist die Aktion sicherer.«

»Das glaube ich kaum. Das letzte Mal, als ich im Team gearbeitet habe, ist das für mich nicht allzu gut ausgegangen.«

»Du vertraust mir nicht«, stellte Ben fest, dabei hätte Vadim eher angenommen, dass Ben niemals freiwillig mit ihm zusammenarbeiten würde.

»Grundsätzlich schon. Ich weiß, dass Lucy dir wichtig ist.

Aber du vertraust mir nicht und das ist keine gute Basis für eine Zusammenarbeit.«

»Wir haben das gleiche Ziel«, erwiderte Ben. »Und vielleicht sollten wir mehr Informationen sammeln, bevor du eine Entscheidung triffst, wie weiter vorzugehen ist.«

Das war ein durchaus vernünftiges Argument.

»Ich werde jetzt ins Krankenhaus fahren«, kündigte Vadim an. »Ich will mir einen Eindruck von Lennys Zustand verschaffen. Du hast Jacks Telefonnummer?«

»Ja.«

»Hast du ihn mal gefragt, wie eigentlich der Plan von ihm und Amelie für heute Vormittag aussah?«

Ben presste die Lippen zusammen, als würde er sich ärgern, dass er daran nicht gedacht hatte.

»Die Täter hatten verdammtes Glück mit der Location«, fuhr Vadim fort. »Ich kenne den Stoffladen. Lucy kauft dort schon seit Jahren ein und holt die Ware immer selbst ab. Es ist ein Industriegebiet, es gibt keinerlei Laufkundschaft in der Ecke. Die Chance, das alles möglichst ohne Zeugen über die Bühne zu bringen, war dort sehr hoch. Vielleicht hat es den Tätern sogar in die Hände gespielt.«

»Wie meinst du das?«

»Ich frage mich, welchen Plan die Täter eigentlich hatten. Und das hängt davon ab, was Amelies und Jacks ursprüngliches Vorhaben für den Vormittag war.«

»Das bringe ich in Erfahrung.« Ben griff nach seinem Smartphone. »Hey, Jack«, sagte er dann auf Englisch, als Amelies Verlobter sich meldete. »Ich habe noch eine Frage. Können Sie gerade sprechen?« Er hielt das Telefon so, dass Vadim über den Lautsprecher mithören konnte.

»Einen Moment.« Jack klang hektisch, dann waren Schritte und schließlich eine Tür zu hören. »Jetzt kann ich reden.«

»Was war eigentlich der Plan für den Tag heute?«

»Was meinen Sie?«

»Dass Lucy ein Kleid für Amelie näht, war doch eine spontane Lösung«, erklärte Ben.

»Das stimmt. Eigentlich wollten wir uns gemeinsam die Location für die Feier ansehen, die Amelies Mutter ausgesucht hat. Wir kennen sie nämlich nur von Fotos bisher. Constanze hat sich von Deutschland aus um fast alles gekümmert.«

»Aber die Besichtigung musste verschoben werden.«

»Ja. Wir wollten es heute Nachmittag nachholen, wenn Amelie von dem Einkauf mit Lucy zurück ist. Aber dazu kam es nicht mehr.« Seine Stimme brach für einen Moment. »Der Einkauf hatte Vorrang, damit Lucy noch genug Zeit zum Nähen hat.«

»Wer wusste von dem spontanen Einkauf?«

»Nur Lucy, ihre Mum, unsere Familien natürlich und Callum.«

»Sonst keiner? Gab es Posts bei Facebook, Instagram oder sonst wo?«

»Ich ... das weiß ich nicht. Ich glaube nicht. Amelie ist in den sozialen Medien nicht sehr aktiv und sie postet eigentlich nie private Sachen.«

»Könnten Sie das überprüfen?«

»Nein, ich nicht. Vielleicht ihre Mutter, aber ich nutze so was nicht.«

»Es wäre wichtig, das in Erfahrung zu bringen.«

»Ich kann Constanze fragen, vielleicht weiß sie das.«

»Danke. Von den Entführern kam nichts mehr?«

»Nein.«

»Ist Ihnen am Flughafen in Canberra oder Düsseldorf irgendetwas verdächtig vorgekommen?«, mischte Vadim sich in das Gespräch ein.

»Wer spricht da?«, wollte Jack wissen.

»Jemand, der uns helfen kann«, sagte Ben.

»Oh! Das ist gut. Danke.« Jack räusperte sich. »Was verdächtig vorgekommen? Was denn zum Beispiel?«

»Personen, die immer wieder aufgetaucht sind«, antwortete Vadim. »Oder ein Auto, das längere Zeit dieselbe Strecke gefahren ist.«

»Nein, tut mir leid. So etwas ist mir nicht aufgefallen. Aber am Flughafen in Düsseldorf hatten wir dann auch erst mal die Aufregung wegen Amelies Kleid. Kann es sein, dass es absichtlich jemand mitgenommen hat?«

»Das wissen wir nicht«, sagte Ben. »Gibt es Anzeichen dafür?«

»Nein. Eigentlich nicht.«

»Falls Ihnen doch noch etwas einfällt, dann bin ich jederzeit erreichbar. Und wir müssen wissen, ob Amelie wirklich nichts gepostet hat in den sozialen Medien.«

»Das finde ich heraus«, versprach Jack und legte auf.

»Vermutlich wurden Amelie und Jack spätestens seit der Landung in Düsseldorf beobachtet«, überlegte Vadim laut. »Wenn nicht schon früher. Das alles war sicherlich von langer Hand geplant.«

»Oder jemand aus ihrem Umfeld hängt in der Sache mit drin und hat Informationen an die Entführer weitergeleitet, sodass sie sich auf den Stoffladen vorbereiten konnten.«

»Hast du jemanden im Blick?«

»Jacks Kollegium wird Bescheid wissen, wie wichtig Jack für das Projekt ist und wie viele Informationen er darüber hat. Manche sind bereit, für Geld alles und jeden zu verraten.«

»Oder sie tun es nicht des Geldes wegen, sondern weil sie Angst haben.«

»Oder das. Das würde bedeuten, es gibt in Jacks Kollegium vielleicht jemanden, der bedroht wird. Aber das können wir nicht herausfinden. Und die Frage ist, ob von denen überhaupt jemand von dem Besuch im Stofflager wusste. Wenn Amelie dazu nichts gepostet hat, dann würde das den Kreis der Mitwissenden schon mal verkleinern.«

»Das stimmt«, bestätigte Vadim. »Zumal die Frage ist, ob jemand aus Jacks Kollegium nicht andere Möglichkeiten gehabt hätte, sich Informationen zu dem Projekt zu beschaffen. Ohne dafür eine Entführung zu riskieren.«

Ben wirkte nachdenklich. »Amelies und Jacks Familien haben sicherlich nichts mit der Sache zu tun. Aber da wir Jacks Freundeskreis nicht kennen, bleibt ansonsten nur noch Callum als mögliche Kontaktperson.«

»Der Trauzeuge?«

»Korrekt. Allerdings fehlt mir das Motiv.«

»Dieselben wie bei den Kollegen – Geld oder Angst.« Allerdings kannte Vadim den Mann nicht und konnte sich keinerlei Urteil über ihn erlauben. »Ich bin sicher, sie wollten eigentlich Jack und Amelie kidnappen. Und ich denke nicht, dass jemand bewusst das Kleid geklaut hat. Wozu? Das hätte nur für unnötig viel Unruhe und Aufmerksamkeit gesorgt.«

»Du glaubst also, sie wollten das Paar entführen?«

»Ja.«

»Wieso bist du dir so sicher?«

»Mit Amelie hätten sie direkt ein Druckmittel gegen Jack gehabt. Sie vor seinen Augen zu foltern, wäre eine leichte Möglichkeit gewesen, ihn zum Reden zu bringen und es hätte die telefonische Erpressung unnötig gemacht. Doch an Jack kamen sie nicht ran, also haben sie improvisieren müssen und sich Amelie und Lucy geschnappt.«

»Lucy als zusätzliches Druckmittel?«

»Ich denke, sie werden behaupten, dass sie tauschen wollen. Lucy gegen Jack. Vielleicht wird Jack aushandeln, dass sie stattdessen Amelie gehen lassen sollen.«

»Aber sie werden überhaupt niemanden gehen lassen«, vermutete Ben.

»Nein, werden sie nicht. Es sei denn, wir irren uns mit unseren Spekulationen und Lenny hat später Neuigkeiten für uns, die alles in einem neuen Licht erscheinen lassen. Deswegen wird es Zeit, dass ich endlich ins Krankenhaus fahre. Am Telefon kann man Nachfragen nach ihrem Zustand zu leicht abwimmeln. Vielleicht ist sie inzwischen wach.«

»Was denkst du, warum die Entführer das hier in Deutschland durchgezogen haben? Warum nicht in Australien?«

»Vielleicht brauchten sie Zeit, um die Tat vorzubereiten oder der Zeitpunkt passte hier besser. Vielleicht kam ihnen Europa als Standort sogar entgegen.«

Bens Smartphone summte und er las etwas auf dem Display. »Amelies Mutter hat nachgesehen. Es gibt keine Posts von Amelie, in denen sie irgendetwas bezüglich ihrer Pläne für heute geschrieben hat.«

»Schärfe Jack nochmals ein, dass er ansonsten mit niemandem außer dir über das Besprochene reden darf. Ich mache mich jetzt auf den Weg zu Lenny.« Vadim wandte sich in Richtung des Flurs, konnte Bens Blick im Nacken aber regelrecht spüren. »Willst du mit?«, gab er sich einen Ruck.

»Ja. Auf der Fahrt rufe ich Jack noch einmal an und erinnere ihn an unsere Vereinbarung.«

»Willst du über die Sache mit Jack reden?«, fragte Lucy sanft, nachdem sie eine Weile schweigend ihren Gedanken nachgehangen hatten.

»Ich weiß nicht ... In den letzten Wochen ging irgendwie alles schief.«

Lucy hatte gewusst, dass die letzte Zeit anstrengend für

Amelie gewesen war, aber nun klang es viel ernster, als sie es bisher angenommen hatte.

»Mir tut schon alles weh vom Sitzen.« Amelie stand auf und ließ den Nacken kreisen. »Was glaubst du, wie lange wir schon hier sind?«

Offenbar war sie noch nicht bereit, über das Thema mit Jack zu sprechen.

»Ich kann es überhaupt nicht einschätzen.« Lucy trug sonst fast immer eine Armbanduhr und musste sich nicht auf ihr Zeitgefühl verlassen – anscheinend hatte sie auch kein besonders gutes.

»Geht mir auch so. Das macht es noch schlimmer.«

»Du willst nicht darüber reden, hm? Also über die Sache mit Jack.«

Amelie zog die Nase hoch. »Es ist schwierig. Ich habe die letzten Wochen einfach versucht, mir einzureden, dass ich bloß kalte Füße habe. Das sagt man doch immer vor einer Hochzeit, dass das normal sei. Aber insgeheim ...« Sie zuckte mit den Schultern. »Insgeheim wusste ich es besser.«

»Du spannst mich auf die Folter«, sagte Lucy, die für jedes Thema dankbar war, das sie von diesen schrecklichen Umständen ablenkte – und von Amelies Bemerkung, dass Vadim Angst vor seinen Gefühlen für sie hatte. Aus ihrem Mund hatte es so einleuchtend geklungen, während Lucy sich ständig mit Selbstzweifeln plagte, weil Vadim sie nicht wollte.

»Wir haben so viel gestritten«, berichtete Amelie schließlich. »Ich dachte zwischendurch sogar, dass Jack eine Affäre hat. Ständig hat er Anrufe bekommen, auch im Feierabend, und immer hat er behauptet, das wäre sein Chef. Und er hatte recht, es war wirklich sein Chef.« Sie seufzte laut. »Das war schrecklich.«

Lucy konnte ihr nicht recht folgen. »Es war schrecklich,

dass er so viel arbeiten musste, statt dass er dir fremd-gegangen ist?«

»Nein! Es war schrecklich, dass mir das gar nicht mal so viel ausgemacht hätte, wenn er eine Affäre gehabt hätte.«

Lucy klappte der Mund auf, aber mehr als ein »Oh!« brachte sie nicht heraus. Dazu überraschte sie dieses Geständnis von Amelie viel zu sehr.

»Je näher die Hochzeit rückte, desto mehr habe ich mir die Frage gestellt, ob das mit Jack und mir wirklich das Richtige ist.«

»Du hast nie etwas gesagt!« Lucy fühlte sich hundeelend, weil sie nicht bemerkt hatte, wie es Amelie in den letzten Wochen ergangen war.

»Du hattest doch schon genug um die Ohren. Das wollte ich mit mir selbst ausmachen. So war es auch viel leichter, das zu verdrängen als was ganz Normales, weil es eben die typischen Zweifel vor einer Hochzeit sind.«

»Aber anscheinend ist es mehr als das.«

»Ich habe Heimweh«, gestand Amelie und rieb sich über die Augen. »Es wurde immer schlimmer, je mehr ich das Gefühl hatte, dass Jack und ich uns voneinander entfernen. Deswegen war es mir auch so wichtig, in Deutschland zu heiraten. Ich vermisse meine Familie. Ich vermisse dich.« Sie setzte sich wieder zu Lucy auf die Matratze und stupste sie an. »Ich habe auch Freunde in Australien, aber es ist nicht dasselbe.«

»Und ich dachte immer, du fühlst dich wohl dort und es ist deine Heimat geworden.«

»Vielleicht lag das nur daran, dass es da mit Jack und mir noch besser lief. Es war immer Jack, der mich an Australien gebunden hat.«

»Ach Mensch, Amelie. Ich wünschte, du hättest früher mit mir darüber geredet«

»Und was für einen Rat hättest du mir gegeben?«

»Na ja, ich bin nicht gerade eine Beziehungsexpertin, aber ich schätze, ich hätte dir empfohlen, die Hochzeit erst mal zu verschieben. Bis ihr alles zwischen euch geklärt habt. Vielleicht ist es nur eine schlechte Phase. Das kommt doch in jeder Beziehung mal vor.«

»Und bis vor allem geklärt ist, ob Jack nicht lieber seinen Job heiraten will«, sagte Amelie bekümmert.

»Sein Job ist ihm sehr wichtig, hm?«

»Das ist er. Aber er darf ja kaum mit mir darüber reden. Und das macht es noch schlimmer. Es ist ihm so wichtig, aber ich kann es nicht mal nachvollziehen. Sein Beruf drängt sich immer mehr zwischen uns. Wir haben vor der Verlobung schon mal über Kinder gesprochen und dass wir welche haben wollen. Vor ein paar Wochen hat er mich gefragt, ob wir dann nicht bald mal die Pille absetzen sollen. WIR! Als ob er die auch täglich schlucken müsste! Und ich möchte schon irgendwann Kinder. Aber plötzlich hatte ich Bilder vor Augen, wie ich mit zwei Kleinkindern in einem Haufen schmutziger Wäsche zu Hause sitze, während Jack den ganzen Tag arbeitet und mich mit allem alleine lässt.« Sie schüttelte den Kopf. »Das ist nicht das Leben, das ich mir vorgestellt habe. Und es ist so ... so eintönig im Vergleich zu deinem.«

Ein eintöniges Leben kam Lucy durchaus attraktiv vor. Ihres war in den letzten Monaten für ihren Geschmack etwas zu spektakulär gewesen. Andererseits verstand sie, was Amelie meinte. Sie waren beide achtundzwanzig und Amelie hatte verständlicherweise andere Erwartungen an ihr Leben als einen ständig überarbeiteten Ehemann, der keine Zeit für sie hatte.

»Ich habe ihm gesagt, dass ich ganz sicher nicht die Pille absetze, solange er in einem Job arbeitet, in dem er nie Zeit hat. Dann hat er sich mal wieder entschuldigt, weil er so viel arbeitet und behauptet, das wäre bald vorbei. Aber das glaube ich ihm nicht mehr. Das hat er schon so oft behauptet, aber nichts hat sich geändert.«

»Liebst du ihn denn noch?«

»Ich weiß es manchmal nicht. Je mehr ich über diese Frage nachdenke, desto unsicherer werde ich. Das ist ein schlechtes Zeichen, oder?«

»Ich weiß nicht. Gut klingt es nicht. Und du hättest das dennoch mit der Hochzeit durchgezogen?«

»Ich schwöre, ich habe mit der Entführung nichts zu tun«, versuchte Amelie einen Scherz, wurde aber sofort wieder ernst. »Ich denke schon. Ich dachte wirklich, dass uns beiden einfach der Stress zusetzt und ich zu empfindlich auf alles reagiere. Und das mit dem Kinderkriegen kann noch ein bisschen warten, da muss ich mir ja keinen Druck machen. Ich dachte, wenn ich erst mal in Deutschland bin und wir anfangen können, uns in Ruhe auf den großen Tag zu freuen, dann wird alles besser. Aber nun sitzen wir hier.«

»Es tut mir so leid für euch.«

»Weißt du was? Es fühlt sich tatsächlich gut an, das alles mal loszuwerden. O Mann, hoffentlich hören die Entführer nicht mit.« Amelie senkte die Stimme. »Meinst du, sie werden uns etwas antun, wenn sie nicht bekommen, was sie wollen?«

»Ich will da gar nicht drüber nachdenken«, gab Lucy zu, weil ihr das höllische Angst einjagte. Und Angst konnten sie nicht gebrauchen. Wenn sie etwas aus der Zeit im Sommer gelernt hatte, dann dass es wichtig war, einen klaren Kopf zu bewahren.

8.

Ben setzte das charmanteste Lächeln auf, zu dem er fähig war, als sie die Station betraten, auf der Lucys Mutter untergebracht war. Die Pflegefachkraft, eine Frau in den Fünfzigern mit wachsamen, aber freundlichen Augen, erwiderte es.

»Guten Tag, Frau Probst«, las er von ihrem Schild ab, das an ihrem Oberteil steckte. »Ich bin Ben Stevens. Eine Freundin von uns wurde heute Vormittag hier eingeliefert.«

Sie musterte ihn. »Wen meinen Sie?«

»Leandra Maiwald.«

»Sind Sie von der Polizei?«

»War ich, aber inzwischen nicht mehr.« Er hoffte dennoch, dass es ihm einen Vorteil verschaffen würde, dass er sich als ehemaliger Polizeibeamter ausgab.

»Sind Sie mit ihr verwandt?«

»Nein.«

»Kluge Antwort.« Probst schien seine Ehrlichkeit zu schätzen. »Die nette Kommissarin hat mir nämlich gesagt, dass Frau Maiwald lediglich eine Tochter hat und es wohl keine weiteren Familienangehörigen gibt.«

»Wir machen uns Sorgen um sie. Geht es ihr besser?«

»So, wie es einem eben geht, wenn man bei einem Überfall zwei heftige Schläge auf den Kopf bekommen hat.«

»Aber sie wird wieder gesund?«

»Sicherlich.«

»Ist es möglich, kurz mit ihr zu sprechen?«

Probst runzelte die Stirn. »Tut mir leid, aber das geht derzeit nicht. Frau Maiwald braucht ihre Ruhe.«

»Aber ansprechbar ist sie?«

»Mehr kann ich Ihnen nicht sagen.«

Ben unterdrückte einen Seufzer. Leider konnte er der Frau nicht sagen, dass sie dringend mit Leandra sprechen mussten, weil sie mit Geistern kommunizieren konnte und vielleicht wusste, wo sich zwei entführte Frauen befanden. Schließlich versuchte Damico, den Fall geheim zu halten, sodass Frau Probst von einem Überfall ausging.

Vadim räusperte sich und zog so die Aufmerksamkeit auf sich. »Ich bin Leandras Verlobter«, sagte er und Ben bemühte sich, seine Mimik unter Kontrolle zu halten.

»Ich konnte leider nicht früher vorbeikommen. Ich war beruflich unterwegs und habe den ersten verfügbaren Flieger genommen.«

»Ach.« Frau Probsts Gesichtszüge wurden weicher, während sie Vadim musterte und plötzlich ziemlich hingerissen wirkte.

»Es ist recht frisch mit der Verlobung. Wir wollten es ihrer Tochter diese Woche persönlich sagen, wenn wir hier zu Besuch sind. Solche Umstände konnte ja keiner erwarten.« Vadim schien schwer betroffen und Ben musste ihm lassen, dass er seine Rolle sehr überzeugend spielte. Andererseits war die Sorge um Leandra, Lucy und Amelie sicherlich echt.

Probst legte beide Hände aufs Herz. »Was für eine schreckliche Situation! Das tut mir sehr leid. Die Kommissarin sagte schon, dass die Tochter von Frau Maiwald derzeit nicht in der Stadt ist. Aber glauben Sie mir, wir kümmern uns hier gut um Ihre Verlobte.«

»Da bin ich mir sicher, vielen Dank. Geben Sie mir Bescheid, sobald sie wach ist?«

»Ich sehe noch einmal kurz nach, vielleicht ist sie inzwischen zu sich gekommen.« Sie entfernte sich eilig und Ben trat zeitgleich mit Vadim zwei Schritte von der

Empfangstheke zurück, damit er sehen konnte, in welches Zimmer sie ging. Es dauerte keine zwei Minuten, bis Probst wieder bei ihnen war.

»Tut mir leid, sie schläft noch.«

»Danke, dass Sie nachgesehen haben«, sagte Vadim freundlich.

»Sie können natürlich hier warten.«

Vadim nahm sein Smartphone zur Hand und tat, als würde er etwas nachsehen. »Solange Lenny noch schläft, werde ich ein paar Dinge auf der Arbeit regeln, damit ich anschließend nur für sie da sein kann. Aber ich bin auf meinem Handy jederzeit erreichbar.«

»Schreiben Sie mir Ihre Nummer einfach auf.« Probst suchte nach einem Zettel und legte ihm Stift und Papier auf die Theke. Ben hoffte derweil, dass Mascha bei Lucys Mutter war, wenn diese aufwachte. Dann konnte der Geist Leandra über alles informieren, sodass sie die Entführung nicht vor dem Krankenhauspersonal ausplauderte.

»Die Polizei hat mich auch darum gebeten, dass sie sofort eine Info bekommt«, erzählte Probst. »Aber ich werde Sie natürlich zuerst informieren, Herr ...«

»Nennen Sie mich einfach Vadim.«

Sie warf ihm ein Lächeln zu. »Ich melde mich, wenn Ihre Verlobte zu sich kommt. Danke für Ihre Nummer.«

»Vielen Dank, Frau Probst. Ich weiß das wirklich sehr zu schätzen. Mir ist bewusst, dass ich noch nicht offiziell zu Lennys Familie gehöre, aber ich will mit eigenen Augen sehen, wie es ihr geht.«

»Das verstehe ich sehr gut.«

»Bis hoffentlich bald.« Vadim nickte ihr noch einmal freundlich zu, dann wandte er sich in Richtung des Ausgangs.

Ben folgte ihm. »Der Verlobte«, brummte er, als Frau Probst sie nicht mehr hören konnte.

»Die beste Option, um Informationen zu bekommen.«

»Und der Pflegefachfrau, die vermutlich in Leandras Alter ist, geht sofort das Herz auf.«

»So weit sind Lenny und ich nicht auseinander. In diesem Körper bin ich sechsunddreißig und Lenny ist zweiundfünfzig. Sie ist jung Mutter geworden. So unwahrscheinlich ist es nicht, dass wir ein Paar sind.«

»Du lügst und manipulierst Menschen.«

»Wenn es nötig ist, um Lucy und Amelie zu helfen, dann schon. Aber so wird es nicht funktionieren.«

»Was?«

»Unsere Zusammenarbeit. Deswegen ziehe ich das allein durch.«

Den Rest des Weges legten sie schweigend zurück. Erst als sie in Vadims Auto saßen und die Türen geschlossen hatten, wandte Vadim sich ihm wieder zu. »Sobald Lenny weiß, wo die beiden sind, kann Mascha mir Auskunft zu Lucys und Amelies Versteck geben und zu den Entführern, deren Waffen sowie der technischen Ausrüstung. Danach kann ich weiter planen.«

»Wir können danach weiter planen«, korrigierte Ben, denn er hatte nicht vor, Vadim den Fall zu überlassen.

»Alleine bin ich schneller und unauffälliger«, entgegnete Vadim und startete den Motor. »Du bist es gewohnt, solche Situationen im Team zu meistern. Und das SEK geht nicht unbedingt unauffällig vor, wenn es in kompletter Kampfmontur und mit der HK MP5 im Anschlag ein Gebäude stürmt.«

»Das ist nicht unbedingt exakt die Vorgehensweise.«

»Du hast eine komplett andere Ausbildung als ich. Du warst bei der Polizei und ich nehme an, du warst einer der letzten Geburtenjahrgänge, die in Deutschland zur Bundeswehr mussten?«, wollte Vadim wissen, während er den BMW aus der Tiefgarage lenkte.

»Korrekt.«

»Du hast also den Grundwehrdienst absolviert, aber du warst beim Militär nicht in einer Spezialeinheit.«

»Nein, war ich nicht.«

»Ich schätze, du bist einen Meter neunzig groß und etwa hundertdrei Kilo schwer. Allein von deiner Statur bist du niemand, der sich besonders unauffällig oder leichtfüßig bewegen und an seine Ziele anschleichen kann.«

»Das war meist nicht nötig. Anders als manch anderer will ich nicht jeden umbringen, dem ich nahekomme.«

Vadim sah ihn ernst an, doch dann zuckte sein Mundwinkel und er begann zu lachen. »Der war gut.«

»Es sind hundertzwei Kilo.«

Vadim konzentrierte sich auf den Verkehr, doch Ben entging nicht, dass er schmunzelte.

»Wie oft hast du solche Alleingänge schon erledigt?«, hakte er nach.

»Ich weiß es nicht. Ich habe irgendwann nicht mehr gezählt.«

»Wie viele Gegner traust du dir zu?«

»Das kommt auf die Situation an. Deswegen brauche ich die Informationen von Mascha.«

»Du kannst die Entführer nicht einfach töten.«

»Ich versuche, das zu vermeiden, aber wenn mir keine andere Wahl bleibt, um die beiden zu retten, dann werde ich es tun.«

»Dann hast du die Polizei am Hals«, warf Ben ein.

»Das Risiko gehe ich ein.«

Ben musterte ihn, doch es war schwer, den Mann zu lesen. »Das kannst du Lucy nicht antun, denn dann müsstest du aus ihrem Leben verschwinden, weil du auf der Flucht wärst.«

Vadim bremste etwas abrupt an einer roten Ampel und Ben war klar, dass er einen wunden Punkt getroffen hatte.

»Warum arbeitest du nicht gerne im Team?«, setzte er sofort mit einer Frage nach.

»Hm?«

»Du hast angedeutet, dass es dir nicht gut damit ergangen ist, im Team zu arbeiten.«

»Damit ist auch alles gesagt.«

»Du willst Lucy und Amelie heil da rausholen. Ebenso wie ich. Das macht uns in diesem Fall zu einem Team. Ob es dir passt oder nicht.«

Die Ampel sprang auf grün und Vadim gab Gas. »Wir müssen uns hundertprozentig aufeinander verlassen können bei so einer Aktion«, sagte er einige hundert Meter später.

»Ich weiß.«

»Bist du dir sicher, dass du bereit bist, mir so weit zu vertrauen?«

Das war eine berechtigte Frage. Doch wenn es um Lucy ging, hatte Ben eigentlich keine Zweifel an Vadims guten Absichten. »Ich denke, in diesem speziellen Fall lautet die Antwort: Ja.«

»Okay.«

»Wenn du mich bei meinem Wagen absetzt, würde ich zu Safetec fahren und mit Steffen das Auto tauschen. Danach kann ich Equipment besorgen«, bot Ben an.

»Equipment?«

»Wir werden ein paar Sachen brauchen.«

»Du bist dir also absolut sicher, dass du bei dem Plan dabei sein willst?«

»Ja.«

»Um das Equipment musst du dir keine Gedanken machen, darum kümmere ich mich. Ich werde allerdings etwas Zeit dafür brauchen. Melde dich trotzdem, wenn du was von der Kommissarin hörst. Wir fahren jetzt zurück zu dir, damit du Steffens Auto holen kannst. Danach wäre es gut, wenn du mit mir zu Lucys Haus fährst, damit ich meinen Wagen dort abstellen kann. Anschließend kannst du mich am Bahnhof absetzen.«

»Du willst zum Bahnhof?«

»Ja. Wir brauchen einen Leihwagen.«

»Okay«, meinte Ben und fragte sich, ob Vadims Plan vorsah, nicht nur das Equipment zu besorgen, sondern stattdessen im Alleingang alles Weitere zu erledigen und ihn währenddessen in Mettmann sitzen zu lassen. Doch ihm blieb wohl nichts anderes übrig, als darauf zu vertrauen, dass Lucys Mitbewohner sein Wort hielt.

Die Tür wurde aufgestoßen und zwei maskierte Männer betraten den Raum. Lucy war gerade erst von der Matratze aufgestanden, um ein wenig auf- und abzulaufen, doch die Entführer jagten ihr solche Angst ein, dass sich ihre Beine mit einem Mal anfühlten, als wären sie aus Gummi. Rasch setzte sie sich wieder zu Amelie.

»Du! Mitkommen!« Der größere Mann zeigte auf Amelie und sie keuchte erschrocken auf.

»Los! Komm schon!«

Doch Amelie blieb wie angewurzelt sitzen. »Mir ist schlecht«, murmelte sie und Lucy tastete nach ihrer Hand.

Der Kerl, der gesprochen hatte, drehte sich zu dem anderen Mann um. »Get her!«

Amelie quiekte erschrocken. »Ich komme schon«, sagte sie schnell, warf Lucy noch einen gequälten Blick zu und ging dann langsam auf die Entführer zu. Der Kleinere der beiden packte sie am Arm, dann zog er sie aus dem Raum.

Lucy blickte ihrer Freundin nach, bis die Tür zugeschlagen wurde. »Mascha, bist du hier?«, fragte sie leise in die Stille hinein, doch es kam keine Antwort. Es war furchtbar, nicht zu wissen, was mit Amelie passierte. Ob die Entführer nun eine Forderung an Jack stellen würden, und Amelie vorschickten mit einer Botschaft an ihn? Ob sie drohen würden, Amelie etwas anzutun, wenn Jack nicht tat, was die Täter von ihm verlangten? Ihr wurde schlecht.

Ängstlich fuhr sie zusammen, als die Tür erneut aufgestoßen wurde. Doch zu ihrem Entsetzen kam nicht Amelie zurück, sondern ein muskulöser Maskierter betrat den Keller und zeigte auf sie.

»Come on!«, schnauzte er und winkte sie zu sich heran. Zögerlich ging Lucy auf ihn zu.

»Hurry!«, sagte er und kam zugleich einen Schritt auf sie zu, dann griff er nach ihrem Arm und zog sie unsanft mit sich. Lucy stolperte hinter ihm her durch einen spärlich beleuchteten Flur. Vor einer Treppe blieb er stehen und bedeutete ihr, vor ihm nach oben zu gehen. Es war ein unangenehmes Gefühl, den Entführer so dicht hinter sich zu wissen. Vor allem, als er sie von hinten an ihrem Pullover packte und nach oben schob, weil es ihm anscheinend zu langsam ging. Mit klopfendem Herzen erreichte sie das Treppenende und blieb vor einer weiteren Tür stehen. Er schob sich an ihr vorbei, drückte diese auf, und sie befand sich in einem breiten, alt aussehenden Flur.

Der Kerl packte sie an den Schultern, dann schubste er sie ein Stück durch den Gang auf eine weitere Tür zu. Ihre Beine fühlten sich an, als würden sie jeden Moment unter ihr nachgeben. Ging es doch nicht nur um Amelie und Jack? Was wollte man von ihr? Und wo zur Hölle war ihre beste Freundin?

Die Liste, die Vadim im Kopf hatte, war lang, doch er hatte in den letzten Monaten vorgesorgt. Nicht etwa, weil er mit einer Entführung gerechnet hatte, sondern weil es ihm in Fleisch und Blut übergegangen war, sich immer auf das schlechtmöglichste Szenario vorzubereiten. Was das anging, wollte es ihm in seinem zweiten Leben nicht gelingen, sein gewohntes Verhalten abzulegen.

Kaum dass Ben ihn abgesetzt hatte, war er mit der Regiobahn nach Düsseldorf gefahren. Dort musste er etwas erledigen und zugleich war es in der Großstadt problemlos möglich, sich kurzfristig einen Leihwagen zu mieten. Er dachte an Ben und die zum Schluss schweigsame Fahrt zum Mettmanner Bahnhof.

Ben war kein schlechter Kerl – im Gegenteil. Vadim hielt viel von ihm, wenn es sonst um Lucys Sicherheit ging. Aber es war etwas anderes, mit ihm zusammen arbeiten zu müssen, auch wenn sie dasselbe Ziel verfolgten. Fakt war, dass Ben und er zu unterschiedlich waren, um gut miteinander zu funktionieren. Der Ex-Polizist hatte zu viele Skrupel und das konnten sie sich in diesem Fall nicht erlauben. Die Täter würden mit Sicherheit keine Bedenken haben, mit aller Härte gegen Eindringlinge vorzugehen, die ihnen in die Quere kamen. Außerdem war er nicht sicher, ob Jack den Forderungen der Entführer standhalten würde, wenn diese Druck auf ihn ausübten. Das bedeutete, dass ihnen die Zeit davonlief. Der Zeitdruck war ein Problem, denn dadurch konnte er sich nicht so gründlich vorbereiten, wie es ihm lieb gewesen wäre. Eine gute Vorbereitung war das A und O. Natürlich hatte er auch früher schon improvisieren müssen, aber es erhöhte das Risiko.

Er fragte sich, wie flexibel Ben wohl war, wenn nicht alles nach Plan verlief. Er musste belastbar sein, sonst hätte er es niemals zum SEK geschafft. Aber wie weit würde er im Ernstfall gehen? Ben hatte gelernt, auf Menschen zu schießen, aber dennoch gab es einen eklatanten Unterschied zwischen ihnen, der sich nicht leugnen ließ: Ben war Profi darin, Kriminelle festzunehmen, Zivilisten zu beschützen sowie sich selbst und andere im Notfall zu verteidigen. Vadim dagegen war ein Profi darin, andere zu töten.

●———●●●●●———●

Ihr Magen fuhr Achterbahn, als Lucy einen Raum mit einem grellen Neonlicht betrat, das ihr in den Augen wehtat. Sie musste mehrfach blinzeln, bevor sie richtig sehen konnte. Dann fiel ihr ein Stein vom Herzen, als sie Amelie erblickte, die wohlauf war, aber ebenso verängstigt wirkte wie sie selbst.

»Komm her«, sagte ein maskierter Mann, der neben Amelie stand und ein Telefon in der Hand hielt. Der große, muskulöse Typ stieß sie in seine Richtung.

»Sag was!« Er hielt ihr das Smartphone vors Gesicht.

»Was soll ich denn sagen?« Lucy war froh, dass ihr überhaupt Worte aus dem Mund kamen. Ihre Kehle fühlte sich an wie zugeschnürt.

»Reicht das?«, blaffte der Typ in das Telefon.

»Lucy? Lucy, warst du das?«, nahm sie Jacks Stimme aus dem Lautsprecher wahr.

»Ja, ich bins«, antwortete sie eingeschüchtert, während sie sich gleichzeitig in dem Raum umguckte. Insgesamt waren vier Maskierte anwesend und einer trug seine Waffe, eine Maschinenpistole, sichtbar vor sich. Die anderen hatten Pistolen in einem Holster bei sich. Der Raum war spärlich eingerichtet mit einem großen Esstisch und ein paar Stühlen, in einer Ecke stand ein kleines Sofa.

»Das reicht!«, sagte der Maskierte am Telefon und winkte dem Muskulösen und einem weiteren Mann.

»Bringt sie nach nebenan und wartet auf mich«, befahl er dann auf Englisch und der kräftig aussehende Entführer packte Lucy am Arm, während der andere sich Amelie schnappte. Sie schoben sie vor sich her aus dem Raum und weiter in das Zimmer nebenan, das dunkel war, weil das Licht ausgeschaltet war und die Fensterläden geschlossen. Immerhin knipste einer der Männer ein Licht an. Es war eine einzelne Glühbirne, die von der Decke hing und ein schwaches Licht in das Zimmer warf. Der Raum war noch weniger möbliert als der, in dem sie zuvor gewesen waren. Es stand lediglich ein altes, vergammelt aussehendes Sofa mitten im Raum, außerdem roch es muffig.

Dennoch stießen die beiden Männer sie auf das Polster, auf dem Amelie und Lucy sofort eng aneinanderrückten und sich umklammert hielten. Die Entführer blieben einen Moment vor ihnen stehen, dann entfernte sich der Muskulöse ein paar Schritte und lehnte sich an die Wand, ließ sie aber nicht aus den Augen. Er schien entspannter als der etwas kleinere Typ, der sich neben das Sofa stellte.

»Ich habe solche Angst«, flüsterte Amelie ihr zu. Lucy fand keine tröstenden Worte, denn ihr ging es genauso. Außerdem betrachtete der kräftige Kerl sie mit finsterem Blick, sodass sie lieber den Mund hielt.

Amelie und sie hatten Jack eben bewiesen, dass es ihnen so weit gut ging – planten die Täter nun etwa, sie loszuwerden? Andererseits trugen sie Masken. Das war hoffentlich ein gutes Zeichen, weil sie verhindern wollten, dass Lucy und Amelie sie identifizieren konnten. Würde man sie töten wollen, müssten sie ihre Gesichter nicht schützen. Aber vielleicht waren die Entführer auch einfach nur vorsichtig.

Plötzlich nahm Lucy die Stimme eines Geistes wahr, welcher die ganze Zeit vor sich hin brabbelte. Allerdings war es keine Sprache, die sie beherrschte, daher verstand sie kein Wort von dem, was die Frau sagte. Sie tippte auf eine osteuropäische Sprache, vermutlich russisch.

Vielleicht hätte der Geist etwas Interessantes zu erzählen gehabt, was ihnen weiterhelfen würde, wenn sie denn die

Sprache beherrschen würde. Aber so mussten sie schweigend auf diesem Sofa ausharren, die bohrenden Blicke der beiden Aufpasser ertragen und warten.

9.

»Ben! Schön, dass du zurück bist.« Steffen klang erfreut darüber, ihn zu sehen. »Hat sich das mit dem Problem geklärt?«

»Nein, leider nicht. Aber ich brauche dein Auto nicht mehr. Bevor Eleni sich also wundert, wo du den Kombi gelassen hast ...«

»Ach je, ja ... Eleni. Gutes Thema.« Steffen kratzte sich am Kopf. »Eigentlich wollte ich heute oder morgen noch mit dir reden, aber du hast aktuell anscheinend andere Sorgen.«

»Gerade kann ich nichts anderes tun als warten. Falls du was mit mir zu besprechen hast, passt es jetzt«, sagte Ben, der auf einen Anruf von Vadim, Jack oder der Kommissarin wartete, und bis dahin nicht böse über etwas Ablenkung war. »Nur sobald das Telefon klingelt, muss ich dran gehen.«

»Klar. Also dann, nimm am besten Platz.«

»Sind es so schlechte Neuigkeiten?«

»Wie man es nimmt. Für Eleni und mich steht eine wichtige Entscheidung an.«

»Ihr habt doch nicht etwa Eheprobleme?«

»Nein, das nicht. Aber Eleni geht es nicht so gut, seit ich im September angeschossen wurde. Ich weiß, sie wirkt immer so tough, aber schon seit der Sache mit Sanders damals ...« Er schüttelte den Kopf. »Das war auch schon schwierig.«

»Du meinst Benno Sanders, den Drogenkönig, den du mit einem Kollegen verhaftet hast?«

»Genau, den meine ich. Mein letzter Fall bei der Drogenfahndung. Vor dem Prozess wurden einige Zeugen bedroht. Als Beamter, der an der Verhaftung mitgewirkt hat … Na ja, es war das erste Mal, dass Eleni wirklich beunruhigt war wegen meiner Arbeit bei der Polizei. Und ich weiß noch, dass sie heilfroh war, als der Prozess endlich vorbei war.«

»Es ist nicht immer leicht für die Familie.«

»Das ist es nicht. Und es hat zu meiner Entscheidung beigetragen, Safetec Security aufzubauen und meine Karriere als Beamter zu beenden. Aber das war es nicht allein. Du kennst Elenis Bruder, oder?«

»Ja, von eurer Hochzeit.« Das war schon einige Jahre her, doch Ben konnte sich noch grob an ihn erinnern.

»Und du weißt auch, dass er vor zehn Jahren nach Kanada ausgewandert ist wegen seiner Frau, die Kanadierin ist?«

»Das erwähntest du mal.«

»Er hat dort ein ähnliches Unternehmen gegründet wie ich hier. Oder vielmehr war seine Idee eine Inspiration für mich, Safetec zu gründen.«

Ben kannte die Geschichte, wusste aber nicht recht, worauf Steffen hinaus wollte.

»Er hat mich damals schon gefragt, ob ich sein Partner werden will, aber da war das alles noch kein Thema für mich. Doch jetzt …« Steffen seufzte laut. »Eleni macht seit einigen Wochen eine Therapie. Seit dem Vorfall hat sie schlimme Schlafstörungen und macht sich um alles Sorgen.«

»PTBS«, vermutete Ben und Steffen nickte. Er hatte zum Glück nie nach einem Einsatz unter einer Posttraumatischen Belastungsstörung gelitten, doch er kannte einen früheren Kollegen, der nach einer beinahe tödlichen Schusswunde eine Therapie deswegen gemacht hatte. Allerdings war keine Schusswunde nötig, um PTBS auszulösen. Auch nach Unfällen oder anderen stark belastenden Ereignissen kam so etwas vor.

»Deswegen ist es gut, dass sie sich helfen lässt. Natürlich hat sie ihrem Bruder davon erzählt und der hat sein Angebot an mich erneuert.«

Die Nachricht musste Ben einen Moment sacken lassen.

»Deswegen der Tipp mit dem Setzen«, scherzte Steffen.

»Versuchst du mir gerade mitzuteilen, dass du mit deiner Familie nach Kanada auswandern willst?«

»Die Überlegung steht im Raum, ja.«

»Damit hatte ich nicht gerechnet.« Das war noch milde umschrieben, denn innerlich fiel Ben aus allen Wolken.

»Ich bis vor ein paar Wochen auch nicht«, gab Steffen zu. »Es hat sich erst seit Kurzem so entwickelt. Am Wochenende hat Eleni mir gestanden, dass sie es gerne machen würde. Sie möchte woanders neu anfangen. Und ja, ich weiß schon, das ist kein Allheilmittel, die Therapie ist dennoch wichtig. Aber tatsächlich haben Eleni und ich ihren Bruder schon mehrfach besucht und uns immer sehr wohl dort gefühlt.«

»Ich wusste nicht, dass Eleni das so zu schaffen macht. Denkst du nicht, das legt sich wieder? PTBS lässt sich behandeln.«

»Wenn ich das nur wüsste. Sie macht sich zurzeit so viele Gedanken wegen allem. Wegen der Typen, die ich festgenommen habe und die im Knast sitzen, aber irgendwann freikommen. Die nicht nur mich, sondern vielleicht auch die Kinder bedrohen könnten, wenn sie wieder auf freiem Fuß sind. Das hat bei ihr irgendwas getriggert mit dem Anschlag auf mich. Ich glaube, der Schock war besonders groß, weil sie eigentlich dachte, wir haben diesen ganzen Mist hinter uns, nachdem ich Safetec gegründet hatte.«

»Und dann wirst du ausgerechnet angeschossen, nachdem du den Polizeidienst verlassen hast.«

Steffen lehnte sich mit den Ellenbogen auf den Schreibtisch und massierte sich die Schläfen. »Da kommt jetzt alles zusammen. Eleni hat auch früher schon gesagt, dass sie sich vorstellen kann, in Kanada zu leben. Sie vermisst ihren Zwillingsbruder, ihre beiden Neffen, und mit ihrer Schwägerin versteht sie sich auch sehr gut.«

»Was ist mit Elenis Eltern?«

»Die besuchen sowieso regelmäßig ihren Sohn in Kanada. Eleni meint, sie verbringen mehr Zeit mit seiner Familie als mit uns. Uns sehen sie immer nur ein paar Stunden, während sie zuletzt vier Wochen Urlaub in Nordamerika gemacht haben. Als Rentner sind sie ja zeitlich flexibel.«

»Und nun denkst du darüber nach, das Angebot von deinem Schwager anzunehmen.«

Steffen nickte.

»Was wird dann aus Safetec?«

»Genau das ist der Grund, aus dem ich mit dir sprechen wollte. Ich weiß, dass du dir nicht vorstellen kannst, nur noch Bürokram zu erledigen. Andererseits hätte ich dich gerne als Geschäftsführer, wenn ich den Laden hier vor Ort nicht mehr selbst managen kann.«

»Du willst Safetec also fortführen?«

»Ich will mich schon rausziehen, aber wie ich das genau mache, das müsste man noch regeln. Aber erst mal will ich wissen, wie du zu all dem stehst.«

»Mensch, Steffen! Das klingt, als wäre die Entscheidung schon gefallen.«

Steffen hob beschwichtigend die Hände. »Ich habe Eleni gesagt, dass ein Umzug nach Kanada für mich nur infrage kommt, wenn mit der Firma hier alles geregelt ist. Seien wir ehrlich ... Natürlich halten mich auch die Freundschaften hier, aber meine Eltern leben sowieso in Norddeutschland und ich sehe sie nicht so oft. Ich gebe zu, du wirst mir fehlen. Und Elyas und der ganze Rest der Bande auch. Aber je mehr ich darüber nachdenke, desto mehr reizt mich ein Neuanfang. Ich bin dieses Jahr fünfundvierzig geworden. Wer weiß, wie viele Chancen noch für mich kommen.«

Ben fragte sich, ob das nicht alles etwas übereilt war, wenn Eleni gerade erst mit der Therapie begonnen hatte. Aber es stimmte, was Steffen sagte: Die beiden hatten schon früher von ihren Aufenthalten in Kanada geschwärmt. Sie hatten Ben sogar eingeladen, sie mal dorthin zu begleiten.

»Was ist mit Lucas und Finja?«

»Finja wird im nächsten Sommer erst eingeschult, das wäre unproblematisch, denn dann würde sie direkt in Kanada mit der Primary School starten. Bei Lucas wäre es ein Schulwechsel, aber durch die Besuche bei seinem Onkel spricht er schon gut Englisch. Außerdem lernen Kinder schnell. Aber genau das ist der Grund, warum wir bald eine Entscheidung treffen müssen. Wenn wir das durchziehen mit dem Umzug, dann in den Sommerferien. Das klingt zwar noch weit weg, aber wir brauchen ein paar Monate, um alles zu planen und vorzubereiten.«

»Was ist mit Elenis Job?«

»Sie macht doch jetzt schon vier Tage die Woche Homeoffice. Vermutlich könnte sie den behalten, wenn ihre Chefin damit einverstanden ist und das alles irgendwie geregelt werden kann. Eleni kann sich sonst auch vorstellen, freiberuflich zu arbeiten. Die Branche ist dank KI sowieso gerade im Umbruch.«

Als Video-Editorin hatte Eleni sicherlich verschiedene Möglichkeiten, dennoch konnte Ben kaum glauben, dass sie gerade ein solches Gespräch führten und sein bester Freund ernsthaft darüber nachdachte auszuwandern.

»Die Frage ist, ob du dir vorstellen kannst, Safetec zu übernehmen?«, wollte Steffen wissen.

»Das ehrt mich, aber ich bin kein ...« Er suchte nach den richtigen Worten.

Steffen lachte auf. »Sesselfurzer?«

»Das weißt du. Ich unterstütze dich gerne. Ab und an ein bisschen Papierkram ist okay, vielleicht zu so vierzig bis fünfzig Prozent. Aber ich will so was nicht den ganzen Tag machen.«

»Das habe ich mir schon gedacht. Deswegen habe ich mich gefragt, wer dafür infrage käme und mit wem du gut zusammen arbeiten könntest. Mir fiel dieser Niklas Eibisch ein, von dem du mehrfach erzählt hast.«

»Niklas? Wie kommst du auf ihn?«

»Ich weiß, dass du viel von ihm hältst. Und ich weiß von dir auch, dass er im Sommer eine Detektei gegründet hat, die nicht gut läuft und an der sein Herz nicht hängt. Was vermutlich auch der Grund dafür ist, weshalb sie nicht läuft.« Steffen breitete die Arme aus. »Vielleicht würde ihm so was hier besser gefallen. Ich habe mich unter meinen früheren Kollegen ein wenig umgehört. Zwei kennen ihn und er genießt wohl überall einen ausgezeichneten Ruf. Er hatte eine tolle Aufklärungsquote, gilt als fair und loyal und guter Ausbilder.« Er klopfte auf seinen Chefsessel. »Und du wärest nicht alleine verantwortlich für den Laden hier, sondern könntest auch weiterhin an der Front arbeiten.«

»Das kommt alles sehr überraschend.«

»Ich weiß. Und du musst dich auch nicht sofort entscheiden. Aber zumindest machst du bezüglich Niklas kein ablehnendes Gesicht.«

»Ich bin überrumpelt«, gab Ben zu, was nicht häufig vorkam. Es war ein beschissenes Gefühl.

»Das verstehe ich. Lass dir Zeit.«

»Hast du nicht eben gesagt, ihr müsstet euch bald entscheiden?«

Steffen warf ihm ein gequältes Lächeln zu. »Na ja, wenn du dich bis nächste Woche entscheiden würdest, wäre das schon sehr hilfreich.«

»Verstehe.«

»Es dauert etwa knapp einen Monat, bis ein beantragtes Arbeitsvisum bearbeitet wird. Wir sind zuversichtlich, dass das gut geht, aber erst danach können wir alles planen mit Haussuche, Schulen und so weiter.«

»Da kommt einiges auf euch zu.«

»Allerdings.«

»Und selbst wenn ich mir das vorstellen könnte – Niklas weiß noch nichts von seinem Glück, oder?«

»Das mit ihm zu besprechen, würde ich dann dir über-lassen. Der Mann kennt mich bisher gar nicht persönlich.«

»Verstehe.«

»Denkst du, das wäre was für ihn?«

»Ich kann es schlecht einschätzen. Er langweilt sich in seiner Detektei, aber ob das hier dann eine Alternative wäre ...« Ben hob fragend die Schultern.

»Ich könnte ihm zumindest garantieren, dass er sich nicht langweilen wird«, versprach Steffen.

Ben nickte nachdenklich. Ein wenig bereute er es, dass er Steffen gesagt hatte, es wäre in Ordnung, ihn jetzt mit einem Thema zu überfallen. Einerseits war er froh, dass er nun Bescheid wusste, doch andererseits war ihm klar, dass ihm Steffen als Freund sehr fehlen würde. Es war ein Unterschied, ob man sich jederzeit spontan treffen konnte oder erst einmal in ein Flugzeug steigen musste, um den Atlantik zu überqueren.

Steffen stand auf und klopfte ihm auf den Rücken. »Zieh nicht so ein Gesicht«, sagte er mit einem Augenzwinkern. »Für mich ist die Vorstellung auch schwierig, aber irgend-wie freue ich mich auch auf so eine Herausforderung, falls wir den Schritt wagen sollten. Und vielleicht tut uns so ein Neuanfang wirklich gut.«

»Keinerlei Wehmut?«

»Doch, schon. Aber ich kann Eleni verstehen. Dafür muss

ich mir einfach nur vorstellen, wie es andersherum wäre.«
Seine Mimik wurde nachdenklich. »Und du musst also auf
einen Anruf warten, um dein Thema zu klären?«

»Ja.«

»Kann ich vielleicht doch irgendwie helfen?«

»Nein. Und es kann auch noch was dauern, bis der Anruf
kommt. Ich könnte so lange hier noch was tun«, bot er an,
auch wenn er mit seinen Gedanken eigentlich woanders
war als bei der Arbeit.

»Quatsch! Nimm dir mal den Rest des Tages frei. Du hast
genug gearbeitet in der letzten Zeit. Und jetzt hast du zusätzlich noch was zum Nachdenken, abgesehen von dem
Problem, von dem du mir nichts Genaueres erzählen
willst.«

»Okay«, sagte Ben und Steffen schien erleichtert, dass er
den Vorschlag ohne Widerspruch annahm.

»Ach, Ben?«

»Noch mehr schlechte Neuigkeiten?«

»Nein. Aber ich weiß, dass du solche Dinge am liebsten
mit dir alleine ausmachst. Aber tu mir einen Gefallen und
rede mit jemandem darüber.« Er begann zu lachen. »Dein
Gesichtsausdruck ist gerade Gold wert. Aber ich meine es
ernst. Es wäre mir nur lieb, wenn es von Safetec erst mal
keiner erfährt, denn das könnte für einige Unruhe sorgen.
Also wenn du jemanden zum Reden brauchst, dann
vielleicht nicht unbedingt Elyas. Ich weiß, dass ihr euch gut
versteht.«

»Keine Sorge, von mir erfährt er nichts.«

»Ich danke dir.«

Lucys Herz klopfte noch ein wenig schneller als der
Maskierte, der mit Jack am Telefon gesprochen hatte, den

Raum betrat. Er schien das Sagen zu haben und steuerte zielstrebig auf das Sofa zu, auf dem sie mit Amelie saß. Lucy spürte, wie ihre Freundin sich versteifte.

»Ich frage mich, was du über die ganze Sache weißt«, sagte der Mann in einem sehr guten Englisch und kniete sich vor sie. »Immerhin seid ihr verlobt.« Er musterte sie einen Augenblick schweigend, dann drehte er den Kopf zu Lucy. »Sie dagegen ist eigentlich nutzlos für uns.«

»Das ist sie ganz sicher nicht!«, sagte Amelie hastig.

»Ach nein? Weiß sie etwa mehr über deinen Mann als du? Über das, was er so treibt?«

Der Muskulöse, der an der Wand lehnte, lachte leise.

»N ... nein. Aber sie ist wie eine Schwester für mich und Jack weiß das.«

»Wie süß! Wie eine Schwester also.« Die dunklen Augen des Entführers betrachteten Lucy interessiert. »Stimmt das, hm?«

Lucy nickte nur, ihr Mund fühlte sich trocken an. Amelie war diejenige, die sie als Druckmittel brauchten, das hatte der Entführer gerade bestätigt. An ihr hatten sie kein Interesse und ihr war bewusst, wie gefährlich das für sie war. Sie war Jack dankbar, dass er ein Lebenszeichen von ihr gefordert hatte, aber das hatte er soeben bekommen. Was also, wenn die Kidnapper beschlossen, dass sie nun überflüssig war?

Der Maskierte wandte sich wieder Amelie zu. »Du weißt bestimmt ein bisschen was.«

»Ich habe keine Ahnung, worum es hier geht«, wisperte Amelie und zerquetschte fast Lucys Hand, die sie hielt.

»So hübsch und so ahnungslos. Wirklich?«

Amelie nickte heftig und er fasste ihr unters Kinn und sah ihr in die Augen. Dann erhob er sich mit einem Seufzer und blickte zu den beiden anderen Männern. »Glaubt ihr das?«

Der Muskulöse legte den Kopf schräg, der andere zuckte

mit den Schultern. »Nicht sehr überzeugend, Kleines«, sagte der Wortführer. »Versuch es noch mal.«

»Wir dachten eigentlich, es geht um mich«, wagte Lucy zu behaupten. Amelie blickte sie schockiert an.

»Dich habe ich zwar nicht gefragt, aber interessant, dass du dachtest, wir wollten dich entführen. Da scheint es etwas über dich zu geben, was wir noch nicht wussten. Lucinda Maiwald, achtundzwanzig Jahre alt, ledig, Schneiderin, Eigentümerin ... Haben wir ein verstecktes Vermögen übersehen?« Er lachte.

»Nein. Aber wir hatten keinerlei Idee, warum Amelie hätte entführt werden sollen.« Zu Lucys Erstaunen klang ihre Stimme viel selbstsicherer, als sie sich fühlte. Denn ihr Herz klopfte inzwischen so schnell, als würde es jeden Moment aus ihrer Brust springen. »Aber ich war letztes Jahr Zeugin in einem Mordfall.« Sie war ein wenig stolz darauf, dass ihre Stimme nicht zitterte, denn sie wollte nicht, dass der Typ bemerkte, wie viel Angst sie vor ihm hatte. »Der Prozess zu dem Fall wird gerade vorbereitet. Ich dachte, jemand will sich an mir rächen.«

»Zeugin in einem Mordfall also. Scheint nicht dein Jahr zu sein.«

Der schmalere Typ warf etwas in einer fremden Sprache ein und der Wortführer nickte bedächtig, bevor er sie wieder auf Englisch ansprach. »Du bist wohl öfters mal Zeugin.«

Amelie runzelte die Stirn, Lucy wusste dagegen sofort, worauf er anspielte. Es war im April vor zweieinhalb Jahren gewesen, als sie dabei geholfen hatte, einen vermissten Teenager aufzufinden. Wenn es nach ihr gegangen wäre, hätte niemals jemand davon erfahren, doch eine Klatschpresse hatte ihren vollen Namen genannt und sogar ausländische Zeitungen hatten über den Fall berichtet und ihren Namen wieder aufgegriffen. Die Behörden waren längst davon ausgegangen, dass man das Mädchen nicht mehr lebend finden würde, dennoch hatten ihre Eltern eine hohe Belohnung für hilfreiche Hinweise ausgesetzt. Daher war das mediale Interesse an dem Fall groß gewesen.

»Erst seit dem Telefonat eben ist mir klar geworden, dass es nicht um Lucy geht«, lenkte Amelie die Aufmerksamkeit zurück auf sich.

»Es wäre ein guter Zeitpunkt, damit herauszurücken, falls du doch eine Idee hast, warum du hier bist.«

»Ich weiß es wirklich nicht«, hauchte Amelie. »Wir sind nicht vermögend, auch wenn Jack und ich viel arbeiten.«

»Arbeit ist ein gutes Stichwort.« Der Entführer durchbohrte sie regelrecht mit seinen Blicken und Lucy merkte, wie Amelie sich an die Couchlehne drückte, als würde sie versuchen wollen, wenigstens etwas Abstand zwischen den Mann und sich zu bringen.

»Über seine Arbeit redet Jack nicht gerne.« Amelie blickte nach unten und Lucy konnte sich ausmalen, wie das Gefühlsleben ihrer Freundin gerade aussah. Denn anders als die Täter wusste Lucy, dass Amelie nicht log. Doch das bedeutete tatsächlich, dass Jack ihr etwas Wesentliches über seinen Job verschwiegen haben musste. Wegen irgendeiner Kleinigkeit hätte man sie kaum entführt.

»Tja, Kleines, da gibt es wohl eine Menge Informationen, von denen dein Bräutigam dir nichts erzählt hat«, raunte der Kidnapper und Lucy konnte Amelie ansehen, wie etwas in ihr zerbrach. Eine Träne kullerte langsam ihre Wange hinunter, doch sie schien es gar nicht zu bemerken, sondern wirkte einen Moment wie erstarrt.

»Was machen mit Frauen?«, fragte der muskulöse Kerl, der noch immer an der Wand lehnte, als hätte man ihn dort festgeklebt. Es war das erste Mal, dass er etwas auf Deutsch sagte, wenn auch mit starkem Akzent. Anscheinend beherrschte er die Sprache nicht allzu gut.

»Bringt sie zurück in den Keller«, sagte der Anführer und warf Lucy einen langen Blick zu. »Auch wenn ich mir nicht sicher bin, ob das Blondchen oder ihre Freundin was zu verbergen haben. Aber das finden wir schon noch heraus.« Der Muskulöse lachte, dann stieß er sich von der Wand ab und kam auf Lucy zu, während der andere Amelie von dem Sofa zog. Mit den beiden bewaffneten Männern im Rücken wurden sie zurück in den Kellerraum gebracht. Da ihre Beine sich noch immer wackelig anfühlten, war Lucy froh, dass sie es überhaupt die Treppen nach unten schaffte.

Erleichtert seufzte sie auf, als die Kidnapper die Kellertür hinter sich zuschlugen und sie endlich wieder allein waren.

»O Gott, mir war so übel«, meinte Amelie, verschränkte die Arme und rieb sich mit den Händen über die Oberarme, als wäre ihr kalt. »Ich hatte die ganze Zeit Sorge, ich muss mich übergeben.« Sie räusperte sich angestrengt und Lucy tätschelte sich den eigenen flauen Magen.

»Ich hatte solche Angst um dich, als sie dich eben mitgenommen haben. Und als sie dann noch kamen, um mich zu holen ...« Sie schüttelte sich. Sie hatte sich die schlimmsten Szenarien ausgemalt, als man sie nach dem Telefonat in den anderen Raum mit der Couch gebracht hatte. Sie hatte schon oft in ihrem Leben Angst gehabt, aber noch nie hatte ihr etwas so zugesetzt wie diese Erfahrung. Dabei hatte man vor einem halben Jahr versucht, sie umzubringen.

Amelie schniefte und Lucy nahm sie in den Arm.

»Ich frage mich, was das alles hier soll! Und es tut mir so leid, dass du in diesen ganzen Scheiß mit hinein gezogen wurdest.«

»Komm, wir setzen uns«, schlug Lucy vor. »Ich habe immer noch ganz weiche Knie.«

»Ich auch.«

Sie setzten sich nebeneinander auf die Matratze und

Amelie lehnte ihren Kopf an Lucys Schulter. »Sie haben Jack angerufen, als ich alleine oben war. Also bevor du dazu gekommen bist. Ich sollte mit ihm sprechen und er wollte mich per Video sehen, damit er weiß, dass es mir gut geht. Und dann hat Jack darauf bestanden, auch deine Stimme zu hören.«

»Das war nett von ihm.«

»Diese Typen jagen mir eine wahnsinnige Angst ein. Ich will gar nicht wissen, was passiert, wenn sie nicht bekommen, was sie wollen. Und ich wüsste wirklich gerne, was uns diesen ganzen Schlamassel hier eingebrockt hat!«

»Aber das Wichtigste ist doch erst mal, dass Jack nun Bescheid weiß. Sicherlich haben die Entführer eine Forderung an ihn gestellt, sodass es nun irgendwie weitergeht.«

Amelie nickte und griff nach der Wasserflasche, fuhr sich dann aber nachdenklich über den Bauch, zog die Nase kraus und stellte die Flasche wieder weg. »Es hat also etwas mit Jacks Job zu tun.«

Die letzten Worte nahm Lucy nur noch am Rande wahr, weil sie von einer anderen Stimme abgelenkt wurde. Es war wieder der weibliche Geist, den sie zuvor schon gehört hatte. Anscheinend fluchte sie. Lucy war sich nicht sicher, da sie die Sprache nach wie vor nicht verstand, aber es klang aufgebracht.

»Oder?«, fragte Amelie.

»Hm?«

»Was meinst du dazu?«

»Zu Jacks Job?«

Amelie nickte.

»Ich weiß ja noch viel weniger darüber als du.«

»Vielleicht hätte einer deiner Geister mal spionieren sollen, was Jack auf der Arbeit so treibt«, murmelte Amelie. »Ich gebe zu, manchmal habe ich tatsächlich darüber nachgedacht, dich darum zu bitten, aber es wäre mir nicht richtig vorgekommen. Jetzt bereue ich das ein bisschen.«

»Sei lieber froh, dass du nichts weißt. So musstest du eben nicht lügen.«

»Das stimmt auch wieder. Ich glaube, das hätte der Typ durchschaut. Brr. Ich kriege direkt wieder eine Gänsehaut, wenn ich nur daran denke, wie er mich angeschaut hat. Und weißt du, was seltsam war?«

Lucy fand alles an der Entführung seltsam, aber ihr war bewusst, dass Amelie darauf nicht hinaus wollte, also schüttelte sie den Kopf.

»Sie hatten Jacks Nummer.«

»Seine Handynummer?«

»Ja. Die steht aber nirgendwo im Telefonbuch oder so.«

»Ich dachte, die hast du ihnen gegeben.«

»Nein. Als ich in das Zimmer kam, war Jack schon am Telefon. Von mir hatten sie seine Nummer nicht.«

»Und wenn sie vielleicht doch Zugriff auf dein Handy haben?«

»Ich dachte, dann könnte man uns orten?«

»Es würde ja nicht lange dauern, eine Nummer zu suchen.«

»Genau wie du habe ich keine Gesichtserkennung, sondern einen sechsstelligen Code. Es dürfte nicht so leicht für die Typen sein, das Handy ohne meine Hilfe zu entsperren. Und nach dem Code haben sie bisher nicht gefragt. Was gut ist, denn vermutlich würde ich ihnen vor lauter Angst alles verraten.«

Lucy nickte verständnisvoll, denn so würde es ihr auch gehen. Früher hatte sie die Gesichtserkennung immer praktisch gefunden, doch nachdem Ben ihr erklärt hatte, wie leicht ein Smartphone damit bei einem Überfall zu entsperren war, hatte sie wieder auf einen Zahlencode umgestellt.

»Aber Freunde, Familie und Kollegen haben Jacks Nummer, oder?«

»Ja, aber wie kommen diese Männer dann da dran?«
Amelie schielte zur Kamera und senkte ihre Stimme. »Ich meine, Jack ist doch megavorsichtig, wenn es um Daten geht. Der nutzt meinen Amazon-Account mit, statt sich selber einen einzurichten! Er ist weder bei Facebook oder Instagram noch sonst in irgendeinem sozialen Netzwerk angemeldet.«

»Du meinst, Jack kennt die Täter?«, flüsterte Lucy.

»Ich weiß nicht, ob er einen der Täter kennt, aber es kam mir jedenfalls komisch vor.«

»Sobald Mascha wieder hier ist, werde ich ihr das sagen. Dann kann sie Mum Bescheid geben. Ich fand es auch unheimlich, was sie alles über mich wissen.«

»Hm ... Oder es ist für Hacker überhaupt kein Problem, in alle möglichen Datenbanken reinzukommen. Vielleicht ist einer der Kidnapper ein Technik-Freak.«

»Und die Presse leistet zusätzlich noch ihren Beitrag.« Lucy schüttelte den Kopf. Die Situation war wirklich ein Albtraum. »Ich frage mich, wann Mascha wiederkommt. Sie ist nun schon ziemlich lange nicht mehr hier gewesen. Oder glaubst du, das kommt uns nur so vor, weil wir die ganze Zeit herumsitzen und warten müssen?«

»Vielleicht. Dieses Warten ist echt unerträglich. Und vielleicht ist Lenny noch immer nicht wach.«

»Ich fürchte auch. Hoffentlich geht es ihr bald besser. Statt Mascha quasselt hier ständig ein anderer Geist.«

»Wirklich? Was sagt er?«

»Es ist eine Sie. Und ich kann sie nicht verstehen, weil ich ihre Sprache nicht spreche.«

»Was spricht sie denn?«

»Es könnte Russisch sein. Ich bin nicht sicher. Aber ich denke, auch da kann Mascha uns gleich weiterhelfen.«

»Wenn sie nur schon wieder hier wäre«, seufzte Amelie und rollte sich auf der Matratze zusammen.

10.

Leandra öffnete die Augen, die sich trocken anfühlten. Außerdem war ihr schummerig. Sie blinzelte einige Male, um die Augen zu befeuchten. Wo war sie? Das war nicht ihr Schlafzimmer! Ruckartig setzte sie sich auf und sank sofort mit Schwindel und einem dumpfen Schmerz im Kopf zurück in das Kissen.

»*Lenny! Du bist wach, wie wunderbar! Bleib ganz ruhig liegen. Du bist verletzt und im Krankenhaus*«, nahm sie Maschas Stimme wahr.

»Was? Wo bin ich? Was ist passiert?«

»*Erinnerst du dich nicht?*«

»Mir tut alles weh ...«

»*Sicherlich vom Liegen, aber du darfst dich nicht so viel bewegen, du wurdest genäht am Kopf.*«

Lenny fuhr erschrocken mit der Hand an ihren Scheitel und spürte einen Verband. »O Gott! Da waren Männer! Lucy und Amelie, was ist mit ihnen?« Sie spürte vor Aufregung ein Kribbeln im ganzen Körper und musste sich beherrschen, nicht sofort aus dem Bett zu springen. Doch schon jetzt rebellierte ihr Magen und das Zimmer schien sich zu bewegen.

»*Sie wurden entführt, aber ich weiß, wo sie sind.*«

Lenny entfuhr ein Schluchzer. »Gott sei Dank, du hast alles mitbekommen?«

»*Ich war gerade bei euch, als die beiden in einen Lieferwagen gezerrt wurden.*«

»Wie schrecklich. Wie geht es ihnen?«

»*Körperlich geht es ihnen so weit gut, aber sie sind*

geschockt und haben natürlich furchtbare Angst. Ich habe ihnen versprochen, sie wieder aufzusuchen, sobald du wach bist.«

»Ich mag mir gar nicht vorstellen, wie die beiden sich fühlen. Mascha, wo sind sie? Ich muss sofort die Polizei anrufen.«

»Vielleicht solltest du erst mal Vadim anrufen. Er und Ben waren hier im Krankenhaus und haben nach dir gefragt.«

»Vadim war hier? Ich dachte, er ist noch auf Reisen.«

»Er kam sofort hierher, nachdem er von Ben erfahren hat, was passiert ist.«

»Oh! Das ist gut.« Sie blickte sich vorsichtig um. »Wo sind meine Sachen? Ich brauche mein Handy.«

»Sie haben deine Sachen in den Schrank gepackt, auch deine Handtasche. Aber du solltest alleine nicht aufstehen. Drück auf den Knopf, da an deinem Bett, damit jemand von den Krankenpflegern kommt.«

»Herrje, ich bin ganz durcheinander.« Lenny betätigte den Knopf. Kurze Zeit später steckte eine freundlich aussehende Pflegefachkraft den Kopf durch die Tür.

»Sag ihr nichts von der Entführung«, bat Mascha. *»Die Polizei versucht, das unter Verschluss zu halten. Zumindest habe ich so etwas zwischendurch aufgeschnappt, als die Kommissarin hier war. Das Personal denkt, dass du Opfer eines Überfalls geworden bist.«*

Lenny nickte vorsichtig, um Mascha zu signalisieren, dass sie verstanden hatte.

»Frau Maiwald, wie schön, dass Sie wach sind. Mein Name ist Christin Probst. Wie geht es Ihnen?«

»Es geht. Der Kopf tut weh und mir ist etwas übel. Eigentlich tut alles ein bisschen weh.«

»Ist es sehr schlimm? Ich kann Ihnen etwas gegen die Übelkeit geben und notfalls auch gegen die Schmerzen.«

»Nein, nein, das ist nicht so wichtig, aber ich muss sofort Vadim anrufen.«

»Ah, ihr Verlobter sagte schon, dass Sie nach ihm fragen werden.«

Ihre Kopfwunde musste schlimmer sein, als Lenny bisher angenommen hatte. »Bitte wer?«

»Ihr Verlobter. Ein wirklich fescher junger Mann.« Probst zwinkerte ihr verschwörerisch zu.

»Äh ja, das ... äh ... ist er. Und ich muss ihn wirklich dringend anrufen.«

»Sie sollen sich schonen, aber er hat mir seine Nummer gegeben. Ich verspreche Ihnen, ich informiere ihn sofort. Und dann gebe ich der Kommissarin Bescheid. Die Beamtin hofft, dass sie etwas zu den Männern sagen können, die Sie überfallen haben.«

»Ich weiß nicht, ob ich da eine große Hilfe bin«, sagte Lenny und dachte an die von Kopf bis Fuß maskierten Täter.

»Sie werden sich wundern, was einem so nach und nach alles einfallen kann. Aber ich rufe nun erst mal schnell Ihren Verlobten an. Er wird sich freuen, dass Sie wach sind. Und melden Sie sich, wenn sie noch etwas brauchen.«

Lenny wartete, bis Probst das Zimmer verlassen hatte. »Mascha, sei ehrlich, wie schlimm ist es mit der Kopfverletzung? Habe ich einen Hirnschaden?« Vorsichtig betastete sie den Verband.

»Wie kommst du darauf?«

»Wieso denkt die Frau, dass Vadim mein Verlobter ist?«

»Vadim wollte nur, dass die Frau ihm Auskunft gibt. Als zukünftiger Familienangehöriger hat man da bessere Chancen.«

»Ach so, das macht Sinn. Das war clever von ihm. Aber dann berichte mal, Mascha. Wo werden Lucy und Amelie von den Kidnappern festgehalten?«

Ben nahm den Anruf sofort an, als er Jacks Namen im Display seines Telefons sah. Er war bereits seit einer Weile zu Hause und die Warterei machte ihn verrückt. Es war schlimmer als jede Observierung, die er bisher erlebt hatte.

»Die Entführer haben sich gemeldet.« Jacks Stimme klang belegt.

»Wann war das?«, fragte Ben mit Blick auf seine Uhr.

»Vor etwa fünfzehn Minuten. Sie haben mir erst eine Nachricht geschickt, damit ich alleine bin, wenn sie mich anrufen.«

»Was haben sie gefordert?«

»Sie wollen sich mit mir treffen.«

»Sie wollen sich mit Ihnen treffen?« Offenbar lag Vadim demnach richtig mit seiner Vermutung, wie die Täter weiter vorgehen würden.

»Ja.«

»Haben sie sonst noch was gefordert?«

»Nur das Treffen.«

»Wann soll es stattfinden?«

»Das haben sie noch nicht gesagt. Sie melden sich wieder und ich soll mich jederzeit bereithalten. Sie haben noch mal wiederholt, dass ich nicht die Polizei informieren soll, wenn mir wichtig ist, dass den Frauen nichts passiert.«

»Jack, haben Sie sich an unsere Vereinbarung gehalten, mit niemandem über die Sache zu reden?«

»Natürlich.«

»Es ist wichtig, dass das so bleibt.«

»Ich habe niemandem etwas gesagt.« Jacks Stimme klang belegt und als würde er jeden Moment in Tränen ausbrechen. Die Belastung für den Mann war sicherlich enorm. Er war nach Deutschland gekommen, um seine Hochzeit zu feiern, stattdessen stand er nun Todesängste aus, weil seine Verlobte entführt worden war. Doch Ben konnte ihm in diesem Augenblick keinen seelischen Beistand leisten. Einerseits war das nicht seine Stärke, andererseits hatte es absolute Priorität, Lucy und Amelie in Sicherheit zu bringen. Seine ganze Energie war auf dieses Ziel ausgerichtet.

»Gab es einen Beweis dafür, dass Amelie und Lucy wohlauf sind?«

»Ja, ich habe mit beiden kurz gesprochen«, versicherte Jack. »Ich glaube, es ging ihnen einigermaßen gut.«

»Immerhin. War es am Telefon eine Männer- oder Frauenstimme?«

»Es war ein Mann.«

»Wie gut war das Englisch?«

»Sehr gut, aber definitiv kein Muttersprachler.«

»Hat die Polizei oder jemand aus der Familie etwas mitbekommen von dem Anruf?«

»Nein, ich denke nicht. Ich bin nach oben ins Bad gegangen nach der Nachricht. Da bin ich auch immer noch. Die Kommissarin ahnt längst was, und so ein Verhandlungsführer von der Polizei ist hier, aber ich sage nichts. Das ist doch weiterhin richtig, oder?«

»Das ist es. Danke, Jack. Also weiß die Kommissarin nicht, dass die Entführer sich schon gemeldet haben?«

»Nein.«

»So sollte es bleiben. Die Täter werden sicherlich davon ausgehen, dass die Polizei bei dir ist. Sie müssen ermitteln bei Freiheitsberaubung und die Tat wurde nun mal bemerkt und gemeldet. Aber wichtig ist, dass die Entführer annehmen, die Polizei weiß nichts Konkretes.«

»Okay. Ich frage mich, warum sie sich mit mir treffen wollen. Ob sie mich gegen Amelie austauschen wollen? Dann wäre sie wenigstens frei und Lucy vielleicht auch.«

»Das werden wir noch erfahren«, wich Ben der Frage aus. »Halten Sie mich weiter auf dem Laufenden.«

»Gibt es denn schon eine Spur?«

»Wir sind dran. Und ich muss sofort Bescheid wissen, wenn die Täter wieder Kontakt aufnehmen.«

»Okay, in dem Fall melde ich mich sofort.«

Nachdem er alle Besorgungen erledigt hatte, kehrte Vadim zu seinem Leihwagen zurück und prüfte, von wem die verpassten Anrufe stammten, die er nicht hatte annehmen können. Ben hatte zweimal versucht, ihn zu erreichen, doch zu seiner Enttäuschung gab es noch keine Meldung vom Krankenhaus. Da er sein Smartphone nicht mit dem Mietwagen koppeln wollte, musste er den Rückruf erledigen, bevor er losfuhr. Doch bevor er dazu kam, klingelte sein Telefon und zeigte eine Mettmanner Vorwahl an.

»Hallo«, meldete er sich sofort.

»Guten Abend. Spreche ich mit Herrn Vadim?«

»Ja.«

»Hier ist Christin Probst vom Krankenhaus. Ihre Verlobte ist wach und sagte mir, ich solle Sie sofort anrufen.«

Er spürte, wie ein Teil der Anspannung von ihm abfiel. »Wie geht es ihr?«

»Sie hat Schmerzen, aber sie ist ansprechbar und wirkt orientiert.«

»Das ist wunderbar!« Es war mehr als das. Es war die Voraussetzung dafür, dass die Sache ein gutes Ende nehmen konnte.

»Sie wird noch ein paar Tage brauchen, bis sie wieder richtig fit ist, aber sie erinnert sich daran, dass sie überfallen wurde. Das ist ein gutes Zeichen. Gerade ist eine Ärztin bei ihr.«

»Ich danke Ihnen für Ihren Anruf.« Es war ärgerlich, dass er etwas länger hatte fahren müssen, um alles zu erledigen. Vermutlich würde ihm die Polizei nun zuvorkommen und Lenny zuerst befragen, denn bis zum Krankenhaus würde er im ungünstigsten Fall bis zu vierzig Minuten brauchen.

»Ich mache mich auf den Weg und bin so schnell wie möglich da«, versprach er.

»Bis gleich«, sagte Frau Probst und beendete das Gespräch.

Er atmete tief durch. Er hatte Schwierigkeiten, die Gefühle einzuordnen, die er empfand. Gefühle, wie er sie schon lange nicht mehr verspürt hatte, weil er sie irgendwo in seinem tiefsten Inneren versteckt hatte, um zu funktionieren. Erst als junger Mann, der viel zu früh seine Mutter verloren hatte, und später als Profikiller, der verschiedene Jobs zu erledigen hatte. Auch jetzt war für Sensibilitäten keine Zeit, also rief er Bens Kontakt auf. Sie mussten hoffen, dass es Lenny so gut ging, dass ihr die Ärzte nicht direkt wieder etwas gegen die Schmerzen verabreichten, bevor Ben mit ihr reden konnte. Es war wichtig, dass sie der Polizei mit einer Befragung zuvorkamen, also würde Ben sich sofort auf den Weg ins Krankenhaus machen müssen. So, wie er Lenny einschätzte, würde sie sich vermutlich gegen Medikamente wehren – egal, wie schlecht es ihr ging. Er kannte sie fast ebenso lang wie ihre Tochter und sie war eine der tapfersten Frauen, die er bisher in seinem Leben getroffen hatte.

»Lenny ist wach«, kam er direkt auf den Punkt, nachdem Ben den Anruf angenommen hatte.

»Gut!« Ben war die Erleichterung deutlich anzuhören.

»Ich brauche knapp vierzig Minuten bis nach Mettmann. Kannst du schon mal ins Krankenhaus fahren? Du solltest mit Lenny reden, bevor Damico bei ihr ist.«

»Ich mache mich sofort auf den Weg.«

»Danke. Ich beeile mich, vielleicht schaffe ich es schneller.«

»Keine Sorge. Ich brauche nicht lange bis zur Klinik und bin schon unterwegs«, versicherte Ben ihm und für einen Moment war Vadim froh darüber, dass es jemanden gab, der ihn in diesem Fall unterstützte.

Skeptisch betrachtete Amelie die große Papiertüte von McDonalds, die einer der Männer an der Tür abgestellt hatte. Ebenso hatte er ihnen zwei neue Wasserflaschen gebracht und war dann wieder verschwunden.

»Mein Magen ist leer und knurrt ständig, aber ich habe keinen Appetit«, stellte Amelie fest und schnupperte, als Lucy die Tüte öffnete.

»Geht mir ähnlich. Aber wenn wir nicht essen, dann werden wir immer schwächer.« Sie warf einen Blick auf den Inhalt.

»Was ist drin?«

»Zwei Burger und zwei Portionen Pommes.«

»Nichts mit Zucker?« Amelie klang enttäuscht.

»Vielleicht ist Ketchup auf den Burgern.«

»Es ist nicht mehr warm«, stellte Amelie fest, während sie einen der Burger aus der Tüte fischte. »Entweder ist kein McDonalds in der Nähe oder sie haben das Essen eine Weile stehen lassen.« Argwöhnisch betrachtete sie die Lebensmittel. »Ob sie da was reingetan haben, um uns wieder zu betäuben?«

»Vielleicht sollte erst mal eine von uns essen.« Lucy atmete tief durch und wollte in ihren Burger beißen, als Amelie erschrocken »Stopp« rief.

»Was ist los?«, fragte Lucy, die angesichts der Mahlzeit vor ihrer Nase nun doch Appetit bekam.

»Falls da was drin ist, sollte ich zuerst essen.«

»Warum?«

»Weil ich nicht mit Mascha reden kann, wenn sie wieder herkommt«, erklärte Amelie mit gesenkter Stimme.

»Oh! Stimmt. Daran habe ich gar nicht gedacht.«

»Also dann.« Nach einem letzten zweifelnden Blick biss Amelie in den Burger und kaute. »Okay, vielleicht hatte ich doch Appetit«, sagte sie, nachdem sie den ersten Bissen hinunter geschluckt hatte. »Schmeckt auch kalt noch ganz gut.« Sie aß weiter und nahm sich zwei Pommes. Während Lucy ihr zusah, meldete sich ihr eigener knurrender Magen.

»Was denkst du, wie schnell so ein Betäubungsmittel wirken würde?«

»Ein paar Minuten wird es wohl dauern«, schätzte Amelie.

»Lucy, Liebes. Wie geht es euch?«

»Mascha!« Dieses Mal dachte Lucy daran, leise zu sprechen, obwohl sich sofort Aufregung in ihr breitmachte. »Ist Mum endlich aufgewacht?«

»Sie ist aufgewacht und ...«

»Wie geht es ihr?«

»Es geht ihr so weit recht gut. Ich konnte mich ganz normal mit ihr unterhalten.«

Lucy unterdrückte beim Gedanken an die Kamera ein freudiges Aufjauchzen und teilte Amelie die guten Neuigkeiten flüsternd mit.

»Dann weiß Mum also, wo wir sind?« Lucy wartete darauf, dass Mascha antwortete, doch sie reagierte nicht mehr, obwohl sie noch immer ihre Anwesenheit spürte. »Mascha, bist du noch da?«

»Ja, aber dieser andere Geist geht mir furchtbar auf die Nerven. Sie krakeelt die ganze Zeit herum.«

»Ich höre sie auch, aber ich versuche, es auszublenden. Ich verstehe kein Wort von dem, was sie sagt.«

»*Sei froh, Liebes. Es ist nicht besonders unterhaltsam.*«

»Du kannst sie verstehen?«

»*Natürlich, das ist russisch.*«

»Was sagt sie?«

»*Sie jammert unentwegt über ihren nutzlosen Sohn, der sein Leben wegwirft.*«

»Mascha, wir vermuten, dass einige der Entführer auch russisch sprechen. Ist vielleicht einer der Entführer ihr Sohn?«

»*Du meinst, sie ist hier, weil ihr Sohn zu den Männern gehört, die euch gekidnappt haben?*«

»Ja.«

Mascha seufzte. »*Eigentlich wollte ich nicht preisgeben, dass ich ihre Sprache spreche, aber unter den Umständen werde ich mich wohl mal mit ihr unterhalten. Wie ich sehe, hat man euch was zu essen gebracht.*«

»Und genug zu trinken bekommen wir auch. Wenn Mum wach ist und Bescheid weiß, wo wir sind, dann hat sie schon die Polizei informiert, oder?«

»*Nein, das hat sie nicht.*«

»Das hat sie nicht?« Sie musste sich verhört haben.

»*Nein, denn ich habe Ben und Vadim im Krankenhaus gesehen. Sie wollten mit Lenny sprechen, aber weil sie noch schlief, hat die Krankenschwester sie nicht zu ihnen gelassen.*«

»Vadim und Ben waren zusammen im Krankenhaus?« Lucy war von der Nachricht völlig überrumpelt. »Aber Vadim ist doch gar nicht in der Stadt.«

»*Er muss von dem Vorfall erfahren und sich sofort auf den Weg gemacht haben.*«

»Ich frage mich, wie sie überhaupt von der Entführung erfahren haben. Oder ist unser Fall bereits in den Nachrichten?«

»*Das will ich nicht hoffen, denn die Polizei will den*

*Vorfall geheim halten, um euch nicht zu gefährden. Ich
war jedenfalls sehr froh darüber, die beiden im Krankenhaus zu sehen. Es wird einen Grund haben, dass sie zusammen dort waren, daher hat Lenny die Krankenschwester
gebeten, sofort Vadim anzurufen. Er hat sich sogar als
Lennys Verlobter ausgegeben, um an Informationen zu
kommen.«*

»Oh! Wow! Und er war mit Ben zusammen im Krankenhaus.« Sie konnte es noch immer kaum glauben. »Ben kann
Vadim doch nicht ausstehen.« Lucy fragte sich, was das
alles zu bedeuten hatte. »Hier hat sich auch etwas getan«,
berichtete sie dann. »Die Entführer haben Jack angerufen
und dann mussten sie Amelie und mich holen, um ihm zu
beweisen, dass es uns gut geht. Danach wurden wir wieder
hier im Keller eingesperrt, aber wir vermuten, dass sie eine
Forderung an Jack gestellt haben.«

*»Dann haben die Männer also Kontakt aufgenommen.
Das ist doch hoffentlich ein gutes Zeichen.«*

»Das hoffen wir auch. Die Entführung scheint mit Jacks
Job zusammenzuhängen. Weißt du irgendetwas darüber?«

*»Nein, leider nicht. Ich bin entweder bei Lenny oder hier
bei euch. Ich habe gar nicht daran gedacht, mich bei
Amelies Verlobtem oder auf der Polizeistation umzu-
sehen.«*

»Es ist gut, dass du bei Mum warst. Sonst hättest du
hinterher ihr Aufwachen verpasst.«

*»Soll ich dann jetzt mal mit dem Geist hier reden? Sie
scheint neugierig zu sein. Sie hört uns zu, aber ich glaube,
sie versteht uns nicht.«*

»Wenn du mit ihr sprichst, dann bitte sie doch, nach dem
Gespräch in einem anderen Raum über ihren nutzlosen
Sohn zu meckern, okay?« Lucy empfand Mitleid, weil der
Geist litt, aber es war schwierig, ihre unverständlichen
Monologe komplett auszublenden, was sie noch mehr

stresste, als es die Situation ohnehin schon tat. Würden sie dieselbe Sprache sprechen, dann könnte sie vielleicht irgendwie helfen, aber so ... Sie hörte, wie Mascha Kontakt zu dem anderen Geist aufnahm und brachte Amelie im Flüsterton auf den aktuellen Stand.

Amelie schob staunend ihre letzte Pommes in den Mund. »Wie gut, dass Lenny sich bald Vadim anvertrauen kann! Obwohl mir die Polizei lieber wäre, damit wir schnell hier rausgeholt werden.« Amelie deutete auf das leere Burger-papier. »Ich habe alles gegessen und ich bin noch munter. Ich denke, du kannst es nun auch riskieren.«

»Ich warte vorsichtshalber ab, bis Mascha mit dem Gespräch fertig ist.«

Amelie gähnte.

»Siehst du! Da geht es schon los.«

»Nein, nein. Ich bin einfach nur fertig von dem Tag. Und jetzt noch das fettige Essen.«

»Vielleicht kannst du gleich ein wenig schlafen«, schlug Lucy vor, die selber plante, wach zu bleiben. Sie wollte es keinesfalls verpassen, wenn Mascha sie zu einem späteren Zeitpunkt erneut aufsuchte. »Ich habe ganz vergessen, Mascha danach zu fragen, wie spät es ist.«

»Das kannst du ja gleich nachholen.«

Mit dem Duft von Pommes und Burger in der Nase wartete Lucy ab, auch wenn das Essen dann komplett kalt sein würde. Die Hauptsache war, dass sie überhaupt etwas Essbares in den Magen bekam. Ob die Entführer sie gerade beobachteten und sich wunderten, dass sie nichts aß? Sie linste zu Amelie, doch die starrte auf dem Rücken liegend mit offenen Augen an die Decke. Es war wohl wirklich kein Schlafmittel in dem Essen gewesen.

»*Uff, Liebes. Das war ein anstrengendes Gespräch*«, teilte Mascha ihr einige Minuten später mit. »*Du lagst richtig mit deiner Vermutung.*«

»Wirklich?«

»Ja. Einer der Männer ist Elwiras Sohn.«

Lucys Puls beschleunigte sich. »Sie heißt Elwira? Was hat sie dir erzählt? Und darfst du mit mir darüber reden?«

»Das darf ich. Sie hat sich sogar dafür entschuldigt, dass sie dich die ganze Zeit belästigt hat. Das war nicht ihre Absicht.«

»Sie konnte ja nicht wissen, dass ich sie höre.«

»Deine Gabe findet sie äußerst faszinierend und sie bedauert es, dass du sie nicht verstehen kannst. Sie spricht leider weder Deutsch noch Englisch.«

»Aber was hat sie dir über die Entführer erzählt?«

»Sie sagt, ihr Sohn ist vor ein paar Jahren vom rechten Weg abgekommen. Seit sie verstorben ist, ist sie an seiner Seite und hofft, er findet zum rechten Pfad zurück. Ich vermute, sie ist eine sehr gläubige Frau. Elwira ist seit bald vier Jahren tot und beobachtet mit schwerem Herzen, was aus ihrem Jungen geworden ist.«

»Weiß sie, für wen er arbeitet? Und warum Amelie und ich hier sind?«

»Bei dem Thema ist sie mir leider ausgewichen. Sie hat immer nur wiederholt, dass er für eine Spezialeinheit tätig ist.«

»Für eine Spezialeinheit für was denn?«

»Darauf hat sie mir nicht antworten wollen.«

»Dann konntest du also nicht herausfinden, wer hinter der Entführung steckt. Hat sie dir denn verraten, wie ihr Sohn heißt, oder andere Namen genannt?«

»Nein, Liebes. Sie wollte nicht mit Namen herausrücken. Auch wenn sie nicht einverstanden ist mit dem, was ihr Sohn tut, so will sie ihm dennoch nicht schaden.«

»Das muss man wohl auch irgendwie verstehen. Danke Mascha, dass du es versucht hast.«

»Gerne.«

»Übrigens kannst du Mum ausrichten, dass wir uns darüber wundern, dass die Täter Jacks Handynummer kannten. Die ist laut Amelie nämlich sehr geheim.«

»Ich werde das weiterleiten, Liebes. Dann mache ich mich nun wieder auf den Weg ins Krankenhaus. Vielleicht sind Vadim und Ben inzwischen schon dort.«

»Bevor du wieder weg bist, wie spät ist es eigentlich?«

»Als ich im Krankenhaus aufgebrochen bin, war es kurz vor halb neun am Abend.«

»Danke dir vielmals, Mascha. Bis später.«

»Bis später, Liebes.«

»Sie ist weg«, murmelte Lucy an Amelie gewandt und schnappte sich ihren Burger. Sie aß die Hälfte davon und Amelie wartete geduldig mit Fragen, bis Lucy ihren hungrigen Magen etwas beruhigt hatte.

Elwira schien nun tatsächlich Rücksicht zu nehmen, denn Lucy konnte ihre Tiraden nicht mehr hören.

»Dann können wir jetzt also nichts anderes tun, als erneut abzuwarten?«, mutmaßte Amelie, nachdem Lucy alle Details von Mascha mit ihr geteilt hatte.

»So sieht es leider aus.«

11.

»*Sie können mich hören, oder?*«

»Was?«, murmelte Lenny und blinzelte verwirrt.

»*Ich habe Ihr Gespräch eben belauscht. Das mit dieser Mascha. Das war wirklich interessant. Ich bin Ruth. Was für eine Freude, dass es lebende Menschen gibt, die mich hören können.*«

Lenny schielte zum Eingang und hoffte, dass das Krankenhauspersonal vor dem Betreten des Raumes an ihre Tür klopfte. Wenn sie ständig Gespräche mit Geistern führte, war das Risiko hoch, dabei erwischt zu werden. Sie konnte es nicht gebrauchen, dass man sie für geistig verwirrt hielt und aufgrund der Kopfverletzungen weitere Untersuchungen anordnete. Sie wollte jederzeit einsatzbereit sein, falls es neue Informationen zu der Entführung gab. Immerhin hatte sie dank einiger Zusatzversicherungen Anspruch auf ein Einzelzimmer. Ansonsten hätte sich der Austausch mit Mascha äußerst schwierig gestaltet.

»Hallo, Ruth«, sagte sie leise.

»*Sie haben also Kontakte zur Polizei?*«

»So würde ich das nicht nennen.«

»*Wie schade. Dabei wäre das gerade ausgesprochen hilfreich.*«

»Vielleicht hast du ein bisschen was von dem Gespräch verpasst, Ruth. Es geht um eine Entführung meiner Tochter und ihrer Freundin. Mascha und ich versuchen in dem Fall zu helfen, denn Mascha weiß, wo die beiden festgehalten werden.«

»*Wie furchtbar! Das tut mir von Herzen leid.*« Ruth

klang ehrlich betroffen. »*Ich habe selber drei Kinder groß-gezogen. Heute Nachmittag ist mein erstes Urenkelchen hier in der Klinik auf die Welt gekommen.*«

»Wie schön, herzlichen Glückwunsch.«

»*Vielen Dank. Seitdem warte ich auf das Licht. Für mich gibt es hier nichts mehr zu tun, aber auf der anderen Seite wartet mein Mann sicherlich schon auf mich.*«

»Hattest du gehofft, dass dir in diesem Zimmer ein Licht erscheint? Ich wusste nicht, dass es so schlimm um mich steht.«

»*O nein, ich wollte Sie ... dich keineswegs beunruhigen. Ich bin hier nur zufällig aufgetaucht, weil ich einen anderen Geist gespürt habe. Und dann habe ich das Gespräch mitbekommen. Ich wünsche dir und deiner Familie alles Gute.*«

»Ich danke dir. Das können wir wahrlich gebrauchen.«

»*Aber da du nun einmal wach bist ... Seit gestern bin ich hier im Krankenhaus, weil meine Enkelin lange in den Wehen lag. Das arme Mädchen! Ich weiß so gut, was sie durchmachen musste. Bei meinem ersten Kind musste ich die Wehen über zwanzig Stunden ertragen und ...*«

»So eine Geburt ist wirklich eine Herausforderung«, versuchte sie Ruths Ausführungen etwas abzukürzen.

»*Allerdings! Und ich konnte ihr gar nicht helfen, also bin ich zwischendurch in dieser Klinik herumgeirrt. Was man da so alles mitbekommt!*«

»Irgendetwas scheint dich sehr zu beunruhigen.«

»*Jawohl! Denn in diesem Krankenhaus geht es nicht mit rechten Dingen zu!*«

Nachdem sie alles aufgegessen hatte, ging Lucy zu dem kleinen Waschbecken hinter dem Vorhang, um sich die

Hände zu waschen. Es war gut, endlich wieder was im Magen zu haben. Sie hoffte, dass die Entführer sie nun eine Weile in Ruhe ließen, damit sie vor lauter Aufregung nicht alles erbrach.

»Es ist schrecklich. Ich wünschte, ich hätte nicht so viel Zeit zum Nachdenken«, murmelte Amelie. »Die ganze Zeit frage ich mich, was Jack mir alles nicht erzählt hat. Er ist mein Verlobter, aber er hat mir anscheinend so vieles verschwiegen.« Sie rieb sich die Nase. »Wenn das keinen guten Grund hat, dann kann ich nicht mehr mit ihm zusammen sein.«

»Ach, Amelie.« Lucy legte sich hinter sie auf die Matratze und nahm sie in den Arm. Dann zog sie eine der Decken über sie beide. »Vielleicht solltest du erst mal abwarten, was wirklich los ist.«

»Ich konnte Jack am Telefon anhören, dass er Angst hat.«

»Die hätte ich an seiner Stelle auch. Vermutlich gehts ihm kaum besser als uns.«

»Er muss jedenfalls nicht um sein Leben fürchten.«

»Du bist wirklich sauer auf ihn.«

»Allerdings! Und je mehr ich an ihn denke, desto schlimmer wird es. Lass uns über Vadim und dich sprechen.«

»Aber da gibt es nichts zu erzählen.«

»Und das ist eine Schande! Ich hatte die Mission, daran was zu ändern, wenn ich hier in Deutschland bin.«

Lucy lachte auf. »Eine Mission? Wolltest du uns verkuppeln, oder was?«

»Aber sicher! Wenn du dein Liebesglück schon nicht selbst in die Hand nimmst, dann muss es deine beste Freundin tun.«

»Und wie wolltest du das anstellen?«

»Erst mal hätte ich dich am Junggesellinnenabschied zurechtgestutzt und mir dann Vadim auf der Hochzeit vorgeknöpft.«

»Ich weiß nicht, ob das funktioniert hätte. Und vielleicht wäre das auch gar nicht gut.«

Amelie drehte sich zu ihr um, so gut es im Liegen möglich war. »Wie meinst du das denn?«

»Ich habe das Gefühl, dass Vadim irgendwas vor mir verheimlicht. Ich habe Mascha danach gefragt, aber sie ist mir ausgewichen und meinte, ich solle direkt mit Vadim sprechen.«

»Und wie hat er darauf reagiert?«

»Es hat sich noch nicht ergeben, mit ihm darüber zu reden.«

Amelie setzte sich auf und blickte sie zweifelnd an.

»Na ja, vielleicht habe ich es auch vor mir hergeschoben, weil ich mir nicht sicher bin, ob ich alle seine Geheimnisse kennen will und sollte«, gab Lucy zu.

»So schlimm meinst du?«

»Ich weiß es nicht.«

»Aber du vertraust ihm doch.«

»Das schon. Und er hat mir auch versichert, dass er nicht mehr in seinen alten Job zurückkehren wird. Aber irgendwie habe ich das Gefühl, da ist was im Busch. Aber andererseits geht es mich nichts an, was er so macht.«

»Aber es ist auch nicht die beste Basis für eine Beziehung, wie ich nun bestätigen kann«, stellte Amelie mitgenommen fest. »Aber vielleicht ist das mit Vadim alles nur halb so wild.«

»Vielleicht.« Doch falls nicht, wollte sie es gar nicht unbedingt wissen – genau das war ja ihr Dilemma. Solange sie nicht informiert war, konnte sie sich einreden, dass schon alles in Ordnung war und sie sich ihr ungutes Gefühl bloß einbildete. Das würde nicht mehr funktionieren, wenn sie Vadim auf das Thema ansprach und er ihr Bauchgefühl bestätigte. Oder würde er sie anlügen? Aber das würde eigentlich nicht zu ihm passen.

»Morgen wäre schon der Junggesellinnenabschied gewesen«, wechselte Amelie das Thema, worüber Lucy erleichtert war. »Nur mit uns beiden. Darauf hatte ich mich schon tierisch gefreut.«

»Hast du es nicht bereut, dass wir den nur zu zweit machen wollten?«

»Überhaupt nicht! Endlich mal wieder eine Pyjamaparty mit dir – ich fand die Idee richtig toll. Und ich hatte darauf gehofft, Vadim endlich persönlich zu Gesicht zu bekommen, statt nur im Videocall. Ich hatte keine Ahnung, dass er in Berlin ist.«

»Ist er ja jetzt nicht mehr. Hast du eigentlich irgendwas von dem Gespräch zwischen Jack und dem Kidnapper mitbekommen, bevor ich zu euch stieß?«

»Nein. Als ich in den Raum kam, hat mir der Entführer direkt gesagt, dass Jack am Telefon ist und ich mit ihm sprechen soll. Aber ich bin mir sicher, sie haben ihm gesagt, dass er die Polizei aus der Sache rauslassen soll. Das machen Entführer doch immer, oder?«

»Im Fernsehen machen sie es. Und im echten Leben macht es wohl auch Sinn. Ich wünschte, Niklas wäre noch bei der Polizei.«

»Aber er ist nun Detektiv, oder?«

»Ja. Und als ich ihn zuletzt in der Detektei besucht habe, hat er erwähnt, dass er im Dezember eine Kreuzfahrt mit seiner Frau machen wird. Vermutlich sind sie jetzt gerade unterwegs.«

»Du besuchst ihn manchmal in der Detektei?« Amelie klang überrascht.

»Nicht oft, aber wenn ich eh unterwegs bin und in der Nähe ...«

»Das klingt nett. Du scheinst ihn zu mögen.«

»Es tut manchmal gut, mit Leuten zu sprechen, die wissen, dass ich ... anders bin.«

»Das nervt mich übrigens auch.«

Lucy wurde heiß. »Dass ich anders bin?«

»Quatsch! Das doch nicht! Ich meine das miteinander Reden und die Zeitverschiebung zwischen Deutschland und Australien. Du meintest doch, ich hätte dir eher was davon berichten sollen, wie es zwischen Jack und mir steht. Aber immer, wenn ich gerade einen Aufreger hatte, war es bei dir mitten in der Nacht oder zumindest eine unpassende Uhrzeit. Und wenn du dann Zeit gehabt hättest, musste ich arbeiten. Wir können doch so gut wie nie spontan sprechen, sondern haben unsere festen Sonntagsgespräche, aber das war es.«

»Das stimmt.«

»Und mit meinen Eltern ist es genauso.«

»Aber die letzten Jahre hat es doch trotzdem ganz gut funktioniert.«

»Mir kommt es so vor, als würdest du für Jack Partei ergreifen.«

Lucy wusste nicht auf Anhieb, was sie dazu sagen sollte. Sie konnte Amelies Gefühle einerseits nachvollziehen, doch andererseits hatte sie Sorge, dass Amelie sich vorschnell von ihm abwandte, weil sie wütend auf ihn war. Sie waren in einer extremen Situation und somit nicht in einer guten Lage, um Entscheidungen zu treffen. Fakt war, sie hatten beide eine Scheißangst, auch wenn sie versuchten, sich davon abzulenken.

Sie hoffte, dass wenigstens Amelie vorerst in Sicherheit war. Dass sie dagegen überflüssig war, hatte ihr der Kidnapper bereits unter die Nase gerieben. Es war ein Wunder, dass die Männer sie überhaupt mitgenommen hatten, aber vielleicht war sie einfach eine zusätzliche Absicherung. Ein Opfer, das man töten konnte, damit Jack kapierte, wie ernst es ihnen war, falls er nicht spurte. Doch von diesen Befürchtungen wollte Lucy Amelie nichts mitteilen. Es ging ihrer besten Freundin schlecht genug. Falls Amelie nicht von selbst solche Schlüsse gezogen hatte, wollte sie nicht diejenige sein, die sie auf solch düstere Gedanken brachte.

»Ich mochte Jack immer«, sagte sie schließlich an Amelie gerichtet. »Aber ich kann verstehen, dass du enttäuscht und wütend bist, weil er dir Sachen verschwiegen hat.«

»Er wird seine Chance bekommen, mir alles zu erklären. Also ... falls man uns hier heil herausholt.«

»Das wird man«, meinte Lucy mit einer Zuversicht, die sie eigentlich gar nicht verspürte.

»Und dann ...« Amelie brummte etwas Unverständliches.

»Dann was?«

»Dann reiße ich ihm den Kopf ab.«

12.

Die Pflegefachfrau Christin Probst musterte ihn mit unverhohlener Skepsis, als Ben die Station betrat.

»Guten Abend, Frau Probst«, grüßte er sie freundlich.

»Hm, guten Abend.«

»Vadim hat mich informiert, dass Leandra wach ist. Er kommt gleich nach, ist aber noch mit dem Auto unterwegs und hat mich gebeten, schon mal vorzufahren.«

»Die Polizei müsste auch jeden Moment hier sein.«

»Dürfte ich dennoch schon mal zu ihr?«

Probst kniff die Augen zusammen. »Ich werde Frau Maiwald fragen, ob ihr das recht ist.«

»Verstehe ich, danke.«

Sie wandte sich von ihm ab und verschwand in dem Krankenzimmer. Kurz darauf erschien sie im Flur, die Türklinke noch in der Hand, und winkte ihn zu sich. Der Aufforderung kam Ben sofort nach. Er hatte Lucys Mutter nie persönlich kennengelernt, aber offenbar hatte Lucy ihr von ihm erzählt.

»Sie war erfreut, also gebe ich Ihnen ein paar Minuten«, sagte sie und Ben betrat das Zimmer. Leandra trug einen großen Verband um den Kopf, aber dennoch war die Ähnlichkeit mit Lucy nicht zu übersehen. Die Pflegerin ließ sie allein.

»Hallo, Frau Maiwald.« Er trat an ihr Bett. »Mein Name ist Ben Stevens. Vielleicht hat Lucy schon von mir erzählt.«

»Das hat sie. Ich danke Ihnen, dass Sie hier sind.« Sie lächelte ihm zu, doch es wirkte angestrengt. »Ich war immer sehr gespannt, den Lebensretter meiner Tochter persönlich kennenzulernen. Auch wenn ich mir dafür natürlich andere Umstände gewünscht hätte. Sie können sich gar nicht vorstellen, wie dankbar ich Ihnen dafür bin, was Sie letzten Sommer getan haben. Sie haben Lucy das Leben gerettet. Das vergesse ich Ihnen nie!«

Ben war ihr Dank unangenehm. Er hatte nur seinen Job gemacht, doch er konnte in ihrer Mimik lesen, dass sie jedes Wort vollkommen ernst meinte.

»Das war selbstverständlich.«

»Nein, das war es nicht. Sie sind ein guter Mensch und ich bin froh, dass Lucy Sie kennengelernt hat.« Sie räusperte sich. »Und ich kann kaum glauben, dass mein Mädchen schon wieder in Schwierigkeiten geraten ist.«

»Deswegen bin ich hier. Vadim wird so schnell wie möglich nachkommen. Er ist noch unterwegs und vermutlich wird die Polizei vor ihm hier sein. Ich hatte gehofft, Sie sprechen zu können, bevor die Kommissarin eintrifft. Geht es Ihnen gut genug, um mir ein paar Fragen zu beantworten?«

»Körperlich ist es auszuhalten, aber ich mache mir schreckliche Sorgen um Lucy und Amelie.«

Ben war beeindruckt, wie sehr sie sich zusammenriss, obwohl ihr anzusehen war, dass sie Schmerzen hatte.

»Mascha hat mir alles erzählt. Sie hat mir auch gesagt, wo Lucy und Amelie zu finden sind«, fuhr sie fort. »Sie werden in einem stillgelegten Bauernhof festgehalten, in der Nähe vom Duisburger Hafen.«

»Hat sie einen Straßennamen in der Nähe genannt?«

»Ja. Haben Sie etwas zu schreiben?«

»Natürlich.« Ben zückte sein Smartphone und notierte, was Leandra über den Bauernhof zu berichten wusste. Mascha war aufmerksam gewesen. Sie hatte maximal sechs Männer in dem Wohngebäude des Hofes ausmachen können. Die Frauen waren in einem fensterlosen Raum im

Keller eingesperrt. Dieser wurde per Kamera überwacht und in der Küche im Erdgeschoss saß immer mindestens einer der Kidnapper, der auf einem großen Monitor beobachtete, was dort vor sich ging.

»Das hilft uns sehr weiter, dass Mascha weiß, wo Lucy und Amelie sich befinden.«

»Sie sagt, dass sie froh ist, dass sie helfen kann. Sie riet mir, erst mit Vadim und Ihnen zu sprechen, statt mit der Polizei.«

»Das ist vorerst das Beste. Die Polizei sollten wir raushalten.« Es fiel ihm nicht leicht, diesen Satz zu sagen. Er schätzte den Job, den er einst gemacht hatte, doch an seiner Einschätzung hatte sich nichts geändert: Sollte es bei der Polizei jemanden geben, der Informationen weitergab, könnte das für Lucy und Amelie tödlich enden.

»Haben die Täter das gefordert?«

»Ja.«

Sie musterte ihn. »Die Entscheidung fällt Ihnen schwer«, stellte sie fest. Es überraschte Ben, dass Lucys Mutter ihm das anmerkte.

»Ja«, gab er zu, denn er hätte es nicht richtig gefunden, sie anzulügen.

»Aber wenn die Polizei nichts wissen darf, dann werde ich nichts sagen. Da ich Vadim nun seit einigen Jahren kenne – er plant, die beiden da herauszuholen, oder?«

»Wir planen das.«

Leandra blinzelte. »Gemeinsam? Ich weiß gar nicht, was ich sagen soll. Es kommt mir falsch vor, dass von Ihnen und Vadim zu verlangen.«

»Sie verlangen nichts. Der Entschluss ist längst gefallen.«

»Es ist nett, dass Sie das sagen, damit ich mich besser fühle.«

»Das ist nicht der Grund.«

Sie schenkte ihm erneut ein Lächeln. »Wie ich schon

sagte, Sie sind ein guter Mensch. Und Sie sollten wissen, dass Vadim das tief in seinem Inneren auch ist. Wenn vielleicht auch auf eine andere Art und Weise. Ich weiß von Lucy, dass Sie und er Schwierigkeiten miteinander hatten. Umso mehr weiß ich es zu schätzen, was Sie vorhaben.«

»Sie müssen mir nicht dafür danken«, wiederholte Ben.

»Sie sind ein bescheidener Mann. Dann sind meine Lippen gegenüber der Polizei also versiegelt?«, beschloss sie zu seiner Erleichterung, das Thema zu wechseln.

»Sie sollten kooperieren, wenn Sie nach dem Vorfall vor dem Stoffladen befragt werden. Aber alles, was Sie mir eben über den Hof erzählt haben, sollte unter uns bleiben.«

Leandra schloss die Augen und nickte matt, woraufhin sie sofort schmerzverzerrt ihr Gesicht verzog. »Würden Sie mir mein Handy geben?«, bat sie dann. »Mascha sagte, meine Handtasche liegt im Schrank. In der müsste es sich befinden.«

Ben öffnete den Schrank und hob die erstaunlich schwere Handtasche aus dem untersten Fach. Offenbar trug Lucys Mutter einiges mit sich herum, wenn sie unterwegs war.

Sie warf ihm einen entschuldigenden Blick zu. »Das ist noch die Tasche vom Flug«, erklärte sie und Ben fragte sich, ob die Frau nicht nur mit Geistern sprechen, sondern auch Gedanken lesen konnte. Oder sie hatte einfach ein gutes Gespür für Menschen.

»Ein Liter Flüssigkeiten und anderer Kleinkram. Sie wissen schon – Handcreme, Gesichtsspray und solch ein Spaß, den viele Frauen gerne nutzen.«

»Brauchen Sie die ganze Tasche?«

»Nein, nur das Handy. Es steckt in der vorderen Reißverschlusstasche.«

Ben öffnete diese und zog ein Smartphone daraus hervor. Dann stellte er die Tasche wieder zurück und legte das Telefon auf den Tisch neben das Bett.

»Vielen Dank.«

Ehe Ben etwas erwidern konnte, erklang ein leises Klopfen an der Tür, die daraufhin sofort geöffnet wurde. Christin Probst trat ein, gefolgt von Carla Damico.

»Ah, Herr Stevens. Sie waren also schneller als ich« begrüßte Damico ihn, dann wandte sie sich Lucys Mutter zu. »Frau Maiwald, schön zu sehen, dass es Ihnen besser geht. Lieben Dank, Frau Probst.«

Probst nickte ihr zu und verließ das Zimmer, während die Kommissarin näher an das Bett herantrat. »Wie fühlen Sie sich?«

»Ich mache mir schreckliche Sorgen um meine Tochter und Amelie.«

»Ich dachte mir, dass Herr Stevens Sie bereits informiert hat.«

»Das hat er.«

Damico schenkte ihm einen strengen Blick und Ben erwartete schon, dass sie ihn aus dem Zimmer werfen würde, doch zu seiner Überraschung verzichtete sie darauf. Stattdessen begann sie, Leandra Fragen zu dem Überfall zu stellen. Sie sollte beantworten, ob ihr irgendetwas aufgefallen war, das zu den Tätern führen könnte, wie beispielsweise das Kennzeichen des Transporters, da man das Fahrzeug bisher nicht hatte auffinden können.

»Zu dem Kennzeichen kann ich tatsächlich etwas sagen«, meinte Leandra, was Damico zu überraschen schien. Ben vermutete, dass es Mascha gewesen war, die sich die Ziffern gemerkt hatte.

Die Kommissarin machte eifrig Notizen, doch vermutlich würde das Kennzeichen zu einem gestohlenen oder unter falschem Namen gemieteten Fahrzeug führen und die Spur ins Leere laufen, statt Hinweise zu den Tätern zu liefern. Vielleicht gab es das Kennzeichen nicht einmal, weil es eine Fälschung war.

Gegenüber Leandra war Damico empathisch und stellte ruhig eine Frage nach der anderen, erkundigte sich aber zwischendurch auch, ob sie sich noch fit genug für das Gespräch fühlte.

Als es ein weiteres Mal an der Tür klopfte, drehte die Kommissarin sich interessiert um, während Ben ahnte, wer als nächstes zu ihnen stoßen würde. Er lag richtig – es war Vadim, der mit einem »Guten Abend« das Zimmer betrat.

Leandra strahlte ihn an. »Vadim!«

»Wie geht es dir?«, fragte er, ging auf sie zu und nahm ihre Hände in seine.

»Als hätte mich ein Lkw überfahren, aber das ist nicht das Schlimmste. Viel schlimmer ist, was mit Amelie und Lucy passiert ist.«

»Und Sie sind?«, mischte Damico sich in das Gespräch ein.

Vadim ließ Leandras Hand los und reichte sie der Kommissarin. »Ich bin Lucys Mitbewohner. Ich glaube, Ben hat schon von mir erzählt.«

»Das hat er.« Damico musterte ihn gründlich, was dieser zur Kenntnis nahm, ohne eine Miene zu verziehen.

»Frau Damico, könnte ich bitte einen Moment mit den Männern alleine sprechen?«, fragte Leandra.

Die Beamtin wirkte verdutzt. »Jetzt sofort?«

»Ja, es wäre wichtig.«

»Wenn Sie das wünschen, natürlich«, sagte Damico und verließ mit nachdenklichem Blick das Krankenzimmer.

Leandra sah ihr skeptisch hinterher. »Ob sie an der Tür lauscht?«

Ben, der näher an der Zimmertür stand, öffnete diese und schaute auf den Flur. »Sie ist nicht in der Nähe.«

»Gut«, sagte Leandra zufrieden. »Ich habe Ben schon einige Informationen gegeben«, informierte sie dann Vadim, »aber ich möchte nicht, dass die Kommissarin etwas mitbekommt, auch wenn sie einen netten Eindruck macht. Ben sagte mir, dass die Polizei nichts erfahren darf.«

»Das ist besser so«, bestätigte Vadim.

»Zum Glück weiß Mascha, wo die beiden festgehalten werden.«

»Wo?«

»In Duisburg«, ergriff Ben das Wort und fasste zusammen, was er kurz zuvor erfahren hatte.

»Gibt es sonst noch etwas, das du uns sagen möchtest, bevor Damico zurückkommt?«, wollte Vadim wissen.

»Mascha sagt, sie ist überzeugt davon, dass die Männer verschiedene Nationalitäten haben. Einige von ihnen sprechen auf Russisch, die kann sie sehr gut verstehen. Aber es wird auch viel auf Englisch gesprochen und noch auf einer anderen Sprache. Mascha kann etwas Englisch, aber da bekommt sie nicht immer im Detail mit, worüber die Entführer sich austauschen. Außerdem war sie die meiste Zeit bei mir, weil sie darauf gewartet hat, dass ich wach werde und mit ihr reden kann.«

»Ist Mascha gerade hier?«, erkundigte sich Vadim.

»Ja.«

»Was sagen die Männer, die sie versteht?«

»Offenbar lief das mit der Entführung nicht so wie geplant. Sie mussten ihren Plan ändern, haben aber anscheinend eine Idee ausgearbeitet, wie sie das Problem lösen können. Ab morgen wollen sie wieder im Zeitplan sein.«

»Hat Mascha mitbekommen, was das für ein Plan ist?«, hakte Vadim nach.

»Nein, leider nicht.«

»Wie es aussieht, hattest du recht mit deiner Vermutung«, warf Ben ein. »Ich habe zwischendurch mit Jack telefoniert. Die Entführer haben ihn kontaktiert und er hat kurz mit Amelie und Lucy gesprochen. Die Kidnapper wollen sich mit ihm treffen.«

»Ist das gut oder schlecht?«, wollte Leandra wissen.

»Wir werden es dazu gar nicht erst kommen lassen«, meinte Vadim.

Lucys Mutter schloss für einen Moment die Augen. »Mascha, gibt es noch mehr?«, fragte sie dann in die Stille hinein und Vadim und er schwiegen, während Leandra dem Geist zuhörte.

»Mascha sagt, sie haben etwas zu essen bekommen«, erzählte sie dann. »Amelie fand es jedoch komisch, dass die Entführer Jacks Handynummer kennen, weil die eigentlich ziemlich geheim ist. Und Amelie war es nicht, die sie ausgeplaudert hat.«

»Was heißt ziemlich geheim?«, wollte Vadim wissen.

»Familie und Freunde haben sie und auch enge Kollegen, aber Jacks Nummer steht nicht im Telefonbuch oder auf einer Webseite«, erklärte Leandra. »Und er ist auch nicht in sozialen Netzwerken unterwegs.«

Ben sah seinen Verdacht bestätigt. Obwohl es einige Möglichkeiten gab, an eine Telefonnummer zu kommen, konnte dies ein weiterer Hinweis darauf sein, dass man irgendwem in Jacks Umfeld nicht trauen konnte.

»Mascha fragt, ob sie noch mit Beschreibungen zum Gebäude oder dem Gelände helfen kann?«

Vadim nickte. »Uns hilft jede Einzelheit, die Mascha in Erfahrung bringen kann. Wir werden uns so schnell keine Baupläne des Hofes besorgen können und wer weiß, ob die noch aktuell sind. Wir müssen alles wissen über die Räume, Flure, Fenster, Türen, den genauen Weg zum Keller, in dem Lucy und Amelie sich befinden. Mithilfe von Maschas Bericht kann ich eine Zeichnung anfertigen. Außerdem müssen wir wissen, wie die Täter bewaffnet sind. Tragen sie Waffen bei sich, welche und wie viele? Gibt es einen Rhythmus, wer wann in welchem Raum ist oder auch draußen auf dem Gelände zur Sicherung?«

Leandra nickte. »Mascha hat mitgehört, wonach du gefragt hast. Sie kehrt gleich zum Bauernhof zurück und tut, was sie kann.«

Jemand klopfte energisch an die Zimmertür.

»Störe ich?«, wollte Damico wissen, als sie eintrat.

»Nein. Entschuldigung, ich wollte Sie eben nicht so unhöflich rauswerfen«, sagte Leandra. »Aber es gab etwas dringendes Privates zu besprechen.«

»Schon in Ordnung, Frau Maiwald. Das ist ein schwieriger Tag für Sie und ich möchte Sie auch gar nicht länger mit Fragen löchern. Es sei denn, Ihnen ist noch etwas eingefallen?«

»Nein, tut mir leid.«

»Das Kennzeichen habe ich bereits an meine Kollegen weitergeleitet«, erzählte Damico. »Der Entführungsfall ist hier in der Klinik übrigens nicht bekannt. Wir bleiben bei der Version mit dem Überfall«, fügte sie mit gesenkter Stimme hinzu. »Wir wollen weiterhin vermeiden, dass die Presse Wind davon bekommt. Das könnte die Täter nervös machen und uns die Arbeit erschweren. Die beiden Zeugen der Entführung halten bisher dicht.« Damico zog eine Visitenkarte aus ihrer Jackentasche. »Für den Fall, dass sich doch noch weitere Erinnerungen einstellen, lasse ich Ihnen meine Kontaktdaten da. Zögern Sie nicht, mich jederzeit anzurufen.«

»Ich danke Ihnen vielmals.«

Die Beamtin nickte ihr zu und wandte sich dann an Ben. »Wir hören voneinander«, sagte sie und verließ das Krankenzimmer.

»Seid ihr sicher, dass es wirklich richtig ist, die Polizei nicht einzuweihen?«, fragte Leandra zweifelnd und beäugte die Visitenkarte. »Die Frau macht einen kompetenten Eindruck auf mich.«

»Darum geht es nicht«, antwortete Vadim.

»Könnt ihr denn keine Unterstützung gebrauchen, wenn ihr Lucy und Amelie befreien wollt?«

»Nach dem zu urteilen, was ich bisher von Mascha weiß, brauchen wir die nicht«, versicherte Vadim mit ruhiger Stimme. »Aber wenn die Täter mitbekommen, dass die Polizei informiert ist und sich auf ein Eingreifen vorbereitet, dann könnte es Probleme geben. Ich ...«, er blickte zu Ben, »wir erledigen das auf unsere Art, ohne allzu viele Personen einzuweihen.«

»Du weißt, ich vertraue dir.« Leandras Blick wanderte von Vadim zu Ben. »Und Ihnen auch. Mascha wird sich nun noch einmal gründlich auf dem Hof umsehen. Ich rufe dich an, wenn ich mehr weiß.«

»Danke, Lenny. Eigentlich solltest du dich ausruhen.«

»Das muss warten, jetzt gibt es Wichtigeres zu tun. Ich werde Mascha bitten, euch zu begleiten, wenn ihr eure ... Aktion startet. Sollte irgendetwas schieflaufen, dann kann sie mich informieren, damit ich die Kommissarin anrufen kann.«

»Eine Absicherung schadet nie«, bestätigte Vadim. »Aber mach dir nicht so viele Sorgen. Wir bekommen das hin, sonst würde ich das gar nicht riskieren.« Er deutete auf das Smartphone. »Du wirst mich später nicht mehr unter meiner normalen Handynummer erreichen. Ist es in Ordnung, wenn ich eben eine andere Nummer in deinem Handy speichere?«

»Natürlich«, sagte Leandra und entsperrte das Telefon für ihn.

Vadim tippte eine Nummer ein. »Sie steht unter dem Kontakt V. P.« Er musterte sie. »Ich kann dir ansehen, dass du Schmerzen hast. Vielleicht solltest dir etwas geben lassen.«

»Ich habe zu viel Sorge einzuschlafen. Ich werde mich schonen, sobald Lucy und Amelie in Sicherheit sind.«

Vadim warf ihr einen verständnisvollen Blick zu. »Ruf mich an, wenn Mascha mit den Informationen zurück ist«, bat er, drückte noch einmal ihre Hand und wandte sich zum Gehen. Schweigend verließen sie das Zimmer. Ben hatte zwar jede Menge Fragen, doch die wollte er ganz sicher nicht in einem öffentlichen Gang im Krankenhaus klären. Also nahm er sich vor, diese aufzuschieben, bis er mit Vadim alleine war. Für diese Entscheidung war er umso dankbarer, als er am Ende des Flures die Kommissarin erblickte. Er hatte schon damit gerechnet, dass sie noch nicht fertig mit ihm war.

»Offenbar werden wir erwartet«, stellte Vadim fest, der neben ihm lief.

»Nicht überraschend«, murmelte Ben und war gespannt, was sie noch auf dem Herzen hatte.

Kaugummi kauend sah Damico ihnen entgegen.

»Nikotinpflaster sollen helfen«, schlug Ben vor.

»Bringen absolut gar nichts«, entgegnete sie mit unzufriedener Mimik.

Er selbst hatte nie geraucht, daher zuckte er nur ratlos mit den Schultern. Er konnte nicht nachvollziehen, dass Menschen freiwillig Geld für etwas zahlten, das ihren Körper vergiftete.

»Jetzt, in diesem Moment, würde es mir aber vor allem helfen, wenn Sie die Karten offen auf den Tisch legen.«

Ben schmunzelte. Irgendwie wurde ihm die Frau zunehmend sympathischer. Sie war nicht auf den Kopf gefallen und hatte eine direkte Art, die er schätzte. Dennoch reagierte er nicht auf ihre Aufforderung.

»Sie schweigen lieber, das hätte ich mir denken können.« Damico stieß einen lauten Seufzer aus. »Ich bin mir sicher, dass die Täter sich längst beim Verlobten gemeldet haben und er die Polizei nicht informieren soll, weil sie den Frauen sonst was antun werden. Und ich denke, Sie wissen darüber

Bescheid. Ich will den Frauen allerdings ebenso helfen wie Sie.«

»Dann vertrauen Sie mir.«

»Es geht hier nicht wie im Sommer nur darum, eine Zeugin zu beschützen.« Damico hob abwehrend die Hände. »Ich weiß, ich weiß. Das ist eine Entführung und sie waren beim SEK, aber da sind Sie jetzt nicht mehr.« Stirnrunzelnd betrachtete sie Vadim. »Vermutlich wissen sogar Sie als Frau Maiwalds Mitbewohner mehr als ich.«

Vadim war so klug, nicht auf ihre Vermutung einzugehen.

»Wenn Sie irgendetwas tun können, informiere ich Sie sofort«, übernahm Ben wieder das Wort.

»Sie sind ein verdammt sturer Hund, wissen Sie das?«

»Das hat mir schon manchmal das Leben gerettet.«

»Ja, klar. Sie mich auch! Also gut, ich hoffe, Sie halten Ihr Wort und melden sich.« Sie trat einen Schritt näher auf ihn zu und musste den Kopf in den Nacken legen, um ihm ins Gesicht zu sehen. »Wenn Sie bei der Geschichte irgendwas verbocken und die Frauen dadurch gefährden, dann schwöre ich Ihnen, haben Sie mich für den Rest Ihres Lebens am Hals.« Mit diesen Worten drückte sie die Feuerschutztür auf und entfernte sich.

»Ihr mögt euch«, stellte Vadim belustigt fest und Ben entschied, lieber nicht darauf zu antworten.

»Wir müssen dringend in Ruhe reden«, sagte er stattdessen.

»Wir treffen uns in Lucys Haus«, schlug Vadim vor. »Aber vorher solltest du mir noch erzählen, was du von Jack erfahren hast.« Er betrachtete ein junges Paar, das an ihnen vorbeilief. »Am besten in der Tiefgarage und nicht hier.«

»In Ordnung«, stimmte Ben zu und Vadim hielt ihm die schwere Tür auf.

Der Weg zu der Tiefgarage verlief schweigend. Dort angekommen, entschieden sie sich für Bens SUV, um ihr Gespräch ungestört fortzusetzen, denn Vadim war direkt mit dem Leihwagen zur Klinik gefahren.

»Die Entführer haben Jack angekündigt, dass sie sich mit ihm treffen wollen. Du lagst also richtig mit deinem Verdacht, wie es weitergehen würde«, berichtete Ben, sobald die Türen des Fahrzeugs geschlossen waren. »Ich gehe davon aus, dass sie das bereits morgen tun wollen und ihm erst kurzfristig Infos geben, wo und wann das Treffen stattfinden wird. Auch um sicherzugehen, falls er doch die Polizei einweiht.«

»Umso schneller müssen wir handeln.«

»Wie sieht dein Plan aus?«

»Fahr zu dir nach Hause und pack schwarze Kleidung und Ersatzklamotten ein, danach kommst du zu mir. Die Sachen vom Einsatz werden wir entsorgen müssen. Ich würde dir was von mir geben, aber meine Sachen werden dir nicht passen.«

»Willst du die Klamotten danach verbrennen?«, fragte Ben mehr im Scherz, als dass es ernst gemeint war. »Ich bin als Personenschützer berechtigt, eine Waffe zu tragen. Daher kann es vorkommen, dass Schmauchspuren vom Übungsschießen an meiner Kleidung sind.«

»Es ist besser, wenn wir alles loswerden, was wir tragen, aber lass uns das später klären.«

»Was ist mit meiner Waffe?«

»Lässt du zu Hause, die ist auf dich registriert.«

»Wir werden Waffen brauchen.«

»Um Waffen habe ich mich schon gekümmert.«

»Wie?«

»Je weniger du weißt, desto besser.«

Ben gab nach, denn sie hatten nun keine Zeit für lange Diskussionen. Zudem hatte Vadim schon die Beifahrertür geöffnet, um zu signalisieren, dass sie fürs Erste fertig waren. Ben sah ihm einen Moment nach, dann startete er den Motor. Er spürte eine leichte Anspannung, so wie damals, wenn Einsätze mit dem SEK bevorgestanden hatten. Echte Einsätze, nicht eine der vielen Übungen, mit denen sie sich auf den Ernstfall vorbereitet hatten. Vadim dagegen wirkte gelassen. Vermutlich war er ein guter Scharfschütze gewesen, denn gerade in dem Job war es besonders wichtig, seinen Erregungszustand mithilfe von Atemtechniken kontrollieren zu können. Einen Scharfschützen mit zittrigen Händen und Herzrasen konnte niemand gebrauchen.

Vadim steuerte inzwischen auf die Ausfahrt der Tiefgarage zu und Ben fuhr ihm nach.

Bei seinen Kollegen vom SEK hatte er stets gewusst, mit wem er es zu tun hatte. Sie hatten alle die gleiche Ausbildung durchlaufen. Vadim dagegen war für ihn in vielen Dingen ein unbeschriebenes Blatt. Und doch würde er sich noch in dieser Nacht mit ihm zusammen auf den Weg machen, um zwei Entführungsopfer aus einem Gebäude zu holen, das er nie zuvor gesehen hatte, und das von sechs bewaffneten Männern bewacht wurde. Eigentlich war es verrückt, was sie planten. Doch andererseits war es für Lucy – und ihre beste Freundin.

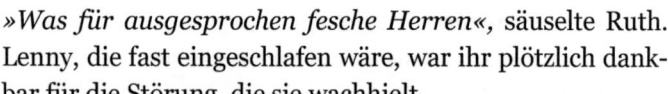

»Was für ausgesprochen fesche Herren«, säuselte Ruth. Lenny, die fast eingeschlafen wäre, war ihr plötzlich dankbar für die Störung, die sie wachhielt.

»Da bist du ja wieder«, murmelte sie schläfrig. Ruth hatte ihr kurz vor Bens Besuch berichtet, dass sie in einem Krankenzimmer aufgeschnappt hatte, dass in den letzten Wochen einige Patienten bestohlen worden waren. Lenny war nach dieser Nachricht beruhigt gewesen. Natürlich war es schlimm, wenn jemand Diebstahl beging. Doch nach

Ruths unheilvoller Ankündigung hatte sie viel Schlimmeres erwartet. Mysteriöse Todesumstände bei Patienten beispielsweise, und das hatte sie etwas in Unruhe versetzt.

»Hast du etwas herausfinden können über die Diebstähle?«

»*Leider nicht.*« Ruth klang enttäuscht. »*Ich konnte niemanden auf frischer Tat ertappen.*«

»Vielleicht solltest du morgen Früh dein Glück versuchen. Die meisten Operationen finden morgens oder vormittags statt, da werden einige der Zimmer leer stehen. Das ist für einen Dieb die bessere Gelegenheit als jetzt am Abend.«

»*Ich dachte, dass der Dieb vielleicht sein Glück versucht, wenn die Patienten schlafen. Aber vermutlich hast du recht und ich sollte mich bis morgen gedulden. Ob ich nun eine Nacht früher oder später ein Licht finde, das spielt keine Rolle mehr. Mein Herbert wird auf mich warten.*«

»Das wird er sicherlich«, bestätigte Lenny, deren Augenlider sich unfassbar schwer anfühlten. Dabei wollte sie auf gar keinen Fall einschlafen. Sie wurde gebraucht, weil sie vielleicht jederzeit Informationen weiterleiten musste. Ob sie einen Kaffee bekommen würde, wenn sie danach fragte?

»Ruth, magst du mir ein bisschen was über deine Familie erzählen? Du hast nun sogar ein Urenkelchen. Das klingt nach einer großen Verwandtschaft.«

»*O ja, liebend gerne. Ich habe eine wunderbare Familie. Ich weiß gar nicht, wo ich anfangen soll …*«

Wie sich herausstellte, wusste Ruth das allerdings sehr wohl. Da Lenny keine undankbare Zuhörerin sein wollte, ignorierte sie die hämmernden Schmerzen in ihrem Kopf und war froh darüber, dass Ruths Geschichten sie wenigstens wachhielten.

13.

Vadim parkte den Leihwagen, den er unter falschem Namen gemietet hatte, hinter seinem BMW. Er hievte die schwere Reisetasche aus dem Kofferraum, die er im Flur abstellte. Da Ben noch etwas brauchen würde, um seine Sachen zu holen, lief er in sein Schlafzimmer und legte passende Kleidung zurecht. Anschließend schnappte er sich seinen Laptop, ging in die Küche und schaltete den Kaffeevollautomaten ein.

Kurz danach saß er mit einem starken Kaffee und seinem Rechner am Küchentisch. Es blieb keine Zeit mehr, um die Gegend rund um den Bauernhof vorab auszukundschaften. Auch wenn das deutlich besser gewesen wäre, als Google Maps zu nutzen sowie die Infos, die sie von Mascha noch erwarteten. Doch die Bilder, die es im Internet gab, waren besser als nichts, um einen ersten Eindruck von dem Gebäude zu bekommen. Anhand der Aufnahmen fertigte er eine Zeichnung an und notierte sich einige Fragen, die er noch an Mascha hatte.

Es kam ihnen immerhin entgegen, dass rund um den Hof nichts außer Feld und Wald zu sehen waren. Das vermied Zeugen. An solchen hatten die Täter ebenfalls kein Interesse, daher war es nur logisch, dass sie sich einen einsamen Ort als Versteck ausgesucht hatten.

An seinem Laptop saß er noch immer, als es knapp dreißig Minuten später an der Tür klingelte.

»Kaffee?«, fragte Vadim zur Begrüßung, doch Ben schüttelte den Kopf.

»Ich nehme ein Wasser.«

Vadim führte ihn in die Küche und drehte ihm den Laptop hin, bevor er ihm das Wasser brachte.

»Ich habe mir die Gegend direkt auf dem Smartphone angesehen, nachdem Leandra mir den Straßennamen genannt hat«, sagte Ben, während er den Bildschirm betrachtete. »Die Lage kommt uns entgegen.«

»Allerdings.«

»Warum hast du dir einen Leihwagen genommen?«

»Weil ich vorsichtig bin. Falls etwas schiefgeht, sollten keinerlei Spuren zu uns führen. Auch kein Auto, das auf Safetec oder mich zugelassen ist. Aber es geht nicht nur darum. Hast du dir schon Gedanken darüber gemacht, was passieren wird, wenn die Entführer gefasst sind?«

Ben starrte ihn einen Moment schweigend an. »Scheiße«, sagte er dann.

»Ganz genau.«

»Damico wird den Fall abgeben müssen, weil das ein internationaler Fall ist«, überlegte Ben laut. »Und da es um ein Bündnis zwischen Australien, den USA und England geht ...« Er sprach den Satz nicht zu Ende, sondern musste das anscheinend erst mal sacken lassen. »Shit! Darüber hatte ich mir vorher keine Gedanken gemacht.«

»Ich war heute viel im Auto unterwegs und hatte Zeit zum Nachdenken. Je nachdem, wer an der Entführung beteiligt ist, gibt es verschiedene Möglichkeiten, wie es weitergeht. Aber es könnte passieren, dass mehrere Ermittler, auch aus dem Ausland, den Bauernhof auf den Kopf stellen. Und deswegen habe ich kein Interesse daran, dass es auch nur die geringste Spur gibt, die zu uns führen könnte. Wir werden die ganze Zeit über maskiert sein, aber ich werde Mascha bitten, Lucy vorzuwarnen, damit sie und Amelie nicht total geschockt sind, wenn wir zu ihnen in den Keller kommen.«

Vadim stand auf und streckte sich, dann lehnte er sich an den Küchentresen. Er war noch nie ein Freund vom langen

Sitzen gewesen. Die Zeit, als er im Sommer verletzt gewesen war und sich hatte schonen müssen, war der reinste Horror für ihn gewesen.

»Ich weiß, das ist nicht ideal«, fuhr er fort. »Aber Lucy ist für die Entführer nur eine Notlösung und wir müssen schnell handeln. Da wir nicht wissen, ob wir Damicos Kollegen und Jacks Umfeld trauen können, sind wir die beste Option, die Amelie und Lucy derzeit haben.«

Ben widersprach nicht. »Hat Mascha schon etwas dazu sagen können, mit welchen Waffen die Entführer ausgestattet sind?«, fragte er stattdessen.

»Ja. Während du unterwegs warst, hat Lenny sich gemeldet. Die Wachen draußen tragen Maschinenpistolen bei sich, die Männer im Haus haben ihre Waffen im Holster am Körper. Mascha beschrieb sie als Pistolen, wie die Polizei sie in Krimis hat. Bei zwei Männern hat sie auch Messer gesehen. Sie sagt, alle Männer seien normal groß, nur einer etwas größer, etwa wie du und sehr muskulös. Sie alle wirken trainiert und sportlich.«

»Wir brauchen dringend einen Plan, wie wir das Risiko minimieren können – für die Frauen und für uns.«

»Den Plan habe ich schon. Ebenso die Ausrüstung, die wir dafür brauchen. Die Männer sind nicht immer alle in einem Raum. Leider kann Mascha uns später nicht mehr zeitgenau informieren, wer sich wo aufhält. Kurz bevor wir loslegen, kann Lenny uns aber ein letztes Mal die aktuellen Daten von Mascha liefern. Danach haben nur noch wir beide zueinander Funkkontakt.«

»Wie viele Männer bewachen das Gebäude draußen?«

»Ein bis zwei Täter halten laut Mascha draußen Wache, die restlichen sind im Gebäude. Mindestens einer hält sich immer in der Küche auf. Auf dem Hof steht die ganze Zeit ein Fahrzeug, ein großer Range Rover. Der hat sich laut Mascha nicht fortbewegt, seit sie das erste Mal dort war. Ein zweiter Wagen ist ein Mercedes, der zwischendurch anders parkte, also war mindestens einer der Männer unterwegs.«

»Konnte Mascha irgendwelche Muster in den Wachabläufen erkennen?«

»Bisher nicht.«

»Schade.«

»Du kannst immer noch aus der Sache aussteigen.«

»Du würdest es lieber alleine durchziehen«, vermutete Ben und klang vorwurfsvoll.

»Es wäre für alle sicherer, wenn man auf den Gesundheitszustand der Gegner keine Rücksicht nehmen muss.«

Ben schloss die Augen und atmete tief durch.

»Keine Sorge. Ich halte mich an deine Regeln, wenn wir zusammenarbeiten«, ergänzte Vadim.

»Es gibt verschiedene Gründe, aus denen Menschen töten«, sagte Ben plötzlich. »Manchmal passiert es fahrlässig oder aus Notwehr. Manche Menschen haben Spaß daran, andere tun es aus Geldnot oder weil es ihr Job ist.«

»Und du fragst dich, zu welcher Gruppe ich gehöre.«

»Es bleiben nur zwei, die infrage kommen«, meinte Ben und sah ihm in die Augen.

»Ich hatte nie Spaß daran, Menschen zu töten, falls das deine Frage beantwortet.«

Ben hielt den Augenkontakt noch immer aufrecht, sagte aber nichts.

»Wie ich schon sagte, meine Zeit als Profi ist vorbei.«

»Außer es geht um Lucy.«

»Richtig.«

Ben kniff die Augen zusammen. »Du liebst sie.«

Der Themenwechsel kam unerwartet und es verblüffte ihn, dass Ben das Thema so offen ansprach. »Ich denke ja«, antwortete er, denn es gab keinen Grund, es zu verheimlichen.

»Seid ihr ein Paar?«

»Nein. Sie verdient jemand Besseren als mich.«

Ben wandte den Blick ab und nickte bedächtig. »Es wird Zeit, dass du mich in deinen Plan einweihst.«

Amelie war unruhig und murmelte ab und zu etwas, doch es war gut, dass wenigstens sie Schlaf gefunden hatte. Lucy fühlte sich ebenfalls erschöpft und war daher froh, dass die Entführer die Deckenlampe anließen. Sie wollte es nicht verpassen, wenn Mascha sie aufsuchte, und es war leichter wach zu bleiben, wenn ein wenig Licht brannte. Amelie hatte zwischendurch den Lichtschalter in dem Kellerraum betätigt, doch der hatte nicht funktioniert. Vermutlich kontrollierten die Entführer die Beleuchtung, damit sie jederzeit mit der Kamera überwacht werden konnten.

Ihre Gedanken schweiften zu Vadim, der anscheinend sofort aus Berlin zurückgekehrt war, nachdem er von der Entführung erfahren hatte. Sie hatte ihn vermisst, als er so lange mit seinem Bruder unterwegs gewesen war. Gesagt hatte sie ihm das nicht, da sie ihm kein schlechtes Gewissen hatte machen wollen. Vermutlich konnte er zum ersten Mal seit vielen Jahren normal reisen und das wollte sie ihm nicht kaputtmachen.

Neben ihr zuckte Amelie plötzlich heftig zusammen.

»Au.« Lucy rieb sich das Bein.

Amelie fuhr hoch und blickte sie erschrocken an. »Was ist los?«

»Du hast mich getreten.«

»Nein, habe ich nicht.«

»Du hast vor dem Aufwachen um dich getreten.«

Amelie machte ein schuldbewusstes Gesicht. »Das behauptet Jack auch immer und ich habe ihm nicht geglaubt. Ich dachte, er will mich bloß ärgern.«

»Nein, will er nicht. Du bist ganz schön schlagkräftig.«
Lucy stupste sie versöhnlich an.

»Sorry.« Amelie gähnte. »Ist Mascha hier?«, fragte sie
dann leise.

»Nein, aber sie war zwischendurch hier. Sie wollte sich
noch mal umsehen. Es gab nichts Wichtiges, deshalb wollte
ich dich nicht wecken.«

»Sie wollte sich umsehen? Plant man also bereits, uns zu
befreien?« Amelie flüsterte so leise, dass sogar Lucy, die
direkt neben ihr saß, Mühe hatte sie zu verstehen.

»Ich vermute es. Mascha hat sich dazu nicht geäußert und
ich habe lieber nicht weiter nachgefragt. Was, wenn die
Männer noch mal kommen, um uns Fragen zu stellen? Du
weißt doch, wie schlecht ich lügen kann.«

»Allerdings. Du wärst wirklich eine grauenhafte Kriminelle.« Amelie band sich ihren Zopf neu. »Irgendwie bin ich
jetzt ein bisschen aufgeregt.«

Das war Lucy die ganze Zeit.

»Und irgendwie kann ich immer noch nicht glauben, dass
das hier wirklich passiert. Es fühlt sich an, als würde ich
jeden Moment aus einem wirklich bösen Traum er-
wachen.«

»Das wäre schön.«

»Kennst du das, wenn man so richtig realistisch träumt
und dann aufwacht und total froh ist, dass es nur ein Traum
gewesen ist?«

Lucy nickte, das kannte sie nur zu gut. Bloß würde es diesmal nicht passieren, dass sie aufwachten und gemütlich in
ihren eigenen Betten lagen. Mit Wehmut dachte sie an ihre
Vorfreude zurück, mit Amelie und ihrer Mum den Stoff auszusuchen, damit sie für die Braut ein zauberhaftes Kleid
nähen konnte. Es hätte ihr wirklich nichts ausgemacht,
dafür die Nächte durchzuarbeiten. Viel zu sehr hatte sie sich
auf die strahlende Braut und die Hochzeit gefreut. Mit ihrer

Mum hatte sie ein Spiel für die Feier vorbereitet, um Amelie und Jack eine besondere Freude zu machen. Doch wie sollte jetzt noch eine Hochzeit stattfinden? Selbst wenn man sie rechtzeitig befreite, war niemandem mehr nach einer Hochzeitsfeier zumute. Zudem war es offensichtlich, dass Amelie und Jack einiges miteinander zu klären hatten.

»Du, Lucy?«

»Hm?«

»Ich habe eigentlich immer gedacht, dass du mal vor mir heiraten würdest.«

»Was?«

»Ich weiß auch nicht, aber du warst immer so viel reifer als ich. Du wusstest schon lange vor dem Abi, dass du Schneiderin werden möchtest. Ich dagegen hatte keinen Plan und keine Idee, was ich machen will. Ich habe ein BWL-Studium begonnen, es geschmissen, und bin als Au-Pair nach Canberra gegangen.«

»Das fand ich damals total mutig von dir.«

»Es war nicht mutig, es hat sich so ergeben und ich wusste nichts anderes mit mir anzufangen. Und nun frage ich mich, ob du nicht vielleicht doch vor mir heiraten wirst.«

»Falls wir überhaupt lebend hier rauskommen«, murmelte Lucy.

Amelie gab ihr einen Klaps auf den Oberarm. »Hey! Das habe ich gehört! Solche Sachen versuche ich zu verdrängen und beschäftige mich mit anderen Dingen, damit ich keine Panikattacke bekomme. Also lass uns über irgendetwas reden, das uns ablenkt.«

»Elyas hat mich zu seiner Silvester-Einweihungsparty eingeladen«, platzte es aus Lucy heraus, die sich sehr über die Einladung gefreut hatte.

»Der Elyas? Dein Bodyguard Nummer zwei vom Sommer?«

»Genau der. Er ist letzten Monat umgezogen. Nun wohnt er in der Nähe von Ben und hat mich eingeladen. Er sagte sogar, dass ich auch jemanden mitbringen kann.«

Amelie grinste breit. »Und da ist dir natürlich Vadim eingefallen!«

»Eigentlich schon.«

»Wenn Vadim nicht wieder durch die Weltgeschichte gondelt, kannst du ihn doch mitnehmen.«

»Ich fürchte nicht. Elyas ist ein guter Freund von Ben, also wird Ben auch da sein. Und Ben kann Vadim nicht ausstehen.«

»Er ist bestimmt bloß eifersüchtig.«

»Auf wen?«

»Na, auf Vadim.«

»Häh?« Lucy konnte ihr nicht folgen.

»Ben hat dich bei sich wohnen lassen, als du in Gefahr warst.«

»Er war ja auch mein Personenschützer.«

Amelie verdrehte die Augen. »Wie viele Personenschützer lassen ihren Schützling zu sich in die eigene Wohnung?«

»Was weiß denn ich! Es war das erste Mal, dass ich einen Bodyguard brauchte. Und zu dem Zeitpunkt hatte ich keine Idee, wo ich sonst hätte unterkommen sollen. Ben wollte nur helfen.«

»Es gibt Hotels und Pensionen. Er hätte sicherlich einen anderen Platz für dich finden können, aber stattdessen durftest du vorübergehend bei ihm einziehen. Ich bin mir sicher, er mag dich.«

»Ich glaube, seine Wohnung war bloß die einfachste Lösung.«

»Ja, klar«, meinte Amelie ironisch.

»Du willst doch nicht etwa andeuten, dass Ben auf mich steht?«

»Doch. Immerhin hat er dich dann sogar bei einem Fall um Hilfe gebeten.«

»Amelie, das ist völliger Unsinn. Ben hat sich niemals in irgendeiner Form so verhalten, als ob ...« Lucy suchte nach den richtigen Worten.

»Als ob was?«

»Als ob da irgendwas von seiner Seite aus wäre. Und als er mich im Herbst um Hilfe gebeten hat, hatte er doch sogar Dates mit dieser Cathrin.«

Amelie betrachtete sie skeptisch. »Aber daraus ist nix geworden. Vielleicht denkt er, du magst ihn nicht.«

»Warum sollte er das denken?«

»Hast du ihm mal gesagt, dass du ihn magst?«

»Bist du verrückt?«

Amelie schnaufte. »Na ja, hellsehen wird er wohl nicht können.«

»Und außerdem bin ich nicht verliebt in ihn. Vielleicht habe ich zwischendurch ein wenig für ihn geschwärmt, aber dann kam ...«

»Vadim!«, vollendete Amelie ihren Satz. »An diesem Thema mit deinem Vadim müssen wir dringend arbeiten.«

»Er ist nicht mein Vadim.«

»Genau das ist das Problem!«

Lenny betrachtete ihr Smartphone und freute sich über die Nachricht von Amelies Mutter. Constanze hatte von der Kommissarin erfahren, dass sie bei Bewusstsein war und erkundigte sich, wie es ihr ging. Außerdem bot sie an, dass Lenny sich jederzeit melden könne, falls sie sich fit genug fühlte, um zu reden.

Es war zwar spät, aber da Constanze ihr gerade erst geschrieben hatte, war es wohl in Ordnung, sie anzurufen und ein paar Worte mit ihr zu wechseln. Immerhin waren ihre Töchter seit der fünften Klasse Freundinnen und sie kannten sich seit vielen Jahren. Lenny spürte einen Kloß im Hals. Sie dachte daran, wie oft sie damals mit Amelies Mutter geplaudert hatte, wenn eine von ihnen ihr Kind von einem Treffen hatte abholen wollen, doch die Mädchen sich mal wieder nicht voneinander hatten trennen können.

Niemals würde sie vergessen, wie Lucy vor einigen Jahren tränenüberströmt berichtet hatte, dass Amelie überlegte, wegen Jack in Australien zu bleiben. Als Amelie einige Monate zuvor angekündigt hatte, dass sie als Au-Pair nach Canberra gehen würde, hatte Lucy sich gefreut, weil ihre beste Freundin nach einem abgebrochenen Studium wieder ein Ziel vor Augen hatte. Doch dass Amelie Deutschland auf Dauer verlassen würde, hatte Lucy erschüttert. Lenny wusste, dass Lucy Amelie gegenüber niemals darüber gesprochen hatte, wie schlimm es für sie gewesen war. *»Ich werde Amelies Glück nicht im Weg stehen«,* hatte sie immer gesagt und Lenny war stolz auf sie gewesen.

Sie selbst hatte sich damals schrecklich gefühlt, weil sie kurz zuvor in die USA gezogen war und Lucy somit auch in gewisser Weise verlassen hatte. Eine Weile hatte sie gehofft, dass Lucy sich dazu entschied, mit nach San Diego auszuwandern, doch ihre Tochter hatte nie den Wunsch verspürt, Deutschland den Rücken zu kehren. Für Lenny dagegen war es lange ein Traum gewesen, dort für die Hilfsorganisation einer Freundin zu arbeiten, sobald Lucy erwachsen genug war, um ihr Leben selbst zu meistern.

San Diego war ein Ort, an dem sie Gutes tun und ihre Gabe nutzen konnte, um Menschen zu helfen. Ihre Freundin in den USA war die einzige Person in ihrem Umfeld dort, die von den Geistern wusste. Mit Dan hatte sie noch nicht darüber gesprochen. Dan – der Neurochirurg und Wissenschaftler durch und durch. Selbst wenn er ihr glauben würde, hatte sie Sorge, dass sich etwas zwischen ihnen verändern würde. Sie waren erst seit dem Frühjahr zusammen und sie fürchtete, dass ihre Beziehung für solch eine Nachricht noch nicht gefestigt genug war. Sie schluckte kräftig, doch auch das vertrieb den Kloß in ihrem Hals nicht. Es half nicht, so viel nachzudenken und den Erinnerungen nachzuhängen. Es würde aber sicherlich guttun, mit Constanze zu sprechen.

Nachdem sie den Plan mehrfach durchgegangen waren und diesen gemeinsam optimiert hatten, holte Vadim die große schwarze Tasche aus dem Flur. Er stellte sie auf der kürzeren Seite der Eckbank ab.

Ben beäugte sie kritisch. »Da sind die Sachen drin, die du eben erwähnt hast?«

»Richtig. Wie gesagt, wir werden uns über Funk verständigen können. Das Prepaid-Handy nimmst du mit, genau wie die meisten anderen Sachen.« Er öffnete den Reißverschluss und legte zwei Waffen auf den Küchentisch. »Sie sind noch nicht geladen. Ich komme mit beiden zurecht. Welche bevorzugst du?«

Ben betrachtete die Glock und die Beretta, die vor ihm lagen. »Ich nehme die Beretta.«

Vadim legte die Munition auf den Tisch, dann öffnete er die Tasche so weit, dass Ben hineinsehen konnte.

»Taktischer Dienstgürtel, Blendgranaten, Kabelbinder, Handschuhe, Masken ... Du hast wirklich an alles gedacht. Wo hast du die Sachen her?«

»Das meiste aus einem Versteck.«

Ben musterte ihn schweigend. Die Antwort schien ihm nicht zu gefallen. »Die Waffen auch?«

»Ja.«

»Aus einem Versteck aus einer Zeit, als du noch Auftragskiller warst?«

»Nur einen Teil davon.«

Vadim entging nicht die Skepsis, die plötzlich in Bens Mimik zu sehen war.

»Das heißt, seit du zurückgekehrt bist, hast du dir ein neues Versteck zugelegt und Waffen besorgt?«, fragte Ben und ein Hauch Verärgerung schwang in seiner Stimme mit.

»Ja.«

»Weiß Lucy davon?«

»Nein. Es sei denn, Mascha weiß davon und hat es ihr gesagt. Aber ich nehme an, dann hätte Lucy sich dazu bereits geäußert.«

»Du meinst, Mascha würde dichthalten, selbst wenn sie es wüsste?«

»Immer wenn ich ein Versteck aufgesucht habe, habe ich Mascha gebeten, es für sich zu behalten. Für den Fall, dass sie mir gefolgt ist. Ich will nicht, dass Lucy deswegen beunruhigt ist. Ich will sie in diese Welt nicht weiter reinziehen, als es nötig ist. Hätte ich gewusst, dass ich irgendwann wieder so«, er deutete auf seinen Körper, »hier stehe, dann hätte ich ihr niemals anvertraut, womit ich früher mein Geld verdient habe.«

Ben schnaufte und Vadim war bewusst, dass er nun sämtliche seiner Vorurteile ihm gegenüber umso mehr bestätigt sah.

»Für mich war es jahrelang normal, dass ich täglich in Lebensgefahr war«, erklärte er. »Es war auch normal, dass ich immer einen Plan B vorbereitet hatte. Das habe ich Mascha erklärt, falls sie mir denn jemals zugehört hat. Seit ich kein Geist mehr bin, kann ich sie nicht mehr hören.«

»Was für einen Plan B genau?«

»Einen mit allen Dingen, die man im schlimmsten Fall braucht.«

Ben blickte auf die beiden Pistolen. »Wenn man verfolgt wird?«

»Zum Beispiel. Damit, dass Lucy und Amelie entführt werden, hatte ich jedenfalls nicht gerechnet.«

»Du machst es mir wirklich nicht leicht, dir zu vertrauen«, lautete Bens Fazit. »In wessen Körper steckst du?«

»Das ist eine lange Geschichte.«

»Ich höre.« Ben verschränkte die Arme vor der Brust.

»Ich habe nicht gesagt, dass ich sie mit dir teilen werde.«

»Ich denke, jetzt wäre eine gute Gelegenheit dafür. Weiß Lucy inzwischen darüber Bescheid?«

»Das tut sie.« Vadim blickte auf seine Uhr. »Wir sollten lieber los.«

»Fass dich kurz. Ich schätze, ein paar Minuten haben wir noch.«

Vadim mahnte sich innerlich zur Ruhe. Bens Fragen kamen zu einem absolut unpassenden Zeitpunkt. Andererseits würden sie noch in dieser Nacht als Team ein großes Risiko eingehen.

»Wenn es dir hilft, dass wir die Sache besser zusammen durchziehen können, meinetwegen«, gab er nach.

Ben blickte ihn auffordernd an.

»Ich habe … hatte zwei jüngere Brüder. Einer von ihnen ist bei einem Unfall schwer verletzt worden. Es ist sein Körper, den du hier vor dir siehst.«

»Wie ist das möglich?«

»Vanja war so schwer verletzt, dass ich mit seinem Geist sprechen konnte. Auch ich habe das Licht schon gesehen, das auf ihn wartete, und Vanja konnte sich diesem kaum noch entziehen. Sein Körper hatte viel Blut verloren, aber ich war sicher, dass er noch eine Chance hatte.«

»Aber?«

»Er wollte nicht. Er wollte, dass ich für ihn weitermache.«

»Warum?«

»Ich glaube, es hatte mehrere Gründe, aber er sagte, dass er nicht mehr mit der Schuld leben will.«

»Mit welcher Schuld?«

»Er war mit achtzehn Jahren in einen schweren Autounfall verwickelt, kurz nachdem er den Führerschein gemacht hatte. Außer ihm kamen alle Insassen im Wagen ums Leben. Drei junge Menschen, die es nicht geschafft haben. Erst nachdem Vanja tot war, habe ich von Milan, meinem jüngsten Bruder, erfahren, dass Vanja damals das Auto gefahren ist. Bis dahin hatte ich immer nur einen Verdacht, dass es so gewesen sein könnte. Vanja hat sich sein Leben lang die Schuld daran gegeben, obwohl die Spuren damals ergaben, dass er einem anderen Fahrzeug ausweichen musste. Er hat den Unfall nicht verursacht. Als er ins Licht gegangen ist, habe ich seinen Körper übernommen.«

»Und hast es überlebt.«

»Ich hatte Glück, dass die Ärzte mich wieder zusammen geflickt haben. Es war ziemlich knapp.«

Ben machte den Eindruck, als hätte er noch tausend Fragen, doch da es bald Mitternacht war, kam Vadim ihm zuvor. »Wir sollten los.«

Ben wollte etwas erwidern, doch in dem Moment kleingelte Vadims Smartphone und das Display zeigte Lennys Namen an. »Hey. Hat Mascha neue Informationen für uns?«, fragte er und stellte das Gespräch auf Lautsprecher um, damit Ben mithören konnte.

»Lucy und Amelie sind wach und unterhalten sich leise. Aktuell sind zwei Männer draußen auf dem Hof unterwegs und halten dort Wache. Laut Mascha stehen sie aber die meiste Zeit rum, sodass sie die Einfahrt im Blick behalten können, ohne dass sie von der Straße aus zu sehen sind. Einer schimpft ständig über die Kälte, der andere qualmt eine Zigarette nach der anderen. Ab und an macht einer der Männer eine Runde um den Hof. Mascha konnte aber nach wie vor keine Regelmäßigkeit bei den Wachabläufen erkennen. Sie glaubt daher, dass sie keinem festgelegten Zeitplan folgen. Die Einfahrt ist nicht eingezäunt. Der Zaun um das restliche Grundstück ist aber auch nicht besonders hoch. Mascha schätzt, die Höhe beträgt etwa einen Meter. Er dient wohl eher als Grundstücksbegrenzung und nicht dazu, um Fremde fernzuhalten.«

»Und die Männer draußen haben noch immer Maschinenpistolen?«

»Ja.«

»Danke, Lenny. Und richte auch Mascha unseren Dank aus. Ben und ich machen uns jetzt auf den Weg. Wir melden uns, wenn wir dort sind. Wenn Mascha sich dann noch mal auf dem Hof umsehen könnte, wäre das sehr hilfreich.«

»Das wird sie sicherlich gerne tun.«

»Wir sind ab jetzt nur noch unter der Nummer erreichbar, die ich eben in deinem Handy gespeichert habe. Unsere normalen Telefone nehmen Ben und ich nicht mit.«

»Passt gut auf euch auf.«

Vadim legte auf. Sie hatten genug über ihren Plan geredet. Jetzt wurde es endlich Zeit zu handeln.

Die Tür wurde langsam geöffnet und Lenny drehte vorsichtig den Kopf zu Seite, um zu schauen, wer ihr Zimmer betrat.

»Oh, Entschuldigung«, sagte ein junger Mann und lächelte ihr freundlich zu. »Ich wollte Sie nicht wecken. Ich wollte nur mal sehen, ob alles in Ordnung ist. Ich habe hier heute die Nachtschicht.«

»Sie haben mich nicht geweckt.«

Er trat näher an ihr Bett heran, wobei ihm seine dunkelblonden Locken vor die Augen fielen. »Ich bin Dragan. Sind die Schmerzen so schlimm, dass Sie nicht schlafen können?«

»Nein, daran liegt es nicht«, versicherte Lenny ihm, obwohl die Schmerzen schlimm waren.

»Schlaf würde Ihnen guttun. Es ist wichtig, dass Sie zur Ruhe kommen.«

»Ich werde es versuchen«, log Lenny.

»Machen Sie das. Und wenn irgendwas ist, dann rufen Sie mich. Bis sechs Uhr bin ich noch hier.«

Lenny beneidete ihn nicht um seine Arbeitszeiten. Sie hatte großen Respekt vor allen, die im medizinischen Bereich tätig waren. »Das mache ich, danke.«

»Gute Nacht.« Er zwinkerte ihr zu. »Hoffentlich.«

Lenny sah ihm nach, als er den Raum verließ.

»Na, ob sich dieser junge Bursche vielleicht lieber in Ruhe deine Handtasche angesehen hätte, statt nach dem Rechten zu sehen?«, spekulierte Ruth. *»So wie er sich ins Zimmer schleichen wollte.«*

»Es ist sein Job, nach seinen Patienten zu sehen.«

»Er war aber sehr interessiert daran, dass du schnell einschläfst. Das kommt mir sehr verdächtig vor. Ich werde ihn im Auge behalten.«

»Nur zu, mach das. Vielleicht macht er gerade einen Rundgang durch die Zimmer.«

»Ich nehme ihn mir gleich vor, aber ich war noch nicht fertig mit meiner Geschichte. Wo war ich noch mal stehen geblieben? Ach ja, der siebzigste Geburtstag meines Mannes ...«

14.

Vadim fuhr den Leihwagen, von dem er Ben erzählt hatte, dass er ihn unter falschem Namen gemietet hatte. Es war keine Überraschung mehr für Ben, dass der ehemalige Profikiller nicht nur irgendwelche Verstecke besaß, sondern auch gefälschte Führerscheine und sicherlich mehrere Pässe. Er dachte an Lucy und fragte sich, wie gut sie den Mann wirklich kannte, der mit ihr in einem Haus lebte.

Da Vadim das Auto lenkte, machte Ben es sich in dem Beifahrersitz gemütlich. Er hatte aufgrund seiner Körpergröße oft Probleme, bequem in einem Fahrzeug zu sitzen, doch dieser Wagen bot angenehm viel Platz. Doch dass er sich gerade von Vadim zu einem Einsatz fahren ließ, den sie ohne jegliche Unterstützung der Polizei durchführen würden, fühlte sich absurd an. Er musste zugeben, dass Vadims Plan gut war. In der Theorie war alles bestens durchkalkuliert und er hatte mögliche Risiken bedacht. Aber nicht immer lief alles nach Plan und sie hatten keine Rückversicherung. Abgesehen davon, dass Mascha an ihrer Seite sein würde, um notfalls bei Lucys Mutter Alarm zu schlagen. Doch selbst wenn Leandra sofort die Polizei informierte, würde es eine Weile dauern, bis Verstärkung eintraf.

Es würde ihnen jetzt nur noch fehlen, dass sie in eine Polizeikontrolle gerieten. Der Kofferraum beherbergte neben zwei Handfeuerwaffen auch Blendgranaten und andere verbotene Dinge. In dem Fall waren sie also vermutlich geliefert. Oder auch nicht. So wie er Vadim inzwischen einschätzte, würde der sogar bei einer Kontrolle die Ruhe bewahren, freundlich mit den Beamten plaudern, seinen gefälschten Führerschein präsentieren und anschließend unbehelligt weiterfahren. Vadim war in seiner früheren Laufbahn sicherlich sehr erfolgreich gewesen.

Ben fragte sich, was passiert war, sodass er ums Leben gekommen war. Bisher hatte Vadim nur Andeutungen dazu gemacht, aber nichts Näheres erzählt.

»Was möchtest du wissen?«, fragte Vadim in die Stille, als könne er seine Gedanken lesen.

»Ich frage mich, was Mascha herausfinden würde, wenn sie Jack oder sein Umfeld beobachten würde«, behauptete Ben.

»Du meinst wegen des Trauzeugens?«

»Ja, oder aber wegen Kontakt zu anderen Freunden, auch wenn sie nicht mit nach Deutschland gereist sind.«

»Das könnte interessant sein. Aber da Maschas Englisch nicht so gut ist, würde sie vermutlich vieles nicht verstehen.«

»Es wäre zugleich ein Wissen, das niemandem nutzen würde. Niklas ist kein Ermittler mehr und Damico ahnt nichts von Lucys Gabe. Wir werden abwarten müssen, was sie und ihre Kollegen herausfinden.«

»Da möchte ich nicht in Damicos Haut stecken.«

»Hast du eine Idee, wer dahinterstecken könnte?«

»Du meinst, weil ich in diesem kriminellen Sumpf gearbeitet habe?«

»Ja. So eine Aktion wie diese kostet verdammt viel Geld. Wer so was plant, hat meist schon sehr viel Kohle mit illegalen Geschäften verdient.«

Vadim nickte. »Mir sind zwei Namen in den Sinn gekommen, aber ich will nicht spekulieren, solange wir so wenig über die Täter wissen.«

»Ich vermute, dass irgendeine Regierung die Finger im Spiel hat. Aber ich kann mich irren.«

»Vielleicht kann Mascha später etwas herausfinden, sobald Lucy und Amelie in Sicherheit sind. Auch wenn du nicht alle Informationen mit Damico teilen kannst, aber vielleicht ist es möglich, ein paar Hinweise zu streuen, die ihr weiterhelfen.«

»Vielleicht.« Ben beobachtete, wie die Bäume als dunkle Schatten an ihnen vorbeiflogen, während sie über die A3 fuhren. Sie hatten eine Weile daran tüfteln müssen, wie sie es vermieden, dass die Befreiungsaktion auf ihn zurückzuführen war, denn es war zu erwarten, dass die Kommissarin ihn sofort verdächtigen würde. Ein Risiko waren zudem mögliche Zeugenaussagen von Lucy und Amelie, doch Ben war bereit, dieses einzugehen. Sie würden die Frauen darüber informieren, was sie Damico in einer polizeilichen Befragung erzählen durften. Abgesehen davon brauchten sie vermutlich eine gute Portion Glück. Vor allem wenn er daran dachte, wie leicht Lucy zu durchschauen war.

Lenny war nervös. Sie vertraute vollkommen auf Vadims Fähigkeiten, aber ihr war bewusst, dass die Aktion für alle Beteiligten ein gewagtes Unterfangen war. Dennoch war sie überzeugt davon, dass Vadim diese Sache niemals so geplant hätte, wenn er annehmen würde, dass Lucy oder Amelie deswegen in ernste Gefahr gerieten. Anders sah es bei ihm selbst aus. Obwohl er erst seit einigen Monaten wieder unter den Lebenden weilte, würde er sein Leben mit Sicherheit jederzeit opfern, wenn er Lucys oder Amelies dafür retten konnte.

Ihr war nicht entgangen, dass Ben sich sehr distanziert gegenüber Vadim verhalten hatte. Von Lucy wusste sie bereits, dass der Personenschützer keine hohe Meinung von Vadims früherem Lebenswandel hatte, was verständlich war. Doch sie hoffte, dass es den Männern dennoch gelang, sich in dieser Nacht zusammenzuraufen.

Gespannt wartete sie mit Mascha darauf, dass Vadims Anruf kam, damit sie ein letztes Mal die Lage auf dem Bauernhof sondieren konnte. Zwischendurch hatte sie darüber nachgedacht, Ruth um Unterstützung zu bitten, aber sie ging nicht davon aus, dass sie eine wirkliche Hilfe wäre. Außerdem wollte Ruth den Vorfall mit den Diebstählen im Klinikum lösen, was sie ehrte. Schließlich wollte sie eigentlich ins Licht gehen, um wieder bei ihrem Mann zu sein. Andererseits wusste Lenny inzwischen, dass Ruths geliebter Herbert bereits vor zehn Jahren verstorben war. Also machten ein oder zwei Tage wohl keinen Unterschied mehr.

Sie blickte auf ihr Telefon und kniff vor Schmerzen die Augen zusammen. Sie musste wirklich aufpassen mit unbedachten Kopfbewegungen.

»Alles in Ordnung?«, fragte Mascha besorgt.

»Ja, ich darf nur keine schnellen Bewegungen machen«, antwortete Lenny und blieb einen Moment ruhig sitzen, bevor sie nach ihrem Smartphone griff. Dan hatte ihr eine Nachricht geschrieben, dass die OP gut verlaufen war und er einen Ersatzflug ergattert hatte. Bis zu diesem konnte er noch ein wenig Schlaf nachholen, bevor es dann für ihn am späten Abend zum Flughafen ging. Durch die Zeitverschiebung war es bei ihm gerade erst Nachmittag und er hatte versucht, sie per Anruf zu erreichen. Doch Lenny hatte befürchtet, dass er an ihrer Stimme erkannt hätte, dass etwas nicht in Ordnung war. Es gab keinen Grund, ihn jetzt schon zu beunruhigen. Es reichte, wenn er alles erfuhr, sobald er in Düsseldorf gelandet war. Also hatte sie ihm nur eine Nachricht geschrieben und Dan schien ihr das zum Glück nicht übel zu nehmen. Plötzlich brannten Tränen in ihren Augen und sie spürte, wie ihr die Sorgen regelrecht den Hals zuschnürten. Doch sie wollte jetzt nicht sentimental werden. Zuletzt war es Lucy und Amelie gut gegangen, das hatte Mascha ihr versichert, und das war es, woran sie sich klammerte.

Die Tür zu ihrem Zimmer wurde geöffnet und der junge Krankenpfleger lugte erneut herein. Als er bemerkte, dass sie wach war, trat er kopfschüttelnd an ihr Bett. »Was soll ich nur mit Ihnen machen? Sie sind ja noch munter.«

»Tut mir leid.« Sie lächelte ihn entschuldigend an.

»Es hat mit dem Überfall zu tun, oder?«

»Sie wissen Bescheid?«

»Steht in Ihrer Krankenakte und ich habe gehört, dass die Polizei wegen einer Befragung hier war. Es tut mir leid.« Seine Worte klangen aufrichtig. »So was ist eine enorme Belastung und sehr traumatisch.«

Die größte Belastung war die Entführung, doch davon wusste er nichts. Also nickte sie stumm.

»Und die Schmerzen sind wirklich erträglich? Sie müssen deswegen nicht die ganze Nacht wach liegen.«

»Es ist auszuhalten. Wenn es nicht sein muss, vermeide ich Schmerzmittel lieber.«

Er lächelte. »Ich verstehe, was Sie meinen.« Er hatte ein hübsches Lächeln. So manch eine jüngere Patientin hatte sich bestimmt schon Hals über Kopf in den sympathisch wirkenden Mann verliebt.

»*Eigentlich wirkt er sehr nett*«, raunte Mascha. »*Gut, dass Ruth gerade bei ihrem Urenkelchen ist. Sie würde sicherlich vermuten, er wollte einen weiteren Versuch starten, dich zu bestehlen.*«

Dragan klopfte auf ihr Bettende. »Wenn Sie es sich aber anders überlegen wegen der Schmerzen, dann rufen Sie mich.«

»Das mache ich«, versprach Lenny und blickte ihm nach, als er das Zimmer verließ. Sie mochte den jungen Pfleger.

Er schien ehrlich interessiert an ihrem Wohl. Hoffentlich lag Ruth falsch mit ihrem Verdacht gegen ihn.

***

»Lucy?«

»Mascha«, flüsterte sie. »Du bist wieder hier.«

»Ja, ich musste mich noch einmal hier umsehen. Schläft Amelie?«

»Ich glaube, sie döst eher.«

»Du musst sie vorsichtig wecken. Am besten so, dass die Entführer es nicht mitbekommen. Leg dich am besten neben sie, mit dem Rücken zur Kamera. Und dann sag ihr, dass ihr beide so tun müsst, als würdet ihr schlafen.«

Lucy legte sich auf die Seite und rückte noch näher an Amelie heran. »Mascha, was ist da im Busch?«

»Man wird gleich versuchen, euch hier rauszuholen.«

»Die Polizei ist hier?«

»Wichtig ist einfach, dass ihr keine Aufmerksamkeit erregt«, wich Mascha ihrer Frage aus. »Die Kidnapper sollen keinen Anlass haben, in den Keller zu gehen, um nach euch zu sehen.«

»Okay.«

»Gut, Liebes. Macht euch keine Sorgen. Und übrigens, die Männer können euch nicht hören, nur sehen. Ich muss jetzt wieder los.«

»Danke.« Lucy hatte noch so viele Fragen, doch Mascha klang gehetzt und sie wollte sie nicht aufhalten. Doch es verwirrte sie, dass Mascha sich hier hatte umsehen müssen. Wen versorgte sie mit Informationen? Warum hatte sie ihre Frage nach der Polizei nicht beantwortet? Hatte ihre Mum etwa die Polizei über ihre Gabe informiert? Oder waren es Vadim und Ben im Alleingang, die versuchen würden, sie zu befreien? Ihr wurde flau im Magen, doch sie ignorierte das Gefühl und weckte vorsichtig Amelie, um ihr Maschas Anweisungen weiterzuleiten.

Anschließend lagen sie angespannt auf der Matratze und versuchten vor allem eines zu sein: unauffällig.

15.

Vadim entging nicht, dass Ben interessiert zu ihm schaute, während er um den Mietwagen herumlief, um die Kennzeichen abzunehmen. Als er beide entfernt hatte, öffnete er die Kofferraumklappe und verstaute die Blechschilder darin. Dann stieg er zurück ins Auto, um darauf zu warten, dass Lenny sich mit einem Update von Mascha meldete.

»Du hast die Kennzeichen entfernt«, sprach Ben das Offensichtliche aus.

»Ja.«

»Warum?«

»Ich bin es gewohnt, meine Spuren zu verwischen. Wenn einer der Täter fliehen kann und hier vorbeikommt, ist der Wagen, der in der Einöde steht, auffällig. Das gilt auch für mögliche Zeugen, die hier vorbeifahren.«

»Ohne Kennzeichen ist das Auto natürlich gleich viel unauffälliger.«

»Das nicht, aber dann müsste man sich die Zeit nehmen, den Wagen aufzubrechen, um an Informationen zu kommen. Falls einem der Männer die Flucht gelingt, wird er es eilig haben. Und mögliche Zeugen, die hier vorbeifahren, können dann höchstens das Auto beschreiben, aber kein Kennzeichen nennen, das zu einer Autovermietung führt.«

»Du sagtest, der Wagen ist unter falschem Namen gemietet. Selbst mit dem Kennzeichen wäre es schwierig, irgendetwas über deine Identität herauszufinden.«

»Und ohne sichtbare Kennzeichen ist es deutlich schwieriger.«

»Du denkst wirklich immer wie jemand, der auf der Flucht ist.«

»Ja. Und die moderne Welt mit KI und zahlreichen Überwachungskameras macht es einem nicht unbedingt leicht.«

Ben warf ihm einen süffisanten Blick zu. »Wird langsam eine beschissene Branche für Kriminelle.«

»Allerdings.« Die meisten Menschen hatten keine Ahnung, wo sie überall gefilmt wurden. Er hatte jederzeit achtsam sein müssen und sich entsprechend in der Öffentlichkeit bewegt oder für Tarnung gesorgt, sodass man ihn nicht über Kameras erkennen und identifizieren konnte. Es fiel ihm noch immer schwer, sich irgendwo aufzuhalten und diese zu ignorieren. Er wusste nicht, ob er sich die antrainierte Vorsicht jemals wieder abgewöhnen würde. Das war einer der Gründe, aus denen er kein geeigneter Partner für Lucy war. Ein Leben an seiner Seite wollte er einem Menschen wie ihr nicht zumuten. Es war ein Unterschied, ob man zusammen in einer WG lebte oder ein Paar war, das mehr miteinander teilte als den Wohnraum.

Den Mietwagen hatte er ein paarhundert Meter entfernt von dem Bauernhof geparkt. Den Rest der Strecke würden sie zu Fuß zurücklegen müssen. Er hoffte, dass Ben sich ebenso in Form hielt, wie er selbst es tat. Doch von Bens Statur her fürchtete er, dass dieser eher auf Muskeltraining statt auf Ausdauer setzte. Er würde es bald wissen.

»Ist es anstrengend für Mascha?«, fragte Ben plötzlich.

»Was?«

»Als Geist so oft den Ort zu wechseln.«

»Es kostet sie viel Energie und sie ist den ganzen Tag schon unterwegs. Ich bin mir sicher, dass sie inzwischen etwas kraftlos ist.«

»Schadet es ihr?«

»Nein, aber sicherlich wird sie sich die nächsten Tage ein wenig ausruhen müssen.«

Ben rieb sich über das Gesicht und schaute von ihm weg

aus dem Beifahrerfenster. »Ohne Lennys und Lucys Fähigkeiten wäre das hier nicht möglich.«

»Wäre es nicht.«

Ben wandte sich ihm wieder zu. »Niklas hat mal erwähnt, wie wertvoll ihre Fähigkeiten sein könnten.«

Vadim sah ihn alarmiert an und Ben hob beschwichtigend die Hände. »Ich habe ihn darauf aufmerksam gemacht, was für eine Gefahr es gleichzeitig wäre.«

»Es wäre ein Problem, wenn bestimmte Menschen davon wüssten«, stimmte Vadim ihm zu und strich über das Lenkrad des Wagens. Er mochte seinen BMW lieber, aber er war froh, dass er sich bei dem Mietwagen für ein Elektroauto entschieden hatte. Es war leiser und zudem war es möglich, die Heizung bei der Kälte anzulassen, ohne dass ein Motor laufen musste.

Das Prepaid-Handy brummte.

»Mascha ist zurück, nachdem sie sich noch mal auf dem Hof umgesehen hat«, informierte Lenny sie. Ihre Stimme klang müde. »Sie sagt, zuletzt war es nur ein Mann, der draußen Wache hielt. Wie immer stand er etwas versteckt mit Blick auf die Zufahrt. Zwei waren in der Küche, zwei in dem wohnzimmerähnlich eingerichteten Raum. Ein Mann schlief in dem anderen Zimmer im Erdgeschoss, in dem nur das Sofa steht.«

Vadim hörte höchst konzentriert zu und speicherte die Informationen. Dank Maschas Hilfe war es ihm möglich gewesen, einen genauen Grundriss des Gebäudeteils aufzuzeichnen, in dem sich die Frauen sowie die Entführer befanden. So wussten Ben und er nun, in welchem Raum sich wie viele Täter aufhielten, doch andererseits war dies nur eine Momentaufnahme. Seit Mascha zuletzt auf dem Bauernhof gewesen war, konnte sich das schon wieder geändert haben.

»Also waren zuletzt fünf wach und einer schlief?«

»Genau.«

»Gibt es sonst noch etwas, das ihr aufgefallen ist?«

»Nein, nichts Neues mehr.«

»Okay. Das Handy wird Ben gleich bei sich tragen. Es ist auf lautlos geschaltet und wir werden nicht jederzeit reagieren können. Eher gar nicht. Sei also nicht beunruhigt, wenn du länger nichts von uns hörst.«

»Ich versuche es.«

»Falls du einen Anruf von dieser Nummer bekommst und dir die Stimme nicht bekannt vorkommt, dann frag nach einem Code.«

»Was?«

»Frag nach einem Code, bevor du sprichst. Safetec Security ist die Antwort. Kann der Anrufer den Code nicht nennen, legst du sofort auf.«

»Vadim, du machst mir Angst.«

»Tut mir leid, Lenny. Ich sorge bloß vor.«

Ein lautes Atmen drang durch den Lautsprecher. »Natürlich, ich verstehe das.«

»Wir hören uns später.« Vadim drückte Ben das Smartphone in die Hand, da er den Großteil des Equipments tragen würde, also auch das Telefon. Vadim dagegen setzte ausschließlich auf den diensttaktischen Gürtel. Sie verließen das Auto und prüften ein letztes Mal ihre Ausrüstung. Ben setzte sich den schmalen Rucksack auf die Schultern, da nicht alles, was sie brauchten, in den Gürteln Platz gehabt hatte.

Es war kalt und daher gut, dass sie sich ein wenig bewegen mussten.

»Vadim«, meinte Ben.

»Ja?«

»Falls irgendetwas schiefgeht, egal, was es ist – schütze die Frauen und hau mit ihnen ab.«

Vadim musterte den breitschultrigen Mann, der völlig in schwarz gekleidet war. Er wirkte sehr entschlossen.

»Du meinst das ernst?«

»Absolut«, antwortete Ben und zog sich die Skimaske über.

»Gut. Andersherum gilt dasselbe.«

Ben signalisierte ihm mit einem Nicken, dass er verstanden hatte, dann liefen sie los.

»Ich müffle«, sagte Amelie leise.

»Mach dir nix draus, ich sicherlich auch«, flüsterte Lucy in ihren Nacken. So langsam tat ihr die rechte Schulter weh, auf der sie die ganze Zeit lag, damit die Entführer glaubten, dass sie schliefen.

»Ich habe mal gelesen, dass Angstschweiß schlimmer riecht als anderer Schweiß.«

»Schweiß kann unterschiedlich riechen?«

»Stand in einer Frauensportzeitschrift. Eigentlich dusche ich sonst so oft, dass ich gar nicht erst stinke.«

»Ich bin froh, dass wir hier überhaupt ein Klo und ein Waschbecken haben. Stell dir mal vor, sie hätten uns bloß einen Eimer hingestellt. Oder wenn es den Vorhang nicht gäbe ...«

»Uh, ich glaube, dann hätte ich mir in die Hose gepinkelt«, meinte Amelie entsetzt. »Mich macht dieses Warten so fertig. Ob wir überhaupt reden dürfen?«

»Mascha sagte eben, dass die Männer uns nicht hören können. Sie sehen nur, was wir hier tun. Solange wir uns nicht bewegen, werden sie denken, dass wir schlafen.«

»Ich flüstere trotzdem vorsichtshalber. Was, wenn sie an der Tür lauschen?« Sie seufzte. »Wie hast du das ausgehalten, als du als Zeugin im Juni ständig in Gefahr warst?«

»Es war nicht so, dass ich dauernd in Gefahr war. Es war anders als hier. In Bens Wohnung habe ich mich immer sicher gefühlt. Das Schlimmste war eigentlich, dass ich kurz nacheinander zwei Menschen von meiner Gabe erzählen musste.«

»Aber im Nachhinein war es wohl doch zu was gut.«

»Ja, aber es hätte auch schiefgehen können. Jack hast du nie etwas gesagt, oder?«

»Nein.«

»Warum eigentlich nicht? Ich hätte es schon verstanden, wenn du es ihm verraten hättest.«

»Es hat sich irgendwie nie ergeben.«

Das klang für Lucy wenig überzeugend. »Hm«, machte sie daher, weil sie Amelie nicht weiter mit Fragen bedrängen wollte.

»Ja, ja, schon gut. Es war nicht nur das. Ich war einmal kurz davor, es ihm zu sagen.«

»Aber?«

»Ich hatte plötzlich kein gutes Gefühl dabei. Es fühlte sich … falsch an. Mein Kopf hat gesagt, das sei Quatsch, aber ich habe auf mein Bauchgefühl gehört. Und manchmal habe ich mich gefragt, ob ich es ihm bloß nicht erzähle, weil er auch Geheimnisse vor mir hat.«

»Weil er dir wegen seines Jobs manches nicht sagen konnte?«

»Das klingt albern, oder? Und das war auch nicht der Hauptgrund.«

»Was denn dann?«

»Jack ist ein kluger Mensch. Alles, was er tut, ist gut durchdacht. Er organisiert gerne, ist ordentlich, denkt an Termine, an besondere Tage, er interessiert sich für Politik und Wissenschaft. Wir mögen die gleichen Filme. Er ist oft ernst, aber er kann auch sehr witzig sein.«

Lucy war gespannt, wann Amelie zu dem Teil überging, der erklärte, weshalb sie Jack dennoch nicht genügend vertraut hatte, um ihm von ihrer Gabe zu erzählen.

»Aber manchmal denke ich, für seinen Job würde Jack alles tun. Ich habe mich sogar gefragt, ob er sich nicht eher für den Job entscheiden würde, wenn ich ihn vor die Wahl stelle zwischen seiner Tätigkeit und mir.«

»Hast du da mal drüber nachgedacht?«

»Ihn vor diese Wahl zu stellen? O ja! Wenn er mal wieder nächtelang durchgearbeitet hat. Er hat immer viel gearbeitet, auch als wir frisch zusammen waren, aber in den letzten Monaten ...« Sie klang resigniert. »Das war nicht mehr lustig. Aber auch vorher habe ich mich schon gefragt, ob er das, was du kannst, nicht versuchen würde, irgendwie für sich zu nutzen.«

Lucy wusste nicht, was sie dazu sagen sollte. Eine solche Erklärung hatte sie nicht erwartet. Es klang nach einem karrieregeilen Menschen, der keinerlei Rücksicht nahm, und so hatte sie Jack nicht in Erinnerung. Allerdings hatte sie ihn nicht allzu oft gesehen. Meist nur zweimal im Jahr, wenn er und Amelie zu Besuch in Deutschland gewesen waren.

»Das hättest du ihm wirklich zugetraut?«

»Das klingt schrecklich, oder? Es ist nur, wenn es um seinen Job geht, dann habe ich manchmal das Gefühl, als wäre er ein anderer Mensch.«

»In dem Fall bin ich dir echt dankbar, dass du ihm nie was gesagt hast. Aber das klingt irgendwie sehr hart ihm gegenüber.« Einmal mehr wurde Lucy bewusst, dass in der Beziehung der beiden schon lange etwas im Argen gelegen haben musste. Dennoch konnte sie sich auch noch an Gespräche erinnern, in denen Amelie sich auf die Hochzeit gefreut hatte. Vielleicht lag es doch an der Situation, dass sie gerade alles so negativ sah und die positiven Erinnerungen verdrängte.

»Vielleicht tue ich ihm ganz furchtbar unrecht. Vielleicht hätte er mir auch gar nicht geglaubt und gedacht, ich müsse in Therapie. Ich hätte nie gedacht, dass es so schrecklich ist, wenn man nicht nach draußen sehen kann«, meinte sie dann und hatte offenbar beschlossen, abrupt über was anderes zu sprechen. »Ich hoffe, das ist bald vorbei.«

»Das hoffe ich auch.« Vor allem hoffte Lucy, dass Jack und Amelie bald die Gelegenheit haben würden, sich auszusprechen. Nur mussten sie dafür erst mal unversehrt aus diesem Keller herauskommen.

16.

Mehr als vier Jahre war er raus dem Geschäft, doch er hatte das Gefühl, als wäre sein letzter Auftrag erst gestern gewesen. Neben ihm joggte Ben durch das Wäldchen. Er atmete etwas lauter, aber anscheinend hatte Vadim sich getäuscht – Ben tat sehr wohl etwas für seine Ausdauer.

»Deine Schuhe quietschen«, bemängelte Vadim, als sie noch weit genug vom Bauernhof entfernt waren.

»Hm?«, machte Ben.

»Deine Schuhe, sie sind laut.«

»Nicht lauter als meine Atmung.«

»Doch.«

»Was willst du mir damit sagen?«

Vadim blieb stehen und Ben stoppte ebenfalls.

»Ich gehe die letzten Meter vor«, entschied er. »Halte dich ein Stück weit hinter mir. Wir sind auf der richtigen Seite, also hinter dem Gebäude, in dem Lucy und Amelie sich befinden. Laut Mascha sind die Täter die meiste Zeit vor dem Haus mit Blick auf die Einfahrt. Ich werde prüfen, ob das auch gerade so ist.«

»Verstanden«, sagte Ben und Vadim lief langsam los. Er war dankbar für das Wäldchen hinter dem Hof, weil die Bäume ihnen Schutz boten. Nur die letzten paar Meter bis zum Gebäude musste er auf diesen Schutz verzichten. Mascha hatte berichtet, dass es mehrere Räume mit Fenstern auf der Rückseite gab, doch die Fensterläden waren in allen Zimmern geschlossen. Soweit er erkennen konnte, hatte sich daran nichts geändert. Das letzte Stück schlich er voran, doch er konnte keinen Wachposten entdecken und auch keine Schritte in seiner Nähe hören. Die Entführer hatten keinen Grund, leise zu sein, anders als Ben und er. Es war nicht leicht, auf dem Waldboden keinerlei Geräusche zu verursachen, denn im Dunkeln war nicht jeder kleine Ast zu sehen und sie hatten keine Nachtsichtgeräte zur Verfügung. Doch eine gewisse Geräuschkulisse war normal. Kleintiere, die durchs Holz flitzten, Käuzchen, die sich auf einem Ast niederließen oder auf der Jagd waren, ebenso wie Füchse, die nun auf Nahrungssuche waren – die Zeit der Jäger. Quietschende Sportschuhe dagegen gehörten nicht zu dem normalen Repertoire von Waldgeräuschen und Vadim hoffte, dass Ben genügend Abstand hielt.

Er spähte an den Ästen vorbei zur Rückwand des Hauses. Ein Kauz stieß Rufe aus, der Wind rauschte leicht in den Blättern, aber ansonsten war es ruhig. Das Gebäude, in dem die Frauen festgehalten wurden, hatte nur eine Ebene mit einem Flachdach. Mascha hatte es als Anbau beschrieben, denn es grenzte an ein Haupthaus an, das eine zusätzliche Etage hatte. Die Wand des Anbaus war uneben, was Vadim als Einladung verstand, dort hinaufzuklettern, um vom Dach aus die Lage auszukundschaften.

»Ich klettere aufs Dach«, verständigte er Ben über Funk. »Von hier aus kann ich die Wachposten nicht sehen.«

»Verstanden.«

Vadim lauschte noch einen Moment in die Stille, dann bewegte er sich rasch vorwärts und kletterte auf das Dach. Von dort aus spähte er in den Wald, konnte Ben aber nicht sehen. Immerhin wusste der hochgewachsene Kerl, wie man Deckung suchte, wenn er schon einen schlechten Geschmack bei der Schuhauswahl bewiesen hatte.

Er legte sich flach auf den Bauch und kroch an den seitlichen Rand des Daches, von wo er leise Stimmen wahrnahm. So wie Mascha berichtet hatte, blickten die Männer, die draußen waren, in Richtung der Einfahrt. Sie unterhielten sich und waren demnach abgelenkt – das war gut. Dass sie nun doch wieder zu zweit waren und er sie schnell nacheinander schachmatt setzen musste, damit keiner von ihnen den Rest des Teams warnen konnte, war schlecht. Denn ebenso wie Ben und er waren auch die Entführer per Funk miteinander verbunden.

Er war den Männern so nahe, dass er einzelne Wortfetzen des Gesprächs auffangen konnte. Die Entführer sprachen eindeutig russisch, eine Sprache, die er beherrschte. Wenn er es richtig verstand, tauschten sie sich über ein Sportereignis aus, waren aber unterschiedlicher Meinung. Er konnte es sich nur grob zusammenreimen, da einige der Worte vom Wind davon getragen wurden. Doch anscheinend waren die beiden recht entspannt. Einer von ihnen ließ eine Zigarette zu Boden fallen und trat sie aus. Dann wandte er sich ab und verließ seinen Posten. Einen der Männer allein zu erwischen, kam Vadim entgegen, da er Ben versprochen hatte, nur im Notfall jemanden zu töten.

Nachdem drei Minuten verstrichen waren, war Vadim sicher, dass sich der Raucher im Gebäude befand und nicht so schnell zurückkommen würde. Er wollte nicht abwarten, bis erneut Verstärkung kam. Also war nun der geeignete Moment, um den ersten Kidnapper außer Gefecht zu setzen.

Ob es ihm gefiel oder nicht – Ben war beeindruckt davon, wie leichtfüßig Vadim auf das Dach geklettert war. Inzwischen konnte er ihn nicht mehr sehen, dennoch verharrte er in seiner Deckung und wartete auf ein Zeichen, dass er sich nähern sollte. Vermutlich musste Vadim einen geeigneten Moment abpassen, in dem er sich um die Wachen kümmern konnte.

Normalerweise fror Ben nicht schnell, doch in dieser Kälte von minus zwei Grad nahezu unbeweglich im Wald zu stehen, war unangenehm. Noch unangenehmer war es, abwarten zu müssen. Er wertete es immerhin als gutes Zeichen, dass bisher kein Geschrei oder andere Laute zu hören waren. Vadim ging offensichtlich leise vor. Der lautlose Killer, der sich hoffentlich in dieser Nacht nicht als solcher entpuppte. Zwar hatte Vadim ihm versprochen, nur im Notfall zu töten, doch er war nicht überzeugt davon, dass sein Wort allzu viel wert war.

• — •• ● •• — •

»Es macht wirklich keinen Sinn mehr, mitten in der Nacht durch die Zimmer zu streifen«, stellte Ruth frustriert fest. *»Ich warte bis morgen ab, wenn die Operationen durchgeführt werden. So wie du es vorgeschlagen hast. Aber mache dir keine Sorgen. Sollte sich jemand an deinen Sachen zu schaffen machen, dann wecke ich dich.«*

»Danke, Ruth. Ich weiß das zu schätzen. Aber es ist die Entführung, die mich wachhält. Ich mache mir Sorgen und möchte es mitbekommen, wenn die Männer Hilfe brauchen.«

»Oh! Natürlich. Das hätte ich mir denken können.«

»Mascha ist unterwegs und behält alles im Auge. Und ich hoffe sehr, dass sie nur gute Neuigkeiten hat, wenn sie zurückkommt.« Sie warf einen Blick auf ihr Smartphone und musste an das Codewort denken. Plötzlich wünschte sie sich, dass Dan bei ihr wäre. Doch der versuchte gerade nach einer anstrengenden OP etwas Schlaf zu finden, bevor er zum Flughafen musste.

»Aber es ist schön, dass du mir Gesellschaft leistest. Im Fernsehen läuft nichts Gescheites mehr um diese Uhrzeit, oder möchtest du irgendetwas sehen?«

»*Ich habe immer sehr gerne die Rosamunde Pilcher Filme geschaut.*«

»Die laufen in den USA nur mit einem Trick, aber es gibt sehr viele andere tolle Produktionen«, antwortete Lenny, die auch etwas für Herzschmerz-Filme übrig hatte – vorausgesetzt, sie hatten ein Happy End.

»*In den USA?*«

»Dort lebe ich.«

»*Wie spannend. Ich war mein ganzes Leben lang nie in den Vereinigten Staaten.*«

»Es ist anders als hier, aber ich habe mich dort sehr gut eingelebt.« Lenny mochte ihr Leben in San Diego und hoffte insgeheim noch immer, dass auch Lucy sich irgendwann bei einem ihrer Urlaube in diese Stadt verliebte. Andererseits arrangierten sie sich recht gut mit den Videoanrufen und gegenseitigen Besuchen. Sie kannte Eltern, die weniger von ihren Kindern mitbekamen, obwohl sie nur zwanzig Minuten mit dem Auto voneinander entfernt wohnten. Doch gerade war sie heilfroh, in Deutschland zu sein, um hoffentlich schon bald ihre Tochter und deren beste Freundin in die Arme zu schließen.

Vadim schob sich ein Stück zurück, denn das Risiko, vom Dach zu springen, war ihm zu groß. Es sah heldenhaft aus in Actionfilmen, barg aber immer eine Verletzungsgefahr und verursachte außerdem zu viel Lärm bei der Landung. Sich von der Seite anzuschleichen war die bessere Variante.

Vorsichtig kletterte er an der Rückseite des Hauses vom Dach und schob sich an der Wand entlang, bis er den Entführer wieder im Blick hatte. Zigarettenqualm drang in seine Nase. Die Sucht des Mannes wurde zu Vadims Vorteil. Ehe der rauchende Kerl kapierte, was los war, hatte Vadim ihn mit einem kurzen Sprint erreicht. Als der Mann ruckartig zu ihm herumfuhr, reagierte Vadim sofort und setzte einen gezielten Schlag gegen seine Schläfe. Er wusste, wie fest der Treffer sein durfte, sodass der Mann ohnmächtig, aber nicht tödlich verletzt, zu Boden sank.

»Komm zu mir«, informierte er Ben, hängte sich die Maschinenpistole des Entführers um und machte sich daran, den Bewusstlosen in Richtung der Bäume zu ziehen. Ben entdeckte ihn und lief auf ihn zu, sodass er dabei helfen konnte, den Mann über den Zaun zu hieven. Dieser war zum Glück, anders als Mascha es geschätzt hatte, nur etwa siebzig Zentimeter hoch.

Da der Entführer langsam zu sich kam, beeilte sich Ben damit, das Klebeband aus dem Rucksack zu holen. Vadim entfernte den Funk, während Ben dem Kerl den Mund zuklebte. Dann zogen sie ihn tiefer in das Wäldchen hinein, bevor sie den Kidnapper mit Kabelbindern fesselten. Mit den Händen auf dem Rücken und den zusammen geschnürten Beinen würde es ihm nicht mehr möglich sein, sich aus der Situation zu befreien und seine Komplizen zu warnen.

»Hier liegt er versteckt genug«, flüsterte Vadim und legte die Maschinenpistole in einiger Entfernung auf dem Waldboden ab. Es war eine gute Waffe, aber bei den nächsten Schritten wäre sie dennoch eher hinderlich.

»Dann wollen wir mal hoffen, dass niemand ihn per Funk erreichen will«, murmelte Ben.

»Deswegen sollten wir uns beeilen.«

Ben nickte und rückte seinen Gürtel zurecht.

Aufgrund von Maschas Beschreibung war es sicherer, den Hof einmal zur Hälfte zu umrunden, um nicht von der Vorderseite aus angreifen zu müssen. Immer auf der Hut, ob ihnen einer der Männer entgegenkam, liefen sie um das Gebäude und suchten Deckung hinter einem der großen Bäume. Von hier aus konnten sie das hell beleuchtete

Küchenfenster gut sehen, das links neben dem Eingang lag – genau so, wie Mascha es ihnen beschrieben hatte. Mascha hatte zudem überprüft, was vom Küchenfenster aus zu sehen war, wenn man auf den Hof blickte. Selten zuvor hatte Vadim derart viel Dankbarkeit für Lennys Gabe empfunden, denn so konnten sie sich an Maschas Aussagen orientieren, um unentdeckt zu bleiben.

Ben und er dagegen konnten durch das Küchenfenster nach drinnen sehen. Es war gut erkennbar, dass ein Mann dort an einem Tisch saß. Da zudem beide Autos auf dem Hof standen, hatten sie es im Haus mit vier weiteren Tätern zu tun, insgesamt also mit fünf Entführern. Daran hatte sich seit Maschas letzter Auskunft also nichts geändert. Leider wussten sie von den anderen vier nicht, wo diese sich aufhielten. Hoffentlich war niemand im Keller!

Der Mann in der Küche wirkte abgelenkt, denn er hatte einen großen Monitor vor sich und hielt zugleich ein Smartphone in der Hand. Ihr Plan sah vor, dass Vadim eine Blendgranate durch das Küchenfenster warf, während Ben, ebenfalls mit einer Blendgranate ausgestattet, die Haustür eintrat. Laut Mascha war es eine veraltet aussehende Holztür, sodass es für Ben mit seinen knapp über hundert Kilos kein Problem sein sollte, diese mit Gewalt zu öffnen.

Im besten Fall konnten sie zwei bis drei Männer mit den Blendgranaten für einen Moment außer Gefecht setzen. Die Hauptsache war, dass keiner der Entführer in dem Chaos, das gleich ausbrechen würde, in den Keller gelangte. So wie Mascha ihnen den Grundriss im Erdgeschoss beschrieben hatte, ging der lange Flur schließlich nach rechts ab, wo es eine Tür gab, die in das untere Geschoss führte. Sollte es einem der bewaffneten Männer gelingen, zu den Frauen zu flüchten, wurde es kritisch. Daher mussten sie das unbedingt verhindern.

»Bist du bereit?«, fragte Vadim.

»Bin ich.«

»Auf drei«, sagte Vadim und zählte runter. Ben stürmte los auf die Tür zu. Vadim gab ihm zwei Sekunden Vorsprung, dann warf er die erste Blendgranate.

»Hast du das gehört?«, fragte Lucy leise und musste sich zusammenreißen, um nicht aufzuspringen.

»Allerdings. Ich bin so aufgeregt.«

Lucy fühlte, dass Amelie leicht zitterte.

»Ist Mascha hier?«

»Ich spüre sie gerade nicht in meiner direkten Nähe.«

»Glaubst du, die Polizei ist hier und deswegen ist es so laut? Weil sie das Gebäude stürmen?«

»Ich weiß es nicht. Mascha hat nicht darauf geantwortet, ob uns die Polizei hier herausholt. Ich bin nicht sicher, ob es wirklich die Polizei ist.«

»Aber wer sollte es denn sonst sein?«

»Vadim. Und vielleicht Ben.«

»Alleine?«, quiekte Amelie. »Aber das ist doch viel zu gefährlich!«

Lucy nickte stumm. Noch immer war Lärm von oben zu hören. Vielleicht war es also nicht mehr nötig, still hier liegenzubleiben, aber sie wollte kein Risiko eingehen. Sie würden warten müssen, bis Mascha zurückkehrte. Oder bis die Polizei den Kellerraum stürmte. Denn auch wenn Vadim beim Militär gewesen war und Ben beim SEK – kein Mensch würde so verrückt sein, sich mit mehreren bewaffneten Kidnappern anzulegen. Oder etwa doch?

Ihr Bauchgefühl sagte ihr zu ihrem Entsetzen etwas anderes. Angst schnürte ihr die Brust zu und sie konzentrierte sich darauf, ruhig zu atmen. Es war furchtbar gewesen, als ihre Oma sich damals als Geist von ihr verabschiedet hatte. Sie hatte sich nicht mehr lange im Reich der Lebenden aufhalten wollen, aber es war ihr wichtig gewesen, ihrer Enkelin Lebewohl zu sagen. Es war der traurigste Moment ihres Lebens gewesen und Lucy wusste nicht, wie sie es ertragen sollte, noch einmal einen geliebten Menschen zu verlieren.

17.

Das Eintreten der Tür war für Ben kein Problem gewesen. Da er Vadim hinter sich wusste, warf er eine zweite Blendgranate in den Flur und suchte Deckung. Von drinnen erklang Geschrei und Ben stürmte zurück in den Hausflur, da sie nur wenige Sekunden Zeit hatten, bevor die Entführer wieder zu sich kommen würden.

Ein Mann kam taumelnd aus der Küche und Ben schlug ihn nieder, während Vadim an ihm vorbei lief und einem weiteren angeschlagenen Entführer einen Schlag versetzte. Im Augenwinkel nahm Ben wahr, wie ein weiterer Typ sich aus dem Wohnzimmer näherte, doch Vadim hatte es ebenfalls bemerkt und kümmerte sich darum. Ben wollte zurück, um das Gäste-WC gegenüber von der Küche zu sichern, doch in dem Moment kam ein Entführer aus dem Zimmer mit dem Sofa. Er war zu weit entfernt, um den Mann mit einem Tritt oder Schlag zu Boden zu bringen, doch da der Entführer bewaffnet war, reagierte er instinktiv und schoss ihm ins Bein. Der Kidnapper ging zu Boden, hatte sich aber schnell wieder im Griff und hob die Waffe, doch diesmal war Ben rasch genug bei ihm, trat ihm die Pistole aus der Hand und schlug ihn bewusstlos. Der Mann sackte an der Wand zusammen und Ben drehte sich um, um zurück zum Eingang zu gelangen.

»Pass auf«, brüllte Vadim, doch ehe Ben verstand, was los war, sprang Vadim gegen ihn und stieß ihn um, während zeitgleich zwei Schüsse fielen.

Mascha war noch immer nicht zurückgekehrt und Lennys Aufregung wuchs. Dabei war ihr klar, dass die Aktion eine gewisse Zeit brauchen würde, doch das Abwarten fiel ihr unfassbar schwer. Die Tatsache, dass sie nur sinnlos herumliegen konnte, verschlimmerte es noch. Sie konnte nicht einmal im Zimmer hin- und hertigern, um sich zu beschäftigen. Und da Ruth und Mascha unterwegs waren, blieb ihr nichts außer dem um diese Uhrzeit miesen Fernsehprogramm. Sie schielte erwartungsvoll zu ihrem Smartphone, das neben ihr auf dem Nachttisch lag, das jedoch zu ihrem Verdruss nicht zu klingeln begann.

Das Gespräch mit Constanze hatte ihr gutgetan, aber nun war es viel zu spät, um Amelies Mutter noch einmal anzurufen.

»Lenny, was ist los? Warum bist du im Krankenhaus?«

»Mike? Ich kann es gar nicht glauben. Bist du es wirklich?«, antwortete sie auf Englisch.

Er lachte. »Ich sagte doch, dass ich vorbeikomme, um mal nach dir und Lucy zu sehen. Ich hatte nur den Zeitunterschied nicht bedacht.«

Lenny lächelte. Mike war seit einigen Jahren als Geist in San Diego an ihrer Seite. Er verließ seine Heimat nicht gerne, weshalb er sie meist nicht nach Deutschland begleitete. Dieses Mal hatte er ihr jedoch versprochen, zwischendurch vorbeizukommen, weil er neugierig auf die Hochzeitsfeier und vor allem auf Vadim war, den er als Geist bereits kennengelernt hatte.

»Ich bin so erleichtert, dass du hier bist. Ich habe dir so viel zu erzählen.«

»Es war wirklich nicht so leicht, dich aufzuspüren. Ich war erst in Lucys Haus, aber dort wart ihr nicht, also bin ich zu dem Hotel, von dem du erzählt hattest. Was ist hier los? Auch Lucy war nicht zu Hause. Liegt sie etwa auch *hier in der Klinik? Hattet ihr einen Unfall?*« Mike klang besorgt.

»Nein, sie ist nicht im Krankenhaus. Lucy und Amelie wurden entführt.« Lenny atmete tief durch, warf noch mal einen Blick auf ihr schweigendes Telefon, und begann zu erzählen.

Durch die Wucht von Vadims Aufprall wurde Ben gegen die Wand gestoßen. Zum Glück hatte er seine Waffe nicht fallen gelassen, die er sofort wieder schussbereit hielt, doch Vadim war ihm zuvorgekommen und hatte den Entführer, der plötzlich im Flur gestanden hatte, in der Schulter getroffen. Der Mann wollte seine Waffe mit dem unverletzten Arm gerade aufheben.

»Stopp!«, schrie Ben und der Entführer verharrte in seiner Bewegung. Als er sah, dass Ben die Waffe auf ihn gerichtet hatte, riss er die Hand des unverletzten Arms in die Luft.

Ben warf Vadim einen prüfenden Blick zu. »Du wurdest getroffen.«

»Nicht weiter schlimm«, behauptete Vadim, zog den linken Arm nach vorne und betrachtete die Wunde. »Die Kugel steckt noch«, sagte er, doch Ben konnte ihm anhören, dass er Schmerzen hatte.

Während Ben die Entführer in Schach hielt, die nicht mehr allzu benommen wirkten, nahm Vadim etwas von dem Klebeband aus dem Rucksack und wickelte mehrere Streifen davon um die Wunde.

»Kannst du übernehmen?«, fragte Ben. »Dann kann ich die Männer fesseln.«

Vadim nickte und Ben verschnürte die Kidnapper fachmännisch einen nach dem anderen.

»Zwei haben einen Schlüsselbund in der Tasche«, informierte er Vadim und stellte zudem die Waffen sicher. Dann verteilte er die Männer, die nicht mehr in der Lage waren, sich zu wehren, auf verschiedene Räume. Die Entführer konnten sich zwar kaum bewegen, sodass es unwahrscheinlich war, dass sie sich gegenseitig würden befreien können, aber er ging lieber auf Nummer sicher. Als das erledigt war, lief er in die Küche und überprüfte den Laptop sowie den angeschlossenen Monitor, auf dem Amelie und Lucy zu sehen waren, die sich fest umklammert hielten.

»Der Laptop hat anscheinend alles gut überstanden«, berichtete er an Vadim gerichtet, als er die Küche verließ. »Amelie und Lucy scheint es gut zu gehen. Ich habe die Aufnahme allerdings gestoppt. Wie schlimm ist die Schusswunde?«,

»Nicht weiter tragisch«, versicherte Vadim, der Wand und Boden begutachtete. Vermutlich wollte er prüfen, ob es Blutspuren gab.

Da sie beide noch immer die Skimasken trugen, war aus Vadims Mimik nicht abzulesen, wie schlimm die Verletzung wirklich war. Doch Ben vermutete, dass es keinen Sinn machen würde, ihn noch einmal zu fragen, auch wenn mit Schussverletzungen nicht zu spaßen war.

»Hier oben können wir nichts mehr tun«, meinte Vadim. »Lass uns nach Lucy und Amelie sehen.« Er öffnete die hintere Tür im Flur, die in den Keller führte, und lief nach unten. Ben folgte ihm.

Sie hatten Schüsse gehört und harrten völlig verängstigt auf der Matratze aus. Als sie wahrnahmen, wie sich jemand an der Tür zu schaffen machte, sprangen sie alarmiert auf. Amelie zuckte zusammen, als ein maskierter Mann, der

komplett in schwarz gekleidet war, den Raum betrat. Hinter ihm folgte eine weitere maskierte Person.

»*Keine Sorge, das sind Ben und Vadim*«, nahm Lucy Maschas Stimme wahr und sie informierte Amelie sofort, die einen erleichterten Seufzer ausstieß.

Der Mann, der von der Statur her Vadim sein musste, ging auf die Kamera zu, riss sie aus der Halterung und zertrat sie am Boden.

»Sicher ist sicher«, murmelte er und wandte sich an Lucy. »Ich bins.«

Lucy fiel ihm erleichtert in die Arme. »Ihr seid ja völlig verrückt! Wie konntet ihr euch so in Gefahr bringen?«

»Wir müssen die Masken weiter tragen. Wir wollen möglichst wenig Spuren hinterlassen«, entschuldigte er sich, ohne auf ihren Vorwurf einzugehen. »Wie geht es euch?«

»Jetzt ist wieder alles in Ordnung«, versicherte Lucy ihm und bemerkte das Klebeband an seinem Arm. »Was ist passiert? Bist du verletzt?«

»Mach dir keine Sorgen«, beruhigte Vadim sie und betrachtete Amelie. »Alles in Ordnung bei dir?«

»Ja.« Sie wirkte völlig überwältigt von der Situation.

»Ich bin so froh, euch zu sehen«, sagte Lucy und musste sich zurückhalten, nicht auch Ben zu umarmen. »Wir können es kaum erwarten, hier rauszukommen. Geht es euch wirklich gut?« Sie deutete auf Vadims Arm.

»Es ist alles in Ordnung«, antwortete er.

»Was ist mit den Entführern?«

»Liegen gefesselt und geknebelt im Erdgeschoss und können euch nichts mehr tun«, versicherte Ben, der die Situation bisher schweigend beobachtet hatte.

»Gott sei Dank!«, sagte sie und Amelie legte ihr einen Arm um die Schulter.

»Aber ihr müsst noch eine Weile hier unten bleiben. Wir können euch nicht sofort mitnehmen«, ergänzte er dann.

»Was? Ihr nehmt uns nicht mit?«, fragte Amelie entsetzt.

»Das geht nicht. Die Polizei darf von Bens und meiner Aktion hier nichts erfahren«, erklärte Vadim. »Ich weiß, es ist viel verlangt, aber ihr dürft mit keinem Wort erwähnen, wer euch hier gefunden hat. Redet von zwei maskierten Männern, oder dass es auch mehr gewesen sein können, aber ihr habt nur zwei gesehen. Sagt, sie haben euch die Anweisung gegeben, dass ihr hier warten sollt, bis die Polizei kommt. Die Stimme war männlich, aber sie kam euch nicht bekannt vor. Ansonsten bleibt so nahe wie möglich bei der Wahrheit, dann wird es leichter bei der Befragung. Nur wenn ihr die Personen beschreiben sollt«, er blickte zu Ben, »dann solltet ihr vielleicht sagen, dass sie normal groß und normal gebaut waren.«

»Okay.« Lucy wiederholte die Worte leise und vermutete, dass auch Amelie einverstanden mit der Version war.

»Kapiert«, meinte Amelie. »Wir haben keine Ahnung, wer uns hier rausgeholt hat und haben die Stimmen nicht erkannt. Außerdem waren unsere Retter maskiert und haben uns gesagt, wir sollen auf die Polizei warten.«

»Wir geben unser Bestes, wenn wir befragt werden«, versprach Lucy.

»Ich weiß, dass das schwer für euch ist, aber es ist eine Chance, dass Ben und ich offiziell aus den Ermittlungen herausgehalten werden.«

»Natürlich, das ist besser.«

»*Lucy, entschuldige, dass ich mich einmische*«, sagte Mascha plötzlich. »*Aber ich bin mir sicher, dass Lenny völlig verrückt vor Sorge ist. Ich gebe ihr Bescheid, dass alles gut ausgegangen ist. Elwira·ist übrigens furchtbar aufgeregt, aber ich habe jetzt keine Zeit, mich um sie zu kümmern.*«

»Danke, Mascha«, sagte Lucy, die gerade ebenfalls keine Gedanken für Elwira übrig hatte, auch wenn diese vermutlich schockiert darüber war, dass ihr Sohn bald verhaftet werden würde. »Mascha gibt Mum eben Bescheid, dass alles gut gegangen ist.«

»Das ist gut.« Vadim sah sich in dem Raum um. »Damico wird ahnen, dass Ben mit dieser Sache hier zu tun hat. Aber es kommt darauf an, dass sie ihm nichts beweisen kann. Sie wird gleich einen anonymen Anruf von mir bekommen, mit der Information, wo ihr seid.«

»Anonym? Das geht?«

»Ja. Ben und ich werden die Stellung sichern, bis die Polizei hier ist. Euch kann wirklich nichts mehr passieren. Die Kellertür bleibt offen, aber am besten wartet ihr hier unten und bewegt euch nicht weg. Die Polizei holt euch dann hier raus.«

»Okay.« Lucy warf Ben einen prüfenden Blick zu. »Ist bei dir alles in Ordnung?«

»Ja, alles gut.«

»Wir haben Schüsse gehört.« Amelie klang besorgt.

»Zwei der Entführer sind verletzt«, antwortete Vadim.

»Und du auch!«, entfuhr es Lucy.

»Das ist nichts Schlimmes.«

»Ist das etwa auch eine Schusswunde?«, hakte sie nach und Vadims Schweigen war Antwort genug. »Du musst ins Krankenhaus!«

»Ich kümmere mich später um die Wunde.«

»Aber dass zwei der Kidnapper verletzt sind, könnte viele Fragen nach sich ziehen, oder?«, vermutete Amelie. »Von uns wird die Kommissarin nichts erfahren. Versprochen.« Sie deutete auf die Matratze. »Also setzen wir uns jetzt einfach wieder hin und warten?«

»Das wäre das Beste«, bestätigte Vadim. »Wir stellen sicher, dass alles in Ordnung bleibt, bis die Beamten hier sind.«

»Wir sind euch so dankbar.« Es gelang Lucy nicht, ihre

Gefühle in Worte zu fassen. »Passt auf euch auf«, bat sie und beobachtete, wie ihre beiden verrückten Helden den Raum verließen.

***

Vadim und Ben kehrten zurück in das Erdgeschoss. Obwohl sie die Entführer auf die verschiedenen Räume verteilt hatten, sicherte Ben noch einmal ab, dass alles in Ordnung war, nachdem er Vadim das Telefon überlassen hatte. Es würde der letzte Anruf sein, den er mit diesem Smartphone machte, bevor er es zerstörte.

»Polizeihauptkommissarin Carla Damico.« Die Stimme der Frau klang müde, aber zugleich alarmiert. Kein Wunder bei einem Anruf mitten in der Nacht von einer anonymen Nummer.

Vadim hielt sich nicht mit einer Begrüßung auf. Er ratterte mit verstellter Stimme den Text herunter, den er vorbereitet hatte und der Damico die wesentlichen Infos mitteilte. Das alles tat er auf Englisch mit einem griechischen Akzent. Ehe die Kommissarin die Chance hatte, irgendeine Frage zu stellen, legte er auf und entfernte den Akku und die SIM-Karte aus dem Telefon.

Ben war während des Telefonats an ihm vorbeigelaufen und als Vadim das Gespräch beendet hatte, ging er ihm einige Schritte hinterher. Es dauerte nicht lange, bis Ben mit dem ersten Kidnapper, den sie als Wache draußen ausgeschaltet hatten, auf ihn zukam. Er trug den Mann über der rechten Schulter und betrat mit ihm und der Maschinenpistole das Haus.

»Er war ein wenig kühl, aber ansonsten unversehrt«, meinte Ben, als er zu Vadim zurückkehrte.

Obwohl Vadim wusste, dass Lucy und Amelie in Sicherheit waren, fiel es ihm schwer, diesen Ort zu verlassen.

Doch sie hatten dafür gesorgt, dass die Kidnapper ihnen nichts mehr tun konnten. Diese Gewissheit musste für diesen Moment reichen.

»Lass uns hier verschwinden«, sagte er daher. »Wir müssen in Deckung gehen, bevor Verstärkung anrückt.«

»Träume ich?«, fragte Amelie fassungslos und ließ sich neben Lucy auf die Matratze sinken, nachdem sie eine Weile ruhelos im Kreis gelaufen war.

»Also ich zumindest fühle mich gerade hellwach.«

»Das kommt vom Adrenalin«, erklärte Amelie. »Ich fasse es nicht, dass ich Vadim und Ben ausgerechnet so kennengelernt habe.«

»Vadim ist verletzt. Hoffentlich ist es nicht so schlimm.«

»Das glaube ich nicht«, versuchte Amelie sie zu trösten. »Er machte doch einen ziemlich fitten Eindruck.«

»*Lucy, Kleines.*«

»Mike!«, antwortete Lucy überrascht. »Du bist hier!«

»*Er hat keine Ruhe gegeben, ehe ich ihn zu dir gebracht habe*«, meinte Mascha.

»Dann ist Mum informiert?«

»*Natürlich, Liebes. Sie war wahnsinnig erleichtert. Ich hoffe, sie kommt nun zur Ruhe, aber ich fürchte, dafür ist sie noch immer zu aufgeregt.*«

»Ob ich sie besuchen kann, wenn wir erst mal hier raus sind?«

»*Das würde ihr sicherlich gut tun, aber ich glaube nicht, dass die Klinik nachts Besuch erlaubt.*«

»*Aber mach dir keine Sorgen um sie. Es ging ihr gleich viel besser, nachdem Mascha mit den guten Neuigkeiten zu ihr kam*«, übernahm Mike wieder das Wort.

»Danke, Mike. Das ist schön.« Lucy hatte lange gebraucht, um Mikes texanischen Dialekt zu verstehen. Erst für sein Studium war er von Texas nach Kalifornien gezogen und manchmal fragte sie sich, ob er den Dialekt bewusst beibehielt als Erinnerung an seine alte Heimat. Allerdings führte es auch dazu, dass er und Mascha sich immer eher schlecht als recht verständigen konnten. Amelie musterte sie neugierig, also erklärte Lucy ihr, dass Mike nach ihr hatte sehen wollen.

»Ich soll dir etwas von Elwira ausrichten.« Mascha klang bedrückt. *»Sie bittet dich, dass du ihren Jungen laufen lässt. Damit er ein neues Leben anfangen kann.«*

»Ihn laufen lassen?«

»Er liegt gefesselt oben in einem der Zimmer.«

»Ja, das haben Vadim und Ben gesagt, dass die Entführer nicht mehr abhauen können. Aber das kann ich nicht für Elwira tun. Ich werde den Keller nicht verlassen und ihr Sohn hätte sowieso keine Chance. Vadim und Ben wollen das Haus bewachen, bis die Polizei eintrifft. Sollte einer der Entführer das Gebäude verlassen, werden sie sich ihn schnappen und zurückbringen.«

»Natürlich Liebes, ich weiß das. Aber ich habe Elwira versprochen, dass ich ihre Bitte zumindest an dich weiterleite. Sie klang sehr verzweifelt. Ich glaube, sie weiß, dass du ihr nicht wirst helfen können.«

»Was ist los?«, wollte Mike wissen und auch Amelie sah sie fragend an. Also klärte Lucy die beiden auf, während sie Maschas leise Stimme hörte, die mit Elwira sprach.

»Was denkst du, wann die Polizei hier anrückt?«, wollte Amelie wissen.

»Hoffentlich bald. Ich will Mum anrufen. Und ich mache mir Sorgen um Vadim.«

»Ben ist ja bei ihm. Er wird Vadim bestimmt verarzten können.«

»Aber doch nicht bei einer Schusswunde!«

»Meinst du wirklich, er wurde angeschossen?«

»Ich fürchte schon.«

»Ich fand dennoch, er wirkte recht fit.«

Lucy zwang sich zu einem Lächeln, nach dem ihr nicht zumute war. »Wollen wir es hoffen.« Sie hatte Vadims Mimik wegen der Maske nicht sehen können, daher fiel es ihr schwer, das einzuschätzen.

Amelie seufzte laut. »Ich bin so froh, wenn wir endlich hier raus sind. Aber ich habe auch Angst.«

»Wovor?«

»Davor, dass nun alles anders ist.«

»Du meinst mit Jack?«

Amelie nickte und rieb sich über die Augen.

»Egal, was passiert! Ich bin immer für dich da. Das weißt du.«

Amelie zog die Nase hoch. »Ich weiß. Wenn wir erst hier raus sind, kann ich dann bei dir übernachten?«

Lucy wurde es schwer ums Herz. Für Amelie hatte die Entführung noch viel weitreichendere Folgen als für sie.

»Natürlich kannst du das!«

»Es ist doch sicher schon nach Mitternacht«, vermutete Amelie. »Heute wäre der Junggesellinnenabschied bei dir gewesen.«

»Ich hatte extra Onesies für uns besorgt. Kuschelig warme, mit schrecklich kitschigem Weihnachtsmuster. Als Überraschung für dich.«

»Wirklich? Ich liebe diese Dinger!«

»Ich auch. Und du kannst dir natürlich einen aussuchen, denn es wäre schließlich dein Junggesellinnenabschied gewesen.«

»Aber den gibt es jetzt nicht mehr, weil keine Hochzeit stattfinden wird«, stellte Amelie niedergeschlagen fest.

18.

Dass Vadim ihn die Strecke nach Mettmann zurückfahren ließ, wertete Ben als schlechtes Zeichen. Vermutlich setzte ihm die Verletzung mehr zu, als er es zugeben wollte. Sie hatten sich bereits am Auto umgezogen, um nicht schwarz vermummt mitten in der Nacht in eine Polizeikontrolle zu geraten. Zu dieser Uhrzeit waren kaum noch andere Fahrer unterwegs, sodass es umso schneller passieren konnte, dass man unerwünschte Aufmerksamkeit auf sich zog.

Vadim beschwerte sich kein einziges Mal wegen Schmerzen, doch Ben war überzeugt, dass er welche hatte. Ärzte waren in Deutschland nicht in jedem Fall verpflichtet, eine Schussverletzung zu melden. Doch mitten in der Nacht mit einer solchen Wunde in einer Klinik aufzutauchen, bedeutete zumindest Erklärungsbedarf. Dass man sich als Sportschütze verletzt hatte, war um diese Uhrzeit eher unwahrscheinlich. Und sobald der behandelnde Arzt Verdacht schöpfte, dass man es mit dem Opfer einer Straftat zu tun hatte, oder gar mit einem Täter in einem Kriminalfall, musste eben doch Meldung an die Polizei gemacht werden.

»Wie willst du die Klamotten, Blendgranaten und Waffen loswerden?«, fragte Ben.

»Mach dir darüber keine Gedanken, da kümmere ich mich später drum.«

»Du wurdest angeschossen!«

»Und du musst für Damico erreichbar sein. Es würde mich nicht wundern, wenn wir bei Lucys Haus ankommen und sie längst versucht hat, dich zu erreichen.«

Damit lag Vadim vermutlich richtig.

»Wo willst du die Sachen verschwinden lassen, wenn du kein Auto fahren kannst? In Lucys Garten kannst du sie schlecht verbrennen.«

»Keine Sorge, so was habe ich nicht vor. Ich muss den Arm etwas schonen, aber Auto fahren kann ich schon noch.«

»Und warum soll ich dann jetzt fahren?«

»Ich werde die Wunde gleich erst mal versorgen und dann alles Weitere erledigen.«

»Du sagtest, dass die Kugel noch steckt.«

»Besser in meinem Arm, denn als Beweisstück auf dem Hof. Vielleicht kann ich sie entfernen.«

»Du musst zu einem Arzt.«

»Keine gute Idee.«

»Ich kenne jemanden, der uns helfen kann.«

»Ich regle das schon.«

»Du hast mir das Leben gerettet.«

»Unsinn.«

»Ist es nicht! Du hast die Kugel abgefangen, die für mich bestimmt war.« Ben sah kurz zur Seite und nahm wahr, dass Vadim den Kopf schüttelte, dann konzentrierte er sich wieder auf die Straße. »Ich stehe in deiner Schuld.«

»Das tust du nicht.«

»Doch. Und ich danke dir.« Ihm war klar, dass Vadim keinen Grund gehabt hatte, das für ihn zu tun. Sein Eingreifen hätte für ihn tödlich enden können. Und es war so schnell gegangen, dass Vadim nicht etwa wohlüberlegt gehandelt hatte. Er hatte einfach reagiert, um ihn zu schützen. Der Mann, dem er Stunden zuvor quasi fehlende Moral vorgeworfen hatte, hatte ohne eine Millisekunde zu zögern, sein Leben für ihn aufs Spiel gesetzt. Sein Dank war nicht nur daher gesagt, er meinte es völlig ernst.

»Du hast dein Leben für mich riskiert und das werde ich dir nicht vergessen«, wiederholte er.

Vadim nickte in Richtung der Windschutzscheibe. »Du solltest lieber schneller fahren, bevor die Kommissarin nach dir fahnden lässt, weil sie dich telefonisch nicht erreichen kann.«

»Das spielt keine Rolle. Ich werde dich zu einem Arzt bringen. Ob es dir passt oder nicht.«

»Ist das wirklich nötig, dass wir ins Krankenhaus gebracht werden?«, wollte Lucy wissen, die in einem der Krankenwagen saß und den besorgten Blick der Kommissarin auf sich spürte. Nachdem die Polizeibeamten sie in dem Keller entdeckt hatten, war alles ganz schnell gegangen. Man hatte sie aus dem Gebäude gebracht und draußen auf dem Hof hatten bereits mehrere Krankenwagen gewartet. Eines der Fahrzeuge war soeben mit Blaulicht vom Parkplatz gefahren, vermutlich mit einem der verletzten Entführer. Selbst als im Sommer ihre Nachbarin ermordet worden war, hatte Lucy nicht so viele Polizisten auf einem Haufen gesehen.

»Ich weiß, Sie haben mir glaubhaft versichert, dass es Ihnen und Ihrer Freundin gut geht, aber sie beide wurden entführt und betäubt. Wir werden auf Nummer sichergehen, dass alles in Ordnung ist. Außerdem brauchen wir eine Blutabnahme, vielleicht kann noch etwas von dem Betäubungsmittel nachgewiesen werden.«

»In welche Klinik kommen wir? Nach Mettmann?«

Damico schüttelte den Kopf. »Wir bringen sie beide hier nach Duisburg in die Klinik. Keine Sorge, Sie und Frau Schultz müssen dort nicht über Nacht bleiben, außer die Ärzte bestehen darauf. Ich werde sie begleiten und sie anschließend nach Mettmann bringen, wenn aus medizinischer Sicht nichts dagegen spricht.« Sie prüfte die Uhrzeit und wirkte ein wenig schuldbewusst. »Ich weiß, es ist spät. Aber wenn die Ärzte grünes Licht geben, bräuchte ich dringend Ihre Aussage und die Ihrer Freundin.«

»Aber die Täter haben Sie doch nun!«

»Tja, und da würde ich wirklich gerne wissen, weshalb die Entführer wie sechs verschnürte Weihnachtspakete im Haus herumlagen. Ihre Eindrücke von der Tat und von allem, was geschehen ist, sind generell wichtig für uns und die Ermittlungen.«

»Ich habe eigentlich schon alles gesagt, was ich weiß«, murmelte Lucy, die bereits ein paar Fragen beantwortet hatte. Und das, obwohl der junge und sehr freundliche Sanitäter der Kommissarin böse Blicke zugeworfen hatte, weil sie sich direkt auf Lucy gestürzt hatte.

»Ich bin mir sicher, das haben Sie nach bestem Wissen und Gewissen«, beschwichtigte Damico. »Aber es ist dennoch wichtig.«

»Ich würde lieber so schnell wie möglich zu meiner Mum.« Und zu Vadim, um zu sehen, wie es ihm ging.

»Das verstehe ich, allerdings wird das Krankenhaus Sie mitten in der Nacht nicht zu ihr lassen. Aber hier ...« Damico hielt Lucy ihr Smartphone entgegen. »Rufen Sie Ihre Mutter an. Ich gebe Ihnen ein paar Minuten. Danach bräuchte ich das Telefon wieder. Ich muss nämlich auch wirklich dringend jemanden erreichen.«

Skeptisch betrachtete Vadim den Mann, der aussah wie hundert, doch Ben hatte behauptet, er wäre höchstens drei- oder vierundachtzig. Der alte Herr, den sie mit ihrem nächtlichen Besuch völlig überrumpelt hatten, trug einen karierten Schlafanzug und hatte sich erstaunlich schnell von ihrem unerwarteten Auftauchen erholt. Obwohl er uralt schien, bewegte er sich sicher und seine Augen machten einen wachsamen und schlauen Eindruck. Das versuchte Vadim zumindest sich einzureden, während er auf einer Art Massageliege in einem Zimmer des kleinen Hauses lag, das sich im ersten Stockwerk befand.

Vadim war Ben zwar dankbar, allerdings behagte es ihm ganz und gar nicht, einem völlig Fremden seine Gesundheit anzuvertrauen. Laut Ben war Vincenzo Panicucci der frühere Nachbar seiner verstorbenen Großmutter, der jahrelang hoffnungslos für sie geschwärmt hatte. Ben kannte den Mann anscheinend seit vielen Jahren und spielte ab und an noch eine Partie Schach mit dem ehemaligen Chirurgen, der erst mit Anfang siebzig seine Praxis aufgegeben hatte und dessen Herz offenbar noch immer an der Medizin hing. Doch das Wichtigste war, dass Ben überzeugt davon war, dass nichts und niemand Vincenzo ein Geheimnis entlocken konnte. Angeblich nicht mal dann, wenn das SEK sein Haus stürmen würde. Vadim blieb nichts anderes übrig, als Bens Urteil zu trauen. Ben lag richtig damit, dass er Schmerzen hatte. Natürlich war es vernünftiger, dass sich ein Profi um die Wunde kümmerte. Auch wenn er in seinem früheren Leben schon ganz andere Verletzungen überstanden hatte.

Der Arztkoffer, den Vincenzo gerade in das Zimmer brachte, wirkte fast ebenso alt wie sein Besitzer.

Ben schien seine Zweifel zu bemerken. »Ich würde mich jederzeit von ihm behandeln lassen«, behauptete er.

»Das bekommen wir schon hin«, sagte der pensionierte Arzt und lächelte Vadim aufmunternd zu. »Vorausgesetzt, Ben ist so nett und holt mir meine Brille aus der Küche. Die Augen wollen nicht mehr so wie früher.« Er sprach mit einem leicht italienischen Akzent. Anders als Damico, die zwar einen italienischen Namen hatte, aber vermutlich in Deutschland geboren worden war.

Als Ben mit dem Brillenetui zurückkam, bedankte Vincenzo sich.

»Früher bin ich auch so stürmisch die Treppen rauf und runter gehüpft, aber die Zeiten haben sich geändert.« Er setzte die Sehhilfe auf und lächelte zufrieden, während er Ben musterte. »Ich dachte eigentlich, ich sehe dich erst zur Schachpartie an Weihnachten wieder, mio figlio.« Ohne mit der Wimper zu zucken, zog er das Klebeband von Vadims Arm, der die Zähne zusammenbiss und die Fingernägel in der Liege vergrub.

»Eine kleine OP nach Mitternacht. Ich glaube, ich hatte schon lange nicht mehr so einen spannenden Fall. Wollt ihr mir mehr darüber berichten?«

»Wie ich es eben schon sagte, du musst dir keine Sorgen machen. Wir haben nichts Unrechtes getan. Aber wenn er die Kugel nicht abgefangen hätte, würde ich jetzt nicht mehr hier stehen.«

Vincenzo sah ihn schockiert an. »Mio dio! Ist das wahr?«

Ben nickte.

»Ich kenne dich lange genug, Ben. Ich weiß, dass du zu den Guten gehörst. Deine Großmutter hätte nichts anderes zugelassen.« Er sprach ein paar Worte auf italienisch, dann klopfte er Vadim leicht auf die Hand. »Sie sind mein Held, weil Sie diesem Jungen das Leben gerettet haben.«

Vadim bemerkte, dass Ben verlegen war, was dem Arzt jedoch entging, da er sich ganz auf die Wunde konzentrierte.

»Sie werden sehen, in ein paar Tagen ist Ihr linker Arm wieder wie neu.«

19.

Während Ben das Wasserglas in einem Zug in Lucys Küche leerte, schielte er auf sein Smartphone, das klingelte. Wie erwartet, hatte Damico mehrfach versucht, ihn zu erreichen. Nun probierte sie es erneut. Er hätte sie in zwei Minuten sowieso zurückgerufen, doch jetzt war sie ihm zuvorgekommen. Vadim warf ihm einen mitleidigen Blick zu, während Ben sich das Telefon ans Ohr hielt.

»Stevens hier«, meldete er sich.

»Ah, Herr Stevens! Wie schön, dass Sie doch mal ans Telefon gehen, und das zu so einer späten Uhrzeit. Ich dachte schon, Sie hätten Ihr Smartphone verloren.«

»Ich bin wohl eingedöst.«

»Natürlich. Das war meine zweite Vermutung«, sagte Damico und ihre Stimme troff vor Sarkasmus. »Sind Sie sicher, dass Sie mir nicht vielleicht etwas sagen wollen zum heutigen Abend?«

»Wollen Sie auf das miese TV-Programm hinaus?«

»Verarschen kann ich mich alleine!«

»Ich hatte eigentlich gehofft, Sie haben Neuigkeiten für mich. Immerhin haben Sie zigfach angerufen.«

»Soll ich Ihnen wirklich eine Geschichte erzählen, die Sie bereits kennen? Andererseits ... dass ich gerade mit Frau Maiwald und Frau Schultz im Krankenhaus bin, das wissen Sie nicht. Die beiden werden derzeit untersucht.«

Ben bemühte sich, erleichtert zu klingen. »Sie haben die beiden also gefunden? Das ist großartig! Wie geht es ihnen?« Er wusste zwar bereits, dass es Lucy und Amelie so weit gut ging, aber das wollte er vor der Kommissarin keinesfalls zugeben. Auch wenn sie überzeugt davon schien, dass er etwas mit der Befreiung zu tun hatte.

»Es geht ihnen den Umständen entsprechend gut. Aber die Geschichte, wie sie befreit worden sind ... Tja, das hätte kein Drehbuchautor besser schreiben können.«

»Was wollen Sie damit sagen? Wie haben Sie die beiden aufgespürt?«

»Lassen wir die Spielchen, Herr Stevens. Wir müssen uns unterhalten, auch wenn es mitten in der Nacht ist. Wo sind Sie?«

»Ich bin zu Hause«, log er, da er noch in Lucys Haus war.

»Schön. Und wenn ich überprüfen würde per Handy-ortung, wo Sie die letzten Stunden verbracht haben? Was würden mir die Funkmasten über Ihren Standort ver-raten?«

»Vermutlich nichts, denn die Daten dürfen Sie sich gar nicht einholen.« Außerdem hatte sein Smartphone die ganze Zeit in Lucys Küche gelegen.

Damico seufzte. »Ich werde mich melden, sobald ich wieder in Mettmann bin.«

»Melden Sie sich jederzeit, wenn ich Ihnen helfen kann.«

»Das werde ich tun, da können Sie sich drauf verlassen«, erwiderte Damico säuerlich und legte auf.

»Was schätzt du, wie tief steckst du in der Klemme?«, wollte Vadim wissen.

»Bisher kann Damico mir nichts nachweisen.«

»Solange Amelie und Lucy nichts verraten, hat sie auch kaum eine Chance, das zu tun«, sagte Vadim, verschwand im Flur und kehrte mit seiner Winterjacke und dem Auto-schlüssel in der Hand zurück.

»Willst du tatsächlich diese Nacht noch mal los.«

»Ja.«

»Was hast du mit den Sachen vor?«, gab Ben es nicht auf, doch noch etwas aus ihm herauszubekommen.

»Wie gesagt, je weniger du weißt, desto besser. Damico wird sich für mich im besten Fall nicht interessieren, aber dich wird sie in die Zange nehmen. Da ist es ein Vorteil, wenn du möglichst wenig lügen musst.«

»Ich werde dich da raushalten«, versprach Ben. »Wie gehts dir?«

»Ich schätze, Vincenzo hat gute Arbeit geleistet. Danke, dass du mich zu ihm gebracht hast.«

»Sein Angebot war ernst gemeint, dass du jederzeit vorbeikommen kannst, damit er nach der Wunde sehen kann. Wenn die Schmerzen schlimmer werden oder sich was entzündet, solltest du sein Angebot annehmen.« Er trat zwei Schritte auf ihn zu. »Warum hast du das für mich getan?«

»Wir waren ein Team.«

»Du arbeitest nicht gerne im Team.«

»Aber wenn ich es tue, dann kann man sich auf mich verlassen.«

»Hast du damals auf die falschen Leute gesetzt?«

»Eine falsche Person hat schon gereicht.«

»Warum ausgerechnet Auftragskiller? Es gibt andere Wege, um für die Regierung zu arbeiten.«

»Die gibt es.«

»Also?«

»Warum interessiert dich das?«

»Weil ich versuche, dich zu verstehen.«

Ein Lächeln umspielte Vadims Lippen. »Weil ich nicht in dein Profil eines gewissenlosen Auftragskillers passe?«

»Du hättest sterben können.«

»Es war nur ein Treffer in den Arm.«

»Das konntest du nicht wissen.«

»Du kannst hier auf den nächsten Anruf der Kommissarin warten.«

Offensichtlich wollte Vadim dem Thema aus dem Weg gehen und Ben gab es auf, zumindest für diesen Moment.

»Lucy hat sicherlich nichts dagegen, wenn du einen Ersatzschlüssel bekommst«, überlegte Vadim.

»Nicht nötig, ich muss nicht hier warten. Ich kann dich begleiten.«

»Das kannst du nicht«, entschied sein Gegenüber. »Ich muss nur noch ein wenig rumfahren. Und wenn du nicht springst, sobald Damico dich anruft, bist du geliefert. Ich werde eine Weile unterwegs sein. Wenn du eine Chance bekommst, mit Lucy zu sprechen, gib ihr Bescheid, dass es mir gut geht, okay? Ihre Handys werden die beiden so schnell nicht wiederbekommen.«

»Mache ich«, versicherte Ben ihm. Wenige Minuten später verließen sie gemeinsam das Haus.

Die Menschen im Krankenhaus waren alle sehr freundlich, doch es störte Lucy, dass sie nicht in Amelies Nähe war. Für die Untersuchungen und Gespräche mit den Ärzten hatte man sie getrennt. Zunächst hatte eine ältere Ärztin kurz mit ihr gesprochen, dann hatte man ihr Blut abgenommen und noch einige weitere Untersuchungen gemacht. Nachdem die Ärztin fertig war, hatte sich eine Psychologin bei ihr vorgestellt, die Lucy ein wenig an ihre frühere Deutschlehrerin erinnerte. Die Lehrerin hatte sie zum Glück immer sehr gemocht. Auch die Psychologin war ihr sympathisch gewesen, aber sie hatte sich dennoch unwohl gefühlt. Sie wusste, dass sie eine schlechte Lügnerin war und gerade einer Therapeutin würde sie nicht anvertrauen, dass sie in der Lage war, mit Geistern zu kommunizieren. Das hätte ihr noch gefehlt, dass man ihr irgendeine schwerwiegende psychische Störung diagnostizierte.

Nun fühlte sie sich ausgelaugt und wollte nur noch sichergehen, dass es Vadim gut ging, um dann ins Bett zu fallen.

Doch noch schien ihr Bett weit entfernt, denn Damico hatte bereits angedeutet, dass sie noch weitere Fragen hatte. Niklas hatte ihre Lügen vor einem halben Jahr sofort durchschaut – ob Damico das auch gelingen würde?

Es war unglaublich, was Vadim und Ben riskiert hatten. Mascha hatte sie zwischenzeitlich eingeweiht, warum die Männer nicht die Polizei hatten einschalten wollen, daher war ihr bewusst, wie viel sie den beiden zu verdanken hatte. Dieses Mal stand sie also nicht nur in Bens Schuld, sondern auch in der von Vadim. Lucy ließ die verspannten Schultern kreisen und sah sich in dem Untersuchungsraum um. Die Psychologin hatte sie gebeten, einen Moment zu warten und ihr versichert, dass Polizeischutz vor der Tür stand. Ob die verletzten Entführer in demselben Krankenhaus waren? Sie hatte keine Angst mehr davor, dass die Männer ihnen noch etwas antun konnten, aber sie hätte gerne gewusst, ob Damico bereits mit den Entführern gesprochen hatte.

Es klopfte an der Tür, die daraufhin sofort geöffnet wurde.

»Hallo.« Mit einem freundlichen, aber zugleich erschöpften Lächeln trat die Kommissarin ein. »Wie geht es Ihnen?«

»Ganz gut, danke«, antwortete Lucy, die noch immer auf der Untersuchungsliege saß.

Damico blickte suchend umher, dann zog sie sich einen Stuhl heran, um sich ebenfalls zu setzen. »Die Ärztin hat mir erlaubt, noch mal mit Ihnen zu sprechen, bevor ich Sie und Frau Schultz nach Hause fahre. Obwohl die Entführer gefasst sind, habe ich übrigens veranlasst, dass ihre Häuser vorerst polizeilich bewacht werden.«

»Sie denken, wir sind noch immer in Gefahr?«

»Ich will nur sichergehen.«

»Okay ...«

»Frau Maiwald, ich weiß, das war ein harter Tag und eine wirklich schlimme Nacht für Sie. Aber je mehr Sie mir erzählen können, solange die Erinnerungen noch frisch sind, desto besser.«

»Was wollen Sie denn wissen?«

»Alles, was in diesem Fall hilfreich sein könnte. Am besten vom Zeitpunkt der Entführung an.«

Lucy überlegte. Sie musste ihre Worte sorgsam wählen und darauf achten, Ben und Vadim nicht zu verraten. Wie sehr sie sich in diesem Moment wünschte, dass Niklas seinen Job bei der Polizei nicht aufgegeben hätte. Mit ihm als Ermittler wäre dieses Gespräch so viel einfacher gewesen!

Nachdem sie sich einen Moment gesammelt hatte, begann sie zu erzählen. Sie startete mit dem Augenblick, als sie den Stoffladen verlassen hatten und plötzlich die maskierten Männer vor ihnen aufgetaucht waren. Von der Fahrt wusste sie nichts mehr, sondern die nächste Erinnerung war der Kellerraum, in dem sie aufgewacht war. Sie erwähnte die Kamera, mit der sie beobachtet worden waren sowie das Video, für das sie ihre Namen hatten nennen müssen. Als sie das Telefonat mit Jack erwähnte, wirkte Damico sehr unzufrieden, schwieg aber und ließ Lucy erzählen. Doch so viel Interessantes gab es nicht zu berichten, denn die meiste Zeit hatten Amelie und sie versucht, irgendwie die Zeit totzuschlagen. Also berichtete sie noch von dem Moment, als der Lärm sie aufgeschreckt hatte und sie vermutet hatten, dass die Polizei das Haus stürmte.

Danach hielt Lucy sich an die Story, die Vadim ihnen vorgegeben hatte. Ihr fiel auf, dass Damico mehrfach nachdenklich die Stirn runzelte. Vermutlich war es ihr nicht gelungen, das Ende der Geschichte überzeugend zu erzählen, aber da sie nur eine Zeugin war, würde sie wohl kaum einen Lügendetektortest absolvieren müssen. Oder doch?

»Wie viele Männer waren es noch mal, die Sie in dem Kellerraum gesehen haben?«

»Sie meinen die Männer, die uns befreit haben?«

»Genau.«

»Ich habe nur zwei gesehen, aber es können natürlich auch mehr gewesen sein.«

»Und einer der Männer sprach mit Ihnen?«

»Ja.«

»In welcher Sprache?«

»Deutsch.«

»Mit Dialekt oder Akzent?«

»Hm ... mir ist nichts Besonderes aufgefallen.«

»Haben Sie die Stimme erkannt?«

»Nein.«

Damico kniff die Augen zusammen. »Hat der andere Mann auch gesprochen?«

»Nein.«

»Können Sie die Männer näher beschreiben?«

»Sie waren maskiert und komplett in schwarz gekleidet, also leider nicht.«

»Wie groß waren die Männer?«

»Normal groß würde ich sagen.«

»Was ist normal groß für Sie?«

»Na ja, so um einen Meter achtzig rum.«

»Beide?«

»Ja.« Es war gelogen, denn beide waren größer, aber Lucy hoffte, dass ihre knappen Antworten dabei halfen, diese Befragung überzeugend zu bestehen.

»Und der Körperbau?«

»Auch normal für einen Mann. Also nicht auffällig dünn oder dick oder so. Sie wirkten ... fit, wie man so sagt.«

Die Kommissarin sah ihr in die Augen, dann kratzte sie sich am Hinterkopf. »Haben Sie eine Idee, wer dahinter stecken könnte?«

»Nein.«

»Nicht?«

»Na ja, wer wäre schon so dumm, sich mit so vielen Entführern anzulegen?«, entgegnete Lucy. »Da fällt mir niemand ein.«

Die Mundwinkel der Kommissarin zuckten amüsiert. »Vielleicht nahm man an, dass es weniger Täter sind.«

Lucy presste die Lippen fest aufeinander, damit nichts aus ihr herausrutschte, was sie später bereute. Sie konnte der Frau schlecht sagen, dass ihre Retter genau gewusst hatten, dass sie es mit sechs Tätern zu tun haben würden.

»Tut mir leid, dass ich Ihnen da nicht helfen kann«, meinte sie schließlich. »Warum ist das überhaupt so wichtig? Ich bin einfach nur froh, dass man uns geholfen hat.«

Damico seufzte. »Also gut, kommen wir noch mal zu dem Gespräch, das Frau Schultz und Sie im Beisein der Entführer mit Jack geführt haben. Ging es da um konkrete Forderungen?«

»Dazu kann Ihnen Amelie sicherlich mehr sagen. Sie war zuerst am Telefon, ich kam nur kurz dazu. Aber danach war Amelie sicher, dass der Fall mit Jack zu tun hat. Ich hatte eigentlich Sorge, dass sich die Gefallenen Engel an mir rächen wollen.«

»Die können Ihnen nichts mehr tun.«

»Sind Sie sicher? Der Prozess hat noch nicht mal begonnen.«

»Aber die Ermittlungen sind abgeschlossen. Machen Sie sich keine Sorgen deswegen, Frau Maiwald.«

»Lucy.«

»Hm?«

»Nennen Sie mich gerne Lucy.«

»Wenn Ihnen das lieber ist. Machen Sie sich keine Sorgen um die Gefallenen Engel. Soweit ich gehört habe, haben Sie einen Mitbewohner«, wechselte sie das Thema, dabei hatte Lucy gerade das Gefühl gehabt, sich endlich auf sicherem Terrain zu befinden.

»Seit ein paar Wochen. Er ist zu Besuch in der Stadt.«

»Das tut Ihnen sicherlich gut, dann sind Sie nicht allein in Ihrem Haus.«

»Das stimmt. Kann ich gleich wirklich nicht mehr zu meiner Mum ins Krankenhaus?«

»Dafür ist es leider zu spät, tut mir leid.«

»Danke, dass Sie mich wenigstens mit ihr haben sprechen lassen.«

»Das war selbstverständlich.«

»Wann bekommen wir unsere Sachen zurück?« Selbst die Kleidung hatte man ihnen abgenommen und Ersatzsachen zur Verfügung gestellt.

»Nicht so bald, fürchte ich.«

»Ist okay, ich verstehe das schon. Ich glaube, die Sachen würde ich sowieso nie wieder tragen wollen. Sie sind nicht gerade mit einem tollen Erlebnis verbunden.«

Damico schenkte ihr ein aufmunterndes Lächeln. »Sie sind sehr tapfer, Lucy.«

»Was bleibt mir auch anderes übrig.«

»Ich meine es ernst. Schon der Fall im Sommer war hart für Sie, jetzt noch die Entführung. Sie schlagen sich gut angesichts der enormen Belastung.«

»Wollen Sie mir als nächstes eine Therapie empfehlen?«

»Auf jeden Fall.«

»O Mann.«

»Auch wenn Sie sich gut fühlen, schadet es nicht, mit einem Therapeuten über alles zu sprechen. Wenn Sie merken, dass Sie keine Unterstützung brauchen, um das alles zu verarbeiten, kann Sie keiner zwingen, eine Therapie zu machen.«

»Die Psychologin eben war sehr nett. Sie hat mir Kontakte in Mettmann und der Umgebung aufgeschrieben.«

Die Kommissarin nickte zufrieden. »Das ist gut. Möchten Sie noch einmal mit ihr sprechen?«

»Im Moment nicht, danke.«

»Kann ich Sie ein paar Minuten allein lassen?«

»Ja, ich komme schon zurecht.«

»Dann hole ich mal eben Frau Schultz dazu.«

Die Aussicht, Amelie gleich wiederzusehen, munterte Lucy auf. »Okay.«

Damico ging zur Tür, doch als sie die Klinke schon in der Hand hielt, wandte sie sich ihr noch einmal zu. »Ich weiß, dass Sie mir etwas verschweigen. Ich kann Sie nicht zwingen, mir zu vertrauen, aber ich will den Fall aufklären und für Gerechtigkeit sorgen.«

Lucy fühlte sich schuldig, weil die Beamtin einen netten Eindruck machte und sie wusste, dass Niklas viel von ihr hielt. Doch sie wollte ihr Geheimnis nicht noch jemandem von der Polizei anvertrauen.

»Das will ich auch«, flüsterte sie leise und hoffte, dass das mit der Gerechtigkeit gelingen würde, ohne dass ihre besondere Gabe dabei eine Rolle spielen musste.

Die Stille in seiner Wohnung fühlte sich seltsam an, also schaltete Ben den Fernseher ein. Auf der Heimfahrt hatte er Radio gehört, doch nur den Wetternachrichten seine Aufmerksamkeit geschenkt. Er war gespannt, wann Damico sich melden würde, doch seit er von Lucys Haus losgefahren war und er die Gewissheit hatte, dass die Frauen wohlauf waren, dachte er vor allem an das Gespräch mit Steffen. Sein bester Freund plante, in Deutschland alle Zelte abzubrechen, um woanders neu anzufangen. Ein solches Bedürfnis hatte Ben niemals verspürt. Dabei hatte sein Vater ihm als Teenager das Angebot gemacht, zu ihm nach England zu ziehen. Doch obwohl seine Mutter so gut wie nie Zeit für ihn gehabt hatte, war das für ihn nicht infrage gekommen. Er hatte eine enge Bindung zu seiner Großmutter gehabt, die sich viel um ihn gekümmert hatte. Und obwohl sie alt geworden war, war sie inzwischen seit bald vier Jahren verstorben. Er vermisste sie noch immer.

Mit seinem Vater telefonierte er ab und zu, doch er hatte ihn schon lange nicht gesehen. Das gleiche galt für seine Mutter, die noch immer erfolgreich als Anwältin für Strafrecht arbeitete und nicht allzu viel von Freizeit hielt. Zu ihr hatte er nie ein enges Verhältnis gehabt, daher sahen sie sich selten, auch wenn sie nur eine halbe Stunde Autofahrt voneinander entfernt lebten. Vermutlich sollte er sich besser Gedanken darüber machen, ob er bald einen Anwalt für Strafrecht brauchen würde! Selbstjustiz war nun mal verboten.

Mit Jack hatte er zwischenzeitlich telefoniert und dieser hatte versprochen, dichtzuhalten und der Polizei nichts davon zu erzählen, dass er sich vollumfänglich Ben anvertraut hatte. Inwiefern er sein Wort halten würde, musste sich noch zeigen. Details kannte Jack nicht, aber vermutlich ahnte er zumindest, dass Ben etwas mit der Befreiungsaktion zu tun hatte.

Obwohl bezüglich dieser nächtlichen Aktion noch einiges auf ihn zukommen konnte, beschäftigten ihn Steffens Pläne ebenso. Konnte er sich überhaupt vorstellen, bei Safetec wieterzumachen, wenn Steffen nicht mehr aktiv war?

Ja! Er war selbst überrascht, wie schnell ihm die Antwort durch den Kopf schoss. In den Polizeidienst zurückzukehren, konnte er sich aktuell nicht vorstellen. Es hatte gute Gründe, dass er das SEK verlassen hatte, und diese hatten sich nicht geändert. Eigentlich wünschte er sich eine Familie. Er wollte nicht in gefährlichen Einsätzen zu den unmöglichsten Uhrzeiten unterwegs sein, während sich seine Partnerin, und vielleicht irgendwann Kinder, um ihn sorgten.

Diese Nacht hatte ihm nochmals gezeigt, dass er seinen alten Job nicht mehr vermisste.

Er fand Steffens Gedanken interessant, Niklas mit an Bord zu holen. Doch das war alles graue Theorie, denn er hatte keine Idee, was der Mann, der sich eher leidenschaftslos als Detektiv versuchte, von diesem Vorschlag halten würde.

20.

Lucy blickte aus dem Fenster von Damicos Dienstwagen. Neben ihr saß Amelie und hing ebenso schweigend ihren Gedanken nach. Die Kommissarin hatte eine ruhige und angenehme Fahrweise. Fast war Lucy versucht einzudösen, doch dafür war sie dann doch zu aufgedreht.

Amelie und sie hatten im Krankenhaus noch eine gefühlte Ewigkeit warten müssen, ehe Damico sie endlich zu ihrem Wagen gelotst hatte, um sie nach Mettmann zu fahren. Immerhin hatten Amelie und sie zuletzt gemeinsam die Wartezeit verbringen können. Amelie hatte ihr anvertraut, dass sie sich eine Therapeutin suchen würde, um besser mit dem Erlebten fertig zu werden. Außerdem hatte man ihr ein Telefon zur Verfügung gestellt, sodass sie mit ihren Eltern und Jack hatte reden können, während Lucy sich entschieden hatte, ihre Mum lieber schlafen zu lassen. Zumindest hatte Mascha ihr zwischendurch berichtet, dass Lenny nach der Nachricht, dass alles gut ausgegangen war, endlich etwas Ruhe gefunden hatte.

»In Mettmann steht bereits je ein Streifenwagen vor ihren Häusern«, unterbrach Damico die Stille, während sie den Wagen vor einer roten Ampel abbremste. Vorne neben ihr saß ein junger Kollege in Uniform.

»Danke. Wie geht es denn nun weiter?«, fragte Lucy.

»Sie meinen, wenn sie beide zu Hause sind?«

»Ja.«

»Dann sollten sie sich dringend ausschlafen. Wir werden im Laufe des Tages noch mal miteinander sprechen, aber melden sie sich natürlich jederzeit, wenn es noch etwas Wichtiges gibt.«

»Ich glaube, ich habe Ihnen schon alles gesagt«, antwortete Amelie, doch Lucy hielt lieber den Mund. Immerhin vermutete die Kommissarin sowieso schon, dass sie etwas verschwieg.

»Wurde Jack schon befragt?«, wollte Amelie wissen.

»Ja, ein Kollege in Mettmann hat das übernommen.«

»Der Nachfolger von Niklas?«, fragte Lucy.

»Nein, der ist noch mit den Kriminaltechnikern am Bauernhof.« Sie murmelte etwas vor sich hin, das Lucy jedoch nicht verstand.

»Was hat Jack gesagt?«

»Ich hatte noch keine Zeit für einen längeren Austausch mit meinem Kollegen Herrn Böhm, der ihn befragt hat«, gestand Damico und klang, als würde sie das bedauern. »Daher kann ich dazu nichts sagen.«

»Und was passiert mit den Entführrern?«, bohrte Amelie weiter.

»Die werden ebenfalls befragt und dann eine Weile unser Gast sein. Allerdings mussten zwei der Männer zunächst ins Krankenhaus.«

»Sie waren verletzt?«, tat Lucy, als hätte sie davon keine Ahnung gehabt.

»Angeschossen.«

Lucy wurde flau im Magen, als sie an Vadim dachte. Ob er schon beim Arzt gewesen war? Oder war das mit einer Schusswunde nicht möglich, ohne Ärger zu bekommen? Sie wünschte sich, sie hätte ihr Smartphone zur Hand, dann hätte sie ihm wenigstens schreiben können.

»Dann können die Kidnapper erst mal nicht befragt werden?«, wollte Amelie wissen.

»Laut meiner Informationen sind beide Männer nicht lebensgefährlich verletzt, mussten aber operiert werden.

Sie werden im Laufe des Tages vernehmungsfähig sein, aber aktuell leider nicht.«

Sie würden sich also gedulden müssen, was bei den Befragungen der Täter herauskam. Doch damit hatte Lucy gerechnet. Inzwischen wusste sie aus Erfahrung, dass Ermittlungen einige Zeit benötigten.

»Deine Familie wird so glücklich sein, dich gleich zu sehen«, versuchte sie, Amelie etwas aufzumuntern.

»Ich weiß nicht …«, murmelte Amelie verlegen. »Das war ernst gemeint, dass ich lieber bei dir übernachten würde. Wäre das für dich in Ordnung?«

»Bist du sicher, dass du nicht zu deinen Eltern und Jack willst?«

»Ich kann Jack heute noch nicht unter die Augen treten, glaube ich. Ich muss mich erst mal beruhigen.«

»Und deine Eltern?«

»Ich glaube, sie verstehen das. Ich hatte den Eindruck, Mum ahnt schon was. Ich rufe sie gleich noch mal an, wenn wir bei dir sind. Okay?«

»Natürlich! Du bist jederzeit bei mir willkommen.«

Als Vadim hörte, dass ein Auto in die Einfahrt fuhr, sah er durch das Küchenfenster. Er war noch nicht allzu lange von seiner nächtlichen Tour zurück. Kurz nach ihm hatte sich zudem ein Streifenwagen in Höhe von Lucys Haus an den Straßenrand gestellt.

Er lief in den Flur, schlüpfte in Turnschuhe und öffnete die Haustür. Damico, Lucy und Amelie waren schon auf dem halben Weg zur Tür, dennoch ging er ihnen entgegen und Lucy fiel ihm in die Arme. Er spürte, dass sie einen Schluchzer unterdrückte und ignorierte den Schmerz, als sie an seine Wunde kam, denn das war unwichtig. Das

Wichtigste war, dass sie hier war. Bei ihm. Nur widerwillig löste er sich unter den Blicken der Kommissarin aus der Umarmung und wandte sich Amelie zu. Ehe er überlegen konnte, ob es angemessen war, sie zu umarmen, fiel sie ihm schon um den Hals.

»Danke!«, flüsterte sie leise in sein Ohr.

Mit einem »Schön!« sprengte Damico die Begrüßungsrunde. »Wie ich sehe, sind sie beide hier diese Nacht nicht allein.«

»Ich werde mich gut um sie kümmern«, versprach er.

Damico betrachtete erst Lucy, dann warf sie Amelie ein freundliches Lächeln zu. »Rufen sie mich an, sobald sie heute aufwachen. Wir sollten noch einmal miteinander sprechen, wenn sie beide ausgeruht sind. Das machen wir dann auf der Dienststelle.«

»Wir melden uns«, versprach Lucy.

»Die Ärztin sagte mir, sie gibt ihnen etwas mit, falls sie nicht schlafen können.«

»Ich habe was bekommen«, bestätigte Amelie.

»Ich auch.«

»Gut. Wenn noch irgendetwas sein sollte: Sie haben beide meine Nummer.«

Amelie und Lucy nickten synchron.

»Ich bin sehr erleichtert, dass alles glimpflich ausgegangen ist. Aber holen sie sich unbedingt Hilfe, wenn sie welche brauchen.« Damico entfernte sich einige Schritte, dann drehte sie sich um und kam noch mal zurück. »Ach, ihren Schlüssel haben wir ja noch konfisziert mit Ihrem Rucksack.« Sie betrachtete Vadim und deutete ein müdes Lächeln an. »Wirklich gut, dass Sie hier sind.«

»Ich habe das Schloss sowieso ausgetauscht«, sagte er.

»Das war eine sehr vorausschauende Entscheidung.« Damico nickte ihm anerkennend zu, dann winkte sie ihnen zum Abschied und ging zu dem Streifenwagen. Vadim vermutete, dass die beiden jungen Beamten, die in dem Wagen saßen, noch ein paar Anweisungen erhielten. Er folgte derweil Amelie und Lucy, die bereits ins Haus gegangen waren.

»Wie geht es dir?«, fragte Lucy, als er den Flur betrat.

»Das wollte ich eigentlich euch fragen.«

»Aber du wurdest angeschossen!«

»Es ist nicht so wild.«

»Du hättest sterben können!«

»Aber ich bin hier.« Es war ihm die ganze Zeit über nicht wichtig gewesen, was mit ihm passierte, aber er wusste, dass Lucy das nicht hören wollte.

»Unfassbar, was du und Ben für uns riskiert habt«, meinte Amelie ehrfürchtig, während Lucy ihn noch immer schockiert beäugte. »Das können wir niemals wieder gut machen.«

»Das müsst ihr auch nicht!«

Lucy wandte die Augen von ihm ab. »Ich muss mich unbedingt auch noch richtig bei Ben bedanken.« Sie sah an sich hinab. »Aber erst mal will ich diese Krankenhausklamotten loswerden«, stellte sie fest. »Oder willst du zuerst duschen?«

»Nein, ich will lieber meine Eltern noch mal anrufen.«

»Klar. Das Festnetztelefon liegt im Wohnzimmer. Du kennst dich ja hier aus.«

»Danke.«

Lucy schüttelte den Kopf. »Dafür musst du dich doch nicht bedanken. Fühle dich einfach wie zu Hause. Wir haben fast die gleiche Größe. Ich lege dir auch was zum Anziehen raus.«

Amelie blinzelte und schien sich ein weiteres Danke zu verkneifen, dann streifte sie die Schuhe von den Füßen und ging ins Wohnzimmer.

»Möchtest du was trinken?«, erkundigte Vadim sich bei ihr. Amelie wirkte noch deutlich mitgenommener als Lucy und es überraschte ihn ein wenig, dass sie lieber hier übernachten wollte als in ihrem Elternhaus. Vermutlich hatte Mascha Lucy über die Hintergründe der Tat aufgeklärt und auch Amelie wusste Bescheid. War sie davon so geschockt, dass sie ihren Verlobten nicht sehen wollte?

»Gerade nichts, danke«, erwiderte Amelie, die bereits das Telefon in der Hand hielt.

»Wenn was ist, rufe mich.«

»Das ist lieb.« Sie schien gerührt. Vadim ließ ihr ein wenig Privatsphäre und lief nach oben in die erste Etage. Lucys Schlafzimmertür war geöffnet und sie stand vor ihrem Kleiderschrank, aus dem sie zwei seltsame weihnachtlich aussehende Anzüge herausholte.

»Onesies«, erklärte Lucy, als sie seinen fragenden Blick auffing. »Die waren für den Junggesellinnenabschied gedacht. Der Plan war, dass wir die ganze Zeit kitschige Filme gucken und uns mit Süßigkeiten und Pizza vollstopfen.«

Er kam ihr so nahe, dass er den Stoff berühren konnte, der sich erstaunlich weich anfühlte. »Wie geht es dir wirklich?«

Lucy hob fragend die Schultern. »Ich mache mir Sorgen um Amelie. Ich war auch besorgt wegen Mum, aber Damico hat mich mit ihr telefonieren lassen. Sie klang ganz normal, nur müde. Das hat mich sehr beruhigt.«

»Lenny kann so schnell nichts erschüttern. Sie machte einen guten Eindruck auf mich im Krankenhaus. Aber ich wollte wissen, wie es dir geht. Abgesehen davon, dass du dir immer Sorgen um andere machst.«

Lucy lächelte ertappt. »Das lenkt aber prima von mir selbst ab.«

»Was nicht immer gut ist.«

Sie seufzte. »Ich glaube, ich bin ganz okay. Ich hatte furchtbare Angst, aber die Männer waren nicht ... gewalttätig. Also natürlich waren sie das bei der Entführung, aber sie haben uns sonst meist in Ruhe gelassen.« Traurig sah sie ihn an. »Ich mache mir wirklich mehr Sorgen um Amelie. Und ich glaube, gerade tut es mir gut, nicht so viel über mich nachzudenken. Denn manchmal fühle ich mich hundeelend und möchte am liebsten losheulen, aber ich will stark sein für sie.«

»Du musst nicht immer für andere stark sein.«

»Aber gerade geht es Amelie viel schlechter als mir. Sie und Jack hatten anscheinend schon vor ihrer Reise nach Deutschland einige Probleme. Das mit der Entführung hat das Fass wohl zum Überlaufen gebracht.« Betrübt stand sie ihm gegenüber und er nahm eine Stimme in seinem Inneren wahr, die ihm sagte, dass es nicht schlau war, ihr noch näherzukommen. Doch er ignorierte die Warnung und das Pochen in seinem verletzten Arm.

»Ich bin jederzeit da, wenn du mich brauchst«, sagte er und zog sie an sich. Er spürte, wie Lucy einige Male ruhig an seiner Brust ein- und ausatmete.

»Dann musst du erst mal nicht mehr weg?«, fragte sie und es klang dumpf, weil sie in seinen Pullover hinein-sprach. »Und musst du nicht wegen der Verletzung zu einem Arzt?«

»Das war ich schon.«

Sie lehnte sich ein Stück nach hinten und musterte ihn verblüfft. »Du warst im Krankenhaus? Gab es da keine Pro-bleme?«

»Ich war nicht im Krankenhaus.«

Ihre Augenbrauen zogen sich zusammen.

»Ben hat einen Freund, der uns geholfen hat.«

»Ein Freund von Ben hat dir geholfen?«

»Ein pensionierter Chirurg, der aber offenbar immer noch weiß, was er tut.«

»Ich habe mir solche Sorgen um dich gemacht.«

»Es ist nur eine Fleischwunde im Arm.«

Lucy schlug ihm mit der flachen Hand leicht auf die Brust. »Nur! Du wurdest angeschossen! Ebenso wie Amelie weiß ich nicht, wie ich das jemals wieder gut machen soll.«

»Du lässt mich hier seit Wochen wohnen und hast mir eine Chance gegeben, als ich plötzlich als Fremder in deinem Haus stand.«

»Das ist nicht dasselbe. Ich habe dir nicht das Leben gerettet.«

»Doch, das hast du.« Mehr als sie ahnte.

Sie guckte ihn einen Moment nachdenklich an. »Ich muss Ben dringend anrufen«, sagte sie dann. »Glaubst du, er ist noch wach?«

»Ich schätze schon. Wie es scheint, möchte Damico noch ein Wörtchen mit ihm reden in dieser Nacht.«

»Ich hoffe, er bekommt nicht zu viel Ärger.«

»Ben ist clever. Er wird sich zu helfen wissen. Du kannst mein Handy nehmen, wenn du mit ihm sprechen willst.«

»Wirklich?«

»Sicher!« Vadim zog sein Smartphone aus der hinteren Jeanstasche. »Dann sehe ich in der Zeit mal nach Amelie.« Es war besser, wenn er etwas zu tun hatte. Das lenkte ihn davon ab, was er in Lucys Nähe fühlte.

Ben hatte sein Telefon gerade erst zur Seite gelegt, nachdem Lucy sich überschwänglich bei ihm bedankt hatte, als es erneut klingelte. Er war nicht überrascht, Damicos Nummer um diese Uhrzeit zu sehen. Immerhin hatte sie ihn vorgewarnt, dass sie sich nochmals bei ihm melden würde. Vermutlich machte die Kommissarin die Nacht durch.

»Guten Abend«, meldete er sich.

»Schön, Sie sind noch wach. Ich nehme an, es ist Ihnen lieber, wenn wir uns nicht auf der Dienststelle treffen?«

»Da richte ich mich ganz nach Ihnen.«

Damico schnaufte. »Wie lautet Ihre Anschrift?«

»Das war eine Höflichkeitsfrage, richtig?«, fragte Ben, da er überzeugt davon war, dass die Beamtin sich längst schlaugemacht hatte, wo er wohnte.

»Bis gleich«, bestätigte sie seine Vermutung und legte auf. Ben nutzte die Wartezeit, um sich einen Kaffee zuzubereiten, denn die Müdigkeit schlug immer mehr zu. Vermutlich würde es Damico nicht anders gehen. Mit dem Kaffee saß er schließlich auf der Couch und las Nachrichten auf seinem Tablet, bis es klingelte. Als er der Beamtin die Tür öffnete, bestätigte sich seine Annahme: Sie sah genauso fertig aus, wie er sich fühlte.

»Kaffee?«, fragte er zur Begrüßung und sie nickte dankbar.

»Gerne. Stark, wenn möglich.«

Er nahm ihr die Jacke ab und hängte sie an die Garderobe, dann führte er sie in das Wohnzimmer mit der offenen Küche. Sie setzte sich auf das Sofa an der Wand, während Ben sich um den Kaffee kümmerte. Er wusste es zu schätzen, dass sie ihn nicht direkt mit Fragen überfiel, sondern ihn in Ruhe das Getränk zubereiten ließ.

»Schwarz oder mit Milch?«

»Mit Milch, ohne Zucker«, bat sie und er brachte ihr den gefüllten Becher, dann setzte er sich ihr gegenüber auf die zweite Couch.

»Sie machen mich fertig, wissen Sie das?«

Er zog es vor, darauf nicht zu antworten.

»Frau Maiwald ist eine tapfere junge Frau, aber lügen kann sie nicht.«

Das war Ben bekannt und er entschied sich, besser auch zu dieser Aussage zu schweigen.

»Angeblich hat sie keine Ahnung, wer sie und Frau Schultz aus dieser misslichen Lage befreit hat. Und ich bin mir sicher, dass ich machen könnte, was ich wollte, sie würde Sie niemals verraten. Sie haben dieser Frau im Sommer das Leben gerettet und jetzt anscheinend wieder.«

Ben setzte sein Pokerface auf.

»Ich wünschte, Sie wären so leicht zu lesen wie Frau Maiwald.« Sie sah ihn abwartend an, doch Ben plante nicht, ihr entgegenzukommen. Er würde sich nicht selbst belasten.

Sie seufzte und nahm einen Schluck Kaffee. »Oh, der ist gut.« Sie führte den Becher direkt noch einmal an die Lippen, ließ ihn dabei aber nicht aus den Augen. »Ich hatte erwartet, dass dies ein eintöniges Gespräch werden könnte. Und ehrlich gesagt, würde ich gerade auch lieber in meinem Bett liegen. Aber es wird Fragen nach den Personen geben, die Frau Maiwald und Frau Schultz in dem Bauernhof aufgefunden haben. Und dann ist da noch die Frage, warum diese Personen wussten, wo sich die Frauen befanden, wir von der Polizei aber nicht. Uns ist es nicht gelungen, das herauszufinden, und es ist nicht so, dass wir untätig herumgesessen haben. Im Gegenteil. Sie können sich denken, dass einige auf unserer Dienststelle das überhaupt nicht lustig finden. Aber wenn Niklas' Nachfolger etwas kann, dann mit der Presse reden. Denn nach dem Tumult auf dem Bauernhof war klar, dass die Wind davon bekommt. Natürlich war es also eine Spezialeinheit von uns, welche die Entführer ausfindig gemacht hat. Das ist zumindest die Version, die wir aktuell nach außen kommunizieren.«

»Sind irgendwelche Namen gefallen?«

»Nein. Vorerst sind die Reporter ruhig gestellt und werden kontrolliert mit Informationen gefüttert, aber die Identität der Opfer halten wir unter Verschluss. Vor der Presse stehen wir also aktuell nicht wie die letzten Deppen da, aber unser Dienststellenleiter hat Fragen, die ich nicht beantworten kann. Und ich schätze, Sie könnten mir bei der

Beantwortung helfen.« Sie nahm einen weiteren Schluck Kaffee. »Verdammt, der ist wirklich gut!« Sie rückte sich ein Kissen im Rücken zurecht.

»Was genau erwarten Sie von mir?«

»Dass Sie mir sagen, was los war. Wie Sie den Standort der Entführer ermittelt haben. Was der Verlobte Ihnen genau gesagt hat. Wobei darüber inzwischen mein Kollege Herr Böhm Bescheid weiß, der vor seiner Polizeikarriere in den USA studiert hat. Er hatte es daher etwas leichter, mit ihm zu sprechen.« Sie griff erneut nach dem Kaffeebecher und trank genüsslich. Ben wartete ab, ob sie mehr über die Befragung von Jack berichten würde, aber das tat sie nicht. Anscheinend hatte Amelies Verlobter sein Versprechen gehalten und keine Details offenbart.

»Ich weiß, dass Jack Ihnen irgendwas anvertraut hat. Das haben Sie mir gegenüber angedeutet. Sie wollten mir nichts Genaues sagen, weil Sie es für besser hielten, keine Polizei einzuschalten. Das hat Mclean auch zugegeben, dass die Entführer dies gefordert haben. Mit wem haben Sie die Frauen da rausgeholt?«

Ben hielt ihrem Blick stand und so vergingen sicherlich zwei Minuten, in denen sie sich stumm anstarrten.

»Frau Schultz und Frau Maiwald sprachen von zwei Männern, die sie gesehen, aber angeblich nicht erkannt haben, weil sie maskiert waren«, unterbrach Damico schließlich die Stille. »Es könnten natürlich auch mehr gewesen sein. Da Sie bei einer Security-Firma arbeiten, ist es nicht abwegig zu vermuten, dass es mehrere Beteiligte gab. Ich bin noch nicht dazu gekommen, aber ich könnte mich darum kümmern, Einsicht in die Personalakten Ihrer Kollegen bei Safetec zu bekommen. Sie sind vermutlich nicht der einzige Ex-Polizeibeamte, der für das Unternehmen arbeitet. Von Steffen Wolff weiß ich es sogar.«

»Steffen hat ganz sicher nichts damit zu tun.«

»Das kann ich mir kaum vorstellen. Wer auch immer sich mit den Entführern angelegt hat – das waren Leute mit Erfahrung. Erfahrung wie Sie und Herr Wolff sie haben.«

»Steffen hängt nicht in der Sache mit drin. Ich schätze, er hat den Abend gemütlich mit seiner Familie vor dem Fernseher verbracht.«

»Es ist Ihnen wichtig, dass ich ihn aus der Sache heraushalte«, stellte Damico fest.

»Ja, weil Steffen und Safetec in keinem Zusammenhang mit der Entführung stehen.«

»Hm, macht vielleicht Sinn. Er hat Frau und Kinder ... Sie hätten ihn einer solchen Gefahr nicht ausgesetzt, nicht wahr? Wer hat Ihnen dann geholfen?«

»Sie spekulieren, das ist Ihr gutes Recht. Aber ich kenne meine Rechte auch.«

»Ich kann das alles auch offiziell machen.«

»Tun Sie das.«

»Sie sind wirklich ein harter Brocken, Herr Stevens. Als Niklas im Fall der Gefallenen Engel von einer Quelle gesprochen hat, die er mir nicht nennen durfte, dachte ich zunächst, er meint Sie. Das hat er aber abgestritten. Und auch in dem letzten Fall, in dem Ihr Chef angeschossen wurde, wusste Niklas mal wieder mehr als ich, obwohl er da schon nicht mehr im Dienst war. Keine Frage, Niklas ist ein kluger Kerl und er war immer ein hervorragender Ermittler, aber so schlecht bin ich auch nicht. Und nun weiß wieder irgendjemand Dinge, die meinen Kollegen und mir entgangen sind. Ich frage mich woher. Und ich schätze, Sie wissen das.«

Langsam wurde es heikel und er wartete gespannt, was Damico noch loswerden wollte, doch zunächst leerte sie den Kaffee.

»Ich würde ja noch einen nehmen, aber vielleicht sollte ich später doch versuchen, noch ein oder zwei Stunden zu schlafen.« Mit bedauerndem Blick stellte sie den Becher auf dem Couchtisch ab. »Ich blicke bei dem Fall noch nicht ganz durch. Jack Mclean hat beruflich mit Waffentechnologie und einer Erfindung zu tun, die weltweit größtes Interesse wecken dürfte. Soweit ich bisher weiß, kam es deshalb zu der Entführung, weil das Ziel war, Informationen zu erpressen. Und ich vermute, dass man eigentlich Mclean entführen wollte. Die arme Frau Maiwald war wahrscheinlich nur ein Zufallsopfer. Mclean sollte sich morgen ...« Sie guckte auf ihre Uhr und gähnte. »Besser gesagt: Heute sollte er sich mit den Entführern treffen. Ich vermute, dass man ihn ebenfalls entführen wollte. Vielleicht wollte man ihn gegen seine Verlobte oder Frau Maiwald eintauschen. Teilen Sie meine Einschätzung?«

»Schwer zu sagen.«

»Wir haben aber bisher keine Ahnung, wer dahintersteckt. Aber da werden uns die sechs Entführer hoffentlich behilflich sein, das herauszufinden. Und wie Sie vermutlich wissen, sind zwei der Männer verletzt und mussten im Krankenhaus behandelt werden. Es geht ihnen übrigens so weit gut. Beide haben die OP gut überstanden.«

Ben war klar, dass sie darauf aus war, seine Reaktion zu sehen. »Gut genug, dass sie zeitnah befragt werden können?«, fragte er nur.

»Ja, sie schweben nicht in Lebensgefahr.«

»Haben Sie irgendwelche Hinweise gefunden, dort wo die beiden festgehalten wurden?«

»Wir müssen sämtliche Spuren noch sichern und dann auswerten. Der weiße Lieferwagen war jedenfalls nicht vor Ort, aber es war zu erwarten, dass die Täter das Fahrzeug tauschen. Das Kennzeichen des Transporters war bisher leider keine Hilfe. Und da die beiden Frauen bewusstlos waren, hatten sie keine Informationen dazu, wo die Fahrzeuge gewechselt worden sind. So wie es also aussieht, warten noch einige Erkenntnisse auf meine Kollegen und mich.« Sie unterdrückte ein Gähnen. »Okay. Ich schätze, das einzig Gute, was bei meinem Besuch hier herumgekommen ist, war der Kaffee.«

»Sie hätten mich am Telefon befragen können.«

»Nein, hätte ich nicht. Sie wissen genauso gut wie ich, wie wichtig die Körpersprache ist. Allerdings hätte ich mir denken können, dass Sie Ihre Mimik gut unter Kontrolle haben.« Sie wirkte unzufrieden. »Niklas haben Sie offenbar mehr anvertraut als mir. Warum?«

»Ich kann Ihnen dazu nichts sagen.«

»Nach dem Fall im September mit Ihrem Chef und der Schussverletzung habe ich recherchiert, ob Frau Maiwald irgendwie darin involviert war. Ich konnte keine Anhaltspunkte dafür finden, aber sie ist die einzige Verbindung.«

»Verbindung wozu?«

»Zu dem Fall im Juni und dem Fall jetzt, in dem man mir immer eine Nase voraus ist. Nur der Septemberfall passt nicht dazu. Andererseits hat Frau Maiwald bei einem Vermisstenfall schon mal eine erstaunliche Spürnase bewiesen. Schon seltsam. Seltsam ist auch, dass sie endlich mal eine Regung gezeigt haben, als ich eben Frau Maiwald als Verbindung erwähnt habe.«

»Es stört mich, dass Sie Lucy hier ins Spiel bringen. Sie hat gerade einiges durchgemacht.«

»Das hat sie. Aber ich bin mir inzwischen sicher, es geht Ihnen nicht darum, sich selbst zu schützen. Sie schützen eine andere Person und da ist Frau Maiwald aktuell eine naheliegende Möglichkeit.«

»Lucy hat sicherlich nicht mit Amelie zusammen die Entführer außer Gefecht gesetzt.«

»Nein, das hat sie nicht. Erwähnte ich bereits, dass ich ein wenig die Gebärdensprache beherrsche? Meine Tante ist gehörlos und sie hat mir ein bisschen was beigebracht. Wir konnten in dem Bauernhof den Laptop sicherstellen, der die Aufzeichnungen aus dem Keller enthält. Leider sind diese ohne Ton. Aber aufgrund meiner Tante kam mir die Idee, dass es sich lohnen könnte, wenn sich jemand die Aufnahmen ansieht, der das Lippenlesen beherrscht. Sicherlich haben Frau Maiwald und Frau Schultz viel miteinander geredet.«

»Was erwarten Sie sich davon?«, fragte Ben, dem diese Idee nicht sonderlich gut gefiel.

»Neue Erkenntnisse bestenfalls.« Sie stand auf. »Danke für Ihre Gastfreundschaft. Vielleicht denken Sie einfach noch mal darüber nach, welche Informationen Sie mit mir teilen wollen. Ich bin schließlich nicht Ihr Feind.«

Ben erhob sich, um sie zur Tür zu bringen.

»Bemühen Sie sich nicht. Ich finde alleine hinaus.«

Ab und zu bewegte Amelie sich im Schlaf, doch ihre Atemzüge waren gleichmäßig. Lucy, die neben ihr in ihrem Doppelbett lag, fühlte sich zwar hundemüde, doch sie konnte keinen Schlaf finden. Sie dachte an den kurzen Besuch von Amelies Eltern und Jack, die es sich nicht hatten nehmen lassen, Tochter und Verlobte wenigstens kurz in ihre Arme zu schließen. Also waren sie für eine halbe Stunde vorbeigekommen, ehe Constanze Amelie ins Bett geschickt hatte, weil sie so erschöpft ausgesehen hatte.

Dass Jack geweint hatte, als er sie endlich in die Arme hatte schließen können, hatte Amelie sehr mitgenommen. Doch Lucy hatte auch gespürt, dass Amelie sich ihm gegenüber distanziert benahm. Sie fragte sich, wie es mit den beiden weitergehen würde. Ihr Bauchgefühl sagte ihr, dass es kein Happy End geben würde, aber vielleicht täuschte sie sich. Immerhin hatte Amelie gerade das schlimmste Erlebnis ihres Lebens hinter sich. Es war nicht unwahrscheinlich, dass sie die Dinge anders einschätzte, sobald sich ihre Gefühlswelt ein wenig beruhigt hatte. Sie musste an Vadim denken, der gegenüber im Gästezimmer schlief. Vor dem Haus stand zudem noch immer der Polizeiwagen, sodass sie sich in ihrem Haus sicher fühlte.

Ob Vadim eine Waffe hier hatte? Im Herbst hatte er ihr versichert, dass er keine im Haus aufbewahrte. Doch nun fand sie den Gedanken an eine Pistole in der Nähe gar nicht mehr so beunruhigend. Im Gegenteil.

21.

»*Guten Morgen, Lenny! Du wirst es nicht glauben, aber ich weiß, wer die Patienten hier beklaut!*«

Lenny stöhnte leise und blinzelte, als sie die Augen öffnete. »Ruth?«, murmelte sie und fasste sich an den dröhnenden Kopf. »Wie spät ist es?«

»*Zwanzig nach neun*«, sagte Mascha und wirkte verärgert. »*Ich habe Ruth gebeten, dich schlafen zu lassen, doch sie konnte es nicht erwarten, dir ihre Neuigkeiten zu verkünden!*«

»*Es geht hier immerhin um einen Kriminalfall!*«, empörte sich Ruth.

»*Der aber nicht wegläuft!*«, entgegnete Mascha.

»*Ich habe keine Ahnung, worüber hier gesprochen wird*«, mischte Mike sich auf Englisch ein, »*aber schön, dass du wach bist, Lenny. Wie geht es dir?*«

»Es geht so. Aber besser als gestern, glaub ich. Wie geht es Lucy? Habt ihr was von ihr gehört?«

»*Sie und Amelie sind sicher bei Lucy im Haus und haben eben noch tief und fest geschlafen*«, informierte Mascha sie.

»Dann werde ich die beiden noch in Ruhe ausschlafen lassen«, entschied Lenny, obwohl sie am liebsten sofort zum Telefon gegriffen hätte, um Lucys Stimme zu hören.

»*Auf dem Handy erreichst du sie nicht, das ist noch bei der Polizei.*«

»Das macht nichts. Lucys Festnetznummer habe ich auch in meinem Telefon gespeichert, aber ich möchte die beiden nicht wecken.«

»*Und außerdem kannst du dich erst mal um den Dieb kümmern. Oder vielmehr die Diebin*«, mischte Ruth sich wieder in das Gespräch ein.

Lenny war erleichtert. Wenn es eine Täterin war, konnte sie den sympathischen Pfleger Dragan ausschließen.

»Was hast du herausgefunden?«

»*Als ein Patient heute früh bei einer OP war, ist eine junge Ärztin in sein Zimmer geschlichen und hat den Schrank durchwühlt. Sie schien erst enttäuscht, aber dann hat sie ein Plüschtier mitgehen lassen und ist dann eilig aus dem Zimmer verschwunden.*«

»Sie hat ein Plüschtier mitgenommen?«

»*Ja. Vermutlich war sie frustriert, weil sie kein teures Handy oder Bargeld gefunden hat. Was für eine bösartige Frau! Der Patient ist alleine in dem Zimmer, deswegen gab es keine Zeugen außer mir.*«

»Weißt du, wie die Ärztin heißt?«

»*Auf ihrem Schild steht Birte Ackermann.*«

»Danke, Ruth. Ich werde einen Weg finden, mit ihr zu reden.«

»*Aber da muss doch die Polizei informiert werden!*«, sagte Ruth energisch.

»Und was soll ich der sagen? Dass ich mit Geistern sprechen kann und so eine vermeintliche Diebin überführt habe?«

»*Oh!*«, machte Ruth.

»*Das ist das Problem*«, meldete Mascha sich zu Wort. »*Die Polizei würde Lenny nicht glauben.*«

»Das würde sie nicht. Aber du kannst mir glauben, Ruth, dass ich mit der Ärztin sprechen werde. Ich glaube nicht, dass sie irgendwem schaden wollte, wenn sie nur ein Plüschtier geklaut hat.«

»*Das wollte sie sicherlich! Man bestiehlt keine anderen Menschen!*«

»Natürlich nicht! Aber ich werde einer jungen Frau nicht die Karriere zerstören, nur weil sie vielleicht ein Problem hat, an dem ein Therapeut gut mit ihr arbeiten kann.«

»*Ein Problem?*«, fragte Ruth skeptisch.

Lenny dachte an Kleptomanie, doch das war nur eine Vermutung und sie würde abwarten müssen, was das Gespräch mit der Ärztin ergab. »Manche Menschen stehlen nicht, weil sie Geld brauchen oder jemandem schaden wollen.«

Ruth seufzte laut.

»Ich danke dir herzlich, dass du mir Gesellschaft geleistet hast, liebe Ruth. Das war mir eine große Hilfe in der schwierigen Zeit.«

»*Oh! Sehr gerne.*« Sie klang geschmeichelt.

»Ich wünsche dir und deinem Herbert alles erdenklich Gute.«

»*Danke. Es stimmt wohl. Ich habe hier alles getan, was ich tun konnte. Du redest dann also mit der Ärztin, nicht wahr?*«

»Darauf kannst du dich verlassen. Ich bin froh, dass ich weiß, wer hinter den Diebstählen steckt. Das war gute Arbeit von dir.«

Ruth räusperte sich verlegen. »*Nun, ich habe mein Bestes gegeben. Ich wünsche dir und deiner Tochter auch alles Gute. Es war schön, dich kennengelernt zu haben.*«

Eine Weile herrschte Stille.

»*Sie ist weg*«, sagte Mascha schließlich.

»Dann werde ich versuchen, noch ein wenig zu schlafen. Falls du oder Mike mitbekommt, dass Lucy wach ist, dann weckt mich doch bitte.«

»*Das machen wir*«, versprach Mascha und Lenny glitt zurück in einen traumlosen Schlaf.

Auf seinem Smartphone hatte Vadim bereits sehen können, wer an der Haustür geklingelt hatte. Nun betrachtete er Ben, der mit zwei prall gefüllten Brötchentüten in der Hand vor ihm stand. »Was macht die Wunde?«, fragte er.

»Wenn du jetzt jeden Tag vorbeikommst, um wegen der Verletzung nach mir zu sehen, lasse ich dich beim nächsten Mal sterben.«

»Ich hoffe, es wird kein nächstes Mal geben«, entgegnete Ben. »Wie geht es den beiden?«

»Sie schlafen noch, sind vermutlich völlig erschöpft.«

»Darf ich reinkommen?«

Wortlos öffnete Vadim die Tür etwas weiter und deutete auf die Brötchen. »Das wäre nicht nötig gewesen.«

»Die sind nicht nur für dich, sondern auch für Lucy und Amelie.« Ben lief an ihm vorbei in die Küche und legte die Tüten auf dem Tisch ab. »Setz dich«, sagte er dann an Vadim gerichtet und deutete auf das Ende der Eckbank.

»Mein Kaffee steht im Wohnzimmer.«

»Ich will mir die Verletzung ansehen.«

»Habe ich schon erledigt, sieht gut aus.«

»Will mich selber überzeugen.«

»Wenn du dich jetzt noch mal davon überzeugen kannst, dass alles in Ordnung ist, lässt du mich danach mit dem Thema in Ruhe?«

Ben zögerte einen Moment. »Meinetwegen.«

Vadim setzte sich auf die Eckbank und Ben zog einen der beiden Küchenstühle so heran, dass er direkt neben ihm saß. Vadim zog den Pullover aus und schob den Ärmel des T-Shirts etwas hoch. »Du hast deine Waffe dabei«, sagte er mit Blick auf Bens Hüfte.

»Ja. Als Personenschützer darf ich das. Aktuell erscheint es mir sinnvoll.«

Vadim nickte und Ben griff nach seinem Arm. »Du hast

verdammtes Glück gehabt, dass nur dein Arm getroffen wurde.«

»Das Thema hatten wir bereits.«

»Du hast tatsächlich den Verband gewechselt«, stellte er überrascht fest, löste diesen aber dennoch vorsichtig, statt die Sache damit auf sich beruhen zu lassen.

»Ist nicht die erste Schussverletzung in meinem Leben.«

»Wie viele waren es bisher?«

»Zwei oder drei.«

Einen Moment herrschte Schweigen, während Ben die Wunde begutachtete. »Warum ausgerechnet Profikiller?«

Ben war wirklich kein Mensch, der die Dinge auf sich beruhen lassen konnte. Vadim erinnerte sich daran, dass sogar Lucy von dieser Eigenschaft ihres Bodyguards ab und an genervt gewesen war.

»Ich könnte dich genauso gut fragen, warum du deine Karriere beim SEK aufgegeben hast.«

Ben schnaufte.

»Im Ernst«, meinte Vadim, der lieber über andere Themen sprach als über seine Vergangenheit. »Du hast sicherlich einen verdammt guten Job da gemacht.«

»Ich war unaufmerksam gestern.«

»Nein, warst du nicht. Wir hatten beide keine Zeit, das WC zu sichern, weil uns die Blendgranaten nicht genug Zeit gegeben haben. Einige der Kerle hatten das Glück, dass sie nichts abbekommen haben. Das war eines der Risiken. Ich muss mich bei dir bedanken, dass du die Sache mit mir durchgezogen hast. Ich weiß, wie schwer es dir gefallen ist, aber ohne dich hätte es Tote gegeben.«

Ben sah ihn mit hochgezogener Augenbraue an und begann, den Verband wieder um die Wunde zu wickeln.

»Wir wissen beide, dass ich alleine anders hätte vorgehen müssen«, ergänzte Vadim.

»War das der Grund, aus dem du Killer geworden bist?

Weil du ein Einzelgänger bist?«, fragte Ben, während er den Verband befestigte.

»Nein, war es nicht. Warum interessiert dich das überhaupt?«

»Weil es stimmt, was du vermutet hast. Ich kann dich als Mensch nicht einordnen. Du hast ausgerechnet mir das Leben gerettet. Und wenn Lucy nicht gerade in irgendeinen Kriminalfall hineingerät, scheint es, als wärest du in der Lage, ein recht normales Leben zu führen.«

»Da bin ich mir nicht sicher, aber ich versuche es.«

Ben stand auf und räumte den Verbandskasten zurück in den Küchenschrank. Fragend deutete er auf die Kaffeemaschine. »Kann ich mich bedienen oder soll ich lieber gehen?«

»Bedien dich.« Vadim verließ die Küche, um seinen Kaffee aus dem Wohnzimmer zu holen, der inzwischen kalt geworden war. Dann nahm er wieder auf der Eckbank Platz. »Ich bin damals wegen meiner guten Leistungen beim Militär aufgefallen. Ich war ein ziemlich guter Schütze, unter anderem.«

Ben wandte sich ihm zu, während die Kaffeemaschine die Bohnen mahlte. Er wartete mit seiner nächsten Frage, bis das Gerät mit dem Krach fertig war. »Also hat man dich für besondere Aufgaben rekrutiert?«

»Zunächst haben sie einige Tests mit mir gemacht und mir in Aussicht gestellt, dass ich in eine Spezialeinheit wechseln kann, wenn ich bei den Prüfungen gut abschneide. Ich war jung, das klang interessant, außerdem gab es mehr Geld.«

»Was für Tests?«

»Körperliche Belastungsfähigkeit, logisches und mathematisches Denken, Resistenz bei Befragungsmethoden ...«

»Du hast nie darüber nachgedacht, aus der Rolle auszusteigen?«

»Doch. Ich schätze, deswegen sitze ich jetzt hier und wurde eben von einem Ex-Bullen verarztet.«

Bens Mund deutete ein Lächeln an. »Haben sie dich getötet, weil du aussteigen wolltest?«

»Mein ehemaliger Partner hat das übernommen.«

»Dein Partner?«

»Wir haben die Ausbildung für die Eliteeinheit gemeinsam durchgezogen, danach ein paar Aufträge zusammen erledigt, bis ich meinen Schwerpunkt … gewechselt habe.«

»Ihr wart früher Freunde.«

»Ich weiß nicht, ob man von Freundschaft sprechen kann. Aber wir waren eine Weile ein gutes Team.«

»Und dann hast du alleine gearbeitet.«

»Es gibt Aufträge, da sind zwei Personen schon zu viel.«

»Aber dann habt ihr noch mal zusammen einen Auftrag erledigt«, resümierte Ben.

»Haben wir. Ich habe einem letzten gemeinsamen Auftrag zugestimmt mit ihm. Ich war damals dabei, meinen Ausstieg vorzubereiten, und in der Hinsicht habe ich meine Auftraggeber wohl unterschätzt. Ich nahm an, sie ahnen nichts davon, ebenso wenig wie mein früherer Partner. Ich hatte mich geirrt.«

»Hat er dich in eine Falle gelockt?«

»Ja. Es stellte sich heraus, dass ich die wahre Zielperson war. Das habe ich allerdings erst gemerkt, als ich als Geist auf meinen toten Körper blickte.«

»Es war kein Versehen?«

»Er stand wenige Schritte hinter mir und hat mir in den Kopf geschossen. Ich würde sagen Nein.«

»Dein ehemaliger Partner – lebt der noch?«

»Willst du mich durch die Blume fragen, ob ich plane, mich zu rächen?«

»Korrekt.«

»Nicht mehr.«

»Aber früher schon?«

»Als Geist hätte ich mich nicht rächen können.«

»Aber jetzt könntest du es.«

»Das ist richtig, doch das habe ich nicht mehr vor.« Er dachte an seinen letzten Aufenthalt in Berlin und die Eindrücke, die er dort gesammelt hatte. »Es hat eine Weile gebraucht, bis ich mit der Sache abschließen konnte.«

»Warum hast du deine Meinung geändert?«

»Er hat Familie. Eine Freundin und eine Tochter. Ich vermute, sie haben seine Familie damals als Druckmittel eingesetzt.«

»Entweder er killt dich oder sie seine Familie?«

»Davon gehe ich aus. Ich werde ihm nichts tun. Er sitzt tief genug im Schlamassel. Sie haben ihn in der Hand und er weiß nur zu gut, was passiert, wenn er sich jemals von ihnen abwendet. Er muss sich nicht nur um sich selbst Sorgen machen, sondern auch um Frau und Kind.«

»Es erklärt zumindest sein Verhalten.«

»Das tut es nicht«, antwortete Vadim schärfer, als er es beabsichtigt hatte.

»Es ging um seine Familie.«

»Ich weiß.«

»Was hättest du an seiner Stelle getan?«

»Ich hätte einen Weg gefunden, um beide zu retten.«

Ben betrachtete ihn schweigend und Vadim zog sich seinen Pullover wieder an.

»Es klingt nicht so, als hättest du ausschließlich für die Regierung gearbeitet.«

Vadim ging darauf nicht ein. »Willst du mit dem Frühstück warten, bis die Frauen wach sind?«

»Du sprichst immer von Auftraggebern. Für wen genau hast du gearbeitet?«, blieb Ben hartnäckig, statt sich auf den Themenwechsel einzulassen.

»Es ist besser, wenn du das nicht weißt.« Vadim blickte

auf sein Smartphone, das auf dem Küchentisch lag, denn er wollte das Gespräch nicht weiter vertiefen. Er hatte letzte Nacht einfach nur dabei geholfen, dass ein paar schlechte Menschen für hoffentlich lange Zeit im Gefängnis sitzen würden. Ihm war bewusst, dass er selber kein Heiliger war und es einige gab, die ihn gerne im Knast sehen würden – oder noch besser tot. Nur dass sie keine Chance mehr hatten, ihm auf die Spur zu kommen, da er in einem anderen Körper steckte.

Ben schien einzusehen, dass ihn seine Fragerei nicht weiter brachte. »Damico war in der Nacht noch bei mir.«

»Hat sie versucht, dich unter Druck zu setzen?«

»Ja«, gab er zu und erzählte von dem Gespräch, das er mit ihr geführt hatte. Ebenso wie Ben war Vadim wenig begeistert von der Idee mit dem Lippenlesen.

»Damico ist eine kluge Frau. Es war anzunehmen, dass sie die Sache nicht einfach auf sich beruhen lässt. Denkst du, sie blufft mit dem Lippenlesen?«

»Ich fürchte nicht«, meinte Ben. »Anscheinend hat sie den Verdacht, dass ich eigentlich Lucy schützen will und sie deshalb im Visier.«

»Hast du Niklas' Nummer?«

»Ja, wir haben ab und zu Kontakt.«

»Ruf ihn an. Vielleicht hast du Glück und erreichst ihn. Du solltest ihn fragen, ob wir Damico im Ernstfall trauen können.«

»Du meinst, ich soll ihn fragen, ob wir ihr notfalls Lucys und Leandras Geheimnis anvertrauen können?«

»Richtig«, bestätigte Vadim. »Sofern Lucy und Lenny damit einverstanden sind, falls es keinen anderen Ausweg mehr geben sollte.«

22.

In dem grässlichsten Outfit, das Ben je gesehen hatte, betrat Lucy die Küche. Ihre langen, hellblonden Haare trug sie offen, und sie war sichtlich überrascht, als sie ihn am Küchentisch entdeckte.

»Oh! Du auch hier.«

»Er hat Brötchen mitgebracht«, informierte Vadim sie.

»Und Croissants. Wenn ich störe, dann ...«

»Croissants?« Lucys Gesicht hellte sich auf. »Das ist lieb. Und du störst nicht, ich hatte nur nicht erwartet, dich ... euch hier zusammen zu sehen.« Ihre Augen huschten zwischen ihm und Vadim hin und her. »Seid ihr jetzt so was wie Freunde?« Sie grinste Ben an, der nicht wusste, was er darauf sagen sollte, also deutete er auf Lucys seltsamen Aufzug.

»Was ist das?«

Lucy zupfte an dem dunkelgrünen Stoff mit einem Weihnachtsmuster, das Wichtel und Geschenke zeigte. »Das? Das ist ein Weihnachts-Onesie. Warm und kuschelig. Aber hätte ich gewusst, dass wir Besuch haben, dann hätte ich mich umgezogen.« Sie deutete ins Wohnzimmer. »Ich würde eben Mum anrufen. Ich will wissen, wie es ihr geht. Dann komme ich zu euch.« Sie verließ die Küche, während oben eine Tür zugeschlagen wurde. Offenbar war nun auch Amelie aufgestanden.

Während Lucy telefonierte, reinigte Vadim die Kaffeemaschine und Ben las auf seinem Smartphone die neuesten Nachrichten. Natürlich war der nächtliche Polizeieinsatz in Duisburg ein Thema in der regionalen Presse. Inzwischen war durchgesickert, dass eine Entführung Auslöser des Großeinsatzes der Polizei gewesen war. Doch wie Damico gesagt hatte, wurden keine Namen der Opfer genannt. Er hoffte für Lucy und Amelie, dass es so blieb.

»Lucy?«, rief eine Stimme von oben.

»Ich bin schon unten«, antwortete Lucy und erschien mit dem Festnetztelefon in der Küche, das sie allerdings nicht mehr ans Ohr hielt. »Mum geht es gut. Sie freut sich, wenn ich gleich vorbeikomme.«

Zeitgleich vernahm Ben, wie jemand die Stufen hinunterkam, dann schaute Lucys beste Freundin zur Küchentür herein. Mit den dunkelbraunen, leicht gewellten Haaren und braunen Augen war sie optisch das Gegenteil von Lucy. Doch auch sie steckte in einem ähnlich schäbigen Outfit, nur dass ihres knallrot und mit Weihnachtsmännern sowie Rentieren gemustert war.

»Oh!«, machte auch sie, als sie Ben sah. Ihr Gesicht nahm den Farbton ihres Onesies an.

»Ben hat Frühstück mitgebracht«, erklärte Lucy.

»Das ist … nett. Ich muss eben ins Bad vor dem Frühstück«, sagte Amelie und flüchtete aus der Küche.

»Wie geht es euch?«, erkundigte sich Vadim.

»Ich glaube, mir geht es besser als Amelie«, sagte Lucy und stand etwas unschlüssig in der Küche. »Kannst du den Anblick meines Onesies noch eine Weile ertragen oder soll ich mich umziehen?«, fragte sie an Ben gewandt.

»Ich kann es ertragen.«

Lucy grinste ihn an und wollte zum Kühlschrank gehen, doch Vadim stellte sich ihr in den Weg.

»Das mache ich schon«, sagte er.

»Ich bin nicht krank.«

»Du hast einen ziemlich beschissenen Tag hinter dir.«

»Ihr beide auch. Und du bist verletzt.« Sie klang vorwurfsvoll und besorgt zugleich.

»Mir geht es gut. Ben hat mich gerade erst verarztet.«

»Aha«, sagte Lucy staunend und rutschte neben ihn auf die Küchenbank.

»Ihr solltet über eine Therapie nachdenken«, wurde Ben los, was er schon die ganze Zeit hatte sagen wollen.

Lucy runzelte die Stirn. »Amelie hat schon gesagt, dass sie zu einer Therapeutin gehen will.«

»Gut«, meinte Ben und verstummte, als er hörte, dass Amelie wieder die Treppe herunterkam. Sie hatte sich umgezogen und trug Jeans und einen dunklen Hoodie.

»Verräterin«, empörte sich Lucy, zwinkerte ihr aber zu. Amelie setzte sich auf den freien Küchenstuhl neben Vadim. Lucy langte derweil nach der Brötchentüte und Ben spürte ihren Oberschenkel an seinem, als sie sich vorbeugte. Ein leichtes Prickeln schoss ihm durch den Körper und er rutschte schnell ein Stück zur Seite, was sie aber anscheinend gar nicht wahrnahm. Vadim dagegen, der ihm gegenüber saß, blickte ihn an. Ben hatte das Gefühl, als könne dieser Mann genau lesen, was gerade in ihm vorging.

»Es ist total lieb, dass ihr euch so um uns kümmert«, meinte Amelie, die ein Brötchen ausgewählt hatte, es dann aber unangerührt liegen ließ. »Ich fühle mich plötzlich ganz schrecklich wegen Jack.«

Lucy legte sofort ihr Gebäck ab. »Soll ich dich zu ihm fahren?«

»Er ist gerade bei der Polizei. Er hat mir eine Nachricht geschrieben und wollte wissen, wie es uns geht. Er sollte noch mal zur Befragung kommen.«

»Das müssen wir ja auch noch hinter uns bringen«, murmelte Lucy und Ben ahnte, wie unangenehm dieser Gedanke für sie war.

Amelie stieß einen lauten Seufzer aus und begann das Brötchen aufzuschneiden. »Hast du Nutella hier?«

Lucy strahlte sie an und sprang sofort auf. »Aber natürlich!« Sie ging zu einem der Schränke und holte ein Glas mit der zuckerhaltigen Schokocreme heraus. »Aber die beiden Herren hier essen so was nicht. Dabei finde ich, dass uns Nervennahrung aktuell zusteht.«

»Allerdings!«, murmelte Amelie und Vadim schaute amüsiert zu, wie sie sich dick Nutella auf das Brötchen strich.

»War Mascha zwischendurch bei dir?«, wollte er von Lucy wissen.

»Nein. Mike leider auch nicht. Sie haben bestimmt mal vorbeigeschaut, aber wir haben lange geschlafen.«

»Wer ist Mike?«, wollte Ben wissen, da ihm der Name nicht geläufig war.

»Ein Geist, der meine Mum schon länger begleitet«, antwortete Lucy und nahm einen Bissen von ihrem Croissant. »Apropos Mum ... Ich würde gleich gerne zu ihr ins Krankenhaus, bevor wir zur Polizei fahren.«

»Ich will Lenny zwar auch unbedingt sehen, aber könntet ihr mich erst mal bei meinen Eltern absetzen? Ich muss mit Jack reden«, bat Amelie. »Ich sollte das nicht länger vor mir herschieben.«

»Klar!«, versicherte Lucy. »Dann ziehe ich mich auch mal eben um.« Sie stopfte sich den Rest des Croissants in den Mund. »Danke für das Frühstück, Ben.« Sie schob sich von der Bank und lief aus der Küche.

»Lucy war toll, wisst ihr«, erzählte Amelie leise. »Sie war viel tapferer als ich. Ich fühle mich schuldig, weil sie wegen Jack und mir da reingeraten ist.«

»Das war nicht deine Schuld«, beruhigte Vadim sie. »Du konntest nicht wissen, dass so etwas passieren würde.«

»Ich weiß, aber ich fühle mich trotzdem mies deswegen. Sie hat wirklich genug erlebt in diesem Jahr.«

»Lucy ist zäher, als man denkt. Sie verkraftet das«, versicherte Vadim ihr und Amelie lächelte ihm dankbar zu.

»Es ist lieb, dass du das sagst. Ich weiß gar nicht, wie ich euch jemals danken kann.«

»Du hast dich schon bedankt«, stellte Vadim klar.

»Indem ich Danke gesagt habe, meinst du? Das ist mir nicht genug. Ich will gar nicht wissen, wie das ohne euch ausgegangen wäre. Ich bin so froh, dass Lucy euch gefunden hat. Nicht nur, weil ihr uns gerettet habt, sondern weil ihr immer für sie da seid. Denkt ihr, die Kommissarin hat irgendeine Chance, euch auf die Spur zu kommen? Lucy und ich verraten natürlich nichts!«

»Dann wird Damico vermutlich nichts beweisen können«, sagte Ben. »Ich kann euch gleich übrigens fahren.«

»Zu meinen Eltern?«

Ben nickte. »Und dann Lucy ins Krankenhaus.«

»Das ist nicht nötig«, sagte Lucy, die in dem Moment in die Küche zurückkehrte. »Ich kann doch selber fahren.«

»Ich habe sowieso keine anderen Verpflichtungen heute und wir müssen noch was besprechen.« Er rutschte von der Sitzbank, während sein Telefon zu klingeln begann. Er zog es aus der hinteren Jeanstasche und blickte auf Damicos Nummer. »Stevens hier« meldete er sich.

»Wo sind Sie?« Ihre Stimme klang angespannt.

»Bei Lucy.«

»In ihrem Haus?«

»Ja.«

»Mit Frau Schultz?«

»Ja, sie ist auch noch hier.«

»Das ist gut. Am besten verlassen die beiden Frauen das Haus vorerst nicht. Unsere Streife ist bereits informiert und kann jederzeit Verstärkung anfordern.«

»Was ist los?«, fragte Ben und bei diesen Worten sahen ihn die anderen alarmiert an.

»Auf die beiden Entführer im Krankenhaus wurde ein Attentat verübt.«

Ben unterdrückte einen Fluch. »Erfolgreich?«

»Leider ja.«

»Wie konnte das passieren?«

»Näheres wissen wir noch nicht. Es gibt angeblich keine sichtbaren Verletzungen, aber die Information ist noch ganz frisch. Ich wurde eben erst informiert. Bleiben Sie am besten bei den Frauen im Haus.«

»Was ist mit Jack?«

»Der ist sowieso gerade bei uns. Und wird danach ins Hotel gebracht. Hm … Was? Okay, ich komme gleich. Entschuldigen Sie, das galt nicht Ihnen.« Sie stieß einen lauten Seufzer aus. »McLean habe ich eben informiert und er will ins Hotel ziehen, um Frau Schultz' Eltern die Situation und das Risiko nicht weiter zuzumuten. Dennoch lassen wir vorsichtshalber eine Streife vor dem Haus.«

»Wir hatten ebenfalls geplant, im Laufe des Vormittags noch zu Ihnen auf die Dienststelle zu kommen.«

»Wir können die beiden später auch abholen lassen, wenn wir sie erneut befragen müssen und sich das Chaos hier etwas gelegt hat. Oder gibt es etwas Neues?«

»Davon haben Lucy und Amelie nichts gesagt. Sollte sich das ändern, melde ich mich sofort.«

»Gut, danke. Rufen Sie mich bitte sofort an, wenn irgendetwas nicht in Ordnung sein sollte. Wir nehmen den Schutz aller Beteiligten sehr ernst. Ich gebe Bescheid, sobald es etwas Neues gibt.«

»Verstehe«, sagte Ben und blickte in Lucys erwartungsvolles Gesicht, nachdem er den Anruf beendet hatte.

»Was ist los, ging es um Jack?«, wollte Amelie sofort wissen.

Ben hätte ihr und Lucy die schlechten Neuigkeiten gerne erspart, doch sie mussten erfahren, was passiert war. Der Tod der Kidnapper bedeutete nicht zwingend, dass auch sie in Gefahr waren. Aber offenbar war gerade jemand dabei, die Zeugen auszuschalten, daher gab es zumindest ein erhöhtes Risiko.

Also teilte er ihnen mit, was er von Damico erfahren hatte. Dabei sah er, dass Vadim sorgenvoll die Stirn runzelte. Er ahnte, was ihm durch den Kopf ging, denn es war mit Sicherheit dasselbe, das er dachte: Dass es gelungen war, zwei der Kidnapper, die im Krankenhaus bewacht worden waren, zu töten, zeigte ein weiteres Mal, mit welchem Kaliber sie es bei den Tätern zu tun hatten.

»O Gott!« Amelie war jegliche Farbe aus dem Gesicht gewichen. »Ich muss sofort meine Eltern anrufen.«

»Jack ist bereits auf der Dienststelle, daher sollten deine Eltern in Sicherheit sein. Zumal Damico angeordnet hat, dass weiterhin ein Streifenwagen das Haus bewacht, auch wenn Jack nach der Befragung ins Hotel ziehen will.«

Bevor Amelie etwas darauf sagen konnte, kam Vadim ihr zuvor. »Können wir Amelie und Lucy in deine Wohnung bringen?«

»Ja«, antwortete Ben, ohne zu zögern, denn die Idee war ihm ebenfalls gekommen.

»Wir sollen das Haus verlassen?«, fragte Amelie.

»Das ist sicherer. Packt am besten Sachen für ein paar Nächte zusammen. Amelie, du kannst deine Eltern auf der Fahrt anrufen«, schlug Ben vor.

»Ich habe kein Smartphone.«

»Du kannst meines nehmen.«

»Ich kann dir doch nicht schon wieder zur Last fallen«, meinte Lucy entgeistert. »Erst riskiert ihr euer Leben für uns und jetzt ...«

»Jetzt sorgen wir dafür, dass es euch auch weiterhin gut geht«, beendete Ben ihren Satz, der Diskussionen vermeiden wollte. Natürlich würde er sie und Amelie weiterhin beschützen, das stand völlig außer Frage. Doch Lucy schien die Vorstellung zu schaffen zu machen.

»Du hast mir im Herbst bei dem Fall mit Steffen geholfen, obwohl du ihn kaum kennst«, sagte er. »Du musst dich nicht schlecht fühlen, weil nun ich derjenige bin, der sich kümmert.«

»Ich habe bei dem Fall mit Steffen aber nicht mein Leben riskiert.«

»In Bens Wohnung seid ihr sicherer«, sprang Vadim ihm zur Seite. »Bestenfalls ist es nur für kurze Zeit. Aber die Entführer hatten eure Taschen mit Ausweisen, also kennen sie diese Adresse hier. Das Schloss an der Haustür habe ich zwar ausgetauscht, aber es ist eindeutig sicherer, wenn wir euch an einen Ort bringen, den die Kidnapper nicht kennen.«

»Aber vielleicht haben sie nur die beiden Entführer töten wollen, die im Krankenhaus lagen«, überlegte Lucy. »Einer der Männer wirkte, als wäre er ihr Anführer. Vielleicht wusste er mehr als die anderen und war einer von denen in der Klinik.«

Vadim warf ihr einen mitfühlenden Blick zu. »Leider wissen wir das nicht mit Sicherheit.«

»Aber Amelie und ich wissen doch gar nichts. Wir haben kein einziges Gesicht gesehen. Und das, was wir als Zeuginnen aussagen können, weiß die Polizei längst.«

»Das ist keine Garantie dafür, dass ihr in Sicherheit seid«, warf Ben ein.

»Und was ist mit meiner Mum, wenn sie aus dem Krankenhaus entlassen wird?«

»Dann werde ich sie abholen und ins Hotel bringen, so wie es sowieso geplant war«, bot Vadim an.

»Aber dann ist sie dort allein.«

»Heute Abend landet Dan und kann sich um sie kümmern, nachdem ich ihn vom Flughafen abgeholt habe. Ich werde für Amelie und dich später Prepaid Handys besorgen, dann kannst du Lenny jederzeit schreiben.«

»Das wäre lieb«, sagte Amelie. »Es ist wirklich seltsam ohne Telefon, vor allem jetzt in dieser Situation.«

»Also gut«, gab Lucy nach und warf Amelie ein aufmunterndes Lächeln zu. »Dann plündern wir jetzt mal meinen Schrank und packen was zusammen.«

»Beeilt euch«, bat Ben, während sie bereits die Küche verließen, dann zog er einen Schlüssel aus seiner Jeanstasche und reichte ihn Vadim. »Das ist der Schlüssel zu meiner Wohnung. Der Code für die Alarmanlage lautet 49875362.«

»Du willst, dass ich mit den beiden zu dir fahre?«

»Ja. Ich schätze, du bist geübter darin, Verfolger abzuschütteln, falls es welche gibt.«

»Vielleicht.«

»Ich werde verhindern, dass euch der Polizeiwagen folgt, denn das wäre viel zu auffällig. Danach rufe ich Damico an und gebe ihr Bescheid, wo Amelie und Lucy sich befinden. Falls sie neuen Polizeischutz schicken will zu meiner Adresse, dann nur im Zivilfahrzeug.«

Vadim begutachtete den Schlüssel in seiner Hand. Anscheinend war er erstaunt darüber, dass Ben ihm diesen anvertraute. »49875362«, wiederholte er dann.

»Korrekt.«

»Gut. Danke.« Er schloss die Hand um den Schlüssel, als Lucy in den Flur kam und einen Rucksack sowie eine Laptoptasche dort abstellte, bevor sie wieder nach oben lief.

»Meinen Laptop hole ich auch. Und vielleicht noch ein paar andere Sachen«, meinte Vadim und lief ihr nach.

Offenbar hatte auch er nicht vor, Lucy und Amelie aus den Augen zu lassen, aber da Bens Wohnung nur ein Gästezimmer hatte, würde Vadim mit dem Sofa im Wohnzimmer vorliebnehmen müssen, das man zum Bett umfunktionieren konnte. Es erstaunte ihn selbst, dass es kein ungutes Gefühl in ihm auslöste, dass er einen Ex-Profikiller auf seiner Couch würde schlafen lassen.

Amelie rannte fast gegen ihn, als sie aus dem Bad kam. Anders als Lucy, die es inzwischen mit Fassung trug, dass sie mal wieder Schutz bei Ben suchen musste, wirkte Amelie fahrig und aufgeregt.

»Wir passen auf euch auf«, versprach Vadim ihr.

»Ich hätte niemals gedacht, dass mir so was passiert. Ich war manchmal fast ein bisschen neidisch auf Lucys interessantes Leben. Dagegen erschien mir meines total langweilig, aber jetzt …«

»Sei vorsichtig mit deinen Wünschen«, rief Lucy aus ihrem Schlafzimmer.

»Was?«, fragte Amelie verwirrt.

»Es heißt doch immer: Sei vorsichtig mit deinen Wünschen, denn sie könnten in Erfüllung gehen«, klärte Lucy sie auf.

»Ah, das meinst du. Ja, das trifft es ziemlich gut.« Amelie zeigte auf die Reisetasche, die noch geöffnet auf dem Boden vor dem begehbaren Kleiderschrank stand. »Haben wir alles?«

»Ich habe einfach doppelt so viele Sachen mitgenommen, wie ich brauchen würde.«

»Danke. Aber ich könnte sonst auch noch was bei meinen Eltern für mich abholen, von meinem Kram.«

»So ist es einfacher, wenn ihr sowieso beide in Lucys Sachen passt«, entschied Vadim, denn so würden sie auch einen Umweg vermeiden. Es war schwierig einzuschätzen, wie groß das Risiko für die Frauen war. Aber es gefiel ihm definitiv nicht, dass die Entführer Lucys Anschrift kannten, daher wollte er schnell los.

Gleichzeitig mit den beiden Frauen kehrte er zurück ins Erdgeschoss, wo Ben im Flur stand und ungeduldig wartete.

»Vadim fährt mit euch vor«, kündigte er an. »Ich fahre euch nach und gebe Damico Bescheid.«

»Du kommst nicht direkt mit?« Lucy blickte ihn erstaunt an.

»Nein.«

»Er kümmert sich darum, dass der auffällige Streifenwagen uns nicht folgt«, klärte Vadim sie auf.

»Das macht Sinn«, murmelte Lucy, schnappte sich ihren Schlüsselbund und wollte Vadim zur Tür heraus folgen.

»Warte einen Moment«, bremste er sie. »Ich gehe vor.«

Er lief zu seinem BMW und warf einen kurzen Blick auf die beiden Männer im Polizeiwagen. Zuvor waren es ein Mann und eine Frau gewesen, was dafür sprach, dass die Beamten regelmäßig wechselten. Das war gut, denn es war verdammt anstrengend, stundenlang herumzusitzen und konzentriert die Umgebung im Blick zu behalten. Vadim scannte unauffällig die Straße und die Menschen, die unterwegs waren. Einerseits gab er Lucy recht: Sie und Amelie waren längst von der Polizei befragt worden – das würden auch die Personen wissen, welche die Entführer beauftragt hatten. Den möglichen Zeuginnen aufzulauern, bedeutete zudem ein großes Risiko, zumal die Polizei sowieso schon alarmiert war. Doch eine Garantie dafür gab es nicht. Er selbst hatte ähnliche Aufträge angenommen, als er noch als Killer aktiv gewesen war. Wenn auch seine Zielpersonen niemals unschuldige Zivilistinnen gewesen waren – zumindest nicht, soweit er wusste. Doch nicht jeder zog in diesem Job dieselben Grenzen.

Er öffnete den Kofferraum seines Wagens, der vor der Garage stand, und verstaute seine Reisetasche darin. Dann ging er zurück Richtung Tür und winkte den Frauen. Amelie war als Erste bei ihm und legte die Tasche in den Kofferraum, Lucy folgte mit Rucksack und Laptop. Sie setzten sich nach hinten auf die Rückbank, während Vadim auf dem Fahrersitz Platz nahm. Noch bevor er den Motor startete, hörte er, dass der Streifenwagen angelassen worden war. Er ließ sich davon nicht beirren, sondern fuhr rückwärts aus der Einfahrt und beobachtete im Innenspiegel Ben, der auf den Polizeiwagen zu schlenderte.

Vadim wartete ab, bis Ben das Fahrzeug erreicht hatte, und fuhr los, als dieser sich direkt vor das Auto der Beamten stellte. Das Letzte, was er hörte, als er aus der Wohnstraße fuhr, war ein zweifaches Hupen.

23.

Lucy stellte ihre Sachen in dem Gästezimmer ab, das ihr vom Sommer noch vertraut war. Amelie inspizierte derweil den Raum, dann öffnete sie den schmalen Schrank, der sich neben der Tür befand.

»Ob es sich lohnt, die Tasche auszuräumen?«, fragte sie.

Lucy schnaufte. »Ich fürchte schon. Wahrscheinlich wird es dauern, es zu klären, ob wir wirklich in Gefahr sind.«

Amelie öffnete die Reisetasche und begann, die Kleidung auszupacken. »Das Zimmer habe ich mal in einem unserer Videocalls gesehen. Es kommt mir gerade vor, als wäre das eine Ewigkeit her.«

»Es ist irgendwie seltsam, jetzt wieder hier zu sein.«

»Aber diesmal bist du nicht allein.«

Lucy lächelte ihr zu, dann drehte sie sich zu Vadim um, der in der geöffneten Tür stand und sie beobachtete.

»Du möchtest bestimmt Lenny Bescheid geben«, vermutete er und hielt ihr sein Smartphone entgegen.

»Allerdings. Danke.« Sie schnappte sich das Telefon und wünschte sich, sie hätte sich vorab die passenden Worte zurechtgelegt, um ihrer Mum die neue Situation schonend beizubringen. Doch das hatte sie versäumt. So war es kein Wunder, dass Lenny anfangs sehr aufgeregt klang, als Lucy ihr von den Neuigkeiten berichtete. Zum Glück fasste sie sich aber schnell wieder, nachdem klar war, dass Amelie und Lucy sich bereits in Bens Wohnung befanden, wo er und Vadim weiterhin für ihre Sicherheit sorgen würden.

»Mach dir um mich keine Sorgen, mein Schatz«, sagte Lenny. »Mir geht es schon viel besser. Sobald die Ärztin grünes Licht gibt, rufe ich Vadim an. Ich kann mir aber auch einfach ein Taxi zum Hotel nehmen, dann kann er bei euch bleiben.«

»Ich schätze, Vadim besteht darauf, dich abzuholen«, antwortete sie und da Vadim sie hören konnte, nickte er. »Haben Mascha und Mike noch irgendwas bei der Polizei herausfinden können?«

»Ich weiß es leider nicht, aber das kann gut sein. Die beiden sind schon eine Weile unterwegs. Vermutlich ist es gerade sehr interessant auf dem Revier.«

»Ich bin gespannt. Vielleicht können sie bei der Aufklärung des Falls irgendwie helfen.«

»Wir werden sehen, aber ich hoffe es sehr. Wenn ich irgendetwas für euch tun kann, dann ...«

»Du sollst dich ausruhen, Mum! Ich wünschte, ich könnte vorbeikommen, aber Vadim hält das für keine gute Idee. Er meint, wir wären hier erst mal am sichersten.«

»Und da stimme ich ihm absolut zu! Bleibt mal schön in der Wohnung. Ich hab dich lieb, mein Schatz. Drücke Amelie ganz fest von mir.«

»Das mache ich. Meld dich, wenn was ist, okay?«

»Natürlich.«

Lucy legte auf und ging in Richtung der Küche, von wo sie Amelies Stimme hörte. Sie fand sie an der Küchentheke vor, wo sie den gut gefüllten Obstkorb begutachtete, und umarmte sie.

»Wofür war das?«, fragte Amelie irritiert.

»Eine Umarmung, die ich dir von meiner Mum ausrichten soll.«

»Ah! Das ist lieb.« Amelie nahm einen Apfel in die Hand. »Ob ich mich einfach bedienen darf?«

»Bestimmt.«

Mit zweifelndem Blick legte Amelie den Apfel zurück. »Nee, das geht nicht. Ich werde Ben lieber vorher fragen. Er lässt uns nun schon hier wohnen, da kann ich mich nicht einfach hier durchfuttern. Das geht nicht.«

»Doch, das geht«, antwortete Ben und Lucy zuckte zusammen, weil sie überhaupt nicht mitbekommen hatte, dass er sich bereits in der Wohnung aufhielt. Andererseits war sie durch das Telefonat abgelenkt gewesen.

»Wir könnten ja auch was einkaufen«, schlug Amelie vor und Lucy lachte auf. Verwirrt guckte Amelie sie an.

»Ich kann dir sagen, wie das jetzt läuft: Wir beide dürfen die Wohnung nicht verlassen, bis klar ist, was hier eigentlich los ist und ob wir weiterhin in Gefahr sind.«

»Exakt«, stimmte Ben ihr zu.

Amelie Augen wurden groß. »Ich weiß nicht, ob ich darüber entsetzt oder erleichtert sein soll.«

»Vielleicht beides«, vermutete Lucy.

»Na super! Dann kann ich also den ganzen Tag darüber nachdenken, wie es mit Jack und mir und meinem Leben weitergehen soll«, flüsterte Amelie mit gequältem Gesichtsausdruck.

»Der Kühlschrank ist voll, die Getränke ...« Ben winkte ab. »Lucy, du kennst dich hier aus. Vadim, können wir unter vier Augen sprechen?«

Lucy spitzte die Ohren. Anscheinend wurde es nun spannend und Ben wollte sie von diesen Informationen ausschließen, was sie bedauerte.

Vadim, der auf einem der beiden Sofas saß, stand auf. »Wo?«

»Unten.«

»Ihr könnt auch hier reden«, schlug Lucy vor, auch wenn sie ahnte, dass die Männer diesem Vorschlag nicht folgen würden.

»Ihr müsst vielleicht irgendwann in einem Prozess als Zeuginnen aussagen«, warf Ben prompt ein.

»Ich weiß. Ich verstehe schon, dass ihr nicht alle Infos mit uns teilen könnt.« Sie verstand es wirklich, bloß ihre Neugierde wurde so leider nicht gestillt.

»Meinst du, sie planen die nächste geheime Mission?«, fragte Amelie und biss in den Apfel.

»Ich fürchte, so sieht es wohl aus.«

Vadim sah sich in Bens Fitnessraum um, den er einige Monate zuvor erstmals als Geist zu Gesicht bekommen hatte. Es hatte sich nichts verändert. Neben dem Laufband befand sich eine Sportmatte sowie ein wuchtiges Gerät für Krafttraining. Daneben stand eine Hantelbank und auch der Boxsack hing noch immer an der Decke.

»Du kannst oben auf der Couch schlafen, eine lässt sich zu einem Schlafsofa umwandeln«, erklärte Ben. »Alternativ geht es auch hier unten. Neben dem Laufband wäre noch genug Platz für eine aufblasbare Matratze.«

»Wenn es nicht stört, nehme ich das Sofa oben.«

»Passt. Wie schätzt du die Gefahr für Lucy und Amelie ein?«

»Schwer zu sagen. Lucy könnte richtig damit liegen, dass der wichtigste Mann im Krankenhaus bereits getötet wurde und die Auftraggeber damit erledigt haben, was sie erledigt haben wollten. Zudem dürfte den Tätern wirklich bewusst sein, dass sie als Zeuginnen längst befragt worden sind. Aber eine Garantie dafür gibt es nicht, dass sie deshalb in Sicherheit sind.«

»Es kann immer etwas geben, das Zeugen erst später wieder einfällt«, überlegte Ben. »Wir haben die ganze Zeit vermutet, dass jemand aus Jacks Umfeld in der Sache mit drinhängt. Callum ist allerdings derjenige, der als einziger aus Jacks nicht-familiärem Umfeld hier in Deutschland dabei ist.«

»Das spricht also am ehesten für ihn. Zumal er als einer der Wenigen von den geänderten Plänen wegen des verschwundenen Brautkleids wusste.«

»Ich überlege schon einige Zeit, wie man ihn aus der Reserve locken könnte. Wenn Callum mit dem Fall etwas zu tun hat, hatte er mindestens eine Kontaktperson. Er könnte den Ermittlern wertvolle Informationen liefern, wenn er sich stellt und die Beamten ihn befragen.«

»Willst du also versuchen, ihn zu einem Geständnis zu bewegen?«, wollte Vadim wissen.

»Ja.«

»Hast du bereits eine Idee, wie du das anstellen willst?«

»Ja, aber dafür brauche ich deine Hilfe.«

Das weckte sein Interesse.

»Ich kann ihn nicht aus der Reserve locken, weil er mich kennt. Aber dich kennt er nicht.«

»Was, wenn Callum unschuldig ist?«

»Danach sieht es nicht aus, sonst würden wir dieses Gespräch nicht führen.«

»Was also soll ich tun?«

Lucy fiel auf, dass Amelie schon wieder sehnsüchtig auf den Obstteller guckte, während sie es sich auf der Couch bequem gemacht hatte. Ihren aufgeklappten Laptop balancierte sie auf dem Schoß.

»Nimm dir doch noch was, wenn du hungrig bist.«

»Ach, nein. Ich hab nicht mal Appetit. Aber ich nasche, wenn ich Kummer habe, das weißt du doch.« Sie kniff sich in den flachen Bauch. »Kummerspeck.«

»*Sag Amelie, das ist Unsinn! Sie hat eine hübsche Figur*«, erklang Maschas vorwurfsvolle Stimme und Lucy stellte ihren Laptop zur Seite.

»Schön, dass du da bist. Warst du auch schon bei Mum?«

»Ja, sie hat mir verraten, dass ihr hier seid.«

»Ich hoffe, sie macht sich nicht allzu große Sorgen.«

»Sie ist ein wenig abgelenkt von einem Kriminalfall im Krankenhaus und ...«

»Was? Ein Kriminalfall im Krankenhaus?«, fragte Lucy laut und Amelie riss entsetzt die Augen auf.

»Nichts Ernstes, Liebes, es geht nur um ein paar Diebstähle.«

»Mum wurde beklaut?«

»Nein, Lenny nicht. Aber das ist jetzt nicht wichtig. Ich war bei der Polizei und Mike ist noch immer dort. So wie es aussieht, reden die Kidnapper nicht. Aber es sind einige neue Gesichter vor Ort.«

»Was meinst du mit neuen Gesichtern? Wurde etwa schon jemand verhaftet?«

»Nein, das nicht. Es sind irgendwelche wichtigtuerischen Anzugträger.«

»Anwälte?«

»Nein, sie sind wohl von der Polizei und sie sprechen auf Englisch. Damico wirkt nicht sehr glücklich mit der Situation. Sie muss viele Fragen beantworten. Die Männer und Frauen mischen sich in ihren Fall ein, wie es scheint.«

»Worüber redet ihr?«, wollte Amelie wissen und Lucy brachte sie auf den neuesten Stand.

»Das sind bestimmt Beamte, die mit Auslandsfällen zu tun haben«, vermutete sie.

»Das vermute ich auch. Hoffentlich kann das alles bald aufgeklärt werden, damit wir aufatmen können.«

»Das wäre schön«, sagte Lucy und bemerkte im Augenwinkel, dass Ben und Vadim das Wohnzimmer betraten. Liebend gerne hätte sie gefragt, worüber die beiden gesprochen hatten, aber sie würde sowieso keine Antworten erhalten. Sie bemerkte, dass Vadim sie musterte.

»Wir können euch nicht alles sagen«, meinte er und es war ein wenig unheimlich, fast so, als hätte er ihre Gedanken erraten.

»Weil wir als Zeuginnen aussagen müssen«, wiederholte Amelie, was Ben kurz zuvor gesagt hatte.

»Vielleicht«, sagte Vadim.

»Vielleicht?« Lucy war irritiert. »Müssen wir das nicht ganz sicher?« Sie wunderte sich über den Blick, den Vadim mit Ben tauschte, doch ehe sie weiter darüber nachgrübeln konnte, mischte Mascha sich in das Gespräch ein.

Ich werde mich noch mal auf der Polizeistation umsehen. Vielleicht finde ich etwas heraus oder Mike hat Neuigkeiten. Ich bin froh, dass ihr hier in Sicherheit seid. Bis später, Liebes.

»Bis später, Mascha«, verabschiedete Lucy sich und fasste für die anderen ihr Gespräch mit dem Geist zusammen.

»Es ist nicht überraschend, dass die Täter schweigen und weitere Ermittler vor Ort sind«, meinte Vadim. »Amelie, weißt du zufällig die Hotelzimmernummer von Callum?«

»Ja, warum?«

»Nur eine Info, die wir brauchen.«

»Wa …«, setzte Amelie an und Lucy stupste sie in die Seite.

»Keine Chance, sie werden dir nichts sagen.«

»Oh!«, meinte Amelie und nannte Vadim die Nummer.

»Ihr habt irgendwas vor«, stellte Lucy an Ben gerichtet fest. »Ist es gefährlich, was ihr plant?«

Ben schüttelte den Kopf.

»Was ist mit deiner Wunde?«

»Dem Arm geht es gut«, versicherte Vadim ihr. »Der Arzt hat mir Antibiotika mitgegeben.«

»So schlimm ist es?«

»Das ist Standard bei einer Schussverletzung«, antwortete Ben.

In diesem Fall war es gut, dass Vadim das Medikament nahm. Trotzdem gefiel Lucy der Gedanke nicht, dass er sich eventuell schon wieder in Gefahr brachte. Doch andererseits – was hatte sie erwartet? Dass sie die nächsten Tage zu viert gemeinsam lustige Spieleabende machen würden, um sich die Zeit zu vertreiben?

Sie hoffte darauf, dass Mascha wirklich etwas herausfand, das der Polizei bei der Aufklärung des Falls behilflich sein würde.

»Wie hat die Kommissarin eigentlich darauf reagiert, dass wir nun hier sind?«, wollte sie wissen.

»Zunächst verärgert, weil wir ihre Kollegen daran gehindert haben, euch zu folgen«, gab Ben zu.

»Hat sie inzwischen neue Beamten hier postiert?«

»Nein. Nur Damico weiß aktuell, wo ihr seid.«

»Und wir müssen zur Befragung kommen.«

»Ja, aber gerade gibt es andere Prioritäten und ihr habt bereits mit ihr gesprochen. Sie sagte, sie meldet sich dazu noch mal.«

»Und müsst ihr beide gleich weg für das, was auch immer ihr vorhabt?« Der Gedanke beunruhigte Lucy, auch wenn Vadim überzeugt davon war, dass ihnen niemand auf dem Weg zu Bens Wohnung gefolgt war.

»Nein, ich bleibe hier«, erklärte Ben.

Also würde Vadim gleich alleine losziehen – das machte sie nervös, weil er angeschlagen war. »Ich hoffe, ihr habt das alles gut durchdacht«, flüsterte sie.

»Das haben wir«, versprach Vadim mit einer Zuversicht, die Lucy nur allzu gerne teilen wollte – doch es gelang ihr nicht.

24.

Außer ihm hielt sich niemand in dem Flur des schicken und zugleich urigen Tagungs- und Wellness-Hotels auf, das mit seinen zahlreichen Sitznischen in der Lobby zum Verweilen einlud. Doch Vadim war nicht hier, um gemütlich einen Drink zu nehmen. Ben und er wollten die Sache erledigt haben, bevor Polizisten hier Wache hielten. Denn das würde der Fall sein, sobald Jack nach seiner Befragung bei der Polizei ebenfalls hier Unterschlupf suchte. Es sei denn, Damico brachte ihn woanders unter und bewusst nicht in dem Hotel, in dem der Trauzeuge wohnte. Aber darauf konnten sie sich nicht verlassen.

Er klopfte zweimal an die Zimmertür.

»Hallo, Mister. Ich bin wegen des Problems mit dem warmen Wasser hier«, rief er auf Englisch mit einem starken deutschen Akzent. Da keine Antwort kam, klopfte er erneut und wiederholte seinen Satz. Mascha hatte extra nachgesehen, ob Callum sich in seinem Zimmer aufhielt, und Lenny hatte ihm das vor zwei Minuten per Chat-Nachricht bestätigt.

»Was? Ich habe keine Probleme mit Wasser«, dröhnte es von drinnen. Die Stimme klang genervt.

»Was haben Sie gesagt?«, spielte Vadim die Rolle eines Hotelangestellten, der sich mit Englisch schwertat.

»Mein warmes Wasser funktioniert!«, schrie die Stimme lauter.

»Nein. Tut es nicht. Steht hier auf meinem Zettel. Die Zimmernummer stimmt auch. Callum Toohey, richtig?«

»Gehen Sie weg, hier ist alles in Ordnung.«

»Was?«

»Gehen Sie weg!«

»Wenn ich weggehe, bekomme ich Ärger. Sie müssen wenigstens unterschreiben, dass ich da war, um zu helfen.«

»Hören Sie auf, mich zu belästigen! Ich habe keine Probleme gemeldet!«

»Die Kollegen an der Rezeption sagen was anderes. Dann rufen Sie wenigstens dort an. Ich geh hier sonst nicht weg ohne Unterschrift.« Doch Callum würde die Rezeption sicherlich nicht anrufen, denn das würde länger dauern, als eben einen Wisch zu unterschreiben, damit er schnell wieder seine Ruhe hatte. Sich am Telefon mit seinem australischen Englisch durchzuschlagen, um jemandem zu erklären, was los war, würde deutlich länger dauern.

Wie erwartet, hörte Vadim sich nähernde Schritte, und da er noch immer alleine im Flur war, zog er sich schnell die Sturmhaube über, die nur Mund und Augen freiließ. Auf Handschuhe verzichtete er diesmal, denn bei diesem Auftrag reichte es, dass er seine Fingerspitzen mit Sekundenkleber präpariert hatte, um keine Abdrücke zu hinterlassen.

Die Tür wurde geöffnet und Vadim stellte sofort seinen Fuß auf die Schwelle, dann schlug er dem überraschten Callum mit der Faust gegen das Kinn. Der Trauzeuge taumelte rückwärts und Vadim fing ihn auf, während er die Tür mit dem Fuß zustieß. Sein linker Arm rebellierte angesichts von Callums Gewicht, doch durch den Schmerz musste er jetzt durch. Seinen Arm konnte er später schonen. Dass Callum benommen war, nutzte Vadim aus, um ihn erst zu knebeln und dann zu fesseln. Dabei waren die Kabelbinder äußerst hilfreich, mit denen er ihn an dem Stuhl befestigte, der vor dem Schreibtisch in dem gemütlich eingerichteten Zimmer stand. Während er darauf wartete, dass Callum wieder zu sich kam, nahm er Platz auf der kleinen Couch, die dem Schreibtisch gegenüberstand.

»Hmpf«, erklang es und Callum wirkte völlig verschreckt. Er gab unwillige Laute von sich und atmete schwer.

»Ich weiß, der Knebel ist unangenehm.« Nun sprach Vadim in seinem normalen, akzentfreien Englisch. Callum nickte heftig und Vadim bemerkte, dass sich seine Brust schnell hob und senkte.

»Versuch, dich zu beruhigen, Callum. Wenn du ohnmächtig wirst, hilft das keinem von uns. Atme einfach ganz normal durch die Nase ein und aus, damit wir uns gleich ein wenig unterhalten können.«

Callums Augen standen vor Angst weit offen, doch immerhin gelang es ihm, seine Atmung zu kontrollieren.

»Bevor ich dir den Knebel aus dem Mund nehme, gibt es eine Regel: Du wirst auf meine Fragen antworten und das in normaler Lautstärke tun. Wenn du schreist, hat das Folgen, die ich uns beiden gerne ersparen würde. Hast du das verstanden?«

Callum nickte heftig.

»Gut. Denn jeder Körper hat etwa zweihundertfünfzig besonders empfindliche Stellen. Und rund siebzig davon sind besonders kritisch, wenn man sie angreift. Man kann nur kurz ohnmächtig werden, aber auch Knochen können Schaden nehmen.« Er deutete auf seine Augen. »Manchmal kann ein einzelner Schlag eine Erblindung auslösen oder tödlich sein. Und da ich persönlich nichts gegen dich habe, sondern nur einen Auftrag ausführe, wäre ich dir verbunden, wenn du das Ganze nicht unnötig verkomplizierst. Okay?«

Callum schluckte angestrengt, dann nickte er wieder.

»Eigentlich warst du bisher eine wirklich große Hilfe bei dem Fall mit Jack. Ohne deine Infos hätten wir uns nicht so schnell auf eine neue Location einstellen können, um zuzuschlagen.« Das war ein Bluff, daher beobachtete Vadim genau Callums Mimik. Der andere Mann schien nicht überrascht über diese Aussage zu sein. Dieses verdammte Arschloch!

»Aber wie du sicherlich mitbekommen hast, ist danach einiges schiefgelaufen. Unsere Auftraggeber fragen sich, wie die Polizei so schnell herausfinden konnte, wo sich die Frauen befanden.«

Callums Augen wurden noch größer und er schüttelte heftig den Kopf.

»Möchtest du dazu was sagen?«, fragte Vadim.

Callums Kopfnicken bestätigte ihm das.

»Du erinnerst dich an die Regel und die Unannehmlichkeiten, die ich uns gerne ersparen würde?«

Wieder ein Nicken.

»Gut.« Vadim entfernte den Knebel.

Callum atmete gierig ein, als hätte er zuvor durch die Nase keine Luft bekommen. »Ich hatte keine Ahnung, wo die Frauen sich befinden. Das hat mir keiner gesagt!«

Aber damit hatte Vadim den Beweis, dass Callum in der Sache mit drin hing. Das war es, was er brauchte. Nun musste er nur noch dafür sorgen, dass Callum es als seine einzige Überlebenschance sah, sich der Polizei zu stellen, damit die Beamten durch ihn mehr Informationen zu dem Fall erhielten.

»Wieso wurden die Frauen dann so schnell gefunden?«

»Ich weiß es nicht! Ich habe keine Ahnung.«

»Die Entführer wurden von der Polizei mitgenommen. Dort werden sie befragt. Zumindest vier von ihnen, denn zwei sind ja tot. Und du sitzt hier gemütlich in diesem Viersternehotel und lässt es dir gut gehen. Na, mir kann es egal sein.« Er deutete auf seine Maske. »Mich kennt keiner der Entführer. Mich kann niemand anschwärzen. Aber deinen Namen ... Tja, wirklich Pech für dich.« Es war unwahrscheinlich, dass die Entführer Callums Namen kannten. Wer auch immer die Fäden im Hintergrund zog, hatte sicherlich dafür gesorgt, dass die einzelnen Agierenden nichts voneinander wussten. Doch das wusste Callum nicht. Wie Ben von Jack erfahren hatte, arbeitete Callum als Buchhalter in einem mittelgroßen Unternehmen. Mit einer Welt wie dieser hatte er nichts am Hut. Was ihn dazu bewogen hatte, als Spitzel für die Entführer zu arbeiten, würden Damico und ihre Kollegen herausfinden müssen, denn Jack hatten sie bisher nicht in ihre Vermutung bezüglich Callum eingeweiht. Doch vielleicht würde auch er etwas dazu sagen können.

»Mit wem hast du über den Plan geredet, Callum?«

»Mit keinem! Wirklich! Ich schwöre!«

„Es fällt mir schwer, das zu glauben«, behauptete Vadim, der eigentlich ziemlich sicher war, dass Callum die Wahrheit erzählte.

»Bitte«, flehte Callum. »Ich habe doch gar nichts damit zu tun.«

Vadim lachte leise. »Das kannst du einem anderen Dummkopf erzählen, aber nicht mir.« Er seufzte laut. »Weißt du was, Callum? Ich bin mir wirklich nicht sicher, ob du mich anlügst«, sagte er und beschloss, seinem Auftritt noch etwas Nachdruck zu verleihen. Daher stand er auf und stellte sich neben den Mann, der Jacks Trauzeuge hätte sein sollen, aber bereit gewesen war, seinen besten Freund und dessen Frau zu hintergehen. Callum wirkte noch nervöser als zuvor. Als Vadim mit der Hand über seinen Hals strich, erstarrte er.

„Einige der heiklen Körperpunkte, über die ich eben sprach, befinden sich hier.« Er ließ seine Finger über Callums Gesicht wandern und stoppte an der Schläfe. »Oder hier.«

Callum gab einen gequälten Laut von sich und begann zu zittern. »Bitte, ich weiß wirklich nichts. Ich sollte doch nur die Infos weiterreichen, mehr nicht. Das war … alles.«

»War es das?«

»Das schwöre ich!«

»Die Auftraggeber sind ziemlich unglücklich mit der aktuellen Situation. Jack und Amelie werden von der Polizei bewacht. Es gibt kaum noch eine Chance an sie heranzukommen. Man sucht jemanden, der die Schuld daran hat.«

»Ich bin es nicht. Ich schwöre.«

Callum schwor ziemlich viel, was Vadim nicht wunderte, da der Mann völlig verängstigt war. Er blickte sich um und entdeckte Callums Smartphone auf dem Nachttisch neben dem Doppelbett, auf dem auch einige Beruhigungstabletten lagen. Er holte sich das Mobiltelefon und hielt es Callum vors Gesicht, um es zu entsperren.

»Das ist mein Telefon«, sagte Callum unnötigerweise.

»Hast du Sorge, dass ich da etwas Interessantes finden könnte? Etwas, das dich verrät?«

Callum schwieg und zog die Nase hoch, während Vadim durch das Handy scrollte. Er konnte nichts Verdächtiges entdecken. Vermutlich war der Mann immerhin so schlau gewesen, mögliche Chatverläufe oder verräterische Telefonate zu löschen.

»Hast du einen Rechner oder ein Tablet hier?«

»Nein.«

Dennoch sah Vadim im Schrank und der Kommode nach, konnte aber keine technischen Geräte finden. Im Kleiderschrank befand sich zwar ein Safe, doch die Tür stand offen und nur eine Geldbörse lag darin.

»Siehst du eine Chance, an Jack heranzukommen?«

»Was?« Callum schaute ihn verwirrt an.

»Du könntest einen Lockvogel spielen. Vielleicht bekommen wir Jack so von den Bullen weg.«

»D... Das kann ich nicht«, sagte Callum entsetzt.

»Natürlich könntest du. Du hast ihn sowieso schon verraten.«

»Nein, das ist nicht wahr!« Er klang weinerlich.

Vadim setzte sich wieder vor ihn. »Doch, das ist es. Aber deswegen bin ich nicht hier. Meine Aufgabe ist die, einen Schuldigen zu finden. Und anscheinend ist heute dein Glückstag. Ich glaube dir, dass du die Sache nicht vermasselt hast. Um alles Weitere kümmert sich dann jemand anderer.«

»Was? Jemand anderer?« Der Australier klang geschockt. »Was wollen sie denn noch von mir? Ich habe doch alles getan, was ich sollte.«

»Aber irgendjemand hat versagt. Vielleicht braucht man dich noch. Sei froh, denn so werde ich gleich hier verschwinden, fast als wäre ich nie da gewesen.«

»Ich ...«, begann Callum, schwieg dann aber.

»Möchtest du mir noch was sagen?«

Er schüttelte den Kopf.

»Gut, dann kann ich hier nichts weiter tun.«

»Was soll das heißen, man braucht mich noch?«

Vadim zuckte mit den Schultern und tat, als hätte er keine Ahnung. »Nicht meine Baustelle.« Er lachte auf. »Du hast die Hosen ganz schön voll, was?« Er beugte sich näher zu ihm. »Hätte ich an deiner Stelle auch. Mit denen ist echt nicht zu spaßen.« Er gab Callum einen leichten Klapser auf die Wange, woraufhin dieser entsetzt nach Luft schnappte. »Ich seh schon, mit dir werden sie leichtes Spiel haben.« Er zwinkerte Callum zu. »Ich mach mich vom Acker.«

Callum betrachtete ihn ungläubig. »Und was soll ich jetzt tun?«

»Das fragst du ausgerechnet mich?« Sein Plan war aufgegangen. Callum hatte Angst vor ihm, aber anscheinend kapiert, dass es noch schlimmer kommen könnte. Nun hatte er noch mehr Schiss vor dem, was als Nächstes folgen würde.

»Was soll das denn alles? Ich habe doch alles getan!«

»Ich habe keine Ahnung. Mein Job ist erledigt. Alles andere interessiert mich nicht.«

»Sie werden wieder jemanden schicken?«

»Da gehe ich von aus. Ich werde gleich deine Fesseln lösen. Theoretisch könntest du dann natürlich sofort um Hilfe rufen, aber es wäre das letzte Mal, dass ein Laut aus deinem Mund kommt. Wir verstehen uns, oder?«

Callum nickte eifrig.

»Sehr gut. Folge mir nicht, sondern bleib die nächsten zwanzig Minuten in diesem Zimmer und wir beide werden keine Probleme miteinander haben.«

»Aber du hast gesagt, dass andere kommen werden.«

Das hatte Vadim nur angedeutet, aber genau das war es, was Callum glauben sollte. »Falls dem so ist, würde ich dir raten, sie nicht zu verärgern. Wir sind ja auch ganz gut klargekommen.«

»Aber ich kann keinen Lockvogel spielen!«

»Nicht mein Problem«, sagte Vadim und löste die Kabelbinder. Callum war fix und fertig und Vadim war sicher, dass er nichts von dem Mann zu befürchten hatte. Vermutlich waren Callums Knie so weich, dass er gar nicht sofort in der Lage wäre, zu seinem Telefon zu kommen, das er zurück auf den Nachttisch gelegt und ausgeschaltet hatte. Er ließ Callum nicht aus den Augen, als er sich zu der Zimmertür bewegte. Dann drehte er sich von Callum weg, zog sich blitzschnell die Maske herunter, sodass der andere Mann zwar seinen Hinterkopf sehen konnte, aber nicht sein Gesicht, und verließ das Zimmer. Er bewegte sich zügig durch das Hotel. Mit seinem dunkelgrauen Anzug war er einfach ein Geschäftsmann auf dem Weg zum Parkplatz.

Sobald er dort in seinem Auto saß, rief er Ben an.

»Wie ist es gelaufen?«

»Er hat panische Angst und denkt, sie werden ihm noch weiter auf die Pelle rücken.«

»Was denkst du, wird er tun?«

»Ich schätze, zunächst muss er sich beruhigen und einen einigermaßen klaren Kopf bekommen. Dann fährt er zur Polizei oder ruft Damico an. Wenn er keinen klaren Kopf bekommt, wird er versuchen zu fliehen oder wartet ängstlich ab.«

»Dann müssen wir jetzt warten. Danke, dass du bei dem Plan mitgemacht hast.«

»Wollen wir hoffen, dass es hilft.«

»Lenny hat Lucy eben auf dem Festnetz angerufen. Sie darf das Krankenhaus verlassen«, erzählte Ben. »Ich könnte sie abholen, sobald du zurück bist.«

Vadim war froh, dass Ben die beiden nicht einfach allein in seiner Wohnung gelassen hatte. Doch das hätte er auch nicht von dem Ex-Polizisten und Personenschützer erwartet – Ben würde keinerlei Risiko eingehen, wenn es um die Sicherheit der Frauen ging.

»Das werde ich übernehmen. Ich werde nur vorher noch die neuen Telefone für Lucy und Amelie besorgen, dann mache ich mich auf den Weg zu Lenny. Wenn die beiden die Prepaid-Karten online aktivieren, sind sie bald über die neuen Handys zu erreichen.«

»Okay. Wie geht es deinem Arm?«

»Der ist in Ordnung«, behauptete Vadim, der beschlossen hatte, die Schmerzen zu ignorieren.

25.

Leise stieg Lucy aus dem Bett und schlich aus dem Zimmer, denn Amelies schlief bereits. Sie schob die Tür zum Wohnzimmer auf und erstarrte, als sie einen großen Mann in der Küche bemerkte. Es dauerte eine Millisekunde, bis ihr Gehirn sich daran erinnerte, dass Vadim in diesem Raum schlief.

»Du hast mich erschreckt«, sagte sie leise und ging auf ihn zu.

Er warf ihr einen amüsierten Blick zu. »Ich dich?«

»Ich hatte nicht daran gedacht, dass du hier oben schläfst.« Sie lehnte sich auf den Küchentresen, hinter dem Vadim stand, und deutete auf den Teebeutel in seiner Hand. »Was ist das für Tee?«

»Ingwer«, antwortete er und entsorgte den Beutel im Mülleimer. »Willst du auch einen?«

„Nein, danke. Ich kann bloß nicht schlafen.«

»Und da dachtest du, du könntest was backen?«

»Besser nicht. Ben hat es nicht so gerne, wenn ich seine Küche zum Backen missbrauche.« Sie nickte in Richtung seines verletzten Arms. »Wie geht es deinem ...«

»Es ist alles in Ordnung.«

»Ich mache mir Sorgen.«

»Es geht mir gut. Ich verspreche dir, dass ich nicht daran sterbe.«

»Daran nicht?«

»Wir sterben alle irgendwann.«

»Das ist mir klar. Ich meinte nur wegen des geheimen Auftrags, von dem ich nichts wissen darf.«

»Der ist längst erledigt.«

»Und?«

»Und was?«

»Hat es was gebracht?«

»Das müssen wir abwarten.«

Sie blickte auf das Sofa, das Ben für Vadim zum Bett umfunktioniert hatte. »Du müsstest noch erschöpfter sein als ich. Du hast Mum abgeholt und ins Hotel gebracht, du hast Dan am Flughafen abgeholt, und das alles mit einer Schusswunde. Und ich sitze bloß den ganzen Tag herum und muss warten. Ich komme mir so unnütz vor.«

»Du bist nicht unnütz. Und du hast dir das mit der Entführung nicht ausgesucht.«

Sie setzte sich auf einen der Barhocker. »Ich wünschte, Mascha hätte heute irgendwelche Neuigkeiten gehabt.«

»Vielleicht gibt es morgen was Neues.«

»Ich hoffe es sehr. Mum hat mir geschrieben, dass du Dan auf der Fahrt vom Flughafen zum Hotel schon eingeweiht hast. Sie war dir echt dankbar dafür. Sie sagte aber auch, dass Dan ein wenig frustriert war, weil sie ihm nicht früher Bescheid gesagt hat.«

»Das hätte nichts an der Situation geändert. Dan hätte dennoch nicht früher hier in Deutschland sein können.«

»Das sagte Mum auch. Ihr seid immer so pragmatisch.«

Vadim schmunzelte. »Ist das verkehrt?«

»Hm, weiß nicht. Ben ist auch so.«

»Ben ist ein guter Mensch.«

»Warum sagst du das?«

»Weil es die Wahrheit ist.«

»Das bist du auch.«

Er sagte nichts, sondern trank einen Schluck von dem Tee.

»Warum gibst du uns keine Chance?«, wollte sie wissen und war selbst überrascht davon, dass sie plötzlich den Mut fand, ihn danach zu fragen. Vadim, der den Becher gerade erneut zum Mund hatte führen wollen, stellte diesen ab. Seine Mimik war ernst.

»Kurz bevor dein Vater verstorben ist, hast du mir gestanden, dass es dir ebenso geht wie mir. Dass du auch Gefühle für mich hast.« Es fiel ihr schwer, diese Worte auszusprechen, doch nun hatte sie dieses Thema angeschnitten und würde nicht kneifen.

»Du hattest viel Zeit zum Nachdenken.«

»Das kann man so sagen.«

»Es tut mir leid, dass ich so viel weg war in den letzten Wochen«, entschuldigte er sich.

»Das muss dir nicht leidtun. Du hattest gute Gründe dafür. Also natürlich kannst du auch jederzeit ohne einen Grund irgendwo hinfahren. Du bist schließlich ein erwachsener Mensch. Es ist nicht so, dass du mir irgendwelche Erklärungen schuldig bist, nur weil ... Ach, egal.« Lucy stand auf und holte sich ein Glas Wasser, um sich zu beschäftigen. Das war besser, als weiter Blödsinn zu reden.

»Ich habe auch viel nachgedacht, als ich mit Milan in Griechenland war«, sagte Vadim, der noch immer vor dem Teebecher stand, während Lucy wieder auf dem Barhocker Platz genommen hatte.

Das Land am Mittelmeer wäre ihr zum Nachdenken allerdings auch lieber gewesen als der beschissene Keller.

»Du kannst mich mal dorthin begleiten«, fuhr er fort.

Sie verschluckte sich an dem Wasser und weil sie vor ihm nicht die Flüssigkeit zurück in den Becher spucken wollte, schluckte sie diese angestrengt hinunter und hustete danach umso heftiger. Vadim wartete geduldig, bis sich ihr Hustenanfall beruhigt hatte.

»Milan wird das Haus bald an Feriengäste vermieten. Aber er wird auch Zeiten für uns blocken, damit wir dort Urlaub machen können.«

Lucy räusperte sich angestrengt. »Ich würde furchtbar gerne mal dorthin. Die Fotos, die du geschickt hast, sahen toll aus.« Sie hatte nicht erwartet, dass er ihr irgendwann vorschlagen würde, ihn dorthin zu begleiten. Die Einladung freute sie, aber es war keine Antwort auf ihre Frage, die sie ihm gestellt hatte. »Ich habe mir in den letzten Wochen viele Gedanken darüber gemacht, warum du mich nicht willst«, kam sie daher darauf zurück und bereute sogleich, es gesagt zu haben. Sie wollte nicht schwach erscheinen und vor allem wollte sie ihn nicht unter Druck setzen. Aber sie wollte endlich Klarheit, warum er ihr seine Gefühle gestanden hatte, nur um ihr dann aus dem Weg zu gehen. Ein wenig angestrengt starrte sie in das vor sich hin blubbernde Wasser, denn fast fürchtete sie sich ein wenig davor, seine Reaktion zu sehen.

»Die Männer, die Amelie und dir das angetan haben – im Grunde genommen bin ich nicht besser als sie«, antwortete er nach einer Weile. Sie wollte etwas einwenden, doch er kam ihr zuvor. »Mein altes Leben prägt mich und das wird es immer tun. Das will ich dir nicht zumuten, so schwer es mir auch fällt. Ich bin kein unbeschwerter Mensch, der einfach in den Tag hinein leben kann. Außerdem war ich immer ein Einzelgänger.«

»Aber du hast dich damals um deine Familie gekümmert, als deine Mum so früh gestorben ist.«

»Weil meine Brüder, und vor allem Milan, mich brauchten. Ich wollte sie nicht im Stich lassen. Aber ansonsten hatte ich nie eine richtige Beziehung. Ich weiß nicht, ob ich dazu fähig bin, mich für lange Zeit an einen Ort zu binden. Oder an eine Person. Und du bist nicht der Mensch, an dem ich das ausprobieren möchte.«

Lucy wusste seine Ehrlichkeit zu schätzen, doch dass er daran zweifelte, zu einer Beziehung fähig zu sein, stimmte sie traurig.

»Ich will das mit uns nicht aufs Spiel setzen, weil wir uns auf etwas einlassen, das vielleicht nicht gut gehen kann«, erklärte er und sie hatte den Eindruck, dass es ihm schwerfiel, das zuzugeben. »Dafür bist du mir zu wichtig. Und du bist noch jung.«

Das irritierte sie. »Du doch auch. Du bist doch nicht zu alt für mich.«

»Darauf wollte ich nicht hinaus.«

»Sondern?«

»Vielleicht willst du irgendwann mal eine Familie gründen, Kinder haben.«

»Dafür bin ich nicht gemacht, schätze ich.«

»Das denkst du, weil du Angst hast, deine Gabe weiterzuvererben. Ich weiß, dass deine Fähigkeit dich oft sehr belastet. Und es ist wohl wahrscheinlich, dass du sie vererben wirst. Aber ich bin mir sicher, du wärest der Situation gewachsen.«

»Mein Vater war es nicht.«

»Aber du bist nicht dein Vater. Du bist Lenny viel ähnlicher, als du denkst. Ihr seid beide starke Frauen.«

»Ich habe ja noch ein paar Jahre Zeit, um mir darüber klar zu werden.« Vielleicht hatte Vadim recht und irgendwann würde es ein Thema werden, aber aktuell beschäftigten sie ganz andere Dinge.

»Nicht mit mir an deiner Seite«, sagte er.

»Wie meinst du das?«

»Ich werde keine Kinder in die Welt setzen. In meinem früheren Körper hatte ich mich darum gekümmert, dass ich niemals Vater werde. Eine Familie wäre ein viel zu großes Risiko gewesen. Und es ist auch nichts, was ich mir wünsche.«

»Oh!« Es war albern, deshalb rot zu werden, aber dennoch spürte sie, dass ihre Wangen sich färbten. »Dann warst du vorher ... äh ... sterilisiert?«

»Ja.«

»Also möchtest du mir sagen, dass du ein schlechter Mensch warst, dich dein Leben von früher noch immer prägt, du außerdem vielleicht nicht bindungsfähig bist und auch nicht bereit, irgendwann einmal Vater zu werden.«

Er suchte mit seinen dunklen Augen ihren Blick, doch sein Ausdruck war schwer zu deuten. »Richtig.«

»Wow, damit gewinnst du bestimmt den Beliebtheitspreis in jeder Dating-App«, versuchte sie die Situation aufzumuntern, obwohl in ihrem Inneren die verschiedensten Gefühle tobten. Sie würden dieses Gespräch nicht führen, wenn er keine Gefühle für sie hätte, und das ließ ihr Herz hüpfen vor Freude. Doch alles andere gab ihrem Enthusiasmus einen gewaltigen Dämpfer. Es stimmte, dass sie das Thema mit eigenen Kindern schwierig fand, weil sie Angst davor hatte, welche in die Welt zu setzen. Doch es war immer ein Thema gewesen, das sie für später hatte aufschieben können. Sie war achtundzwanzig und manche Frauen waren mindestens zehn Jahre älter, bevor sie das erste Mal Mutter wurden. Bis dahin konnte noch viel passieren. Doch Vadim hatte ihr gerade klar gemacht, dass es mit ihm als Partner keine Option mehr wäre. Es wäre endgültig – und sie war überrascht davon, wie betroffen sie das machte.

»Ich kann nicht in die Zukunft gucken«, versuchte sie, ihre Gefühle in Worte zu fassen. »Ich hatte in meinem ganzen Leben erst eine Beziehung mit einem Mann und der hat mich betrogen. Wahrscheinlich sind meine Beziehungskompetenzen nicht besser als deine. Bei dir weiß ich wenigstens, dass du mit meiner Gabe zurechtkommst. Aber danke, dass du so ehrlich zu mir bist. Auch wenn ich das Gefühl habe, dass du versuchst, dich mir auszureden. Ich frage mich, ob du denkst, dass du kein Glück verdienst. Nicht dass du mich bräuchtest, um Glück zu haben, aber ...«

Sie winkte ab. »Ich hoffe, du weißt, wie ich das meine.«

Er nickte. »Mir ist wichtig, dass du glücklich bist.«

»Vielleicht wäre ich das ja mit dir? Und was ist denn mit deinem Glück?«

»Ich schätze, seit ich gestorben bin, hatte ich schon mehr Glück, als mir zusteht.«

Seine Antworten zeigten ihr, dass er noch nicht in der Lage war, sein altes Leben abzuschütteln. Und das sollte er auch gar nicht in allen Punkten. Es hatte schließlich nicht nur Schlechtes in seiner Vergangenheit gegeben. Außerdem machten seine Erfahrungen ihn zu dem Menschen, der er jetzt war und in den sie sich verliebt hatte.

»Ich akzeptiere deine Vergangenheit und dass sie immer ein Teil von dir sein wird, den du nicht ändern kannst. Aber ich sehe auch den Mann, der du jetzt bist. Und der ist anders, oder?«

Er schien nicht zu wissen, was er darauf sagen sollte. Sie dagegen war hin- und hergerissen zwischen dem Bedürfnis, ihm in die Arme zu fallen und ihn einfach zu küssen und dem erst einmal sacken zu lassen, was er ihr anvertraut hatte. Sie gab dem Impuls, sich ihm zu nähern, nicht nach. Es war so viel passiert in den letzten Tagen. Sie war übermüdet und verwirrt, also nickte sie in Richtung seines Arms. »Wie ist das mit der Schusswunde passiert?«

»Das spielt keine Rolle.«

»Du und Ben habt euch wegen mir in Gefahr gebracht. Und das nicht zum ersten Mal. Und jetzt wurdest du auch noch angeschossen!«

»Es ist wegen mir passiert«, sagte Ben plötzlich und Lucy drehte sich zu ihm, als er sich zu ihr an den Tresen gesellte.

»Was heißt das, es ist wegen dir passiert?«

»Vadim hat gesehen, dass einer der Entführer auf mich zielte. Er hat mich weggestoßen und wurde getroffen.«

Lucys Mund fühlte sich plötzlich trocken an und sie

wusste nicht, was sie dazu sagen sollte. Es war ein Schock, dass Vadim riskiert hatte, von einer Kugel getroffen zu werden. Natürlich wäre es schrecklich gewesen, wenn Ben durch den Schuss getötet oder verletzt worden wäre. Doch Vadim hatte nicht wissen können, dass es für ihn mit einem nicht lebensgefährlichen Treffer im Arm enden würde. Sie blickte ihn fragend an. Er wirkte nicht glücklich darüber, dass Ben dieses Geheimnis preisgegeben hatte.

»Du solltest noch etwas wissen«, fuhr Ben fort, ging zum Schrank und nahm ein Glas heraus, das er mit Wasser füllte. »Damico und ihre Kollegen tappen im Dunkeln, wie zwei oder auch mehr Personen von eurem Aufenthaltsort erfahren haben und die Entführer überraschen konnten. Sie steht deswegen unter Druck, auch wenn die Presse bisher die Geschichte schluckt, dass es ein Sondereinsatzkommando der Polizei gewesen ist.«

»Was aber nicht stimmt«, murmelte Lucy.

»Wie vermutet, geht Damico davon aus, dass ich mit der Aktion etwas zu tun habe. Auch meine Kollegen von Safetec hat sie im Verdacht. Und schließlich hat sie die Idee geäußert, dass sich jemand, der Lippen lesen kann, die Videos vom Keller ansehen könnte, auf denen du mit Amelie zu sehen bist. Sie denkt, ich will vielleicht gar nicht mich, sondern eine andere Person schützen. So kam sie auf dich.«

Ein mulmiges Gefühl breitete sich in ihrem Magen aus. Als würde es nicht reichen, dass sie eine Entführung durchgemacht hatten und sie besorgt wegen Vadim und ihrer Mum war, drohte Amelie und ihr womöglich noch immer Gefahr durch die Hintermänner der Tat. Und nun hatte Damico sich auch noch an der Sache mit der Befreiungsaktion festgebissen.

»Es kann ein Bluff sein«, sagte Ben. »Wir wissen nicht, wie viele Aufnahmen es überhaupt gibt oder ob nicht das meiste von den Entführern gelöscht wurde. Eventuell hat

Damico also weiterhin gar nichts in der Hand. Aber wir müssen auf alles vorbereitet sein.«

»Amelie und ich haben viel geflüstert, weil wir nicht wussten, ob es Mikrofone gibt. Das müsste schwerer zu lesen sein, oder?«, überlegte Lucy. »Und oft haben wir auch mit dem Rücken zur Kamera gelegen, aber natürlich nicht immer. Zum Glück ahnten wir ja nichts davon, dass ihr uns dort rausholen wollt. Aber natürlich habe ich viel mit Mascha gesprochen.«

»Wie gesagt, wir wissen nicht, wie gut die Aufzeichnungen sind und was sichtbar ist«, wiederholte Ben. »Fakt ist, dass Damico dich auf dem Kieker hat, Lucy. Und mich sowieso. Sie ahnt auch, dass du in den Herbstfall involviert warst.«

»Sie ist clever«, ergänzte Vadim. »Es ist kein Wunder, dass sie solche Schlüsse zieht.«

»Es tut mir so leid, dass du wegen mir so viel Ärger hast«, sagte Lucy an Ben gerichtet. »Ich wünschte, sie würde dich einfach in Ruhe lassen.«

»Ich wusste, worauf ich mich einlasse.«

»Ihr habt immer so viel Ärger wegen mir.« Sie spürte, dass ihr die Tränen kamen.

Ben berührte sie sanft an der Schulter. »Den Ärger haben wir nicht wegen dir«, meinte er.

»Natürlich habt ihr das.« Sie räusperte sich und blinzelte heftig, um die feuchten Augen zu verbergen.

»Du warst nicht mal das Ziel der Entführer. Du hattest nur verdammt viel Pech.«

»Aber vielleicht wäre es besser, Damico zu erzählen, was ich kann, oder?«

»Dann müsste sie auch von Lenny erfahren«, gab Vadim zu bedenken.

»Stimmt. Ich müsste das mit Mum besprechen.«

»Wir müssen Damico nichts von deiner Gabe erzählen«,

versuchte Ben sie zu beruhigen. »Du und deine Mutter müssen nichts riskieren. Bisher kann Damico uns nichts nachweisen.«

»Aber wenn sie nicht blufft mit den Videos, dann könnte sie im worst case damit herausfinden, woher du wusstest, wo wir festgehalten werden.«

»Möglich wäre es«, lenkte Ben ein.

Lucy sah zu Vadim, der sie mit ernster Miene betrachtete, und fragte sich, ob ihm das Gespräch, das sie eben zu zweit geführt hatten, ebenso nachhing wie ihr. Doch gleichzeitig gingen ihr so viele andere Gedanken durch den Kopf, dass sie gar nicht mehr wusste, wo sie mit Nachdenken anfangen sollte. Sie trank das Wasser aus und räumte das leere Glas in die Spülmaschine, wobei sie gegen ihn stieß.

»Sorry«, sagte sie und war erleichtert, dass sie wenigstens nicht an seinen verletzten Arm gekommen war. »Bevor du wirklich Ärger bekommst, wird sicherlich auch Mum damit einverstanden sein, Damico einzuweihen.«

»So weit ist es noch nicht«, erwiderte Ben.

Vadims Gesicht verriet nicht, wie er die Situation einschätzte, doch sie fühlte sich mit einem Mal auch viel zu müde, um das noch weiter zu diskutieren.

»Ich sollte versuchen, ein wenig zu schlafen.« Sie ging in Richtung der Tür. »Gute Nacht.«

»Schlaf gut«, sagten die Männer synchron und mit dem Gefühl, dass vermutlich bald ihr Kopf platzen würde, schlich sie zurück zu Amelie ins Gästezimmer.

26.

Am nächsten Morgen war Ben nicht überrascht, mal wieder Damicos Namen auf dem Display seines Telefons zu sehen. Es war zehn Uhr und er war bereits seit drei Stunden wach. Eigentlich hatte er geplant, kurz im Büro vorbeizufahren, während Vadim in seiner Wohnung die Stellung hielt. Steffen hatte jedoch darauf bestanden, dass er sich ein paar Tage freinehmen solle, bis sein privates Thema geklärt war.

Ben war erleichtert, dass er ansonsten keine weiteren Fragen gestellt hatte. Er würde ihm irgendwann alles in Ruhe erzählen, aber noch nicht jetzt. Vielleicht hatte Steffen auch längst eine Vermutung, immerhin las er regelmäßig die regionale Zeitung.

Vadim saß bereits in Jeans und dünnem Pulli auf dem Sofa, das nicht zum Bett umfunktioniert war, und trank einen Kaffee.

»Stevens hier«, sagte er knapp, als er den Anruf annahm.

»Guten Morgen. Sind Sie und die Frauen gerade bei Ihnen in der Wohnung?«, wollte Damico wissen.

»Sicher.«

»Kann ich vorbeikommen?«

»Wenn Ihnen niemand folgt.«

»Ich bin selbstverständlich vorsichtig«, erwiderte sie in leicht säuerlichem Tonfall. »Ich brauche etwa dreißig Minuten.«

»Damico?«, fragte Vadim von der Couch aus.

»Ja.«

»Sie wird auch mit Lucy und Amelie reden wollen. Ich wecke die beiden mal.«

Ben blickte ihm nach und hörte erst ein leises, dann ein energischeres Klopfen an der Gästezimmertür. Offenbar hatten Amelie und Lucy einen gesunden Schlaf. Das wertete er als gutes Zeichen nach dem ganzen Stress.

Er hoffte, dass Damico gute Neuigkeiten mitbrachte. Er hatte Glück, dass Steffen so viel Verständnis zeigte, denn in seinem alten Job wäre nicht mal eben eine Auszeit möglich gewesen, bloß weil er privat etwas zu regeln hatte. Aber bei aller Nachsicht seines besten Freundes – die aktuelle Situation war keine Dauerlösung, sondern nur ein vorübergehender Notfallplan.

Vadim kehrte zurück und hinter ihm schlurfte Lucy in einem hellblauen Flanellschlafanzug ins Wohnzimmer, was eine deutliche Verbesserung im Vergleich zu dem Onesie war, oder wie dieses Ding noch mal geheißen hatte. Sie rieb sich die Augen und blinzelte in Bens Richtung, während sie versuchte, die Haare mit den Fingern zu kämmen.

»Amelie hat sich ins Bad vorgedrängelt«, erklärte sie. »Aber notfalls muss Damico eben ungekämmt mit mir vorliebnehmen.« Sie zupfte an ihren Haaren und grinste ihn an. Es war angenehm, dass sie kein Theater deswegen machte, sondern es locker nahm. Schlagartig wurde ihm bewusst, dass seine verstorbene Großmutter sie sehr gemocht hätte. Sie hatte nie etwas übrig gehabt für übertriebene Eitelkeit oder für Menschen, die sich selbst zu wichtig nahmen. Stattdessen hatte sie zu Lebzeiten einen Faible für außergewöhnliche Persönlichkeiten gehabt.

Nur dass dies alles keine Rolle spielte. Seine Großmutter konnte Lucy nicht mehr kennenlernen. Zudem war es offensichtlich, dass die Chemie zwischen Lucy und Vadim stimmte. Vadim hatte ihm sogar gestanden, dass er Lucy liebte – und genau aus dem Grund hielt der Ex-Killer sich zugleich fern von ihr. Die Frage war, ob er das auch zukünftig so beibehalten würde. Falls er es nicht tat, war

Ben bewusst, dass es ihn inzwischen nicht mehr so beunruhigte, seit er Vadim besser kannte. Ihm war klar, dass er Lucy niemals etwas antun würde. Und anscheinend bemühte Vadim sich wirklich darum, ein normales Leben zu führen. Vor allem für Lucy war es wünschenswert, dass ihm das gelang. Sie war ein wichtiger Mensch für ihn geworden und Ben wollte nicht, dass ihr jemand wehtat.

»Mum geht es übrigens besser. Sie hat mir schon geschrieben, dass alles in Ordnung ist. Aber ich bin dennoch froh, dass Dan bei ihr ist und auf sie aufpasst. Habt ihr eigentlich eine Idee, was Damico hier will, so früh am Morgen?«

»Uns bestenfalls gute Neuigkeiten mitbringen«, murmelte Ben.

Lucy versuchte, nicht nervös herumzuzappeln, während sie zu den beiden Sofas blickte, auf denen Ben und die Kommissarin saßen. Vadim hatte entschieden, dass es besser wäre, weiterhin nicht allzu viel Aufmerksamkeit auf sich zu lenken, daher hatte Ben ihm angeboten, dass er so lange in seinem Schlafzimmer TV schauen könne. Doch Vadim hatte sich dazu entschlossen, lieber in dem Sportraum zu trainieren. Lucy missfiel das, da sie der Ansicht war, dass er seinen Arm schonen sollte, aber Vadim hatte erwähnt, dass er auf das Laufband gehen würde, statt Gewichte zu stemmen. Das würde der Wundheilung hoffentlich nicht schaden.

Amelie saß neben ihr auf einem der Barhocker. Nach einem schnellen Frühstück hatte sie kurz mit ihren Eltern und anschließend mit Jack geredet, dann hatte bereits die Kommissarin geklingelt. Lucy spürte jedoch, dass Amelie das Gespräch mit Jack nachhing. Während ihre Freundin sich vermutlich Gedanken darüber machte, wie es mit ihr und ihrem Verlobten weitergehen sollte, hatten ihre Eltern es übernommen, allen an der Hochzeit Beteiligten Bescheid zu geben, dass die Trauung nicht stattfinden würde. Das Standesamt musste informiert werden, ebenso die Betreiber der Location, die auch für das Essen verantwortlich waren, der DJ, die Fotografin, der Friseur. Und natürlich mussten die knapp sechzig Gäste ausgeladen werden.

Ein Räuspern der Kommissarin riss Lucy aus ihren Gedanken. Damico saß auf dem Sofa, das Vadim nachts als Bett genutzt hatte, das inzwischen jedoch als Sitzgelegenheit diente.

»Es war eine gute Idee, vorübergehend hier unterzukommen«, lobte Damico.

»Gibt es Hinweise auf eine akute Bedrohung?«, wollte Ben wissen.

»Nein, keine von der wir wissen. Aber da den Tätern die Adressen von Frau Maiwald und Frau Schultz bekannt sind, ist dieser Ort per se als sicherer einzustufen.«

»*Lenny geht es gut. Ich war gerade bei ihr und Dan kümmert sich rührend um sie*«, schwärmte Mascha.

Das hatte Lucy bereits von ihrer Mum erfahren. Nun interessierte sie vor allem, was Mascha von der Polizeistation zu berichten wusste, bloß konnte sie schlecht laut eine Frage an Mascha stellen. Sie überlegte, kurz das Zimmer zu verlassen, doch sie war zugleich neugierig, weshalb Damico in Bens Wohnzimmer saß. Daher blieb sie auf ihrem Platz und beschloss, Mascha später auszufragen.

»Callum Toohey wollte gestern Abend überraschend ein Geständnis ablegen«, berichtete Damico.

»Was? Callum hängt in dem Fall mit drin?«, fragte Amelie sichtlich geschockt. Ihre Stimme klang fast eine Oktave höher als sonst.

»Ja. Tut mir leid.« Damico warf Amelie einen bedauernden Blick zu. »Es hat ein wenig gedauert, bis ein Rechtsbeistand vor Ort war, doch dann konnten wir mit ihm sprechen.«

»Wir?«, hakte Ben nach.

Die Beamtin seufzte und fuhr sich mit der rechten Hand über die dunklen Haare, die sie straff nach hinten gesteckt hatte. »Ich bin nicht die Einzige, die an dem Fall arbeitet.«

Ben sah aus, als wolle er dazu eine Frage stellen, doch Amelie kam ihm mit einem »Wieso hat Callum das getan?« zuvor. Sie rang sichtlich um Fassung.

»Offenbar aufgrund von Spielschulden. Er hatte als junger Mann eine Weile mit Spielsucht zu kämpfen und ist vor zwei Jahren rückfällig …«

Lucy verlor den Faden, als eine weitere vertraute Stimme erklang, nur dass sie diese nach wie vor nicht verstehen konnte. Allerdings nahm sie wahr, dass sie aufgeregt war.

»Ach du liebes bisschen«, sagte Mascha. *»Elwira muss mir von der Polizei aus hierher gefolgt sein. Das tut mir leid.«*

»Was will sie?«, rutschte es aus Lucy heraus und Damico stoppte ihren Redefluss und schaute sie irritiert an.

»Was meinen Sie?«, fragte die Beamtin.

»Entschuldigung, ich war kurz abgelenkt.«

Damico runzelte die Stirn, dann setzte sie ein Lächeln auf. »In der Kurzfassung sagte ich, dass Toohey als junger Mann bereits eine Spielproblematik hatte, die zwischendurch aber überwunden schien. Das bestätigte uns auch Ihr Verlobter.« Die letzten Worte richtete sie an Amelie. »Seit zwei Jahren spielt er jedoch wieder aktiv und hat hohe Schulden angesammelt. Wir vermuten, dass Jacks Umfeld vorab sehr gründlich ausspioniert wurde.«

»Und da war Callum ein gefundenes Opfer«, vermutete Ben.

»Richtig. Angeblich wollte er vor Kurzem aus der Sache

aussteigen, aber daraufhin bedrohte man seine Ex-Frau und den Sohn.«

»Der Kleine ist gerade mal zweieinhalb.« Amelie wirkte, als würde sie jeden Moment in Tränen ausbrechen. Lucy, die neben ihr saß, strich ihr über den Rücken.

»Ist mit ihm und seiner Mutter alles in Ordnung?«

»Ja. Wir haben in Canberra sofort die Behörden informiert. Es geht ihnen gut und sie stehen unter Polizeischutz.«

Lucy fiel es zunehmend schwerer, Elwiras Lamentieren auszublenden.

»Liebes, ich glaube, es ist wirklich wichtig, was Elwira zu sagen hat. Sie behauptet, ihr Sohn hätte einen Weg gefunden, sich in seiner Zelle etwas anzutun.«

Lucy konnte im letzten Moment ein erschrockenes »Was?« unterdrücken und räusperte sich.

»Sie sagt, es müsse sofort jemand nach ihm sehen. Deswegen ist sie verständlicherweise so aufgebracht.«

»Äh, die Männer in der Zelle ... also die Entführer«, sagte Lucy laut. »Geht es denen gut?«

Damico verwirrte der Themenwechsel offenbar. »So gut, wie es einem bei den erhobenen Vorwürfen gehen kann.«

»Werden die Männer bewacht?«

Eine nachdenkliche Falte erschien auf ihrer Stirn. »Wie meinen Sie das?«

»Also per Video oder so«, erklärte Lucy.

»Nein, aber Sie können unbesorgt sein – es ist den Männern nicht möglich, aus der Haft zu entkommen. Zumindest die Entführer können Ihnen nichts mehr tun.«

»Darum geht es nicht. Aber könnten Sie mal nach den Männern sehen lassen?«

Damico sah sie völlig verständnislos an.

»Bitte, es wäre wichtig.«

»Sie brauchen sich wirklich keine Gedanken zu ...«

»Doch, das muss ich«, ereiferte sich Lucy und musste sich beherrschen, nicht lauter zu sprechen als nötig, weil sie die ganze Zeit Elwiras panische Stimme im Ohr hatte, während Mascha anscheinend versuchte, sie zu beruhigen. »Ich glaube, einer der Männer will sich etwas antun!«

Obwohl Damico sie musterte, als würde Lucy gerade den Verstand verlieren, stand sie von der Couch auf und ging mit dem Smartphone in der Hand in den Flur.

»Ich habe Elwira Bescheid gesagt, dass du die Kommissarin informiert hast. Sie ist dir sehr dankbar. Auch wenn sie ein bisschen Sorge hat, was die amerikanischen Beamten mit ihrem Sohn machen. Sie kann verstehen, dass er Angst hat.«

»Welche amerikanischen Beamten?«, flüsterte Lucy und schielte in Richtung des Flurs, doch Damico konnte sie vermutlich nicht hören, weil sie telefonierte.

»Was ist los?«, fragte Amelie, während Ben sie aufmerksam beobachtete.

»Elwira ist hier«, sagte Lucy leise. »Und ...« Da Damcio ins Wohnzimmer zurückkehrte, brach sie die Erklärung rasch ab. Mit skeptischem Blick, und dem Telefon noch in der Hand, stellte die Beamtin sich mit einem Meter Abstand vor Lucy, die noch immer auf dem Barhocker saß.

»Sie lagen richtig. Einer der Männer hat versucht, sich etwas anzutun. Woher wussten Sie das?«

»Das ... äh ... war nur so ein Gefühl. Ich habe mal gelesen, dass viele Menschen in Untersuchungshaft versuchen, Suizid zu begehen.« Das hatte sie tatsächlich mal irgendwo aufgeschnappt und in ihren Ohren klang das einigermaßen glaubwürdig. Amelie dagegen presste rasch die Lippen aufeinander und musste sich wohl eine Bemerkung verkneifen. Damico schien das nicht zu entgehen.

»Aha. Sie hatten also eine Eingebung aufgrund eines Artikels, den Sie mal gelesen haben?«

»Hm.«

»Elwira hat sich inzwischen selbst davon überzeugt, dass es ihrem Sohn gut geht. Sie ist dir unendlich dankbar und hat einen Namen für dich, der in dem Fall weiterhelfen wird. Das behauptet sie zumindest.«

»Nicht jetzt«, rutschte es aus Lucy heraus.

»Nicht jetzt?«, wiederholte Damico fragend.

»Äh ja, also jetzt habe ich keine Eingebung mehr. Nur falls Sie danach fragen wollten.«

»Wollte ich nicht.« Damico drehte ihren Kopf in Bens Richtung, dann wandte sie sich wieder an Lucy. »Ich weiß nicht, was hier gerade gespielt wird, aber ich bin mir ganz sicher, irgendwas ist hier im Busch. Möchte mich vielleicht jemand aufklären?«

Lucy fing Bens Blick auf und sie dachte daran, dass er in Schwierigkeiten steckte, weil er Amelie und ihr das Leben gerettet hatte und der Kommissarin keine sinnvolle Erklärung liefern konnte. Er war bereit, den Kopf hinzuhalten, um sie zu schützen. Ebenso schützte er Vadim, den er aus der ganzen Sache heraushielt. Nun standen sie alle unter Druck, weil Damico diese bescheuert-geniale Idee mit dem Lippenlesen hatte – eine Idee, die Lucy beunruhigte. Sie wusste schließlich nicht, was sich daraus ergeben würde. Und nun hatte sie noch mehr Skepsis geweckt, weil sie trotz aller Wut auf die Entführer nicht hatte zulassen wollen, dass sich ein Mensch das Leben nahm.

»Ich kann mit Geistern reden«, platzte es aus ihr heraus und sie ließ Damico keinen Moment, um die Nachricht zu verdauen, sondern sprach sofort weiter, während sie Bens und Amelies verblüffte Blicke auffing.

»Damit meine ich die Seelen von Verstorbenen, die nicht sofort ins Licht gehen.« Sie musste es Damico zugutehalten, dass sie ihre Mimik gut im Griff hatte. Sie ließ sich nicht anmerken, was in ihr vorging. Das war schon mal keine allzu negative Reaktion, was sie dazu ermunterte, weiterzureden. »Ich kann sie nicht sehen, aber hören. Und meine Mum kann es auch. Deswegen wusste sie, wo Amelie und ich eingesperrt waren. Und so war es anscheinend irgendwem möglich, Amelie und mich zu befreien.« Lucy holte einmal tief Luft. »Ich wollte es Ihnen eigentlich nicht verraten, aber nun ... In den letzten Monaten ist es irgendwie verhext. Im Sommer musste ich es Niklas erzählen, weil er gemerkt hat, dass ich ihn anlüge, als es um den Mordfall von meiner Nachbarin ging. Ich hatte versucht, ihm den Täter zu beschreiben, aber eigentlich habe ich den Täter nie gesehen, sondern einer der Geister.«

Damico massierte sich mit den Fingern die Schläfen, hörte aber weiter schweigend zu.

»Als ich es Ben gesagt habe, hat er mir erst mal nicht geglaubt. Deswegen rede ich nicht gerne darüber. Ich will nicht in psychiatrischer Behandlung landen. Das andere Problem ist, dass meine Mum und ich nicht wollen, dass die Presse davon erfährt.« Ihr Magen schlug Purzelbäume, während sie auf eine Reaktion wartete.

»Wow«, meinte Damico, hörte auf damit, sich um ihre Schläfen zu kümmern, und lief ein paar Schritte in Richtung des Balkons, um aus dem großen Fenster zu blicken.

»Geben Sie mir einen Moment«, bat sie und Lucy warf Ben einen unsicheren Blick zu.

»Ist nicht leicht zu verdauen«, sagte er und sie bemühte sich, ruhig ein- und auszuatmen.

Mit einem »Heilige Scheiße« kehrte Damico an ihren Platz auf der Couch zurück. »Das erklärt so vieles! Ich meine, es ist völlig verrückt, was Sie mir da erzählen, aber es ist eine Antwort auf meine Fragen. Und auf meine Ratlosigkeit, warum mir einige Leute immer einen Schritt voraus sind.« Sie guckte zu Ben. »Sie wissen also schon länger Bescheid?«

»Ja.«

»Und Sie hatten Ihre Zweifel?«

»Natürlich. Aber Lucy konnte mir beweisen, dass es stimmt, was sie behauptet.«

»Wirklich?«

Er nickte stumm.

»Ich fasse es nicht, dass Niklas mir nichts davon gesagt hat.«

»Er hatte es mir versprochen«, sagte Lucy schnell, die nicht wollte, dass er Ärger bekam. »Bei ihm war mein Geheimnis in guten Händen. Und darauf hoffe ich bei Ihnen auch.«

»Hm«, machte Damico und schenkte dem leeren Kaffeebecher einen sehnsüchtigen Blick. Das war wohl auch Ben aufgefallen, der sich den Becher schnappte und auf die Kaffeemaschine zuging.

»Woher wussten Sie von dem Entführer in Untersuchungshaft, der sich etwas antun will?«

»Von seiner Mutter«, sagte Lucy und berichtete von Elwira, die sie auf dem Bauernhof kennengelernt hatte.

»Entweder wache ich gleich aus einem verrückten Traum auf oder es ist die wirklich unglaublichste Geschichte, die ich je gehört habe.«

Ben kehrte mit einem frisch gefüllten Kaffeebecher zurück zu der Sofaecke und Damico nahm den Becher dankend entgegen.

»Für Lucy und ihre Mutter wäre es ein großes Risiko, wenn zu viele Menschen von ihrer Fähigkeit wissen«, mahnte er, während er sich setzte.

»Ist es das?«, fragte Damico. »Andere würden es nutzen und viel Geld damit verdienen.«

»Vermutlich drängt es nur die Scharlatane an die Öffentlichkeit«, erwiderte Ben. »Weil die nichts zu befürchten haben, da sie bloß geschickt darin sind, andere Menschen zu täuschen. Wenn jemand wirklich ein Medium ist, ist nicht nur die Presse ein Problem.«

»Das ist mir bewusst. Viele Menschen hätten ein großes Interesse an solch einer Gabe. Ich bin allerdings noch damit beschäftigt zu verdauen, dass Tote in unserer Welt herumspuken. Auch wenn meine Großmutter so was immer behauptet hat.« Damico fasste an ihre hintere Jeanstasche und zog ein Päckchen Kaugummi daraus hervor. Nach einem Blick auf den vor ihr stehenden Kaffee steckte sie dieses jedoch wieder zurück.

»Da Niklas und Herr Stevens Ihnen glauben, und anders auch kaum zu erklären ist, wie man Sie und Frau Schultz so schnell finden konnte und woher Sie das mit der Suizidgefahr wussten, bleibt mir gerade wohl nichts anders übrig, als Ihnen ebenfalls Glauben zu schenken.« Sie trommelte mit den Fingern auf dem Becher herum. »Sind gerade Geister hier?«

»Ja, zwei.«

»Einer davon ist die Mutter von einem der Täter?«

»Ja.«

»Das heißt also, Sie haben ständig Geister um sich?«

»Ständig nicht, aber sehr oft. Mascha begleitet mich schon seit meiner Ausbildung. Nur dank ihr wusste man, wo wir festgehalten werden.«

»Hat Mascha sich auch auf der Dienststelle umgesehen und Ihnen von unseren Ermittlungen erzählt?«

»Äh, na ja ... Also Mascha hört gerade mit, aber sie ist kein Spion oder so was.« Leider spürte sie, wie ihre Wangen heiß wurden.

»Nie?«, hakte Damico nach.

»Vielleicht hat Mascha ein wenig geholfen, als Bens Chef angeschossen wurde.«

»So ist Niklas also im Herbst auf das Drogenlabor gestoßen.«

»Richtig.«

»Verstehe, verstehe.« Damico musterte Amelie. »Ich nehme an, Sie wissen Bescheid, denn Sie wirken recht entspannt.«

Amelie nickte. »Ich weiß es schon seit unserer Schulzeit.«

»Sie haben nichts erwähnt bei der Befragung im Krankenhaus.«

»Ich wusste ja, wie wichtig es Lucy und ihrer Mum ist, das Geheimnis zu bewahren.«

»Weiß Ihr Verlobter Bescheid?«

»Nein.«

»Hm.« Damico stellte den Becher ab und tippte sich mit dem Zeigefinger auf die geschlossenen Lippen. Es war ihr deutlich anzusehen, wie sie die ganzen Informationen verarbeitete. »Sie und Ihre Mutter hätten niemanden entführen müssen, um herauszufinden, was es mit der Waffentechnologie auf sich hat«, sagte sie schließlich.

»Was soll die Spekulation?«, mischte Ben sich ein.

»Ich versuche, mir über ein paar Dinge klar zu werden«, antwortete Damico ruhig.

»Für Waffentechnologie oder so was interessieren meine Mum und ich uns ganz sicher nicht. Wenn ein Mensch, den ich kenne, aber angeschossen wird, dann bin ich gerne behilflich, wenn es darum geht, den Täter zu finden. Meine Mum arbeitet für eine Hilfsorganisation in den USA und als psychologische Beraterin. Da kommt ihr diese Fähigkeit oft zugute. Aber Profit macht sie damit genauso wenig wie ich.« Die Unterstellung ärgerte sie und Damico hob beschwichtigend die Hände.

»Tut mir leid, Lucy, aber ich kenne Sie kaum und das ist ein harter Brocken, den ich hier gerade verdauen muss. Grundsätzlich sind Ihre Fähigkeiten ein Sicherheitsrisiko. Sie können damit nicht nur Gutes tun, sondern theoretisch auch viel Unheil anrichten.«

»Das ist ihr bewusst«, ergriff Ben das Wort. »Aber wie Lucy schon sagte, ist das nicht ihr Interesse oder das ihrer Mutter.«

»Ich glaube das sogar. Und ich weiß es sehr zu schätzen, dass Sie sich mir anvertraut haben.« Sie sah zu Ben. »Wir alle in diesem Raum wissen ja, wer bei der Aktion auf dem Bauernhof federführend war.«

Auf diese Unterstellung ließ Ben sich nicht ein und Lucy stellte rasch eine Frage, die sie beschäftigte. »Wie geht es jetzt weiter?«

Im Hintergrund hörte sie Mascha und Elwira noch immer leise miteinander reden. Damico verließ ihren Platz auf der Couch und stellte sich ans Fenster. »Das ist eine wirklich gute Frage. Jetzt verstehe ich Niklas' Problem mit der Quelle, die er mir nicht nennen konnte – sowohl bei dem Fall mit Ihrer Nachbarin als auch bei der Ermittlung im Herbst. Aber Sie können sich zumindest darauf verlassen, dass ich gleich nicht aus der Wohnung stürme und sofort irgendwem davon erzähle. Auch wenn es eine Herausforderung ist in diesem Fall. Nicht nur mein direkter Vorgesetzter wird sehr unzufrieden sein, wenn wir nicht herausfinden, wer Sie und Frau Schultz in dem Bauernhof ausfindig gemacht hat. Es sind nun weitere Ermittler aktiv.«

»Die Beamten aus den USA«, murmelte Lucy.

»Ach? Hatte ich erwähnt, dass sie unter anderem aus den USA sind? Ich glaube nicht.« Ihr Blick war tadelnd und Lucy hätte sich ohrfeigen können, weil sie überhaupt etwas gesagt hatte.

»Liebes, ich habe dir den Namen von Elwira noch gar nicht mitgeteilt, der bei den Ermittlungen helfen könnte.«

»Was ist das denn für ein Name?« Es war ihr unangenehm, vor der Kommissarin mit Mascha zu sprechen, doch nun wusste die Beamtin sowieso Bescheid. Doch der skeptische Ausdruck in ihrem Gesicht entging ihr nicht.

»Reden Sie gerade mit ...?« Damico hielt fragend die Hände in die Luft.

»Tut sie«, antwortete Amelie, während Lucy sich auf Maschas Worte konzentrierte.

»*Der Name lautet Trifon Andreyew.*«

»Wie?«

»*Trifon Andreyew*«, wiederholte Mascha den Namen, diesmal betont langsam.

»Trifon Andreyew?«, sprach Lucy ihr unsicher nach und nahm wahr, wie Ben sich versteifte, während Damico hörbar die Luft einsog.

27.

Vadim stieg von dem Laufband, schaltete es aus und nahm die Bluetooth-Kopfhörer aus dem Ohr, über die er während des Trainings Podcasts gehört hatte. Es fiel ihm schwer, weiter hier unten die Zeit totzuschlagen, denn er hatte nichts mitgenommen außer seinem Smartphone. Das Buch, das er gerade las, lag oben auf dem Couchtisch im Wohnzimmer. Er wollte nicht in das Gespräch der anderen platzen, um es zu holen.

Er betrachtete nachdenklich den Boxsack, doch bereits das leichte Lauftraining hatte ihn mehr angestrengt als üblich. In seinem verletzten Arm pochte es. Das wertete er als Signal, dass sein Körper Ruhe brauchte. Er zog die dunkelblaue Sportmatte, die neben dem Laufband lag, in die Raummitte, zog seine Sportschuhe aus und setzte sich bequem hin. Bevor er gestorben war, hatte er regelmäßig meditiert. In seinem damaligen Job hatte er jederzeit fokussiert und konzentriert sein müssen, doch seit er ins echte Leben zurückgekehrt war, hatte er ans Meditieren kaum noch einen Gedanken verschwendet. Es war erstaunlich, wie schnell diese Routine in Vergessenheit geraten war. Andererseits waren vier Jahre eine lange Zeit.

Vier Jahre, in denen er täglich an Lucys Seite gewesen war – als Geist, der tiefgründige Gespräche mit ihr führte oder sie vor penetranten Geistern beschützte, die etwas zu hartnäckig versuchten, Kontakt zu ihr aufzunehmen. Er hatte Lucys Gesellschaft immer sehr genossen. Es hatte gut getan, mit ihr reden zu können, zumal alles so viel unkomplizierter gewesen war zwischen ihnen, als er noch ein Geist gewesen war. Aber vielleicht war es auch gar nicht kompliziert. Vielleicht war er bloß ein verdammter Feigling. Er hatte ihre Enttäuschung bemerkt bei ihrem Gespräch letzte Nacht. Ihm war bewusst, dass es bisher an ihm lag, dass sie sich nicht nähergekommen waren.

Er schloss die Augen und atmete ruhig ein und aus. Jetzt war nicht der geeignete Zeitpunkt, um darüber zu grübeln. Zurzeit hatte Lucy andere Sorgen. Sie und Amelie mussten sich bei Ben verstecken, da die Lage noch immer unklar war. Aber er konnte dieses Thema auch nicht ewig aufschieben. Außerdem war es anstrengend, täglich an Lucys Seite zu sein und seine Gefühle zu ignorieren. Das machte ihn fertig. Und seinen ursprünglichen Plan, nicht zu viel Nähe zuzulassen, hatte sein Unterbewusstsein torpediert, indem er sie stattdessen auf eine Urlaubsreise nach Griechenland eingeladen hatte. Es nutzte nichts, sich weiter etwas vorzumachen. Auch wenn er nicht in die Zukunft gucken konnte, jetzt wollte er nichts lieber als der Partner an ihrer Seite sein.

●———— •●●•• ————●

»Habe ich was Falsches gesagt?«, wollte Lucy wissen, denn die Reaktionen von Ben und der Kommissarin beunruhigten sie. Amelie dagegen warf ihr einen ratlosen Blick zu und zuckte mit den Schultern.

»Warum sagen Sie den Namen?«, fragte Damico.

»Mascha hat ihn mir genannt. Sie hat von Elwira erfahren, dass dieser Andreyew mit dem Fall zu tun hat und wohl eine bedeutende Rolle spielt.«

»Shit!« Damico fuhr sich mit der Hand über die Stirn.

Lucy sah Ben fragend an.

»Was ist los?«, hakte nun auch Amelie nach. »Mir sagt der Name überhaupt nichts.«

»Aber dir schon«, stellte Lucy fest, während sie Ben nicht aus den Augen ließ.

Er nickte. »Andreyew ist ein bekannter Waffenhändler.«

»Okay …«, sagte Lucy, die zwar wusste, was ein Waffenhändler war, aber noch immer keine Ahnung hatte, warum die Kommissarin und Ben so reagierten. Dass kein Heiliger in die Sache verwickelt war, lag schließlich auf der Hand.

»Der Mann steht in mehreren Ländern auf der Fahndungsliste«, erklärte Damico. »Er macht unter anderem Geschäfte mit Terroristen. Entsprechend gibt es einige Länder, die durchaus gerne mit ihm kooperieren.«

»Was heißt das?«, wollte Amelie wissen.

»Dass sie ihn nicht an uns ausliefern würden. Der Mann ist nicht dumm. Leider. Und er hat zahlreiche finanzielle Mittel zur Verfügung, um es sich irgendwo gut gehen zu lassen und für seine Sicherheit zu sorgen.«

»Seine Mittel reichen auch aus, um solch eine Entführung zu organisieren«, ergänzte Ben.

»Allerdings«, stimmte Damico ihm zu. »Aber ich kann nun schlecht in die Dienststelle spazieren und behaupten, dass ich die Eingebung hatte, dass Andreyew etwas mit dem Fall zu tun hat.«

»Sie könnten behaupten, dass ich den Namen von den Entführern aufgeschnappt habe«, schlug Lucy vor.

»Sie würden keiner Zeugenbefragung standhalten, Lucy. Nichts für ungut, aber das wissen Sie genauso gut wie ich.«

Lucy presste die Lippen aufeinander. Sie hatte spontan widersprechen wollen, doch die Kommissarin hatte recht. Sie war eine miserable Lügnerin.

»Mal abgesehen davon würde ich Ihnen auch davon abraten, dass Sie als Zeugin gegen einen Mann wie Andreyew aussagen, wenn Sie noch nicht mal eine echte Zeugin sind. Wenn er denn wirklich etwas mit dem Fall zu tun hat und Sie dieser Geist nicht in die Irre führt.«

»Das glaube ich nicht. Elwira war wohl sehr dankbar, dass ich ihrem Sohn das Leben gerettet habe. Ich kann nicht direkt mit ihr sprechen, Mascha muss dolmetschen. Eigentlich wäre es doch gut, wenn ich mit Maschas und Elwiras Hilfe mehr zu dem Fall herausfinde, oder? Nutzen nicht viele Kommissare irgendwelche inoffiziellen Kontaktpersonen, um bei ihren Ermittlungen voranzukommen?«

Damico starrte sie einen Moment lang schweigend an, dann schüttelte sie den Kopf. »Ich bitte Sie in diesem Fall eindringlich, dass Sie nicht Ihre Fähigkeiten nutzen, um heimlich zu ermitteln. Dasselbe gilt für Ihre Mutter.«

Lucy wollte etwas erwidern, doch Damico hob die Hand. »Bitte, lassen Sie mich erst ausreden. Dieser Fall ist ein ganz anderes Kaliber als die Sache im Herbst, bei der Sie Herrn Stevens behilflich waren. Außerdem werde ich den Fall abgeben müssen.«

»Was? Warum das denn?«

»Weil ich für die Personen, die ab sofort ermitteln werden, nicht mehr bin als eine kleine Provinz-Polizeihauptkommissarin. Und das ist vermutlich noch nett formuliert.«

Es tat Lucy leid, das zu hören, doch Damico winkte mit einem Lachen ab. »Mein Ego verkraftet das. Ich hätte natürlich gerne weiter ermittelt. Aber nachdem sich herausgestellt hat, worum es geht, war mir klar, dass ich diesen Fall nicht zum Abschluss bringen werde.«

»Aber es wird doch weiter ermittelt, oder?«

»Natürlich. Aber das BKA übernimmt und Interpol ist eingeschaltet. Das ist ein internationaler Fall. Als würde das nicht reichen, geht es hier auch noch um ein Militärbündnis zwischen den USA, England und Australien sowie höchst geheime Informationen.«

»Und wenn dieser Andreyew da wirklich mit drin steckt? Dann muss er doch vor Gericht«, meinte Lucy.

»Es tut mir leid, wenn ich das so ehrlich sagen muss, aber es gibt manchmal Fälle, bei denen nicht alle Verantwortlichen festgenommen und verurteilt werden können.«

»Meinen Sie das ernst?«

»Leider ja.«

Lucy schaute zu Ben, der äußerst grimmig dreinblickte. Offenbar teilte er die Überzeugung der Kommissarin.

»Das heißt, die Täter kommen ungestraft davon?«, fragte Amelie empört.

»Natürlich nicht alle«, erwiderte Damico rasch. »Aber ob wir an die Hintermänner drankommen ...«

»Werden diese neuen Ermittler sich dafür interessieren, wie Amelie und ich befreit werden konnten?«

»Das tun sie längst. Aber es gibt genügend andere Punkte, die geklärt werden müssen und die zumindest aktuell mehr im Fokus sind.«

Lucy sah Ben unsicher an und Damico folgte ihrem Blick.

»Ich werde Sie da raushalten, Herr Stevens, soweit mir das möglich ist«, versprach Damico an ihn gewandt. »Denn wenn mir das nicht gelingt, verschiebt sich das Problem nur. Immerhin müssten Sie dann den Kollegen erklären, woher Sie den Standort der Entführer kannten. Ich versuche, mir etwas einfallen zu lassen, um Andreyew ins Spiel zu bringen. Aber Lucy, Sie müssen mir etwas versprechen.«

Die Aufforderung machte sie nervös. »Was denn?«

»Halten Sie sich wirklich aus dem Fall heraus. Tun Sie nichts, was in irgendeiner Weise die Aufmerksamkeit der Ermittler auf Sie ziehen könnte. Sie sind eine Zeugin, die etwas Schlimmes durchgemacht hat und die eventuell noch mal Fragen dazu beantworten muss. Mehr nicht. Riskieren Sie nicht, dass Sie mehr über den Fall wissen, als Sie wissen sollten. Das könnte unschön enden.«

»Sie wollen mich schützen«, stellte Lucy fest und das überraschte sie.

»Wie gesagt, soweit es mir möglich ist, werde ich das tun.«

»Warum?«

»Weil ich Niklas' Urteil vertraue, was Sie angeht. Er vertraut Ihnen.« Sie zeigte auf Ben. »Und Ihnen ebenso. Und Sie, Lucy, können nichts dafür, dass Sie diese besondere Fähigkeit haben. Aber Sie können es anscheinend ein wenig steuern. Das ist es, was ich von Ihnen erwarte. Ebenso erwarte ich, dass Sie sich zukünftig an mich wenden, wenn Sie nochmals in irgendeiner Form über einen Kriminalfall stolpern.« Das letzte Wort betonte sie, während ihre Augen Lucy regelrecht durchbohrten.

»Versprochen.«

»Hat diese Elwira noch irgendetwas anderes zu dem Fall gesagt? Weitere Namen?«

»Nein. Sie wollte dazu bisher nicht kooperieren. Sie ist mir eben nur entgegengekommen, weil ich ihrem Sohn geholfen habe.«

Damico wirkte nachdenklich, doch schließlich nickte sie und wandte sich ab. »Ich muss mich auf den Weg machen. Das hier hat viel länger gedauert, als ich erwartet hatte.«

»Und was ist mit uns?«, fragte Amelie schnell. »Sind wir denn noch immer in Gefahr? Oder kann ich zurück zu meinen Eltern? Und was ist mit meinem Ver ... Was ist mit Jack?«

»Ihr Verlobter steht weiterhin unter Polizeischutz. Was sie beide angeht – geben sie mir ... uns noch ein paar Tage, dann wissen wir hoffentlich mehr und können die Lage besser einschätzen. Ich vermute, es ging vor allem darum, die Kidnapper zum Schweigen zu bringen, um zu verhindern, dass einer von ihnen bei der Vernehmung umfänglich auspackt. Soweit wir uns bisher ein Bild machen konnten, war einer der getöteten Männer in der Klinik die Hauptkontaktperson.«

»Was ist mit den Smartphones der Entführer?«, fragte Ben.

»Es gab nur zwei, ansonsten wurde wohl auf Funkgeräte zurückgegriffen. Wir haben noch nicht alles auswerten können, was wir an Daten sichergestellt haben. Allerdings war das weitaus weniger als erhofft, zumindest nach aktuellem Stand. Daher erhoffen wir uns noch Ergebnisse aus den Befragungen der inhaftierten Entführer. Zudem haben wir ihre Aussagen als Zeuginnen bereits. Das können sich auch die Täter denken. Es würde keinen Sinn mehr machen, ihnen etwas anzutun. Das wäre nur ein unnötiges Risiko. Aber ich will auf Nummer sichergehen, daher wäre es gut, wenn sie vorübergehend hier in der Wohnung bleiben.« Sie schaute zu Ben. »Sofern es für Sie kein Problem darstellt, wenn Lucy und Frau Schultz hier noch ein paar Tage untergebracht werden.«

»Das geht in Ordnung«, sagte Ben sofort und Lucy war erleichtert, dass er bei der Antwort nicht gezögert hatte.

»Redet denn bisher keiner der Kidnapper?«, fragte Amelie.

»Bisher nicht, aber ich denke, das wird sich bald ändern.« Damico begründete nicht, warum sie davon ausging. »Zwei der Entführer sind bei uns im System, aber dazu kann ich nichts weiter sagen. Auch wenn der Stand der Ermittlungen frustrierend erscheinen mag ... Wir haben gerade erst begonnen, Licht ins Dunkel zu bringen. Ich zähle auf Ihr Versprechen Lucy, dass Sie sich aus dieser Sache heraushalten.«

»Ich werde mich von der Dienststelle fernhalten«, versprach Mascha. *»Und ich gebe Mike auch Bescheid. Wir wollten dich mit unserer Neugierde nicht in Gefahr bringen. Wir wollten nur helfen.«*

Lucy nickte stumm, was Damico als Antwort zu reichen schien.

»Gut«, meinte sie und klang zufrieden. »Mir ist es gelungen, eine Verbindung zu Ihnen herzustellen, was die letzten beiden Kriminalfälle angeht. Wenn ich das kann, schaffen andere das auch.«

Lucy spürte ein nervöses Flattern in ihrem Magen. »Ich bin Ihnen wirklich dankbar, dass Sie mein Geheimnis für sich behalten.« Und das ihrer Mum. Sie musste Lenny gleich schnellstens anrufen und informieren.

Damico warf ihr ein Lächeln zu. »Passen Sie auf sich auf, Lucy. Und wenn noch irgendetwas sein sollte, dann rufen Sie mich an.«

»Das tue ich«, versprach Lucy und schaute der Beamtin nach, als Ben sie aus dem Wohnzimmer führte.

»Puh, das war ... abenteuerlich«, fasste Amelie die letzten Minuten zusammen. »Ich habe immer noch Herzklopfen, als hätte ich gerade Sport gemacht.« Sie stand auf und streckte sich. »Wie fühlst du dich?«

»Einerseits erleichtert, andererseits bin ich besorgt. Ich habe es der Kommissarin ohne Mums Zustimmung erzählt, das fühlt sich schlecht an. Niklas musste ich im Sommer wenigstens nur von mir erzählen, der Fall hatte mit Mum nichts zu tun.«

»Du wolltest nur jemandem das Leben retten.«

»Sie wird es sicherlich verstehen, aber es ist trotzdem ein blödes Gefühl.« Sie stand auf, um ihr neues Smartphone zu holen. »Ich rufe sie direkt mal an.«

»Klar, mach das.« Amelie knabberte mit den Zähnen an ihrer Unterlippe, daher blieb Lucy stehen und beobachtete sie. Das tat Amelie eigentlich nur, wenn sie nicht recht wusste, was sie sagen sollte.

»Was ist los?«

»Stört es dich, wenn ich dabei bin?«

»Quatsch! Du störst gar nicht.«

Amelie lächelte erleichtert. »Danke. Ich will euer Mutter-

Tochter-Gespräch nicht stören, aber wenn ich darf, würde ich mir auch gerne ein bisschen was von der Seele reden. Und irgendwie fühle ich mich nach den Gesprächen mit dir und deiner Mum immer besser.«

»Das liegt wohl eher an Mum als an mir«, vermutete Lucy. »Mir geht es auch so, wenn ich mir ihr spreche. Ich fürchte, diese Fähigkeit hat sie mir leider nicht vererbt.«

Amelie knuffte sie in die Schulter. »Doch! Ich finde, das hat sie.«

Sie betraten den Flur und stießen auf Ben, der gerade etwas an der Alarmanlage prüfte.

»Wir rufen mal eben meine Mum an, um ihr die Neuigkeiten zu verkünden.«

»Macht das«, meinte Ben. »Ich spreche mit Vadim.«

28.

Ben betrat seinen Fitnessraum im Souterrain und fand Vadim vor, der im Schneidersitz auf dem Boden saß und meditierte. Oder besser gesagt, hatte er meditiert, denn nun blickte Lucys Mitbewohner ihn aus dunklen Augen an.

»Ist Damico weg?«

»Ja.«

»Es hat länger gedauert.«

»Allerdings. Damico weiß nun von Lucys und Leandras Fähigkeit. Deswegen telefoniert Lucy gerade mit ihrer Mutter.«

Vadim stand auf. »Wie kam es dazu?«

Ben fasste das Wesentliche zusammen und Vadim hörte konzentriert zu.

»Laut Mascha, oder vielmehr laut Elwira, hat Trifon Andreyew etwas mit der Entführung zu tun«, beendete er seinen Bericht. Falls der Name irgendetwas in Vadim auslöste, ließ er es sich nicht anmerken. Weder Körper noch Mimik verrieten die kleinste Regung. »Ich nehme an, der Name sagt dir etwas«, spekulierte Ben.

»Ja.«

»Mehr hast du nicht dazu zu sagen?«

»Vermutlich ist Damico ziemlich verärgert darüber, dass nun Ermittler aus dem Ausland den Fall übernehmen?«

»Ja. Obwohl sie es gut überspielt hat.«

»Ich hätte nichts anderes von ihr erwartet. Danke, dass wir noch ein paar Tage hierbleiben können.«

»Trifon Andreyew«, wiederholte Ben. »Mich interessiert deine Meinung dazu.«

„Er ist ein gefährlicher Mann mit vielen Kontakten zu wichtigen Persönlichkeiten. Ich schätze aber, Damico liegt richtig mit ihrer Vermutung, dass Amelie und Lucy nicht mehr von Interesse für ihn sind.«

»Also teilst du ihre Einschätzung?«

»Ich bin über vier Jahre raus aus dem Geschäft. Aber kurz bevor ich gestorben bin, war Andreyew schon eine große Nummer im Waffenhandel. Es wundert mich nicht, dass er seine Macht etablieren konnte. Er war schlau und geschäftstüchtig und hat dafür gesorgt, dass er sich mit einflussreichen Menschen gut stellt. Menschen, die dafür gesorgt haben, dass sein damaliger größter Konkurrent ausgeschaltet wird.«

»Du meinst mit den einflussreichen Menschen Politiker«, schlussfolgerte Ben.

»Unter anderem. Hattest du den Eindruck, dass Lucy ihr Versprechen halten wird?«

»Ja. Sie wirkte beunruhigt.«

»Gut. Was das angeht, teile ich Damicos Einschätzung zu hundert Prozent, dass sie sich in Gefahr bringt, wenn Mascha oder Mike der Sache weiter auf den Grund gehen.«

»Sehe ich auch so«, bestätigte Ben.

Vadim drückte die Schultern nach hinten und ließ den Kopf zweimal kreisen. »Ich sollte vielleicht ein bisschen einkaufen, wenn wir dich hier noch länger belagern.«

»Nicht nötig. Wir können online bestellen.«

»Willst du die nächsten Tage ständig in der Wohnung bleiben?«

»Möglichst schon. Solange bis Damico ihr Go gibt, dass Lucy und Amelie nichts mehr zu befürchten haben.«

»Vermutlich befasst Andreyew sich bereits wieder mit anderen Themen. Und leider muss er nicht den Kopf für die Sache hinhalten, denn an ihn werden die Ermittler kaum herankommen.«

»Warum bist du da so sicher?«

»Myanmar, China, Malediven, Pakistan, Philippinen, Iran ... Es gibt zig Länder, die kein Auslieferungsabkommen haben. Die Sache mit den Informationen zu den Hyperschallraketen ist gescheitert. Er wird nicht den Fehler begehen, ein neues Team auf Jack oder seine Familie anzusetzen.«

»Warum denkst du das?«

»Ich musste mich damals mit dem Mann befassen.«

»Weshalb?«

Vadim rückte sein T-Shirt zurecht. »Weil ich derjenige war, der beauftragt wurde, seinen Konkurrenten auszuschalten.«

Das kam unerwartet. »Hast du den Auftrag damals angenommen?«

»Das war mein Job.«

»Von wem kam der Auftrag?«

»Von jemandem, der sehr viel zu sagen hatte.«

»Daher bist du informiert über seine Kontakte.«

»Ja.«

»Die angeblich guten Politiker, die sich doch lieber für das Böse einsetzen, liege ich richtig?«, murrte Ben, denn Korruption und Machtmissbrauch waren Verhaltensweisen, die ihn wirklich ankotzten.

»Wenn einem der Bösewicht nutzt, ist manchen nichts heilig. Für mich war das jedoch der Grund, aus dem ich aussteigen wollte.«

»Wärest du nicht gewesen, würde ich jetzt nicht hier stehen. Und Amelie und Lucy würden nicht oben im Wohnzimmer sitzen.«

»Nein, das würden sie nicht. Nicht, wenn wirklich Andreyew der Auftraggeber ist. Dann hätten die Entführer die Frauen getötet.«

Einen Moment herrschte betroffenes Schweigen, dann

bewegte Vadim sich auf die Tür zu. »Da die Kommissarin weg ist, nutze ich oben mal das Bad.«

»Mach das.« Ben blieb nachdenklich zurück. Ihm schoss der Gedanke durch den Kopf, dass Vadim ein wertvoller Mitarbeiter für Safetec Security sein könnte. Ihre gemeinsame Befreiungsaktion hatte sie auf eine besondere Art und Weise miteinander verbunden, doch Fakt war auch, dass der andere Mann noch immer jemand war, den er schlecht lesen konnte. Das behagte ihm nicht.

Außerdem hatte er keine Ahnung, wie es mit Safetec weitergehen würde.

Ihm fehlte sein Rückzugsort, daher stand Vadim auf dem Balkon und blickte in die Dämmerung. Er hatte Ben angeboten, beim Kochen des Abendessens zu helfen, doch der schien kein Freund davon zu sein, in der Küche Gesellschaft zu haben. Lucy und Amelie hatten sich ins Gästezimmer zurückgezogen, also genoss er die Ruhe an der frischen Luft. Er glaubte nicht, dass die Frauen noch in Gefahr waren, andererseits war es gut, dass Damico kein Risiko eingehen wollte.

Für ihn war es keine große Überraschung gewesen, dass Andreyew vermutlich für die Entführung verantwortlich war. Er zählte zu den Personen, über die er nachgedacht hatte, und sicherlich hatten auch die Ermittler schon in eine ähnliche Richtung gedacht. Vielleicht würde es für Damico also gar keine große Herausforderung werden, den Namen in die Ermittlungen einfließen zu lassen. Dennoch konnte die Frau froh sein, dass sie den Fall los war, denn diese Sache war eine Nummer zu groß für sie.

29.

Die Stimmung beim Abendessen kam Lucy angespannt vor, ohne dass sie sich erklären konnte, warum. Ihre Mum hatte verständnisvoll auf die Nachricht mit der Kommissarin reagiert. Doch weil Dan mit ihr im Zimmer gewesen war, hatten sie schnell das Thema gewechselt, zumal Amelie Redebedarf wegen Jack gehabt hatte. Lucy erinnerte sich noch daran, wie Amelie sie vor ein paar Jahren mitten in der Nacht angerufen hatte, um ihr mitzuteilen, dass sie das BWL-Studium schmeißen würde, weil es einfach nicht das Richtige für sie war. Ein ähnliches Aha-Erlebnis schien sie bezüglich Jack gehabt zu haben. Sie sah keine Zukunft mehr mit ihm. Lenny hatte ihr empfohlen, alles in Ruhe mit Jack zu besprechen, sobald Damico Entwarnung gab und sie keinen Schutz mehr suchen mussten. Aktuell war die Belastungssituation noch sehr frisch, dazu kamen die Sorgen wegen der getöteten Kidnapper. Amelie hatte eingesehen, dass sie nichts überstürzen sollte.

Lucy war sehr erleichtert darüber gewesen, dass ihre Mum bei dem Gespräch zugehört hatte. Denn auch wenn sie Amelies Gefühle nachvollziehen konnte, so tat ihr Jack leid. Es würde hart für ihn werden, dass Amelie ihn verlassen wollte, falls sie bei ihrer Entscheidung blieb. Vermutlich ahnte er es bereits, aber sicherlich machte er sich zugleich Hoffnungen, dass es noch eine Chance für sie gab.

Wie schwierig es doch sein konnte, sein wahres Glück zu finden! Verstohlen blickte sie zu Vadim, der gerade ein Stück Gulaschfleisch auf seine Gabel spießte. Dennoch entging ihm ihre Aufmerksamkeit nicht und er zog fragend eine Augenbraue hoch. Nur wegen dieser kleinen Mimik, die ihn sexy wirken ließ, schoss ihr sofort ein Kribbeln durch den Unterleib. O Gott! Gut, dass man so etwas niemandem ansehen konnte. Sie benahm sich wie ein verknallter Teenager! Und es wurde nicht besser dadurch, dass Lenny die Vermutung geäußert hatte, dass auch Ben sich für sie interessierte. Eigentlich hätte sie darüber gelacht, aber ihre Mum hatte immer ein gutes Gespür für so etwas. Und ja, sie mochte Ben. Sehr sogar. Aber nicht so, wie sie Vadim mochte. Sie spürte Hitze in sich aufsteigen, also begann sie rasch ein Gespräch über das aktuelle Kinoprogramm, um sich von ihren Gedanken abzulenken.

Ihr Plan mit der Ablenkung ging auf. Das Gespräch über Filme begleitete die Runde, bis sie mit dem Essen fertig waren. Während Amelie anschließend Ben dabei half, den Geschirrspüler einzuräumen, drängte es Lucy, an die frische Luft zu kommen.

»Darf ich eigentlich auf den Balkon oder ist das auch zu gefährlich?«

»Ich nehme an, niemand außer Damico und Lenny weiß, dass ihr hier seid. Außerdem sind die Bedingungen für einen Scharfschützen denkbar schlecht«, antwortete Vadim.

Lucy deutete aufs Fenster. »Außer er sitzt in einem der Bäume.« Vadim warf ihr einen langen Blick zu. Vermutlich war es nicht üblich, dass Scharfschützen auf Bäumen hockten. Gut, wenn sie darüber nachdachte, ergab es auch ein wirklich seltsames Bild.

Ben wirkte zwar skeptisch, widersprach aber nicht. Also lief Lucy in den Flur und holte ihre Winterjacke, bevor sie den Balkon betrat. Er war mit dunklen Fliesen gefliest und eine Sitzgruppe war mit einer ebenso dunklen Schutzhülle abgedeckt.

»Brauchst du ein bisschen Zeit für dich, Liebes?«, fragte

Mascha plötzlich, die vor etwa zwei Stunden aufgebrochen war, um nach ihren Kindern und Enkelkindern zu sehen. Mike hatte sich zeitgleich verabschiedet, denn da keine Hochzeit am kommenden Wochenende stattfinden würde, und die Dienststelle nun tabu war, zog es ihn zurück in sein Heimatland. Beide Geister nahmen die Warnung von Damico ebenso ernst wie Lucy und Lenny.

»Ja. Das tut gerade mal ganz gut. Es war so viel los und ich muss über einiges nachdenken.«

»Das kann ich verstehen. Ich bin auch müde. Die letzten Tage waren anstrengend.«

»Ich hoffe, du kommst nun auch ein wenig zur Ruhe.«

»Bestimmt. Ich werde mich ein wenig zurückziehen, aber ich wollte dir wenigstens eine gute Nacht wünschen.«

»Danke dir, Mascha. Erhol dich gut. Das hast du dir wirklich verdient«, sagte Lucy leise und betrachtete den Mond, während sie tief die kalte Abendluft einatmete.

Sie fragte sich, wie es mit Amelie weitergehen würde, falls sie wirklich beschloss, sich von Jack zu trennen. Ob sie dann in Deutschland bleiben würde? Und war es egoistisch, sich das zu wünschen? Sollte sie nicht vielmehr hoffen, dass sie und Jack sich wieder zusammenrauften?

Obwohl es trotz der dicken Jacke frisch war, blieb Lucy in der kühlen Luft stehen und blickte auf die dunklen Straßen, die nur von ein paar gelblichen Laternen beleuchtet worden. In kurzer Zeit war so viel passiert. Sie musste die Entführung verarbeiten und hoffen, dass ihre Mum und Vadim bald wieder ganz gesund werden würden.

Sie freute sich auf die Zeit, die sie noch mit Amelie und ihrer Mum verbringen würde, denn Lennys Rückflug war erst für nächste Woche Freitag geplant. Hoffentlich gab es bis dahin Entwarnung seitens der Kommissarin. Vielleicht war es ein Fehler gewesen, sich nicht von Dan auf die Kreuzfahrt einladen zu lassen, die er über Weihnachten und

Silvester mit ihrer Mum machen würde. Doch der Gedanke daran, in einem riesigen Schiff über das offene Meer zu fahren, hatte ihr nicht behagt. Also hatten Lenny und sie beschlossen, dass sie die Feiertage vorzogen und direkt nach der Hochzeit in Deutschland Weihnachten feiern würden. Doch aktuell war sie kein bisschen in Feierstimmung. Vielleicht sollten sie Weihnachten also doch ausfallen lassen.

Die Lichter eines Flugzeugs kamen in Sichtweite und das erinnerte sie an Vadims Vorschlag, irgendwann gemeinsam Urlaub in Griechenland zu verbringen. Ob es sich überhaupt ergeben würde, mit ihm dort Zeit zu verbringen? Und falls ja, würden sie es als Freunde tun? Was, wenn er richtig damit lag, dass es mit ihnen als Paar vielleicht nicht langfristig funktionieren würde? Vadim war als Mensch enorm wichtig für sie und ein Leben ohne ihn konnte sie sich kaum noch vorstellen. Schon als er noch ein Geist gewesen war, hatten sie täglich Kontakt gehabt und er war immer für sie da gewesen. Aber war es das wert, es deswegen gar nicht erst miteinander zu versuchen?

Seufzend stützte sie sich mit den Ellenbogen auf dem Geländer ab. Sie fragte sich, was Ben und Vadim davon hielten, dass Damico es für durchaus wahrscheinlich erachtete, dass man die Drahtzieher offiziell nicht für ihre Tat würde belangen können. Doch vermutlich war diese Erkenntnis für die Männer nichts Neues. Weil sie viel mehr über solche Ereignisse und die Polizeiarbeit wussten, als sie es tat. Vor dem Mordfall an ihrer Nachbarin hatte sie sich mit solchen Themen nie beschäftigt – mit Ausnahme von dem Vermisstenfall eines jungen Mädchens. Das war das erste Mal gewesen, dass sie mit der Polizei in Berührung gekommen war. Und dank der Klatschpresse, die ihren Namen veröffentlicht hatte, war diese Erfahrung alles andere als positiv gewesen. Sie hatte daher nie überlegt, wie hilfreich ihre Fähigkeiten für Polizeibeamte waren, die täglich mit den verschiedensten Kriminalfällen zu tun hatten.

Wie viele Menschen, die wirklich schlimme Dinge getan hatten, kamen ungestraft davon, weil nie jemand erfuhr, wer der Schuldige war? Täglich konnte man von so vielen Fällen lesen, die nach Monaten oder gar Jahren noch immer nicht aufgeklärt waren. Es gab sogar Sendungen im Fernsehen, die versuchten, neue Zeugen und Hinweise zu finden, um lange Zeit nach einer Straftat noch für Gerechtigkeit zu sorgen.

Ihre Mum hatte schon vor vielen Jahren ihre Bestimmung gefunden. Sie tat Gutes mit ihrer Fähigkeit und half anderen Menschen. Sie hatte immer für jeden ein offenes Ohr und wusste, wann der richtige Zeitpunkt war, um einfach nur zuzuhören. Lucy musste an den Fall im Krankenhaus denken, von dem Lenny ihr erzählt hatte. Statt die Ärztin anzuzeigen, hatte sie versucht, ihr einen anderen Weg aufzuzeigen und ihr eine Therapie nahegelegt. Auch Lucy hatte sie dazu erzogen, sich für andere einzusetzen. Doch sie war keine Psychologin und solch ein Job hatte sie nie interessiert. Anders als ihre Mum hatte sie immer mit ihrer Gabe gehadert. In der Schule hatte sie es oft mit anstrengenden Geistern zu tun gehabt, die unbedingt Aufmerksamkeit wollten, wenn sie eigentlich dem Unterricht hatte folgen müssen. Mit Jungs war es ebenfalls schwierig gewesen. Einige ihrer netten Geisterfreunde hatten ihr mehr Informationen zu dem ein oder anderen Schwarm von ihr geliefert, als gut gewesen war. So war es kein Wunder, dass sie erst sehr spät ihre erste Beziehung gehabt hatte, und dann war ihr erster Freund ihr nach einigen Jahren fremdgegangen, obwohl er nicht mal von ihrer Gabe wusste. Das hatte ihr Vertrauen in die Männerwelt nicht verbessert, noch dazu verliebte sie sich nicht schnell.

Die einzigen Männer, denen sie vertraute, waren Vadim,

Ben und Niklas. Niklas war ein guter Freund für sie geworden, auch wenn ihm das vielleicht gar nicht bewusst war. Ben wirkte zwar manchmal etwas streng, aber er war immer für sie da, wenn sie ihn brauchte. Und Vadim ... Der Mann mit den dunklen Augen und, wenn es nach ihm ging, einer düsteren Seele. Dabei war es ihre Mum, die ihr immer beigebracht hatte, dass Menschen sich ändern konnten. Nur nutzte das nichts, solange Vadim nicht selbst daran glaubte. Dabei war es offensichtlich, dass er sich geändert hatte. Er hatte sein eigenes Leben aufs Spiel gesetzt, um Bens zu retten. Das machte niemand, der kein Herz hatte.

Doch Lenny hatte ihr auch gesagt, dass sie Vadim neu würde kennenlernen müssen, weil die Dinge nun mal anders zwischen ihnen standen, seit er kein Geist mehr war. Schon als Geist hatte Vadim sich immer bedeckt gehalten, wenn es um seine Vergangenheit gegangen war. Er war niemand, der gerne über sich redete, auch wenn er ein tiefgründiger Mensch war und sicherlich viel über sich zu erzählen hätte. Sie lächelte, weil sie an den Spruch »Harte Schale, weicher Kern« denken musste, den ihre Oma oft benutzt hatte. Sie war es auch gewesen, die ihr immer eingebläut hatte, dass sie sich von der Polizei fernhalten sollte. Doch sie war in einer ganz anderen Zeit groß geworden als Lucy. Die Dinge hatten sich geändert, auch bei der Polizei.

Lucy öffnete die Balkontür und holte sich ihr Smartphone vom Couchtisch. Amelie, Ben und Vadim, die an der Küchentheke standen und sich unterhielten, blickten zu ihr.

»Alles okay?«, erkundigte Amelie sich.

»Ja, ich muss nur schnell einen Anruf erledigen.« Lucy zog die Tür hinter sich zu und rief ihre Kontaktliste auf. Dank Ben hatte sie die Nummer direkt wieder in ihrem neuen Telefon speichern können, denn sie war furchtbar schlecht darin, sich Zahlen zu merken. Doch vielleicht würde sie sowieso nur die Mailbox erreichen. Und vielleicht wäre das sogar besser so. Manchmal neigte sie dazu, vorschnell Entscheidungen zu treffen, aber in diesem Moment fühlte sich alles genau richtig an.

»Niklas Eibisch«, meldete sich der ehemalige Kommissar förmlich und Lucy fiel ein, dass er ihre neue Nummer noch gar nicht kannte.

»Hallo, Niklas. Ich bins, Lucy.«

»Lucy! Meine Güte, ich bin froh, von dir zu hören. Carla hat mich vor etwa zwanzig Minuten angerufen und mir alles erzählt. Ich habe dir geschrieben, aber die Nachricht konnte anscheinend nicht zugestellt werden.«

»Mein altes Handy ist noch bei der Polizei.«

»Ach, natürlich! Daran hätte ich denken müssen. Wie geht es dir?«

»Es geht ganz okay. Wie geht es deiner früheren Kollegin?«

Er lachte. »Ich vermute, Carla wird heute nicht allzu gut schlafen können. Rufst du an, weil du dir Sorgen machst, ob euer Geheimnis bei ihr gut aufgehoben ist?«

»Nein, darum geht es nicht. Störe ich gerade oder hast du etwas Zeit?«

»Ich habe etwas Zeit. Ich mache einen kleinen Abendspaziergang an Deck, bevor wir gleich ablegen.«

»Allein?«

»Silvia zieht sich noch um. Was kann ich für dich tun?«

»Ich bräuchte mal deine Meinung«, sagte Lucy und wünschte, sie hätte sich Handschuhe angezogen, denn so langsam fühlte es sich an, als würden ihr die Fingerspitzen abfrieren. Doch gerade gab es Dringlicheres als kalte Hände. Also atmete sie einmal tief durch und begann von ihrer Idee zu erzählen.

Epilog

Ben wollte gerade aus seinem SUV aussteigen, als Damico ihn anrief. Es war Montagfrüh und er war froh, dass der normale Alltag auf ihn wartete. Nach der ungeplanten mehrtägigen Auszeit bei Safetec würde er ab heute wieder arbeiten.

Am Wochenende hatte Damico ihnen noch mal einen Besuch in seiner Wohnung abgestattet. Sie hatte sich sehr bedeckt gehalten, was Informationen zu den Ermittlungen anging, war aber absolut überzeugt davon, dass für Lucy und Amelie keinerlei Gefahr mehr drohte. Also war Amelie bereits am Samstag zu ihren Eltern zurückgekehrt und Lucy mit Vadim in ihr Haus. Auch wenn er den Worten von Damico traute, war er froh darüber, dass Lucy nicht alleine dort war, sondern Vadim an ihrer Seite hatte.

»Hallo«, meldete er sich.

»Gut, dass ich Sie erwische, Herr Stevens. Ich wollte mich noch mal unter vier Augen bei Ihnen bedanken.«

»Bei mir?«

»Ja. Nachdem, was wir inzwischen wissen ... Wenn die Frauen nicht so schnell gefunden worden wären ...« Sie beendete den Satz nicht, sondern atmete nur laut aus. »Haben Sie schon mal darüber nachgedacht, wieder zur Polizei zurückzukehren? Es gibt andere interessante Aufgaben bei uns, auch außerhalb des SEK.«

Die Frage traf ihn unerwartet. »Wollen Sie mich anwerben?«

»Vielleicht. Bei Niklas habe ich es nämlich aufgegeben. Auch wenn es mir schwerfällt, es zu akzeptieren, aber sein

Entschluss steht fest. Sie dagegen klingen gar nicht so ablehnend, wie ich es erwartet hatte.«

»Vielleicht nicht«, wich Ben aus und behielt es für sich, dass bei Safetec Security einiges im Umbruch war. Er war noch nicht so weit zu entscheiden, was es für ihn bedeutete, wenn Steffen mit seiner Familie das Land, und somit auch das Unternehmen, verließ.

Eine erneute Karriere bei der Polizei war ihm bisher allerdings nicht in den Sinn gekommen.

»Sie müssen das nicht sofort entscheiden«, riss Damico ihn aus seinen Überlegungen. »Aber wenn Sie noch Fragen dazu haben, bin ich da. Also dann ... Ich bin sicher, wir hören voneinander.«

Ihre Sicherheit teilte Ben nicht ganz, aber tatsächlich stand er dem Angebot nicht so skeptisch gegenüber, wie es noch vor Steffens Neuigkeit der Fall gewesen wäre.

In Gedanken versunken lief er die letzten Schritte zum Bürogebäude und betrat den Fahrstuhl. Er hatte Steffens Auto bereits auf dem Parkplatz gesehen, was ihn nicht überraschte, da sein bester Freund wegen der Kinder meistens sehr früh in den Arbeitstag startete.

Im Flur des Büros schlug ihm der übliche Geruch nach Kaffee und einem blumigen Lufterfrischer entgegen. Steffens Tür stand halb offen, also klopfte er an den Türrahmen, um sich anzukündigen. Steffen sah mit einem Lächeln zu ihm auf und klappte seinen Laptop zu.

»Hey, Ben. Schön, dich zu sehen. Hast du alles klären können?«

»Ja.«

»Das freut mich.« Er deutete auf den Stuhl vor seinem Schreibtisch. Ben kam der Aufforderung nach und setzte sich.

»Möchtest du darüber reden?«

»Nicht jetzt. Ich erzähle es dir irgendwann in Ruhe.«

»Ich bin gespannt. Geht es dir gut?« Steffen musterte ihn.

»Ja. Ich bin wieder voll einsatzfähig.«

Steffen betrachtete ihn mit hochgezogenen Augenbrauen und schien zu überlegen, ob er ihm das abkaufen konnte.

»Es ist wirklich alles geregelt«, versicherte Ben.

»Okay, wenn du es sagst. Ich schätze aber, es war nicht die beste Zeit, um das mit der Zukunft von Safetec sacken zu lassen?«

»Korrekt. Außerdem kehrt Niklas erst Ende der Woche von seiner Schiffsreise zurück. Dann kann ich in Ruhe mit ihm sprechen.

»Klar. Das verstehe ich.« Steffen klappte seinen Laptop wieder auf. »Dass du wieder voll einsatzfähig bist, kommt uns entgegen. Wir haben eine Anfrage für einen größeren Personenschutzauftrag bekommen. Kurz nach Silvester, für vier Wochen in NRW.«

»In NRW?«

»Ja. Es geht um einen prominenten Sänger von hier, der eine kleine Konzertreihe zum Jahresauftakt gibt und danach bei irgendeiner Tanzshow im Fernsehen dabei ist. Deswegen tourt er dann erst im Sommer weiter. Er fühlt sich bedroht und will für seine Auftritte auf der Tour zwei Personenschützer für die Konzerte.«

»Die Personenschützer sollen mit ihm touren?«

»Na ja, man müsste zu den Konzerten jeweils vor Ort dabei sein. Er will nicht ständig ein wechselndes Team und auf die Security vor Ort will er sich nicht verlassen. Das erste Konzert ist in Düsseldorf, da finden sogar zwei statt. Von da aus gehts weiter nach Oberhausen, dann Köln oder so. Ich habe den Tourplan nicht auswendig im Kopf, aber ich kann gleich noch mal nachsehen. Seine Managerin hat ihn mir gemailt, damit ich prüfen kann, ob wir das mit unseren Ressourcen stemmen können. Sie hat eine Empfehlung bekommen, sich an uns zu wenden, und ich würde ihr spätestens morgen gerne eine Antwort geben.«

»Und du denkst bei dem Job an mich?«

»An dich und Elyas. Bei euch beiden weiß ich, dass ihr ein eingespieltes Team seid.«

»Kennt man den Sänger? Du sagtest, er sei prominent.«

»Er heißt Timon Berger.«

»Sagt mir nichts.«

»Kennst du bestimmt. Sein aktueller Hit ‚Schlaflose Augen' läuft ständig im Radio. So Schlager-Pop oder wie man das heutzutage nennt. Der war schon in großen Shows zu Gast und hat fast zwei Millionen Follower auf Instagram. Vor Kurzem hat er sein zweites Album veröffentlicht.«

»Was ist mit einem unserer neuen Mitarbeiter? Vier Wochen am Stück so viel reisen ... Das könnte schwierig werden neben meinen anderen Aufgaben.«

»Ich weiß, aber du kannst dir vorstellen, was für eine klasse Werbung es für uns wäre, wenn wir einen Prominenten betreuen. Da will ich jemanden mit viel Erfahrung. Außerdem ist der Kerl anscheinend ein wenig ... sagen wir mal speziell.«

»Inwiefern?«

»Ich habe bisher nur mit seiner Managerin gesprochen, die sagte, dass er sich bedroht fühlt.«

»Warum fühlt er sich bedroht?«

»Angefangen hat es angeblich damit, dass er irgendwelche Stimmen gehört hat, die ihn vor einer Gefahr auf der nächsten Konzerttour warnen.«

»Was für Stimmen?«

»Er hält sich für ein Medium.«

Ben brauchte einen Moment, um diese Nachricht zu begreifen. Sicherlich hatte er sich verhört.

»Ich weiß, das klingt völlig verrückt«, sagte Steffen und klang entschuldigend. »Aber es gibt doch diese Leute, die behaupten, mit den Geistern von Verstorbenen sprechen zu können. Und meist zocken sie dann irgendwelche Trauernden ab, weil sie angeblich Kontakt zu den geliebten Toten herstellen können.«

»Ich hörte mal davon.« Ben dachte sofort an Lucy, die sicherlich nur zu gerne behilflich dabei wäre herauszufinden, ob dieser Berger die Wahrheit erzählte oder halluzinierte. Doch er würde Lucy nicht schon wieder in einen Kriminalfall hineinziehen.

»Das macht dieser Sänger ja immerhin nicht.«

»Hm?«, fragte Ben, der nicht richtig zugehört hatte.

»Na, als Medium Leute ausnehmen. Er scheint mit seiner Musik genug Geld zu verdienen.« Steffen lehnte sich in seinem Chefsessel zurück. »Ich wundere mich, dass du noch keine hundert Einwände gegen den Auftrag vorgebracht hast. Aber was hätte ich der Managerin sagen sollen? Dass dieser Berger lieber eine Therapie machen sollte, statt als Musiker auf Tour zu gehen? Auftrag ist Auftrag. Außerdem gibt es auch immer mal wieder über soziale Netzwerke Drohungen, die mit den Konzerten zu tun haben. Aber da weiß ich noch nichts Näheres zu. Kommt aber wohl häufiger vor, dass Prominente von irgendwelchen Spinnern bedroht werden. Die Frage ist also, wie ernst man das nehmen muss.« Erwartungsvoll blickte Steffen ihn an. »Was meinst du?«

»Ich kann das übernehmen.«

»Echt?« Steffen wirkte völlig verblüfft. »So schnell? Ich hatte noch etwa zehn weitere Argumente vorbereitet, um dich zu überzeugen.«

»Nicht nötig.«

»Sicher? Du wirkst ein wenig abwesend. Hast du überhaupt richtig zugehört?«

»Keine Sorge, das habe ich«, hörte Ben sich sagen. »Du kannst auf mich zählen.«

Anmerkungen

Dieses dritte Buch der Reihe war stellenweise eine große Herausforderung. Ich hoffe, ich bin nun nicht auf irgendwelchen Listen bei der Polizei gelandet, weil ich recherchieren musste, wie Blendgranaten funktionieren, was es bedeutet, wenn bei einer Schusswunde die Kugel stecken bleibt, und wie man Menschen am besten rasch betäubt (Chloroform ist nämlich aus der Mode gekommen, wie ich beim Schreiben dieses Buches gelernt habe).

An manchen Stellen habe ich mir eine gewisse künstlerische Freiheit eingeräumt. Den stillgelegten Bauernhof in der Nähe des Duisburger Hafens habe ich erfunden – sollte es dort tatsächlich solch ein Gebäude geben, ist das reiner Zufall. Das erwähnte Hotel Gut Höhne existiert tatsächlich (und dort gibt es ein tolles Live-Cooking-Dinner-Buffet, das ich sehr empfehlen kann). Auch einen Stoffladen in der Nähe der Kreispolizeibehörde in Mettmann gibt es, aber alle erwähnten Personen sind frei erfunden. Das Industriegebiet passte aber sehr gut zu den Entführungsplänen.

Dass Australien, die USA und England bei der Entwicklung und Abwehr von Hyperschallwaffen kooperieren, hatte ich 2022 gelesen, als es bereits die Idee zu diesem Buch gab. Daher muss Carla Damico den Fall allerdings auch abgeben. Denn bei Fällen wie diesen mit solcher (internationalen) Tragweite übernimmt das BKA und Interpol wird eingeschaltet.

Danksagung

Ich danke allen Leserinnen und Lesern dieser Reihe, die mich dazu ermuntert haben, weiterhin Kriminalfälle mit Lucy, Ben und Vadim zu veröffentlichen. Dieser Dank gilt ganz besonders den Testleserinnen Doris Semlegger, Hannah Semlegger, meiner Mama, Nina Kreutz und Lisa-Marie Schmidt, die mir wertvolles Feedback zu diesem Buch gegeben haben.

Für das großartige Cover geht mein Dank an Florin Sayer-Gabor von www.100covers4you.com – mit dem tollen Design hauchst du der Serie noch mal ein besonderes Leben ein. Ich freue mich schon auf die nächsten Bücher.

Wie immer danke ich meiner Familie für ihren Support: Egal, ob ihr ein Exposé kritisch prüft, Feedback zur Story gebt oder meine Bücher kauft. Ich weiß das wirklich sehr zu schätzen und freue mich, dass es inzwischen einige Lucy-Fans in der Familie gibt.

Auch wenn es sich um eine Cosy-Crime-Reihe handelt, haben die Storys immer einen ernsten Hintergrund und es geht nicht nur cosy zu. Es kommen Tote vor, Diebstähle, Entführungen, Verletzungen. Deswegen geht ein großes Dankeschön diesmal an alle Menschen, die tagtäglich ihr Bestes geben, um in diesem Land für unsere Sicherheit zu sorgen: An Polizei- und Feuerwehrkräfte, an alle Menschen im medizinischen Bereich, an Security-Mitarbeitende – Danke für euren Einsatz!

Liebesroman
Buch 1 der Band-Reihe »Wild Weekend«

Eigentlich hat Elli mit ihrer Zeit als Gitarristin in der Band »Wild Weekend« abgeschlossen, da sie unter Bühnenangst leidet und sich mehr auf ihr Studium konzentrieren möchte. Doch als der Bandgründer Hannes sie bittet, bei einem wichtigen Auftritt einzuspringen, lässt sie sich auf einen letzten Gig ein. Zu Ellis Überraschung findet dieser anlässlich einer Hochzeit in Las Vegas statt. Dass sie sich dort mit dem neuen Schlagzeuger Adam ein Zimmer teilen muss, erfährt sie erst kurz vor dem Abflug am Flughafen. Als wäre das nicht Aufregung genug, flirtet ausgerechnet Hannes' Bruder Moritz auf der Reise mit ihr, den Elli aus Bandzeiten als Frauenheld in Erinnerung hat. Kann ein Typ wie Moritz es wirklich ernst mit ihr meinen? Und was hat es mit dem wortkargen Adam auf sich, der Gespräche scheut, aber dennoch ihre Nähe sucht?